Thomas H. Cook, né en 1947 en Alabama, a été professeur d'histoire et secrétaire de rédaction au magazine *Atlanta*. Avec une vingtaine de titres parus en France dans la collection « Série noire » de Gallimard, à l'Archipel et aux éditions du Seuil, et plus de vingt-cinq romans publiés aux États-Unis, Thomas H. Cook est un auteur reconnu, salué par la presse sur les deux continents. Il a reçu l'Edgar Award pour *Au lieu-dit Noir-Étang…* et le Barry Award en 2008 pour *Les Feuilles mortes*.

Thomas H. Cook

LA VÉRITÉ SUR ANNA KLEIN

ROMAN

Traduit de l'anglais (États-Unis)
par Philippe Loubat-Delranc

Éditions du Seuil

Ce livre a été édité par Marie-Caroline Aubert

TEXTE INTÉGRAL

TITRE ORIGINAL
The Quest for Anna Klein
ÉDITEUR ORIGINAL
Houghton Mifflin Harcourt Publishing Company

ISBN 978-2-7578-5503-4

Pour Susan M. Terner,
ma première lectrice, une extraordinaire correctrice
et, de toutes les manières, mon arme secrète.

Et ainsi donc une passion maîtresse du cœur,
Tel le serpent d'Aaron, engloutit toutes les autres.

ALEXANDER POPE

PREMIÈRE PARTIE

La minceur du squelette

Le Century Club, New York, 2001

La question n'a jamais été de savoir si elle allait vivre ou mourir : ça, c'était décidé depuis longtemps.

Danforth avait prononcé ces paroles d'une voix morne alors que nous étions déjà bien engagés dans notre conversation, conclusion à laquelle il était parvenu, me semblait-il, au terme de douloureuses pérégrinations.

Il lui avait fallu du temps pour tirer cet enseignement. Comme je m'en étais rendu compte alors, cet homme avançait à pas comptés. Après nous être salués, par exemple, ce fut avec une extrême lenteur qu'il avait bu son scotch à petites gorgées avant de m'adresser un sourire serein de grand-papa.

– Les gens dans leur club, murmura-t-il. C'est bien ce que disait Fitzgerald, non ? Les gens, dans leur club, reposent leur verre en se souvenant de leurs sublimes idéaux de jeunesse. Je dois vous donner cette impression. Un vieillard à la tête pleine de souvenirs nébuleux.

Son sourire me fit l'effet d'une flèche décochée de très loin.

– Mais même les vieux messieurs peuvent être dangereux.

J'étais venu à New York de Washington, faisant le voyage d'une ville sinistrée à une autre, semblait-il, novice du *think tank* qui m'avait recruté depuis peu. Mes collègues plus âgés avaient dirigé les bureaux de ce qui s'appelait alors les Affaires soviétiques – une place pour laquelle ils s'étaient révélés très zélés. Pas un rouble dépensé pour des missiles ou des engrais qu'ils n'aient enregistré et analysé. Mais aucun d'eux n'avait prévu la chute brutale de l'Empire soviétique, sa dissolution pure et simple dans la graisse liquéfiée du bouillonnement de sa propre corruption. Cet échec étonnant de leurs prévisions avait ébranlé le fondement de leur confiance, les obligeant à se démener pour y trouver une explication. Ils la cherchaient toujours des années plus tard quand les attaques étaient arrivées d'autant plus incroyablement de nulle part. Échec bien plus grave encore de ne pas réussir à comprendre qui est l'ennemi à ses portes, qui, brusquement et très commodément à mes yeux, avait changé leur centre d'intérêt. À présent, moi, leur benjamin, le dernier embauché, avais été dépêché pour interviewer Thomas Jefferson Danforth, un homme dont je n'avais jamais entendu parler mais qui m'avait écrit en me disant « savoir » des choses pouvant être utiles, selon lui, à des « décideurs politiques » tels que moi, « surtout à notre époque ». La perspective de cette interview ne m'enchantait guère, je savais que c'était le genre d'exercice dévolu à titre d'entraînement aux collègues nouveaux venus, mais cela valait toujours mieux que de monter la garde à la photocopieuse ou d'aller dénicher des monceaux de documents dans les boyaux d'agences gouvernementales.

– Je me rappelle cette phrase de Fitzgerald, dis-je à Danforth, juste pour lui faire comprendre que, encore qu'un freluquet à ses yeux, j'étais instruit, voire un brin mondain. Elle se rapportait à Lindbergh. À la façon dont les gens reposaient leur verre dans les country clubs, impressionnés par ce qu'il avait accompli.

– Une traversée de l'Atlantique en solitaire qui leur rappelait ce qu'eux-mêmes avaient espéré être, ajouta Danforth dont le sourire parut soudain plus amer, tel un pari perdu d'avance. La jeunesse est un pays aux frontières fermées. Tout ce qui a de la valeur doit y être introduit en contrebande.

Je trouvai cette remarque purement rhétorique et un peu condescendante, mais notre conversation ne faisant que commencer, la laissai glisser.

Danforth grimaça en bougeant dans son fauteuil.

– Vieux os, expliqua-t-il. Alors, quelle est votre mission, monsieur Crane ? La grande, je veux dire.

– Le bien de notre pays. Cela vous paraît-il assez noble ?

Les vestiges du sourire de Danforth s'évanouirent.

– Tout comme vous, j'ai été jeune, dit-il sur un ton mesuré, comme s'il considérait que ma jeunesse était un animal sauvage susceptible de se retourner contre moi. Intelligent et sûr de moi. C'était un très bon sentiment, je me rappelle.

On me l'avait décrit comme un homme réservé, distant, sombre, et son expérience de ce que mes associés plus âgés appelaient « le grand jeu » avait été brève et remontait à loin. J'en avais donc conclu qu'il avait peu de chances de dire quoi que ce soit d'intéressant au regard de la situation actuelle. Mais dans la poussière encore tournoyante des tours effondrées, on fouillait chaque recoin, chaque source, aussi éloignés et sans rapport qu'ils soient, dans l'espoir de glaner des informations. Le gyroscope au cœur de notre expertise avait été déréglé par ces avions – estimait-on –, il avait vacillé sur son axe et dorénavant tous ses mouvements devaient être réétalonnés.

Ainsi donc, après lecture de la lettre de Danforth, Carlson avait décidé que ce dernier pouvait détenir des renseignements susceptibles de compléter les nôtres. Il m'avait précisé que Danforth n'accordait jamais d'interviews et était très surpris qu'il m'ait choisi pour cette entrevue.

– As-tu déjà rencontré cette vieille buse ?

J'avais fait non de la tête.

– Alors, pourquoi toi, Paul ?

– Je ne sais pas. Peut-être aura-t-il lu le petit article que j'ai écrit dans *Policy Options* ?

– Oh, très bien. Au moins tu connaîtras le Century Club.

Ce dont je me réjouissais, il est vrai, en lançant des coups d'œil aux quatre coins de la salle où Danforth et moi nous faisions face, admirant les étagères sur lesquelles s'alignaient les livres écrits par les membres du club.

– C'est un endroit très impressionnant, murmurai-je.

– Pour qui est très impressionnable, répliqua Danforth avec un fin sourire. J'ai lu votre article sur la crise actuelle. Vous semblez certain, je dois dire, de ce qu'il faudrait faire.

Je haussai les épaules.

– Ce n'est pas une publication très prestigieuse, dis-je avec une certaine fausse modestie. Plutôt un recueil d'opinions où les étudiants diplômés espèrent se faire remarquer. Comme moi, à l'évidence. Par vous.

– Votre père a été professeur de droit international.

Le poste que mon père avait occupé dans une université relativement modeste étant précisé dans la courte biographie qui flanquait mon article, je ne fus pas étonné que Danforth le connaisse. Pourtant, un ton de clandestinité enrobait sa voix ; son front semblait porter les traces à demi effacées de l'espion marqué au fer rouge.

– Oui, en effet. Il n'a jamais fait de politique, bien entendu…

– Ce qui, à l'évidence, est ce que vous espérez faire ?

– Oui.

– Humm, fit Danforth.

Il tira une feuille de papier de sa poche et lut.

– « Notre réaction doit jaillir aussi bien de la passion que de la politique et doit porter en elle un soupçon de paranoïa. »

Il me considéra très sérieusement.

– Pour qu'il n'y ait pas de décalage irrationnel entre nos ennemis et nous.

Sa remarque ne contenait nulle ironie, me semblait-il ; Danforth paraissait vraiment réfléchir à ce que j'avais écrit.

– Mon idée est que la période actuelle n'est pas celle des demi-mesures, répondis-je. Pas face à ces barbares médiévaux.

– La cible fait tout. L'identifier et la détruire. D'où l'importance d'avoir des renseignements exacts.

Confortablement installé dans l'opulence désuète du Century Club, Danforth me faisait penser à un agent secret mondain qui, autrefois, avait dû siroter du cognac et fumer des cigares avec le genre de personnages qu'on trouve chez Graham Greene ou Somerset Maugham. Son costume était défraîchi et sa cravate trop large démodée, mais je l'imaginais en figure d'une époque révolue, beau jeune homme en smoking blanc, paressant sous une véranda des Tropiques en regardant un vapeur quitter le port. Des oiseaux aux couleurs exubérantes seraient perchés sur les longues frondaisons vertes des arbres proches et, sur le pont de ce navire, une femme en robe de satin se tiendrait, debout, appuyée au bastingage, tenant entre ses longs doigts blancs une coupe de champagne qu'elle lèverait vers lui en silence. *Adieu, mon amour*. Il appartenait à un temps révolu, pensai-je, à un monde révolu, et pour cela, ma mission actuelle paraissait plutôt une manière d'occuper le petit nouveau.

– Vous faites partie de l'Ivy League, dit Danforth. Columbia.

Son regard s'adoucit, et j'y vis notre blessure commune.

– Un New-Yorkais, comme moi, ajouta-t-il.

Un accès familier de rage « tuez-les tous » me submergea devant la barbarie infligée à ce qui, depuis toujours, passait pour la plus américaine des villes, mais je le réprimai en disant sèchement :

– Oui.

Pourtant il était clair que Danforth avait vu la flamme s'allumer un bref instant dans mon regard.

– La haine est un sentiment parfaitement légitime, reprit-il. Croyez-moi, je l'ai bien connue, et c'est sûr qu'en ce moment nous avons bien le droit d'en éprouver.

Point de vue changeant agréablement des justifications dévalorisantes pour nous qui montaient ces derniers temps de différents milieux.

– Bref, poursuivit Danforth, je suis certain que les meilleurs *think tanks* regorgent de garçons tels que vous.

Le terme « regorgent » me déplut, mais j'acquiesçai

tout de même, pressé d'achever cette interview, de rédiger mon rapport et de rentrer à Washington.

– Alors ? m'empressai-je de demander. On continue ?

Danforth perçut mon impatience.

– Vous savez ce que vous voulez, dit-il.

Son expression était très amène, voire un brin indulgente. J'aurais presque pu la qualifier de socratique.

– Crane, reprit-il. Un nom anglais ?

– Oui, mais en fait, je suis d'origine allemande.

– Ah, donc, on peut prendre un autre nom en cours de route. Quel était le vôtre auparavant ?

– Je l'ignore. Mon grand-père en a changé pendant la guerre, répondis-je avec un sourire. Il devait vouloir éviter qu'on lui reproche des actes qu'il n'avait pas commis.

Danforth hocha la tête.

– C'est tout à fait compréhensible. Qui aurait envie d'être accusé de choses pareilles ?

– Et qu'il n'aurait pas pu commettre étant donné qu'il avait quitté l'Allemagne avant le début du conflit, ajoutai-je.

Danforth sourit.

– Parlez-vous l'allemand ?

– Plus depuis le lycée.

– Comme c'est dommage. Certains mots de cette langue me viennent souvent à l'esprit. *Rache*, par exemple. Un mot rude, vous ne trouvez pas ? Une sorte de grognement. Il sonne comme ce qu'il veut dire, « vengeance ». Mais d'autres, pas du tout, bien sûr. *Verrat*, par exemple, ne sonne absolument pas comme ce qu'il veut dire.

– Que veut dire *Verrat* ?

– « Trahison ».

Avant que je puisse répondre, Danforth se tourna vers la fenêtre derrière laquelle il neigeait à fins flocons.

– La peur était immense après la crise de 29, enchaîna-t-il. Les gens étaient désespérés.

Son regard se fit inquisiteur.

– Vous devez avoir lu tout ça dans vos livres d'histoire.

– Bien sûr, répondis-je.

En fait, j'avais pas mal lu sur cette instabilité : rues envahies par les dépossédés en colère. Réunions, manifestations, foules qui surgissaient, se repliaient en énormes vagues rugissantes. Les communistes gagnant de l'influence. Comme les fascistes. C'était une époque intéressante, sans doute, mais le flash-back de Danforth sentait la viscosité mentale commune aux gens de son âge, et je n'avais tout bonnement pas le temps pour ça.

– Votre activité avant la guerre, repris-je. Comment avez-vous…

– Nous l'appelions le Projet, précisa Danforth d'une voix ferme. Plus tard, j'en suis venu à penser que ce nom sonnait creux, ne rendait pas le sens de ce qui était réellement en jeu. Pas comme *Nacht und Nebel*, en tout cas. Qui a le mérite de faire peur et dit bien ce que ça veut dire.

Je le regardai, intrigué.

– « Nuit et brouillard », traduisit-il obligeamment. La politique allemande d'envoyer leurs prisonniers dans des camps où ils disparaîtraient, pour ainsi dire, dans la nuit et le brouillard.

Il sourit d'une façon qui suggérait non seulement que ma compréhension du Projet était très floue, mais aussi qu'il ne se lancerait pas dans une discussion sur ce sujet.

– Et pardonnez mon emploi du conditionnel. C'est

une de mes habitudes, réfléchir sur les choses pendant que j'en parle.

Il rit dans sa barbe.

– J'ai aussi tendance à faire des apartés.

– Des apartés ?

– Par exemple, le château de Vincennes, proche de Paris. Diderot y a été emprisonné. Ainsi que le marquis de Sade. Quand on y pense, monsieur…

– Paul, dis-je afin d'établir un rapport moins formel. Je vous en prie, appelez-moi Paul.

– Très bien. Quand on y pense, Paul. Les deux pôles de la pensée à quelques mètres de distance. Le raisonnement d'un philosophe et les délires d'un psychopathe.

– Pourquoi faire cette digression maintenant ?

– Sans doute parce que ce château a servi de lieu d'exécution et de prison.

Il continua en racontant les fois où il s'y était rendu, ce qu'il aurait ressenti lors de sa première visite s'il s'était douté de celles qui suivraient, ce qu'il aurait fait en sorte de voir et de retenir car ce ne serait que bien plus tard que les petits détails lui parleraient de manière éloquente et poignante.

– Nous agissons au présent et nous rappelons au passé, affirma-t-il alors. Mais nous réfléchissons au conditionnel et regrettons au subjonctif.

– Je vois que vous êtes un étudiant en langues très doué, lui dis-je au cas où il aurait voulu m'impressionner.

Je sortis un calepin et un stylo de la poche de ma veste et fis comme si sa réponse à ma question suivante méritait d'être notée.

– Quelles langues parlez-vous ?

Plusieurs, se trouva-t-il, et tandis qu'il en dressait

la liste, j'en profitai pour le jauger comme on m'avait appris à le faire, commençant par évaluer sa forme physique.

Thomas Jefferson Danforth, quatre-vingt-onze ans, avait le regard encore perçant et, hormis l'occasionnel tressaillement d'inconfort, son âge faisait peu grincer ses articulations quand il changeait de position ou tendait le bras pour prendre son verre. Il avait les idées claires et sa voix ne faiblissait pas. Il lui arrivait de passer par des chemins de traverse, mais jusqu'à présent ses apartés étaient restés liés à la discussion.

– Vous parliez de Vincennes, lui rappelai-je quand il cita la dernière des langues qu'il pratiquait.

– Mata Hari y a été fusillée, déclara-t-il posément en étymologiste qui tournerait une idée dans son esprit, pesant l'origine de chaque mot, ses nombreuses facettes et caprices. Les Allemands y ont exécuté trente personnes en 1944. J'ai eu l'occasion de lire la liste.

– Pourquoi ?

– J'y cherchais un nom. Voulez-vous que je vous dise, Paul, l'impression que produit le lieu d'un assassinat change quand on connaît quelqu'un qui y a été assassiné.

– Vous connaissiez quelqu'un qui a été fusillé à Vincennes ?

Danforth fit non de la tête.

– Non, mais j'aurais pu, répondit-il d'un ton un peu léger. À Vincennes, je visitais, c'est tout. Je l'ai beaucoup fait après guerre.

– Après guerre, repris-je pour l'encourager à continuer de parler. Donc, ça n'avait rien à voir avec le Projet ?

– Rien ne s'achève du jour au lendemain, lâcha

Danforth d'un air de ne pas y toucher. Et certaines choses, jamais. Elles font des ricochets à l'infini.

Cette conversation semblait hors sujet, aussi dis-je :

– Vous avez travaillé pour l'armée, je crois ?

– À Londres. Je traduisais pour les services secrets des messages interceptés qui provenaient de toute l'Europe.

Il sembla parcourir intérieurement ces années en quête d'une anecdote édifiante.

– Je me souviens d'un contact en particulier, reprit-il. Un prêtre. Ses communiqués sur Drancy vous brisaient le cœur. Ce qui arrivait aux enfants là-bas, je veux dire. Il prétendait les avoir entendus crier depuis les marches du Sacré-Cœur.

– C'était impossible, dis-je, cherchant de manière un peu trop évidente à montrer que, malgré ma jeunesse et mes voyages limités, j'étais au moins familier avec Paris et ses environs. C'est trop loin.

Danforth me sourit avec indulgence, en vieil homme ayant parcouru le monde qui faisait l'éducation d'un jeune novice.

– Rien n'est trop loin pour la culpabilité, répondit-il en haussant les épaules. Mais oui, le prêtre parlait sans doute métaphoriquement.

Malgré l'air un brin pédagogique et didactique de Danforth, je devais reconnaître qu'il émanait de lui une certaine gravité, une profonde concentration ; aussi décidai-je de jouer le jeu un moment, d'aborder les choses de manière moins directe que je ne l'avais prévu, de lui permettre de faire d'occasionnelles digressions. Après tout, de tels vagabondages mentaux étaient typiques du grand âge et, de plus, il n'était pas impossible qu'un petit bijou d'information utile soit glané en chemin.

Toutefois, je voulais sarcler droit, raison pour laquelle je fis la déclaration suivante :

– Ils parlaient tous plusieurs langues. Les gens recrutés pour le… Projet ?

– Comment le savez-vous ?

– Le rapport de Robert Clayton pour le département d'État. Lecture intéressante, j'en conviens, que toutes ces affaires d'espionnage.

– Quel âge avez-vous, Paul ?

Quelque chose dans la voix de Danforth était à la fois dur et tendre, autant la cicatrice que la chair au-dessous.

– Vingt-quatre ans.

Il hocha la tête.

– À votre âge, j'étais un jeune sans expérience qui dirigeait l'affaire familiale. Imaginez-moi, si vous le pouvez.

Il sembla s'enfoncer dans le long tunnel de son passé.

– Jeune homme riche ayant une adorable fiancée, toujours tiré à quatre épingles, qui dînait au Delmonico's.

Le Delmonico's, New York, 1939

Une flamme jaillit de la poêle quand le maître queux arrosa le steak de brandy, et les clients aux tables voisines joignirent leurs rires et leurs applaudissements aux leurs, chahut qui se propagea à toute la salle, s'accrochant aux draperies et donnant encore plus d'éclat à la lumière.

– C'est le show, lança joyeusement Clayton.

Et ils levèrent leurs verres, Clayton et Caroline, son épouse depuis six mois, Danforth et sa fiancée, Cecilia

Linnartz, jeune femme blonde aux yeux d'un bleu étincelant qui semblait ne toujours pas s'être habituée aux reflets renvoyés par sa bague de fiançailles.

– À la panique des Français, cria Clayton en guise de toast.

Danforth lui lança un regard intrigué.

– C'est un vieux toast anglo-saxon, expliqua Clayton. Je le tiens de mon oncle oh-tellement-anglais.

Ils s'étaient rendus Beaver Street dans la voiture flambant neuve de Clayton, cadeau paternel pour son dernier anniversaire et, pendant le trajet, étaient passés devant les vestiges d'une émeute de la fin de l'après-midi. Des voitures avaient été renversées, deux ou trois d'entre elles, incendiées, étaient encore fumantes, les rues étaient constellées d'affiches. Caroline avait paru agitée, mais elle était nerveuse, Danforth le savait, et il aima la manière dont Cecilia, détendue et pondérée, avait rapidement calmé les nerfs à fleur de peau de leur amie.

En arrivant au Delmonico's, ils avaient oublié cet incident et retrouvé la superbe du quatuor heureux qu'ils formaient, Clayton discourant à l'envi, ne s'arrêtant que pour boire une gorgée de son martini six olives.

– Le portail extérieur en marbre, vous saviez qu'il venait de Pompéi ? demanda-t-il.

– C'est ce qu'on raconte, indiqua Danforth. Mais mon père en doute.

– Pourquoi ? s'enquit Clayton.

– Parce qu'il aurait été très difficile de le faire sortir d'Italie. Pas même de Naples, aussi corrompue que soit cette ville.

Clayton s'esclaffa.

– Alors, c'est que ce doit être un faux. Mais Danforth

Imports peut acheminer n'importe quoi depuis n'importe où, pas vrai, Tom ?

– Vrai, affirma Danforth avec assurance.

Clayton eut le regard brillant.

– Du grand art, ça, dit-il. Du très grand art. Vous devez connaître de multiples moyens de faire entrer et sortir ni vu ni connu des objets de grande valeur de ports exotiques.

– C'est une formulation bien pompeuse, remarqua Danforth, mais oui, en effet.

Le dîner traîna en longueur comme toujours, mais Danforth s'étonna que Clayton remette souvent sur le tapis des sujets tels que l'entreprise familiale, les contacts de Danforth Imports en Europe, surtout en France et en Pologne, mais aussi dans les Balkans où, ainsi que Danforth l'en informa dûment, on ne trouverait l'ordre qu'une fois qu'on aurait compris la structure du désordre.

Ils dégustèrent leurs plats et terminèrent le repas par une autre spécialité flambante, cette fois une omelette norvégienne. À dix heures, ils s'entassèrent de nouveau dans la voiture de Clayton pour le trajet de retour vers le nord de la ville où, peu après, Danforth et Cecilia se retrouvèrent enfin seuls dans le hall de l'immeuble de cette dernière.

– Caroline a peur de tout, fit remarquer Cecilia. Je ne vois pas ce que Clayton lui trouve.

Danforth haussa les épaules.

– Les hommes comme Clayton épousent souvent les femmes comme Caroline. Je ne sais pas pourquoi. Stanley l'a fait, tu sais. Le grand explorateur. Sa femme quittait rarement Londres et ne s'intéressait qu'aux chapeaux.

Cecilia ne répondit pas à cela, mais Danforth voyait

qu'elle y réfléchissait, une concentration qu'il appréciait chez elle et qu'il estimait importante pour la vie qu'ils mèneraient ensemble. Lui aurait-on demandé en cet instant s'il l'aimait, il aurait répondu oui en étant certain que c'était vrai. Bien des années plus tard, fouillant dans de vieux papiers et suivant de vagues indices, seul dans des chambres spartiates aux murs nus, il se rappellerait qu'à une époque il avait aimé une femme nommée Cecilia et que sans l'irruption d'un autre choix, unique et décisif, il l'aurait épousée et aurait passé sa vie à ses côtés. Elle eût été la pleine mesure de ce qu'il connaissait de l'amour, leur vie commune un verre qui, pour lui, parce qu'il n'aurait bu dans aucun autre, aurait toujours été plein.

Tout à coup, comme si quelque chose chez lui la troublait, elle demanda :

– Tu es heureux avec moi, dis, Tom ?

– Bien sûr, lui assura Danforth.

Peu après, dans le taxi qui le conduisait chez lui, il se remémora ce moment qui le ramena à son passé : son père et lui voyageant dans les contrées les plus reculées, mangeant des mets à peine imaginables en guise de formation pour diriger l'affaire familiale. Mais sa gestion réelle l'avait fait entrer dans un monde bien plus confortable et, à présent, cette époque plus aisée était comme un rêve d'enfant ou une de ces histoires dans les livres d'aventures pour garçons. Il en arrivait à se demander s'il n'aurait pas fait ces expériences trop tôt, le tout ayant été absorbé par un esprit trop immature pour trouver de la résonance chez l'homme qu'il deviendrait. Dans ces moments-là, il ne pouvait empêcher le doute de le gagner, il soupçonnait que le temps, lentement, dissolvait tout, sauf les épisodes les plus mouvementés de ces années dramatiques – le voyage en ferry sous l'orage jusqu'à Cozumel, le vent qui avait failli le faire tomber des falaises de Moher – et que, depuis sa jeunesse, il n'avait rien ajouté dans la vitrine de sa boutique toujours plus déserte.

Il éprouva alors un mécontentement familier et se tourna vers le travail, son échappatoire habituelle. Ce jour-là, il avait rapporté chez lui sa serviette remplie de documents et il s'installa pour les parcourir.

Il en était à peu près à la moitié de son travail de la soirée quand le téléphone sonna.

C'était Clayton.

– Rends-moi service, Tom. Va à ta fenêtre de devant et regarde sur la droite, à l'angle nord-ouest de Madison Avenue et de la 65e Rue.

– Pardon ? articula Danforth avec un petit rire.

– Allez, fais-le.

Danforth posa le combiné, gagna sa fenêtre, écarta le double-rideau et regarda au-dehors. La rue était déserte ; il ne vit qu'une silhouette solitaire, celle d'un homme en chapeau sombre avachi au coin de l'immeuble.

– C'est bon, j'ai regardé, reconnut-il, reprenant l'appareil.

– Et tu as vu un homme ? Adossé à l'immeuble ?

– Oui, répondit Danforth d'une voix lasse. Comment le sais-tu ?

– Je le sais parce que je suis dans le bar d'en face. Je le vois distinctement.

Danforth jeta un coup d'œil à la pendule de l'autre côté de la pièce.

– Le bar est fermé depuis une heure, Robert.

Le rire de Clayton était parfaitement détendu.

– Je pensais bien que tu le saurais. C'est formidable d'avoir conscience de ce qui vous entoure, dit-il.

– Je ne vois pas du tout de quoi tu parles.

Ce fut d'une voix dure comme le fer que Clayton demanda :

– Et si nous nous retrouvions à l'Old Town Bar demain soir ? Disons, sept heures et demie ?

Le Century Club, New York, 2001

– Donc, Clayton cherchait à savoir si vous possédiez certains traits de caractère ? demandai-je, question banale destinée à continuer de faire parler Danforth étant donné que je ne rentrerais auprès de mes patrons à Washington qu'une fois ma mission accomplie, même si, au final, cette interview était aussi inintéressante que je m'y attendais. Si vous étiez un homme qui observait ce qui l'entourait ?

– Quel regard perçant pour pénétrer les évidences, Paul.

Je ne donnai à Danforth aucune indication que ce « regard perçant pour pénétrer les évidences » m'offensait. Néanmoins, je voyais que le but de cette sortie était avant tout de me prévenir qu'il était inutile de m'abaisser à faire ne fût-ce que la plus allusive des flatteries.

– Il vous évaluait, n'est-ce pas ? repris-je.

Je posai de nouveau mon stylo sur la feuille de papier pour mieux donner l'impression à Danforth que sa réponse était importante.

– Vos forces, j'entends, ajoutai-je.

Danforth secoua la tête.

– Non. Il cherchait à déterminer mes faiblesses. Pas de caractère, cela dit. Les fissures en moi, les petits endroits par où on pouvait entrer. Il savait déjà ce qu'il voulait que je fasse. Ce qu'il ignorait, c'était si j'accepterais de le faire. D'où le canular avec l'homme posté à l'angle de la rue. C'était comme un parfum qu'il libérait dans l'air.

– Un parfum de quoi ?

– De mystère, pardi. Il voulait me faire savoir qu'il avait quelque chose en tête. Que je veuille apprendre ce que c'était. C'est la façon la plus simple de construire une intrigue : donner envie à l'autre d'en connaître autant que vous.

Il haussa les épaules.

– Bref, Clayton faisait un petit tour de passe-passe avec ce type au coin de la rue. De la prestidigitation.

– Ça a marché ? Êtes-vous allé à l'Old Town Bar ?

– Bien sûr que oui, répondit Danforth en hochant la tête. Je pensais écouter son boniment et ne pas en être séduit le moins du monde.

Son sourire émergea comme un minuscule rayon de lumière du ventre d'une grotte.

– Mais je n'étais pas préparé à ce qui allait se passer.

Old Town Bar, New York, 1939

Danforth tapota d'abord les épaules de son manteau, puis son chapeau pour faire tomber la neige qui s'y était déposée. L'intérieur du bar était sombre, d'une manière qui reflétait bien l'époque, telle qu'il en était venu à la considérer, tout étant faiblement éclairé et légèrement menaçant, donnant le sentiment d'un monde ancien qui se meurt, alors que le nouveau, encore incertain, se forme inévitablement mais risque d'être difforme, « un âge de monstre en devenir », comme l'avait déclaré récemment Clayton. De nouvelles manifestations de violence avaient encore enflammé les rues pas plus tard que l'après-midi même. Selon les informations à la radio, des voitures avaient été retournées et incendiées sur la Dixième Avenue et toute la ville était survoltée. Danforth, en quittant son travail, avait vu un escadron de police montée avancer solennellement vers Union Square, le visage grave et s'attendant au pire d'ici peu, voire pour le soir même. Il régnait une impression, partout et en tout, de vies arrachées à leurs emplois réguliers et à leurs liens familiaux stables, d'un immense tricot se démaillant.

Comme toujours dans un décor qui ne lui était pas familier, Danforth s'accorda le temps de prendre ses repères. Il eut conscience des heures de fumée de cigarettes accumulées qui s'enroulaient sous le plafond en métal repoussé du bar. Plus bas, des odeurs de cuisine s'accrochaient plus lourdement : graisse, ketchup, relents d'oignons. Un groupe d'habitués occupait les tabourets de devant, des ouvriers vêtus de combinaisons de travail, leurs larges épaules un peu voûtées, leurs grosses pognes enroulées autour de chopes de bière. Danforth ne pouvait imaginer la teneur des conversations qu'ils échangeaient dans la pénombre. Mais au moins, ces hommes avaient un travail, contrairement à ceux qui élisaient domicile dans les parcs de la ville ou érigeaient des baraques au bord du fleuve. Il y avait une explosion de paresse forcée chez les hommes sans emploi, songea Danforth, phénomène à la fois inerte et volatile, comme un plomb humide qui sauterait. Ils pouvaient déraciner les arbres d'une forêt pour faire un feu de camp, mais qui allait se dresser contre les vents qui les malmenaient ? Certainement pas lui-même, Danforth le savait, ni aucun des nantis tels que lui.

Le barman lui décocha un regard interrogateur.

Danforth fit un signe de tête vers les tables inoccupées du fond.

– Où vous voulez, indiqua le barman avant de se tourner à nouveau vers les habitués qui, clairement, étaient davantage son genre de compagnie – en casquettes et non en chapeaux, en vestes de laine effilochées et non en cachemire immaculé comme Danforth.

Clayton avait proposé cet endroit et Danforth ne s'était pas donné la peine d'en discuter. La 18e Rue se trouvait près des bureaux de Danforth Imports, non loin d'Union Square. Pourtant l'Old Town Bar était un choix étrange, il fut surpris que Clayton en ait même entendu parler. Mais c'était justement cet aspect-là de son ami qui lui plaisait et qu'il admirait, à savoir que, venant on ne savait d'où, il fasse preuve de connaissances ou d'une simplicité insoupçonnées. Il pariait dans des bouges au fond de ruelles, cela Danforth le savait, et semblait apprécier de s'aventurer parfois jusque dans les coins les plus risqués de la ville, les boîtes de nuit de Harlem et les bars en sous-sol du front de mer. À l'université, dans les locaux de leur fraternité, il avait régulièrement introduit de l'alcool de contrebande, caisses portées jusqu'en haut de l'escalier par des types qui parlaient à peine l'anglais mais savaient exiger d'être payés en numéraire. L'homme qui s'était avachi à l'angle de la 65e Rue et de Madison Avenue faisait sans doute partie de l'armée de contacts que Clayton s'était faits dans le demi-monde.

Il se dirigea vers la table qu'il avait choisie dès son entrée dans le bar, en homme traqué repérant la sortie la plus proche. Il se rendait compte que cela avait quelque chose de primitif, de pas tout à fait rationnel, qui serait plus utile à un soldat qu'à un importateur. Pour cette raison, il s'était découvert une impatience secrète à propos de rumeurs de guerre s'amplifiant en Europe, ainsi que l'espoir obscène et sérieux qu'elles soient vraies. Espoir de jeune homme, il le savait, et insensé qui plus est. Deux de ses oncles inhumés dans le cimetière militaire américain de Romagne-sous-Montfaucon lui rappelaient que les conflits étaient mortels, et chaque fois qu'il s'autorisait à les anticiper sans terreur, il se remémorait les longues rangées de croix blanches qu'il avait vues dans cette immense étendue. Mais même à ce souvenir, une lueur de romance de guerre parvenait à percer : il se rappelait aussi le livre d'or de Romagne, comment, en tant d'écritures distinctes, les Français avaient noté leur simple et élégant *merci*.

Une serveuse émergea de l'obscurité peu après qu'il se fut assis, faisant également partie, de toute évidence, du personnel de cuisine. Son tablier graisseux en attestait, tout comme le torchon humide qui pendait à son épaule.

– Ce sera quoi ? s'enquit-elle.

L'Old Town Bar n'était pas le genre d'endroit qui proposait un dry martini.

– Scotch. Sec.

En attendant, Danforth examina les sempiternels problèmes professionnels du jour : livraisons en retard, bateaux victimes d'intempéries et, encore et toujours, perturbations terrestres en Mandchourie. En Orient, il était rare que la nature exacte du contretemps soit claire mais, dans le fond, quelle importance si un col de montagne était bloqué par un blizzard ou selon le bon vouloir d'un seigneur de guerre local ? En importation, lui avait enseigné son père, on apprenait à accepter les impondérables. Il n'existait pas d'autre entreprise sur terre, *dixit* Danforth senior, qui, aussi pleinement et continuellement que la leur, se heurtait au hasard : cargaisons inondées par des fleuves en crue ou enfouies sous des avalanches, trains attaqués par des bandes affamées ou retenus par des révolutionnaires, et si les marchandises n'étaient victimes de rien de tout cela, alors elles étaient confisquées par des fonctionnaires avides résolus à étendre la corruption plutôt que de généreuses largesses. L'importation fonctionnait comme l'univers, Danforth en était venu à le voir ainsi : irrationnel et violent, avec quelque chose de vaguement criminel en son cœur.

La porte du bar s'ouvrit et Clayton entra, s'immobilisa, tapa des pieds pour les débarrasser de la neige et lança des coups d'œil alentour, dans l'expectative.

Danforth leva la main.

Clayton lui adressa un signe de tête un peu sec et le rejoignit, essuyant ses lunettes avec un mouchoir blanc. Il les avait remises le temps qu'il atteigne la table.

– C'est comme le blizzard de 1883 là-dehors, dit-il.

Clayton travaillait comme archiviste au service photos de la bibliothèque de la 42e Rue, place qui lui avait été attribuée, sans doute, grâce au généreux don annuel qu'y faisait sa famille. Il s'était spécialisé dans l'histoire de New York ; sa tête était pleine d'images en noir et blanc du passé de la ville. Danforth était certain qu'à l'allusion au blizzard de 1883 s'étaient aussitôt présentées à l'esprit de Clayton des photos de ce désastre-là : une ville bloquée dans de grands tourbillons pâles et fantomatiques, des chevaux enterrés avec leurs harnais, leurs têtes émergeant de monticules blancs, raides comme des serre-livres.

– Tu attends depuis longtemps ? demanda Clayton.

– Non, quelques minutes.

Clayton ôta son manteau qu'il drapa sur le dossier d'une chaise inoccupée, mais garda son écharpe rouge autour du cou et sur ses épaules.

– C'est plutôt intime comme endroit, tu ne trouves pas ?

La serveuse revint à pas traînants. Clayton commanda une vodka tonic avec une rondelle de citron vert.

– Alors, demanda-t-il une fois qu'ils furent à nouveau seuls, comment se passent les importations ?

– Une affaire familiale est une affaire familiale. J'ai préféré la formation à la mission.

– Imagine comme tu t'ennuieras à trente ans, fit remarquer Clayton avec l'ombre d'un sourire.

Les deux boissons leur furent servies peu après. Ils levèrent leurs verres, mais sans porter de toast.

Clayton reposa résolument le sien.

– Quelle est la fois où tu as eu le plus peur, Tom ?

Quelle question bizarre, songea Danforth, qui pourtant se souvint aussitôt très précisément de l'incident.

– J'avais sept ans, dit-il. Mon père et moi nous trouvions en Roumanie. Le train s'étant brusquement arrêté, nous savions que le conducteur avait vu, devant, quelque chose d'inattendu. En l'occurrence, il s'agissait d'un homme cloué à une croix.

Clayton le transperça du regard.

– Une croix ?

– Oui. Comme un Calvaire. Elle avait été dressée à côté des voies au sommet d'un col de montagne, et plusieurs hommes armés de carabines se tenaient sur la voie ferrée. Un bandit, qui brandissait une dague, nous a ordonné de descendre du train pour mieux voir ce malheureux. Aucune autre parole n'a été prononcée. Ses complices sont sortis des bois et ont simplement marché parmi les passagers, prenant en chemin ce que bon leur semblait. Ils désignaient vos poches et vous les vidiez. Ils montraient votre montre et vous la leur donniez. J'ai remarqué que les mains de mon père tremblaient. Je ne l'avais jamais vu effrayé, et j'ai pensé de lui : « Ah, je suppose que tu ne fraies pas avec des types qui en clouent d'autres à des croix. »

– Ça, c'est une expérience, commenta Clayton.

Danforth revit le regard des bandits : inexpressif, éteint, sans la moindre étincelle.

– Les âmes mortes sont très effrayantes, Robert.

– Les âmes mortes, répéta Clayton.

Il resta silencieux un moment, puis son expression se fit, de manière inattendue, plus pressante.

– Entre tous tes voyages, ton métier et ta maîtrise de plusieurs langues, ça m'a frappé hier soir au Delmonico's : tu serais l'homme idéal pour une mission secrète.

– Une mission secrète, rien que ça, dit Danforth en riant. Siroter un kummel à l'Hermitage. Rencontrer des hommes de l'ombre sur un banc d'un parc de Vienne. Apprendre à fabriquer de l'encre invisible.

– Il suffit de faire chauffer à parts égales du bicarbonate de soude et de l'eau. Écrire avec un cure-dents sur du papier blanc. Puis maintenir la feuille devant une source de chaleur, et ton message apparaît en marron.

– Tu me fais marcher.

– Pas du tout, répondit Clayton le plus sérieusement du monde avant de boire une gorgée. Voilà, tu sais comment on fabrique de l'encre invisible, Tom.

Danforth agita la main d'un geste catégorique.

– Pardonne-moi, Robert, mais tout ça me fait penser à une pièce de théâtre.

– Crois-moi, c'est beaucoup plus sérieux, dit Clayton d'un air grave. Ça pourrait changer le cours de l'Histoire.

– Changer le cours de l'Histoire ? Mazette ! C'est un projet ambitieux, même pour toi.

– Projet, répéta Clayton. Bon mot pour le désigner. Nous l'appellerons ainsi dorénavant. Le Projet.

Il consulta sa montre.

– Huit heures moins le quart, dit-il avec un sourire fugace. La vie passe si vite, n'est-ce pas, Tom ?

Danforth, plutôt que de répondre à ce truisme, préféra boire une gorgée.

Quelques clients pénétrèrent dans le bar : deux hommes, manifestement des habitués, et une jeune femme débraillée qui semblait se demander ce qu'elle faisait là.

– Nous disposons de si peu de temps pour nous fabriquer des souvenirs qui durent, ajouta Clayton.

Danforth observa les hommes qui se serrèrent au comptoir et laissèrent debout la femme qui paraissait à bout de nerfs et solitaire, tel un animal malade ou blessé, isolé du troupeau. Dans son cas, cela semblait provenir de confusion mentale ou de désorientation. Elle lançait des regards absents dans la salle, coups d'œil incertains et saccadés comme si elle suivait le vol d'une phalène invisible.

Cette vision a quelque chose de poignant, songea Danforth.

– Nous sommes comme des animaux, vraiment, dit-il presque pour lui-même.

– Des animaux ? Comment ça ?

La femme avait l'air en pleine crise de panique, ses gestes étant devenus saccadés et incontrôlés. Quelques clients au bar commençaient à la regarder de travers. Certains souriaient d'un air cruel qui portait un sale coup à la grande romance communiste ; ces nobles travailleurs ne se montraient pas plus généreux envers cette camarade perdue qu'ils ne le seraient envers quiconque si le loup frappait à la porte.

– Dans le sens où nous n'avons aucune pitié pour les faibles, répondit Danforth en observant la scène qui se jouait à l'entrée du bar.

Clayton s'esclaffa.

– Tu es un sentimental, Tom. Ce que les Irlandais appellent un Paddy.

– Peut-être bien.

Les clients étaient subjugués par ce cruel divertissement, observant du coin de l'œil avec des sourires torves la femme qui ôtait sa casquette en laine, la faisait tomber, la ramassait, s'efforçait de la glisser dans la poche de son manteau. Chacun de ses gestes trahissait son vagabondage solitaire, comme si, dans cette ville grouillante de monde, elle errait seule.

– Peut-être bien, répéta Danforth.

Le temps que Clayton se retourne vers elle, la femme avait dénoué le vieux foulard qu'elle portait à son cou et se dirigeait résolument vers le fond du bar.

– La ville regorge de cinglés, commenta-t-il, apparemment agacé que Danforth continue de se laisser distraire par cette femme. Si elle vient par ici, donne-lui la pièce.

Il sortit un paquet de cigarettes de sa veste et en fit jaillir une.

– Ils sont partout maintenant, reprit-il d'un air irrité. Ces foutus barges.

Le Century Club, New York, 2001

– Vous devez vous dire que Clayton n'était pas exactement un prolétaire, remarqua Danforth en riant.

– Il semblait appartenir à la vieille école, admis-je. Les services de renseignements recrutaient presque exclusivement dans ces rangs-là à l'époque, non ?

– Oui, en effet.

– La bonne nouvelle est que nos boys n'étaient pas comme ces Britanniques de la haute société qui finissaient par trahir, espionnant pour le compte de la Mère Russie. Philby, Burgess et les autres. Tous des traîtres.

– Et tous également condamnés, remarqua Danforth.

– Bien entendu.

– Même s'ils croyaient en leur cause ?

– Je me fiche pas mal de ce en quoi ils croyaient, répondis-je.

Danforth eut un regard indéchiffrable, comme si le souvenir d'une victoire ou d'une défaite lui revenait à l'esprit.

– C'est sûr, murmura-t-il, semblant réexaminer une ancienne décision ou en prendre une nouvelle.

– Évidemment, la plupart d'entre eux étaient des imbéciles, dis-je, déterminé à lui montrer que je connaissais mon histoire de l'espionnage et pouvais en citer des détails. Les Cinq de Cambridge. Imaginez ce groupe, se dispersant aux quatre coins de l'Europe, livrant un code de déchiffrage à Gibraltar, comme l'a fait Philby.

Je laissai fuser un rire ironique.

– Ils m'ont toujours paru être des bouffons, repris-je.

– Ou se faisant passer pour tels, nuança Danforth. Il y avait beaucoup de comédie dans ce domaine.

Faire semblant d'avoir peur. Faire semblant d'avoir du courage. Voire faire semblant d'être amoureux.

– Oh, ça, ce serait une comédie bien cruelle, non ?

– Oui, c'est sûr. Peut-être aussi cruelle que faire semblant de croire en quelque chose alors qu'en vérité on croit en tout le contraire.

Je sentis que cette dernière remarque le ramenait à son sujet.

– Clayton croyait-il en tout ce qu'il faisait ? demandai-je.

– Clayton y croyait dur comme fer. Il n'y avait jamais rien de confus ni de fumeux chez lui, rien n'était laissé au hasard.

– Pas comme cette femme dans le bar, alors, dis-je pour lui prouver que je l'avais écouté attentivement.

– Non, rétorqua Danforth, pas du tout comme cette femme dans le bar. Qui s'est dirigée droit vers le fond de la salle ce soir-là, au fait.

Son regard se perdit au loin : celui d'un homme replongeant dans le passé.

– En fait, elle s'est approchée si près de moi qu'un flocon de neige est tombé de son manteau sur le mien.

Old Town Bar, New York, 1939

– Oh, je suis désolée.

Quand la femme passa tout près, un flocon de neige s'était détaché du manteau roulé en boule qu'elle tenait et déposé sur celui de Danforth.

– Ce n'est rien, répondit-il gentiment.

Il remarqua son visage, combien il était jeune, comme si cette jeunesse accentuait la tragédie de sa démence.

– Votre manteau est très beau, dit-elle au moment

où leurs regards se croisaient. Je ne l'ai pas abîmé, au moins ?

– Pas du tout. Je vous assure. Ne vous inquiétez pas.

Un sourire forcé se dessina sur les traits de la jeune femme.

– Je voulais me débarrasser de cette neige, dit-elle avec un petit rire timide. Mais ce n'est pas facile une fois qu'on l'a sur soi.

– Pas de mal, rétorqua Danforth. Ce n'est que de la neige.

Le sourire de la femme tremblota, fil tantôt tendu tantôt flasque.

– En tous les cas, je suis navrée.

– Ne vous inquiétez pas, lui assura de nouveau Danforth.

Sur ce, la femme se détourna et se dirigea vers une table dans le coin le plus reculé de la salle. Elle s'assit et batailla avec ses affaires, foulard, manteau, sac en toile à bandoulière qui, toutes, donnaient l'impression de lui résister, rendant ses gestes de plus en plus saccadés et d'autant plus comiques qu'elle s'efforçait de se dominer. En même temps, elle semblait être en proie à un grand désarroi, future caricature de rue urbaine, jeune femme s'enfonçant prématurément dans les idiosyncrasies qui l'accableraient sans doute à l'âge mûr.

– Celle-là finira à Bellevue, dit Danforth avec tristesse.

– Tu le penses vraiment, Tom ?

– Oh oui. Mon Dieu, Robert, cette femme ne pourrait pas…

La lueur qui s'alluma dans le regard de Clayton l'arrêta net.

– Quoi ?

– Son nom de code est Lingua, déclara Clayton.

– Son nom de code ?

Clayton lança un coup d'œil à la nouvelle venue. Elle avait ôté son foulard, révélant une tignasse en désordre de cheveux bruns, frisés.

– Elle a eu la vie dure.

Danforth regarda la femme, dont le corps fluet sursautait toujours en bataillant avec un jeu d'accessoires qui, à chaque étape, semblait bien décidé à contrarier sa volonté.

Clayton reporta son regard sur Danforth.

– Si frêle, dit-il. À peine un mètre soixante. Peut-être cinquante kilos.

Il leva la main et, quand la serveuse s'arrêta devant eux, commanda une nouvelle tournée.

– C'est un génie des langues, ajouta-t-il une fois que celle-ci se fut éloignée. D'où son nom de code.

Danforth se pencha en avant.

– Qu'es-tu en train de me dire, Clayton ? Que cette femme est une… Je ne sais même pas comment l'appeler.

Clayton écrasa son mégot, alluma une autre cigarette.

– Sa mission pour ce soir était de venir à l'Old Town Bar à sept heures quarante-trois précises. Je devais fumer une clope. Si je ne portais pas d'écharpe rouge, elle devait prendre une table, boire un verre, mais en aucune façon m'approcher ou attirer mon attention. Si j'en portais une, elle devait passer tout près de ma table et, sous un prétexte futile, relever le signalement de l'homme avec qui je me trouvais.

Il se pencha vers moi.

– Et elle devait le faire de sorte que celui-ci la remarque, de manière qu'à l'avenir je puisse lui dire : « Tu te rappelles cette femme à l'Old Town Bar ? » et qu'il sache tout de suite de qui je parlais.

Il tira une autre bouffée de sa cigarette.

– Si tu n'avais pas été là, ce flocon de neige si utile aurait tout bonnement fondu.

Il jeta un regard à sa montre, et quand il leva de nouveau les yeux vers Danforth, sa mine était particulièrement grave.

– Allons marcher, Tom. Je veux te parler sérieusement.

Ils se levèrent, laissèrent de la monnaie sur la table et se dirigèrent vers la porte. Avant de sortir, Danforth lança un coup d'œil vers le fond de la salle où Lingua était assise ; son profil étant caché par la serveuse, il ne voyait qu'une cascade de cheveux bruns bouclés et les mains, petites, qui s'agitaient encore.

Dehors, il floconnait, mais il était déjà tombé assez de neige pour recouvrir les trottoirs. Leurs traces de pas grises les suivirent vers l'ouest, puis en direction du nord sur Park Avenue, jusqu'à ce qu'ils atteignent l'immobilité hivernale de Gramercy Park.

Clayton ajusta l'écharpe rouge autour de son cou.

– Tu as déjà entendu parler de Geli Raubal ?

Danforth fit non de la tête.

– C'était la nièce de Hitler, lui apprit Clayton. On l'a retrouvée morte dans l'appartement de son oncle à Munich. Elle s'est servie du Walther du Führer. Il est clair qu'il n'était pas à Munich quand c'est arrivé, et bien que Geli ait été tuée par une balle dans la poitrine alors que sa tête était à sa portée, on a considéré sa mort comme un suicide.

Ils marchaient le long du parc sur le trottoir couvert de neige à présent désert.

– Le monde de la finance pariait sur le fait que Hitler s'autodétruirait plus ou moins comme ça, poursuivit Clayton. L'idée que c'était un bouffon et qu'un scandale aurait raison de lui.

Son rire était teinté d'ironie amère.

– Mais il ne s'est pas autodétruit… et ce n'est pas un bouffon.

Ils atteignirent l'extrémité est du parc alors que la neige, plus dense, tombait à gros flocons qui s'accrochèrent rapidement à leurs manteaux et à leurs chapeaux.

Après un long silence, Clayton regarda Danforth droit dans les yeux.

– La guerre va éclater, Tom. Elle commencera en Europe, bien sûr, mais nous finirons par y être entraînés. Or, nous ne sommes pas prêts, c'est le problème. Nous sommes faibles et désorganisés. Tout ce que les Allemands ne sont pas. Nous aurons besoin de temps pour construire notre machine de guerre.

Il se tut, et Danforth comprit qu'il prenait soin de choisir ses mots.

– Il y aurait peut-être un moyen. Auquel quelqu'un n'a pas pensé. La femme du bar peut être très utile dans ce… projet. Mais il va lui falloir s'entraîner à diverses techniques. Et, pour ça, elle aura besoin d'un point de chute. Je pensais à ta maison de campagne dans le Connecticut. Elle est très isolée. Comme tu le sais, la mienne ne l'est pas.

Ils avaient atteint l'autre bout du parc. La neige formait à présent de grands voiles blancs, recouvrant les berlines et se déposant comme des perruques poudrées sur le haut des feux tricolores.

– Cette femme est prête à risquer sa vie, déclara Clayton avec emphase. Je ne demande qu'un endroit où elle puisse s'entraîner.

Ils continuèrent de marcher, puis s'arrêtèrent de

nouveau. Clayton fit un signe de tête vers les fenêtres allumées de Pete's Tavern.

– O. Henry a écrit *Le Cadeau des Rois mages* dans ce bar, dit-il sur une longue expiration qui semblait provenir d'une lassitude incroyable pour un si jeune homme. Quel sera ton cadeau des Rois mages, Tom ? Un autre tapis de Tanger, ou un projet susceptible d'aider à sauver ton pays ?

Le Century Club, New York, 2001

– Quelle étrange allusion, dis-je. O. Henry. *Le Cadeau des Rois mages*. Vous êtes croyant ?

– Ni à l'époque ni maintenant, répondit Danforth. Mais nous vivions dans un monde culturellement cohérent, Clayton et moi, un monde de symboles et de références communs. Ancien Testament. Nouveau Testament.

– Cohérence dont nos ennemis actuels ne manquent pas, dis-je froidement. Mais que nous avons, je ne sais comment, perdue.

Danforth haussa les épaules.

– C'est juste, mais voudriez-vous la récupérer si vous deviez avoir en prime un duc d'Albe ?

J'ignorais qui était le duc d'Albe, mais n'éprouvai pas le besoin de révéler cette lacune, aussi lançai-je :

– Ce qui veut dire ?

– Qu'il est facile de devenir ce qu'on a autrefois abhorré.

Ce que je trouvais un peu redondant et qui était sans doute une citation. J'en revins à notre sujet.

– Donc, Clayton vous a fait sa proposition. Comment y avez-vous réagi ?

– Malgré la neige, je suis revenu à pied vers les quartiers chics. En chemin, j'ai pensé à cette jeune femme, à ce qu'elle voulait faire. Et à moi-même. J'ai aussi songé aux nouvelles de O. Henry. Je tournais toujours tout ça dans ma tête quand j'ai atteint le Plaza.

Fontaine Pulitzer, New York, 1939

Danforth s'arrêta à la fontaine devant le Plaza pour réfléchir à la conversation qu'il venait d'avoir avec Clayton. Quelque chose avait bougé et il le savait. Un petit accès en lui s'était entrouvert. Peut-être Clayton avait-il le don de sentir quelle porte était verrouillée en vous et d'en trouver la clef.

Il fixa son attention sur les calèches qui entraient dans le parc ou en sortaient. Le rythme lent et régulier des sabots des chevaux produisait un son étouffé, presque envoûtant, pareil à un chant funèbre, doux et romantique. La plupart des passagers étaient jeunes, et Danforth supposa que beaucoup d'entre eux profitaient de leur lune de miel. Il croyait que le monde courait, ainsi que Clayton le disait, à sa perte, mais cela ne se passerait pas ce soir, pas pour ces jeunes nantis qui venaient de se marier dans les brumes de leur romantisme. Bientôt, il compterait parmi eux, songea-t-il, nouvel époux dans un de ces landaus au côté de Cecilia, homme stable dans un monde profondément instable.

Il avait parcouru toute la distance depuis Gramercy Park, et, tout en marchant, une petite graine se développa dans sa tête, ses racines s'enfonçant de plus en plus jusqu'à ce qu'il en sente les vrilles duveteuses s'enrouler autour de lui.

Soudain, il pensa à Razoumov, le révolutionnaire étourdi et fiévreux de Conrad[1], entraîné par hasard dans une intrigue mortelle, son destin en profitant pour entrer dans sa chambre, disait-il, pendant que sa propriétaire regardait ailleurs. Danforth savait qu'il n'était pas du tout comme ce Razoumov. S'il choisissait de jouer un rôle dans le projet de Clayton, ce serait sa décision, pas celle qu'il aurait été obligé de prendre aveuglément par un concours de circonstances.

Ses pensées changèrent de nouveau de cours, et il imagina la jeune femme de l'Old Town dans un bar très différent, un petit troquet de Bleecker Street au sol couvert de sciure, entourée par ce qu'il supposait être son genre d'amis : de prétendus écrivains, peintres, musiciens, de jeunes révolutionnaires, sans doute des communistes, tout ce beau monde se débattant dans le poing fermé d'une époque difficile, échangeant des opinions sur la vie, l'art et la politique, citant Marx, Engels, Lénine tout en buvant de la bière bon marché et en mangeant le plat du jour de l'estaminet. Il se demanda si elle était très différente des idéalistes au regard émerveillé, si elle avait entrevu, fût-ce de loin, le mur du peloton d'exécution à travers la brume de leur dialectique ronflante, senti, qu'elle prétende ou non avoir lu Saint-Just, que la révolution dévore ses propres enfants.

Il n'y aurait sûrement pas de réponse à cela, bien sûr. Il n'avait vu que la prestation étrange de cette jeune femme, et maintenant il doutait que même les boucles de ses cheveux soient naturelles. Peut-être n'était-elle qu'un spectacle profitant de la jolie vignette de la nuit, mais, au final, manquant de l'étoffe nécessaire

1. Joseph Conrad : *Sous les yeux de l'Occident. (N.d.É.)*

pour accomplir la mission – quelle qu'elle soit – que Clayton avait en tête.

Comme poussé par une main anxieuse, il s'éloigna de la fontaine, traversa la Cinquième Avenue et se dirigea vers son appartement de Park Avenue.

Son père habitait le même immeuble que lui et, c'était devenu un rituel, Danforth passait vérifier comment il allait avant de regagner son propre appartement.

Il vint aussitôt lui ouvrir.

– Tu n'aurais pas dû t'embêter à venir ce soir, dit-il tout de go. Tu as besoin de te reposer. Tu as une réunion avec Akmet demain à sept heures.

Même si Danforth père s'était retiré des affaires, il les suivait toujours de près, surtout celles avec Akmet qu'il considérait plus ou moins comme un marchand bédouin cachant un poignard dans sa manche.

– Le rendez-vous a été décalé à dix heures, dit Danforth.

– Ah, alors Akmet ressent enfin le poids des années, rétorqua son père avec un petit rire. Tu veux un verre ?

Danforth opina de la tête.

Son père s'écarta du seuil et l'invita à entrer.

Ils gagnèrent le salon. Une large fenêtre donnait sur la ville gagnée par la nuit. Les lumières scintillantes des immeubles au loin ressemblaient à une pluie d'étoiles arrêtées dans leur chute.

Danforth père servit deux scotchs, en tendit un à son fils. C'était un homme grand, mince et bien dans sa peau. Il était facile de l'imaginer comme personnage du passé, en capitaine de navire, campé sur le pont et réglant son cap sur les étoiles ; c'était précisément ce que les premiers Danforth avaient fait, et leur audace à parcourir le monde avait garanti la fortune de la famille. Ils avaient vogué sur les mers les plus déchaînées qui soient, taillé leur passage dans les profondeurs de jungles, avancé en titubant dans des régions désertiques, été blessés par des balles de mousquets ou des flèches, parfois empoisonnées, et souffert maintes fièvres tropicales. Comparé à ces ancêtres intrépides, Danforth menait une vie dorée, il le savait fort bien, en toute sécurité dans son nid douillet de Manhattan, un étudiant en langues étrangères entre mille, qui ne prétendait pas être différent des autres fils de famille. Une phrase de Pope lui traversa l'esprit, sur le fils qui dégénère, ô combien, par rapport au géniteur.

– Tu sembles fatigué, lui dit son père. Dure journée ?

Danforth se tourna face à la fenêtre. L'étendue de Central Park diffusait une lueur étrange sous les réverbères.

– Je repensais aux Balkans. À ces voleurs qui ont attaqué notre train.

Son père but une gorgée de whisky.

– Qu'est-ce qui te fait songer à ça ?

Danforth se représenta la jeune femme de l'Old Town Bar, les dangers qu'elle courrait si elle se rendait réellement en Europe.

– C'est peut-être parce que ça fait longtemps que je ne me suis pas fabriqué de souvenirs, dit-il. Tu vois ce que je veux dire ? De vrais souvenirs. Quelque chose de fulgurant qu'on n'oubliera jamais.

Son père s'esclaffa.

– Estime-toi heureux, déclara-t-il. La plupart des souvenirs durables sont mauvais.

Estime-toi heureux, se répéta Danforth en son for intérieur, et il sut qu'il ferait tout juste cela, mais aussi que, de manière étrange et inexplicable, il ne pouvait se résoudre à penser que seule la chance était de son côté.

Il quitta l'appartement de son père quelques minutes plus tard, dormit mal et, au matin, partit travailler. Devant son bureau, les commis et secrétaires s'affairaient comme d'habitude. Cette chère vieille Mme O'Rourke se montra, comme toujours, très empressée, gérant son emploi du temps, faisant barrage au téléphone, prenant les rendez-vous qu'elle estimait nécessaires, renvoyant divers vendeurs et démarcheurs vers M. Fellows, le responsable de l'organisation du bureau, ou M. Stans, l'expéditionnaire en chef, partageant le temps de Danforth avec parcimonie, comme, elle le savait, il le voulait.

Ainsi, la semaine s'écoula, le week-end arriva, et Danforth retrouva Cecilia dans un restaurant de l'autre côté de Gramercy Park, non loin de l'endroit où il avait bavardé avec Clayton la semaine précédente avant d'être livré à lui-même pour réfléchir à la proposition de son ami.

– Il neige de nouveau, murmura-t-il presque pour lui seul en jetant un coup d'œil à travers la vitre vers le parc.

Cecilia ouvrit le menu et le parcourut des yeux.

– Je crois que je vais commencer par une salade Waldorf, dit-elle. Et toi ?

– Une salade César.

Le serveur arriva, et ils choisirent le plat principal, Cecilia du poisson, et Danforth du poulet.

– Et comme boisson ? s'enquit le serveur.

Danforth se décida pour un pouilly-fuissé, puis lui rendit la carte des vins.

– Très bien, monsieur, dit le serveur en repartant.

Cecilia porta la main à sa nuque.

Danforth savait qu'elle vérifiait qu'elle n'avait pas de mèches rebelles.

– Tu es parfaite, lui assura-t-il.

Elle laissa retomber sa main sur ses genoux.

– La réunion au Vassar College a lieu samedi, dit-elle. Tu veux venir ?

– Bien sûr.

– Ce sera la première fois que je te présenterai comme mon fiancé.

Cela semblait la réjouir, et son bonheur se communiqua à Danforth. Ils se sourirent, comme tous les couples le font, et en cet instant il fut conforté dans l'amour qu'il éprouvait pour elle, dans sa volonté de s'impliquer dans leur future vie commune.

Le vin leur fut servi et ils trinquèrent à leur avenir, et tout sembla parfait jusqu'à ce que Danforth, jetant un coup d'œil par la vitre, voie une jeune fille lancer une boule de neige sur un passant ; en cet instant, il repensa à la femme du bar et se prit à l'imaginer quelque part dans le bosquet sombre au-delà de la vitre, figure solitaire s'éloignant de lui jusqu'à disparaître…

Le Century Club, New York, 2001

– … dans un paysage enneigé, murmura Danforth.

Il se tut et tourna la tête vers la vitre, la neige tombant à présent un peu plus dru que tout à l'heure.

– Quand repartez-vous pour Washington, Paul ?

– Mon avion décolle dans quelques heures, répondis-je, craignant que ce généreux laps de temps ne soit insuffisant pour boucler ce qui se muait en une interview beaucoup plus nonchalante que je ne l'avais prévu. Donc, repris-je d'un ton cassant, vous étiez de nouveau à Gramercy Park. Dans un restaurant avec votre fiancée. Vous regardiez par la fenêtre du restaurant, dehors, le parc, pensant à…

– Pensant à moi, en fait, coupa Danforth avant de prendre son verre pour boire une gorgée de vin. Avez-vous lu *L'Énigme des sables*[1] ?

– Oui.

– Je devais être un peu comme le Carruthers de ce roman. La jeunesse peut donner de cruels coups de fouet, vous savez. Parfois ceux qu'on reçoit. Parfois ceux qu'on inflige.

Il attendit que je réagisse mais, comme je m'en abstins, poursuivit :

– Bref, j'ai appelé Clayton plus tard dans la soirée, après ce dîner avec Cecilia. Je lui ai dit que le Projet m'intéressait. Il n'a pas semblé étonné. Mais je n'étais pas entièrement convaincu, lui ai-je dit. Je voulais rencontrer Lingua. Il a organisé un rendez-vous pour que nous nous croisions dans l'une de ces *grog houses* peu éclairées qui existent encore sur la Quatrième Avenue.

– Et quand vous l'avez rencontrée, demandai-je avec un sourire finaud, était-ce… une Mata Hari ?

– Elle était jolie, si c'est ce à quoi vous pensez, répondit Danforth le plus sérieusement du monde. Mais ce n'est pas ce qui m'a frappé chez elle.

– Quoi donc alors ?

Danforth s'accorda un temps de réflexion, puis dit :

– Comment le formuler ?

Une fois encore, il parut se retirer dans une époque révolue.

– Qu'elle semblait déjà regarder la vie du fond de sa tombe.

1. Célèbre roman d'espionnage d'Erskine Childers. *(N.d.É.)*

Le Dugout Bar, New York, 1939

Danforth arriva le premier et se dirigea vers un box dans le coin le plus reculé du bar. Il en était venu à avoir de sérieuses réserves au sujet de cette rencontre, et de plus grandes encore sur le fait de s'investir dans le projet, sans doute utopique de Clayton, d'influencer le cours de l'Histoire. Quel plan pourrait y réussir ?

Malgré tout, il ne pouvait nier qu'il attendait ce rendez-vous avec impatience. Quand il la vit franchir la porte d'entrée, il sentit son cœur battre plus vite.

– Bonjour, dit-elle en s'arrêtant devant lui.

Elle s'assit, dégagea ses bras de son manteau qu'elle laissa tomber dans son dos, puis plia son foulard qu'elle posa à côté d'elle sur la banquette, agissant comme si elle était seule dans ce box. Elle avait toujours les yeux baissés en disant :

– Pas de neige, cette fois.

Son teint, un peu olivâtre, lui donnait l'air vaguement sicilien, ses traits étaient à la fois délicats et énergiques, et une vivacité pénétrante animait son regard.

– Je suis Thomas Danforth.

– Anna Klein.

Klein, songea-t-il. Ce qui veut dire « petit » en allemand, et était donc parfaitement approprié à la femme assise en face de lui. Il se souvint que Clayton avait dit qu'elle était un génie des langues, et il décida de tester ces eaux-là.

– *Können wir Deutsch sprechen ?*

– *Wie Sie wünschen.*

Pendant quelques minutes, ils parlèrent allemand, la parfaite aisance de Danforth dans cette langue n'ayant d'égale que celle d'Anna Klein.

– Où avez-vous appris l'allemand ? finit-il par lui demander.

– Je suis très douée pour les langues, répondit Anna sans autre explication.

– Vous parlez aussi le français ?

– Oui. *Voulez-vous parler en français ?*

Ils échangèrent quelques mots dans cette langue, puis en espagnol, en italien, et dans les trois cas, Anna Klein s'exprima avec une facilité qui le stupéfia.

– Combien de langues parlez-vous ?

– Neuf, répondit-elle sans spécifier lesquelles.

– Vous habitez en ville ?

Elle acquiesça avec raideur.

– Dans le Lower East Side, précisa-t-elle.

Le père de Danforth surnommait ce quartier « le sordide royaume des Juifs » et, tandis qu'elle baissait les yeux, Danforth pensa à la longue histoire des persécutions subies par son peuple : les fausses accusations portées contre eux – qu'ils empoisonnaient l'eau des puits et sacrifiaient les enfants des Gentils –, les centaines de villages mis à sac et incendiés qu'ils avaient fuis, les forêts venteuses au cœur desquelles ils s'étaient cachés, faisant bouillir de l'écorce d'arbre en guise de soupe.

La serveuse arriva. Danforth commanda un scotch, mais Anna se contenta d'agiter la main.

– Merci, rien pour moi, dit-elle.

– Pas d'alcool ?

– Non.

– J'admire votre discipline, remarqua Danforth, plaisantant à demi.

Il haussa les épaules.

– Vous devez savoir qu'on m'a demandé de procurer un lieu où vous puissiez suivre un entraînement.

Elle croisa ses petites mains à la peau brune.

– Oui, répondit-elle, puis, soudain, elle se pencha en avant. Pourquoi vouliez-vous me rencontrer ? demanda-t-elle d'un ton ferme et d'une façon qui changeait radicalement le rapport de forces apparemment établi : Danforth était maintenant celui qui était évalué, elle celle qui avait des services à rendre.

– Pour satisfaire ma curiosité, je suppose, répliqua-t-il. Je voulais m'assurer que vous étiez quelqu'un de confiance.

– L'avez-vous établi ?

Sa franchise le surprit, tout comme son impatience de se lancer dans la tâche qui l'attendait.

– Oui, assura vivement Danforth, même s'il n'en prit conscience qu'en cet instant. On ne m'en demande pas beaucoup, après tout.

– L'entraînement aura donc lieu dans votre maison de campagne ?

Danforth acquiesça.

Anna Klein se leva et rassembla ses affaires avec des gestes vifs et précis qui n'avaient rien à voir avec les tressaillements convulsifs qu'elle simulait quand il l'avait vue pour la première fois à l'Old Town Bar.

– Je pensais que nous pourrions dîner ensemble, proposa Danforth.

Elle secoua la tête.

– J'ai du travail.

Sur ce, elle tendit la main vers son manteau d'où elle sortit une enveloppe qu'elle remit à Danforth.

– Je devais vous la donner. De la part de Clayton.

Danforth la prit et, au passage, remarqua comme Anna Klein avait la main menue, presque aussi délicate que celle d'une poupée, et comme son ossature était fine.

– Vous savez ce qu'elle contient ? interrogea-t-il.

Elle hocha la tête et remit son manteau.

– La prochaine étape, répondit-elle.

Le Century Club, New York, 2001

Danforth se tut alors et prit une lente inspiration.

– Il existe des gestes symboliques, Paul. Ils peuvent être insignifiants, comme prendre cette enveloppe de la main d'Anna, mais ils ont la force d'un engagement moral.

– Comme ce trait que William Travis a tracé sur le sable à Alamo, dis-je.

– Il n'existe pas de preuve que ce se soit réellement passé. Mais quelle importance ? Eh oui, le fait que j'accepte ce pli de la main d'Anna a été un peu cela, un geste qui établit clairement qu'à partir de ce moment il n'y aura pas de retour en arrière possible.

Il se tut une nouvelle fois, puis ajouta :

– Par ce simple geste, je me suis engagé dans le Projet. Non seulement par la chose peu spectaculaire qu'on m'avait demandé de faire, à savoir fournir une maison à la campagne, mais dans le Projet global. Il s'est trouvé que c'était une bonne chose, car Clayton me signifiait déjà d'enchaîner avec une autre étape – fournir une nouvelle identité à Anna –, ce que j'ai fait après avoir lu le mot dans l'enveloppe. Donc, le lendemain, suivant les instructions données dans ce mot, j'ai fait paraître une annonce dans le *New York Times* pour me trouver une ou un assistant de direction. Ma seule exigence était qu'il ou elle soit disponible pour des séjours prolongés à l'étranger et parle couramment plusieurs langues.

Il eut un sourire doux mais las ; un bref instant, je vis en lui un enfant qu'on entraînait dans un bois obscur.

– Puis j'ai attendu, dit-il.

Danforth Imports, New York, 1939

Les jours suivants, les candidats pour ce poste d'assistant de direction défilèrent, surtout des hommes jeunes aux curriculums vitae impressionnants, qui, pour certains, s'empressèrent de mentionner leur appartenance à des familles bien en vue et leur fréquentation d'écoles prestigieuses. Des fraternités furent citées, ainsi que des étés passés aux Hamptons ou à Cap Cod. Il était clair pour Danforth que certains candidats considéraient que l'importation représentait un choix de carrière attractif, voire, assez curieusement, une étape qui leur permettrait de décrocher un poste au Département d'État. Plusieurs avaient beaucoup voyagé, mais leurs compétences variaient considérablement. La plupart avaient très envie d'être embauchés, mais Danforth savait que rares étaient ceux qui mourraient de faim s'ils ne décrochaient pas le poste.

Quelques candidats moins bien lotis se présentèrent aussi, portant tous des costumes de prêt-à-porter. C'était la première génération d'hommes ne recherchant pas des distinctions qu'ils n'auraient pas gagnées à la sueur de leur front. En un sens, Danforth les admirait comme il ne pouvait admirer ni les autres ni lui-même, et il les aurait volontiers engagés s'il avait pu pourvoir plusieurs postes. Il appréciait leur stature, leur modestie et jusqu'à leur légère inquiétude qu'ils s'efforçaient au mieux de dissimuler.

Il n'y eut pas de candidate jusqu'au moment où

Anna se présenta, quelques jours après la parution de l'annonce, délai qui, pensait Danforth, devait lui avoir été imposé par Clayton sans explication demandée ou reçue.

Elle portait un ensemble éminemment professionnel : tailleur en tweed, corsage blanc, une chaîne en or à son cou et une paire de boucles d'oreilles assorties.

– Mademoiselle… Klein ? demanda Danforth en levant les yeux du curriculum vitae parfaitement présenté.

Elle avait le sourire aussi étincelant que le regard.

– Oui, dit-elle en tendant énergiquement la main. Ravie de vous rencontrer, monsieur.

La transformation était époustouflante. Il n'y avait plus de trace de la femme agitée qui tripotait ses affaires à l'Old Town Bar ni de celle, curieusement agressive, qui, quatre jours plus tôt, s'était glissée dans le box qu'il occupait au Dugout.

C'était plus qu'une actrice, songea Danforth : un caméléon.

Pendant les minutes qui suivirent, ils exécutèrent la danse de l'employeur et de la demandeuse d'emploi. Danforth posa les questions habituelles auxquelles Anna apporta les réponses attendues. Il ne montra pas qu'il l'avait déjà rencontrée et elle fit de même. Il conserva un air strictement professionnel, et elle motivé, comme si elle s'inquiétait que sa candidature ne soit pas retenue.

Prudemment, vers la fin de l'entretien, il posa une question qu'il aurait considérée essentielle même s'il ignorait tout de la femme qui lui faisait face.

– Vous avez un passeport ?

– Non.

– Il vous en faudra un, dit-il avec un sourire froid

qu'il voulut de circonstance. Si vous décrochez ce poste, bien entendu.

Il jeta un coup d'œil à son CV.

– Ce sera tout pour le moment.

Elle se leva et quitta la pièce, mais quelque chose d'elle s'y attarda toute la journée, une conscience de sa présence qui prenait Danforth de court tandis qu'il vaquait à ses occupations quotidiennes. De son bureau, il relevait la tête de temps à autre et regardait la chaise qu'elle avait occupée durant leur entretien et dont, curieusement, l'assise vide créait chez lui une soif de la revoir. C'était un sentiment étrange, nouveau et un peu inquiétant, comme la première sensation provoquée par un narcotique dont on sait qu'il vaudrait mieux désormais se passer.

À six heures, il rangea dans son attaché-case le travail de la soirée et partit.

Mme O'Rourke, sa secrétaire, était assise à son bureau. Elle lui tendit une petite enveloppe.

– C'est arrivé par coursier.

Une fois dans l'ascenseur, Danforth ouvrit le pli et lut le mot : *Six heures. Sur un banc, près de la fontaine de Washington Square.*

Il croyait y retrouver Anna, mais, ne la voyant nulle part, il attendit. Pendant un moment, il observa des gars du Village qui se promenaient sous les arbres, un peintre barbu portant des toiles et un chevalet, deux ouvriers tenant avec précaution un carreau.

Celui qui finit par s'approcher était petit et trapu, une bille d'acier faite homme. Danforth avait remarqué qu'il avait tourné deux fois autour de la fontaine, puis cassé ce cercle pour aller traîner à l'autre extrémité du parc, puis fait demi-tour, jusqu'à ce que, enfin, il semble s'être assuré d'une chose. Que Danforth soit l'homme qu'on l'avait envoyé rencontrer ? Qu'il n'ait pas été suivi ? Danforth n'en avait aucune idée. Il savait seulement que, comme en réponse à un signal radio, l'homme avait brusquement rebroussé chemin dans le parc, marché vers lui et s'était assis.

– LaRoche, dit-il pour se présenter avant d'éclater de rire. Clayton pensait que je risquais de vous faire peur, alors je dois être gentil avec vous.

Danforth ne savait pas si c'était du lard ou du cochon, mais il soupçonnait que cela pouvait être vrai et perçut une mise au défi dans l'évaluation de Clayton.

– Vous n'êtes pas très effrayant, répondit-il, encore qu'il trouvait le type assez inquiétant, d'une nervosité qui le mettait mal à l'aise.

– Pas effrayant du tout, confirma LaRoche. Rien qu'un petit homme ventripotent.

Il portait de vieux derbys, et son corps était enveloppé dans un trench-coat marron trop grand pour lui, ses mains bien engoncées dans les poches. Malgré son nom français, il était, Danforth le déduisit à son accent, tout sauf français.

– Je dois enseigner à la femme certaines techniques qu'elle a besoin de maîtriser, murmura-t-il.

Son accent ne présentait aucune trace d'allemand, et Danforth avait du mal à situer l'origine de son interlocuteur.

– Clayton m'a dit qu'elle était petite, enchaîna LaRoche.

Il suivit des yeux un cycliste solitaire qui faisait le tour de la fontaine. Ce dernier dessina un deuxième cercle, ce qui parut inquiéter davantage LaRoche.

– Votre maison est très éloignée ? se renseigna-t-il.

– Oui, répondit Danforth. Et isolée.

LaRoche acquiesça, puis porta son regard sur le parc, son attention passant d'une femme qui poussait un landau à un vieil homme qui boitait, appuyé sur une canne. Il ne changea pas d'expression tandis que ses yeux allaient de l'un à l'autre, chargés de méfiance, de suspicion, comme si aussi bien cette femme que ce vieillard pouvaient ne pas être ce qu'ils semblaient être.

– Ce week-end, dit-il.

Danforth approuva.

LaRoche jeta un coup d'œil vers la partie la plus éloignée du parc où un homme, adossé à un réverbère, lisait le journal.

– Je dois partir, fit-il.

Sur ce, il se leva et s'éloigna, et Danforth en fut quitte pour se demander quel genre d'homme était au juste ce LaRoche. Son accent, impossible à identifier, indiquait clairement qu'il n'avait jamais vécu assez longtemps quelque part pour acquérir de profondes racines linguistiques. Son comportement aussi avait quelque chose de nomade, l'exil perceptible dans le clignement de ses yeux et dans sa façon d'être constamment attentif au moindre mouvement autour de lui. Danforth se serait-il douté alors des forces obscures auxquelles il se heurterait par la suite, il aurait compris que LaRoche souffrait de paranoïa de l'âme, la même peur que ressentiraient plus tard les masses entassées dans les trains et le ventre plein à craquer des bateaux de transport, et dont il entendrait les cris dans de nombreux dialectes alors inconnus.

Century Club, New York, 2001

Forces obscures qu'il connaîtrait plus tard ? Paranoïa de l'âme ? Masses entassées ? Ventre plein à craquer des bateaux de transport ?

Je ne pouvais m'empêcher de me demander dans quel récit Danforth se lançait.

– Visiblement, votre histoire ne se termine pas à New York, dis-je.

Danforth fit non de la tête.

– Non, pas à New York. Nous avons des décennies à parcourir, Paul, des continents à traverser. Vastes étendues pour une petite parabole.

– Une parabole ?

Danforth haussa les épaules.

– Rien de plus.

Mon déplacement ici n'était donc, jusqu'ici, qu'une perte de temps.

Danforth perçut l'impatience qui me saisissait et s'empressa de l'apaiser.

– Parlez-moi un peu de vous, Paul.

– Eh bien, mon père était professeur, comme vous le savez.

– Et votre mère ?

– Une femme de professeur. Une oreille attentive. Nous avions des soirées à la faculté, les universitaires tenant toujours le haut du pavé. Ma mère n'était pas très loquace en ces occasions. Je pense qu'elle estimait ne pas être à sa place.

Dans mon esprit, je vis la voiture glisser sur le verglas et basculer dans le fossé.

– Mes parents sont morts dans un accident de voiture.

– Je suis navré de l'apprendre. Et vos grands-parents ?

– Ils sont décédés eux aussi. Le dernier d'entre eux, mon grand-père paternel, est mort l'an dernier.

L'attitude de Danforth changea du tout au tout.

– Ah, vie traîtresse !

Je supposai qu'il faisait allusion à l'accident qui avait causé le décès de mes parents, mais perçus un sous-entendu plus tragique ; il me semblait qu'il regardait une peinture montrant sur la toile un sujet qui en cachait un autre, plus sombre, en dessous.

– Oui, elle peut l'être, approuvai-je.

Je vis comme l'ombre d'une de ces choses obscures passer sur lui.

– Un jeune homme adopte une idéologie terrible et, ensuite, il n'y a rien d'autre que la destruction, dit-il.

Je me demandai alors s'il parlait des jeunes terroristes dans les avions et, pour la première fois, m'autorisai à nourrir le faible espoir que son histoire – sa parabole – puisse être intéressante au regard de ma mission. Auquel cas j'espérais que nous en verrions bientôt le bout.

– Donc, vous avez été d'accord pour fournir un endroit où Anna puisse suivre son entraînement, le relançai-je d'un ton encourageant.

Danforth approuva lentement.

– Un endroit où elle puisse suivre son entraînement, oui, c'est tout à fait ça.

Winterset, Connecticut, 1939

La voiture de LaRoche était une vieille Ford brinquebalante et poussiéreuse au tableau de bord méchamment incliné côté chauffeur, idéale pour un représentant de commerce, exactement le genre de modèle qui passait inaperçu. L'espace d'un instant, Danforth se demanda si cela aussi faisait partie du plan, minuscule rouage du mécanisme qui devait être bien plus soigneusement assemblé qu'il ne l'avait pensé de prime abord.

– Bonjour, lança Danforth à Anna quand elle descendit du véhicule.

– Bonjour, répondit-elle d'une voix suave.

– Bel endroit, dit LaRoche sans trop s'y intéresser, comme s'il restait indifférent à ce qui lui serait inaccessible.

Anna tira de la banquette arrière un vieux manteau tout effiloché qu'elle drapa comme une cape autour de ses épaules. Ses boucles étaient maintenues par un foulard noir, et Danforth remarqua qu'elle portait les chaussures miteuses et les bas noirs qu'il avait vus sur les femmes du Lower East Side. En tenue vieux continent, elle faisait non seulement penser à une étrangère mais, profondément, à une Moabite comme Ruth, seule parmi les blés de l'étranger.

– Vous permettez ? proposa Danforth en saisissant la valise.

Question de gentleman qu'il aurait posée à Cecilia ou à toute autre jeune femme dont il aurait été le cavalier dans un night-club ou un restaurant de luxe, mais il fut certain qu'Anna Klein trouvait cette courtoisie plutôt mièvre. Quelle figurine masculine de gâteau de noces collet monté devait-il sembler à ses yeux, décida-t-il, elle qui serait en première ligne pendant qu'il resterait en Amérique à siroter du brandy dans son club, menant, comparée à la sienne, une vie oisive à un point presque grotesque.

Pourtant, elle dit :

– Merci.

Et lui tendit sa valise.

Le sourire qu'il lui adressa avait tout d'un tic de grand timide.

– Bon… alors… entrons.

Il avait allumé un feu qui crépitait joyeusement dans le grand salon.

– Vous voulez manger quelque chose ? proposa-t-il.

Anna refusa d'un mouvement de tête.

– Non, murmura-t-elle.

Puis elle se tourna vers LaRoche.

– Autant commencer tout de suite.

– D'accord, répondit LaRoche.

Puis, d'un geste que Danforth trouva désinvolte à un point choquant, il sortit un revolver du creux de ses reins et le tendit à Anna.

– Prends-le, indiqua-t-il.

Anna obtempéra et, pendant quelques minutes, Danforth regarda LaRoche l'habituer au poids de l'arme et à la simple mécanique de son utilisation.

– D'abord, tu le palpes. Pour bien l'avoir en main.

LaRoche saisit le poignet droit d'Anna et plaça fermement le revolver à l'intérieur.

– Lève-le, abaisse-le. Habitue-toi à le manier.

Selon les instructions, Anna leva l'arme, laissa retomber son bras, puis la leva de nouveau.

De si petites choses, songea Danforth, aussi bien la femme que son arme, si dérisoires par rapport aux forces contre lesquelles elles seraient utilisées.

– Tu vois, ce n'est pas très lourd, claironna LaRoche.

Anna acquiesça.

– Comme une bouteille de lait, ajouta-t-il.

Anna tournait et retournait le revolver dans sa main, l'examinant sous toutes les coutures.

– C'est un Smith & Wesson 357 Magnum, précisa LaRoche.

Danforth regarda le revolver tandis que LaRoche poursuivait le descriptif de sa supériorité technique destinée à convaincre Anna, semblait-il, qu'elle tenait en main le meilleur modèle qui soit, dont les performances méritaient sa confiance absolue. Il était petit, noir, avec une ellipse tracée sur le côté, un barillet de trois pouces, et un de ces canons courts qui, supposait Danforth, permettaient de le dissimuler aisément.

LaRoche sortit une boîte de cartouches d'une poche de son manteau et, en trois étapes simples, montra à Anna comment charger, décharger, recharger, chronométrant ses efforts à l'aide d'une vieille montre à gousset jusqu'à ce que ses gestes soient suffisamment sûrs. Il referma le couvercle de la montre et jeta un coup d'œil dans les bois derrière la maison.

– Maintenant, essaie, dit-il.

Sur cette instruction laconique, il fit sortir Anna par la porte du fond, avec Danforth sur les talons qui avait le sentiment d'être la cinquième roue du carrosse mais était curieux de savoir comment cette jeune femme si menue allait se débrouiller au tir.

LaRoche s'arrêta quelques mètres plus loin et désigna un arbuste.

– Marche jusque là-bas.

Anna obtempéra, laissant des traces de pas grisâtres dans la neige.

– Stop ! cria LaRoche.

Anna s'immobilisa.

LaRoche se tourna vers Danforth.

– Inutile que vous restiez, lança-t-il sur un ton qui indiquait clairement que sa présence insistante était aussi superflue qu'inopportune.

Danforth, sans dire un mot, repartit vers la maison. Comme il atteignait la véranda de derrière, il entendit LaRoche crier :

– Prête !

Il se retourna et aperçut Anna, petite, immobile, campée devant un fin érable. De là où il l'observait, elle paraissait très près de l'arbre, si près que, lorsqu'elle leva son arme, le canon ne semblait se trouver qu'à quelques centimètres du tronc.

Serait-elle positionnée aussi près du danger ? se demanda-t-il. Quel péril pourrait-il être si proche ? Il l'imagina à l'étranger, dans une ville ou un village, coincée dans une mansarde, entendant des hommes gravir l'escalier quatre à quatre, tambouriner à sa porte, puis la défoncer ; Anna s'emparant de son arme de poing sur sa table de chevet, visant, faisant feu encore et encore, tout en sachant que les hommes continueraient d'arriver, toute une armée se déversant par la porte.

– Feu ! cria LaRoche d'un air détaché, comme s'il la priait de bien vouloir lui passer le sel.

Anna tira ; son épaule fut légèrement repoussée en arrière ce qui, de loin, donna l'impression qu'elle réprimait un frisson.

– Anna ? murmura Danforth sans pouvoir se retenir.

Elle ne se retourna pas, restant face à l'arbre, bras tendu, l'écho du tir se réverbérant encore dans les bois alentour.

– Un pas en arrière, cria de nouveau LaRoche. Feu !

Elle recula et tira une deuxième fois.

– En arrière, redit LaRoche. Feu !

À nouveau, Danforth imagina une scène terrible : Anna se précipitant dans une pièce inconnue, tendant la main vers son arme tandis que la porte s'ouvre d'un coup et que surgit un groupe de SS ou de policiers allemands, ou d'individus venus la chercher. Mais cette fois, il imagina la scène sans trembler intérieurement et il eut l'impression qu'il s'entraînait au côté d'Anna, tous deux devenant de plus en plus sûrs d'eux et de plus en plus aguerris contre les périls.

Danforth entra. Les tirs se poursuivirent pendant quelques minutes, Anna vidant et rechargeant le Magnum encore et encore, même si Danforth savait que, quelles que soient les circonstances de son arrestation, elle n'aurait le temps de tirer que quelques coups. LaRoche ne devait pas s'arrêter à cela, donc l'entraînement d'Anna consistait exclusivement à faire feu, recharger et tirer de nouveau, comme s'il s'attendait à ce qu'elle se fasse coincer et livre une attaque soutenue. Peut-être Clayton ne lui en avait-il pas dit davantage, songea Danforth, lui donnant l'idée qu'Anna faisait partie d'un contingent plus grand, simple ruse destinée à orienter l'esprit de LaRoche dans une mauvaise direction.

Au bout d'un moment, les tirs cessèrent. Danforth risqua un coup d'œil par les carreaux givrés. Au loin, LaRoche et Anna se tenaient épaule contre épaule, elle avait glissé sa petite main dans celle, d'une grandeur disproportionnée, de LaRoche, au point qu'il était impossible de savoir lequel d'entre eux tenait le revolver.

Ils parlèrent brièvement, LaRoche donnant, sans doute, de nouvelles instructions. Puis ils se retournèrent et regagnèrent la maison. LaRoche avait coincé l'arme dans sa ceinture, comme s'il pensait que sa vue pourrait heurter la sensibilité de Danforth.

– Elle est douée, claironna-t-il en regardant Anna. Tirer, c'est facile. Vouloir tirer, ça l'est moins.

Anna s'assit sur le canapé, la baie vitrée derrière elle laissant entrer à flots la lumière matinale.

– Nous reprendrons demain matin, lui dit LaRoche.

Elle approuva d'un signe de tête, puis regarda vers la fenêtre au moment même où un daim sortait du bois, maigre, un pan de peau à vif d'un côté de l'encolure.

– Qu'il est beau, murmura-t-elle en laissant s'attarder son regard devenu plus intense sur l'animal, un léger sourire aux lèvres.

LaRoche s'esclaffa.

– Avec ce que tu as appris aujourd'hui, tu pourrais le tuer d'une seule balle.

Anna suivait des yeux le daim, mais son expression s'était teintée d'une tristesse distanciée, un brin tragique. Sans savoir pourquoi, Danforth pensa alors à l'incendie de l'usine de la Triangle Shirtwaist, à ces nombreuses ouvrières qui s'étaient jetées par les fenêtres pour échapper aux flammes. Anna ne dit rien, mais ainsi qu'il s'en souviendrait plus tard, à plusieurs reprises, il lui sembla voir tomber toutes ces jeunes femmes dans son regard.

Le Century Club, New York, 2001

Danforth sombra de nouveau dans le silence, puis se pencha en avant et se massa un point juste au-dessus du genou droit.

– Dans la mémoire, la plupart des gens vont et viennent, dit-il. Mais rares sont ceux qui laissent en vous une part d'eux-mêmes.

Il lâcha sa jambe et se laissa retomber en arrière.

– Comme un shrapnel.

Quelque chose me troublait dans le souvenir qu'il

avait gardé de cet incident, et j'y entrevoyais de lointains présages de son récit. Cela étant, j'étais moins intéressé par les réminiscences fanées que Danforth avait gardées d'Anna Klein que par le Projet en lui-même, la façon dont il émergeait comme effort organisé par des amateurs.

– Je dois reconnaître que tout cela ressemble à une farce, lui dis-je. C'est vrai, vous ne saviez même pas ce qu'était au juste le plan de Clayton, ni le rôle qu'Anna devait y jouer.

Une lueur glacée brilla dans son regard, un peu comme un réverbère luit dans l'obscurité, le métal bleui par le froid et ponctué de neige.

– Une farce, répéta-t-il. Oui. Je suppose qu'on peut le voir ainsi.

Il n'ajouta rien de plus et, se levant brusquement, ferma sa veste à trois boutons, puis fit un signe vers la droite.

– La salle à manger est par là, indiqua-t-il.

Je le regardai, interloqué.

– J'ignorais que nous allions déjeuner, dis-je.

– Venez. Il vous faut vous nourrir.

Non sans réticence, je me levai et marchai à ses côtés, nous dirigeant sans nous hâter vers une pièce éloignée où des tables, couvertes de nappes blanches, étaient dressées.

– Nous étions à Winterset, rappelai-je à Danforth. Anna s'entraînait.

À l'entrée de la salle à manger, Danforth me saisit le bras à la manière d'un vieil homme, geste qui trahissait une fragilité qu'il avait pris soin de dissimuler jusqu'alors.

– Donc, pour vous, tout ça ressemble à une farce, dit-il sur un ton qui me parut durement pénétrant, tel un hameçon au bout duquel un poisson blessé se débattrait de toutes ses forces en essayant de comprendre le pourquoi du comment.

– Mais pas pour vous, c'est ça ? m'enquis-je prudemment.

Sur le moment, Danforth ne réagit pas, mais continua tout bonnement de marcher, d'un pas un peu chancelant, comme s'il cherchait un point d'appui sur une saillie escarpée. Puis il dit :

– Non, mais je le regrette.

– Pourquoi ?

– Parce que j'aurais peut-être deviné la vérité.

– Quelle vérité ?

– Que la question n'a jamais été de savoir si elle allait vivre ou mourir, finit par répondre Danforth d'une voix aussi déchirée et usée par le temps que les pages d'un vieux livre : ça, c'était décidé depuis longtemps.

DEUXIÈME PARTIE

Le creux de la cuiller

Le Century Club, New York, 2001

Danforth faisait des allers-retours dans son histoire avec une facilité déconcertante, en homme passant d'une pièce à l'autre dans une vaste demeure. Ces transitions se produisaient sans crier gare, sans autre signal pour indiquer le début d'un nouveau chapitre qu'un brusque changement d'expression de son regard, une lueur s'y allumant ou s'y éteignant. Anna Klein semblait être une présence s'attardant dans tout ce qu'il disait, un fantôme qui le suivait où qu'il aille. Ou bien était-ce lui qui talonnait ce fantôme, se déplaçant ici ou là dès qu'elle lui adressait un signe que lui seul pouvait voir ?

Pourtant, quand nous nous fûmes assis à la table qu'il avait réservée et jusqu'à l'arrivée du serveur, Danforth ne parla plus d'elle, mais de l'agencement du club. Il commanda du bœuf Wellington et un verre de bordeaux. Moi, une côte de bœuf, mais pas de vin.

– J'ai besoin de garder les idées claires, expliquai-je.

– En effet, répondit Danforth, en ajoutant, d'un air qui en disait long : surtout à partir de maintenant.

Paroles qui me firent penser à de sibyllines instructions, et qu'il fit suivre d'un bref discours sur l'« époque sinistre » et les « circonstances dangereuses » pouvant facilement conduire à des actions déraisonnables, voire regrettables, tout un exposé assez général, sans éléments précis, paraissant pourtant être intimement lié à son histoire.

– On ne devrait jamais se lancer dans un processus mental qui nous conduit droit dans le mur et non vers une ouverture, déclara-t-il à un moment sans plus d'explications.

Un peu plus tard, il y alla de cette déclaration :

– La tragédie de l'histoire de l'humanité est que les dieux mettent beaucoup trop de temps à échouer.

Il y eut des épigrammes pompeuses, mais je les notai dûment, attention qu'il remarqua mais à laquelle il ne sembla pas se fier.

Le déjeuner nous fut servi. Danforth choqua son verre de vin contre mon verre d'eau.

– *Bon appétit*, me dit-il.

Nous ne parlâmes plus du Projet. Danforth s'intéressa à mon éducation. Il voulut savoir si je parlais plusieurs langues. Pas couramment, avouai-je. Et de lui expliquer que j'avais choisi l'allemand au lycée et appris un peu d'espagnol lors de mes visites à mon grand-père en Amérique du Sud. Danforth testa ce qu'il me restait de mes connaissances, mais mon espagnol se révéla si rudimentaire qu'il finit par dire :

– Bon, oublions.

De là, il s'enquit des études que j'avais faites à Columbia et du parcours professionnel que j'imaginais pour moi dans l'avenir. Puis, je ne sais pourquoi, il me dit que ma vie lui faisait penser à un paysage marqué par ce qu'il appelait des « lignes de faille morales aux subtils tremblements » auxquels nous devrions rester attentifs.

Une fois le déjeuner terminé, Danforth reposa sa fourchette et retourna vers le passé.

– Ne pas aimer avec sagesse mais avec excès, déclara-t-il. C'est une faute morale qui prend de nombreux aspects.

– Un avertissement que nous donne Shakespeare, répondis-je pour, de manière évidente, souligner que j'avais lu *Othello*.

– Aimer une femme et ne pas savoir qui elle est. Ou un homme et ne rien savoir de ce qu'il a fait.

Son regard brilla brièvement avec intensité.

– Adhérer à une cause sans savoir où elle mènera. C'est différent mais, en un sens, ça revient au même.

– Au même, c'est-à-dire ?

– En une seule et simple parabole qui contient le tout, répondit Danforth.

C'était la deuxième fois qu'il faisait référence à son histoire comme à une parabole, mais là, son allusion semblait plus complexe, comme s'il essayait de me convaincre que ce serait un récit à plusieurs niveaux, à la fois vaste et intime, tour à tour roman d'aventures, pièce morale et Dieu sait quoi d'autre encore, mais, au final, un récit qui ne me ferait pas perdre mon temps. Son besoin de défendre son point de vue m'attristait un peu, me donnant le sentiment qu'au lieu d'être un analyste du renseignement en mission, j'étais un bénévole au domicile d'une personne âgée, envoyé s'asseoir au chevet d'un vieux gâteux et feindre d'être captivé par les nombreuses Chevrolet qu'il avait possédées.

Danforth dut s'en rendre compte car il revint aux aspects concrets de son histoire.

– Au début de la guerre, nous pouvions agir autrement, dit-il. Nul besoin d'entraînements secrets. Nous faisions simplement tomber des gens du haut du ciel.

Il semblait encore impressionné et rempli d'admiration par ces parachutages nocturnes, derrière nos lignes, par le courage que ces actions avaient exigé et, dans sa voix, commença d'affleurer la vieille tristesse qu'il ressentait que tant d'entre eux soient morts.

– C'était étonnant de voir combien étaient peu équipés ceux qui étaient lâchés derrière les lignes ennemies, reprit-il. Une pioche pour enterrer leur parachute, une boussole pour trouver leur chemin, une paire de lunettes pour se déguiser. C'est surprenant que ça ait si bien marché, Paul. Rien qu'une paire de lunettes à verres neutres. Ça change complètement votre apparence. Fausse identité, bien sûr. Il fallait bien ça. Une carte. Des allumettes pour les messages secrets. Une barre chocolatée pour l'énergie. Un rasoir. Une dizaine de détonateurs si on devait faire sauter quelque chose. Une TSF pour envoyer ses rapports.

Il réfléchit un moment, puis ajouta :

– Oh, et un revolver… pour ce jeu dangereux qu'on redoute.

Je fus impressionné par cette démonstration de savoir d'initié, mais surtout elle soulevait la question des activités de Danforth pendant la guerre.

– Avez-vous été parachuté ? demandai-je.

– Oui, mais c'était plusieurs années après la fin de mon implication dans le Projet. Ma cible, c'était Sète. Le poète Paul Valéry y est né. Il a dit une chose à laquelle j'ai souvent pensé au cours des années, qu'un poème n'est jamais terminé, tout juste abandonné. C'est pareil pour un idéal, je pense, ou une quête de la vérité. Bref, Sète, c'est très joli, avec ses canaux.

– Pourquoi vous y avait-on envoyé ?

– Pour déterminer si l'Espagne était réellement neutre. Ce qui était le cas. L'Espagne avait déjà été saignée à blanc par sa guerre civile. De plus, les Allemands méprisaient ouvertement les Espagnols, ce que ces derniers savaient. « Pour les Allemands, l'Afrique commence aux Pyrénées », disaient mes contacts sur place. Autrement dit, l'Espagne, c'était l'Afrique pour eux, pauvre et inepte, ne méritant aucune considération.

– Des contacts espagnols. Vous avez traversé la frontière pour vous rendre en Espagne ?

– Oui. J'étais basé près de Saragosse. Ma mission consistait à observer si des armes sortaient d'Espagne vers la France vichyste.

– Étiez-vous encore avec Anna Klein à l'époque ?

Et soudain, elle fut là, cette petite lumière s'éteignant puis se rallumant, puis s'éteignant encore, clignotant au loin avec insistance, comme un signal d'alarme à l'entrée d'un lieu où Danforth voulait et ne voulait pas aller.

Il prit son verre mais, au lieu de le boire, fit doucement tournoyer le vin, regardant ses reflets rubis.

– Non, je n'étais pas avec Anna, dit-il.

Sa main se figea et la surface du vin redevint immobile.

– Rouge sang, murmura-t-il, comme s'il se perdait dans cette pensée.

– L'entraînement, dis-je afin de le ramener à ce qui nous occupait. Nous en étions à Winterset pendant l'entraînement d'Anna.

– Oh, oui. Il y en a eu beaucoup d'autres, bien sûr. LaRoche était un génie de la destruction.

– La destruction ? Mais il lui apprenait seulement à se servir d'un revolver pour se défendre, non ?

– Au début. Mais il y avait d'autres techniques à retenir.

– Lesquelles ?

– Celles du sabotage. Ce mot dérive de sabot, vous savez, quand les ouvriers cognaient avec leurs sabots sur les machines de l'industrie textile qui menaçaient leurs emplois.

– Vous n'avez jamais perdu votre goût pour l'étymologie.

– Non. C'est que les mots sont importants, Paul. Savez-vous comment Sartre définissait le Juif ?

Je secouai la tête.

– Comme quelqu'un que quelqu'un d'autre appelle un Juif, répondit-il en me transperçant du regard. Tout est dans le mot, jamais dans la personne.

Il laissa cette idée faire son chemin, puis ajouta :

– Un mot tel que celui-là, Juif, c'est une bombe.

La manière dont Danforth insista sur cette remarque me laissa l'impression qu'il la préparait depuis longtemps et que d'autres réflexions de ce genre étaient disposées comme des mines sur la route devant nous.

– Un mot est une bombe, répétai-je, sans laisser entendre que je trouvais ce commentaire un brin mélodramatique, pour ne pas dire rebattu.

– Oui, dit Danforth. Ce qui nous ramène à Anna.

Winterset, Connecticut, 1939

Depuis plusieurs week-ends, Danforth voyait la cave de sa maison se transformer en sinistre laboratoire. LaRoche avait placé des tables qu'il avait couvertes de différents matériels : multitude de flacons de verre emplis de poudres et de liquides, balance en cuivre, mortier et pilon en marbre noir. Il y avait ajouté beaucoup d'objets qu'il pensait pouvoir se révéler utiles : un attaché-case à double fond, une pendule et plusieurs montres, des prises électriques aux normes européennes, des teintures, du cirage et un stock de détonateurs. Chaque week-end amenait une nouvelle leçon grâce à laquelle Anna devenait de plus en plus versée dans les arts secrets du sabotage. Elle avait eu droit à d'autres cours de tir et à beaucoup d'exercices de manipulation de la TSF que LaRoche avait déchargée de l'arrière de sa voiture la dernière semaine de février.

À chaque étape de l'entraînement, LaRoche croyait de plus en plus aux capacités d'Anna, aussi, aux derniers jours de l'hiver, décida-t-il de passer à la dernière étape.

– Aujourd'hui, nous fabriquerons une bombe, lui annonça-t-il alors.

Il la conduisit à une table où s'alignaient divers matériaux.

– C'est du chlorate de potassium, dit-il. On tue les limaces avec, mais c'est bien aussi pour faire un explosif.

Il désigna un flacon de verre contenant une poudre blanche qui semblait aussi inoffensive que du sucre glace.

– C'est du nitrate de potassium. On en trouve beaucoup dans les engrais.

Le produit suivant était du permanganate de potassium – présent, selon LaRoche, dans les gargarismes courants. Ensuite, il prit un pot de ce qui semblait être de la banale teinture pour bois.

– Oxyde de fer.

Le pot suivant contenait de la peinture argent.

– Là-dedans, on a de l'aluminium anodisé.

Il haussa les épaules en un geste presque comique.

– C'est enfantin de fabriquer une bombe.

Mais il ajouta que cela ne suffisait pas car, ensuite, on devait la cacher, et la meilleure façon d'y parvenir était de la faire passer pour ce que ce n'était pas.

– Comme ceci, par exemple, dit-il en prenant un bloc de charbon. Le charbon, c'est friable. Très facile de le creuser et de placer une bombe à l'intérieur. On en trouve partout en Europe. De gros tas à la cave, tout près de la chaudière. De quoi faire sauter tout un immeuble.

Danforth envisagea le moment où le nouveau programme de formation d'Anna prendrait brutalement son sens en un déluge de feu, un immeuble s'écroulant quelque part au cœur de l'Europe, de longues langues de flammes grimpant le long de murs carbonisés et léchant l'air par des fenêtres soufflées ; Anna serait alors à quelques heures de là, espérait-il, peut-être déjà installée dans une autre ville, connectant d'autres bombes à d'autres minuteries, préparant sa prochaine action.

À ce moment-là, se dit-il, lui-même aurait repris son travail chez Danforth Imports, répondrait aux appels téléphoniques habituels, prendrait les décisions courantes. Il aurait épousé Cecilia, ils se seraient installés dans la maison du Connecticut, attendraient, pourquoi pas, la naissance du bébé ; il se prélasserait dans le vaste salon où il lirait les dernières nouvelles de la guerre en Europe pendant que, dehors, les jardiniers ratisseraient les feuilles mortes et sarcleraient les dernières mauvaises herbes du jardin d'été de Cecilia.

Danforth n'aurait su dire ce qui le dérangeait dans cette vision de son avenir, mais il savait que cela ne venait pas seulement du sentiment familier que la partie la plus aventureuse de sa vie était déjà derrière lui. Il y avait quelque chose dans la nature extrêmement sérieuse de l'entraînement d'Anna, tout comme dans son insatiabilité à apprendre les arts obscurs de LaRoche, qui lui donnait le sentiment d'être petit et insignifiant. Il pensa au pugiliste des Thermes – la statue d'Apollonios – au repos, le visage marqué par les coups qu'il avait reçus. Voilà un homme qui avait connu le pire, soudainement mûri par sa terrible expérience. Ce n'était pas pour rien, admit Danforth pour lui-même, qu'il n'existait pas de statue du serviteur qui lui avait tendu sa serviette.

Cette idée le troubla, et il fut soulagé que la sonnerie du téléphone la dissipe. Il détourna ses pensées de l'entraînement d'Anna et monta quatre à quatre les marches de la cave. Le téléphone était posé près de la porte.

– Allô, dit-il.

– Je t'ai envoyé un client, lui annonça Clayton. Il s'intéresse à l'impressionnisme français. Il se disait que tu pouvais avoir des contacts à Paris. Sois au kiosque à musique de la ville. À deux heures et demie. Il portera une veste beige. Et un brin de lavande à son revers.

– Un brin de lavande ?

Clayton s'esclaffa.

– Tu te souviens de ces champs, non, Tom ?

– Oui, dit-il.

– Le kiosque à musique, répéta Clayton. Deux heures et demie.

Danforth reposa le combiné sur son socle, sortit sous la large véranda et porta son regard sur la forêt. Bientôt, les arbres se hérisseraient de bourgeons verts et les premières feuilles commenceraient de frémir dans l'air tiède. Et il s'interrogea : où serait Anna à l'éclosion des premières fleurs ?

Soudain, un bruit résonna dans la cave, petite détonation, très contrôlée, très étouffée, suivie par le rire tonitruant de LaRoche.

Danforth se demanda si Anna avait ri elle aussi, ou

au moins s'était autorisée à sourire, prétendant, sur le moment, que tout cela n'était qu'un jeu.

Le trajet jusqu'au parc de la ville serait court, et il n'était que deux heures, mais Danforth ne voyait aucune raison de rester chez lui. Il pourrait passer par la route de la vallée, celle qui serpentait le long du ruisseau d'un bleu froid, et arriver en ville par une direction inattendue, à croire que son esprit se concentrait à présent sur une attaque surprise.

Pendant le trajet, il songea à Anna. Ils avaient bavardé au travail, toujours sur des sujets professionnels. Ils ne s'étaient jamais rencontrés en dehors des heures de bureau, excepté les week-ends, à la maison de campagne, durant lesquels LaRoche l'accaparait presque entièrement, lui enseignant les maniements les plus complexes qu'elle devait exécuter encore et encore jusqu'à ce qu'ils lui viennent avec la fluidité technique d'une vieille habituée. De temps en temps, tous trois partageaient des repas, mais même alors LaRoche monopolisait la conversation sur la formation d'Anna, lui posant des questions, notant ses réponses, hochant parfois la tête avec satisfaction mais, sinon, gardant pour lui-même l'opinion qu'il avait d'elle, ce qui n'empêchait pas Danforth de supposer qu'il faisait part de son évaluation à Clayton.

Donc, que savait-il de cette femme ? se demandait Danforth à présent. Peu de choses à part sa froideur déterminée et le fait qu'elle était particulièrement intelligente. Au bureau, elle assimila rapidement chaque élément de sa formation sur les importations, une vivacité d'esprit que Mme O'Rourke avait mentionnée en maintes occasions. À Winterset, elle avait appris le morse et comment utiliser et réparer une TSF avec la même dextérité qu'elle avait maîtrisé le maniement d'une arme à feu et, pour l'heure, elle apprenait à fabriquer une bombe. Il avait déjà remarqué son étonnante capacité à changer d'identité, si vite et si radicalement qu'elle-même semblait, un bref instant, s'y perdre.

Mais c'était le don qu'elle avait pour les langues étrangères qui impressionnait le plus Danforth. Quand ils bavardaient, il se délectait de la voir passer de l'une à l'autre. Un jour, elle lui dit qu'on ne pouvait connaître un peuple si on n'assimilait pas sa langue et que, aurait-elle droit à plusieurs vies, elle les passerait à en apprendre d'autres. *Mais tu n'auras qu'une vie*, songea-t-il brusquement tandis qu'il pénétrait en voiture dans la ville, puis, non sans une certaine détresse, il ajouta : *Et peut-être sera-t-elle brève.*

Bien des années plus tard, quand il se tiendrait dans les décombres de la prison de Plötzensee, Danforth se souviendrait de ces pensées, qu'elles l'avaient traversé comme il arrivait en ville au volant de sa voiture, et l'idée lui viendrait que l'amour n'est, dans le fond, que la plus profonde compassion qui soit, et que, peut-être, son amour pour Anna Klein avait commencé le matin où il l'avait observée à la fenêtre et avait pensé à toutes les immigrées comme elle, à la difficulté de leur tâche, à leurs perspectives limitées et qu'il avait, en quelque sorte, vu en Anna leur incarnation dans sa vie. Plus tard encore, ce fut sa tendresse qui l'avait charmé, comme il s'en était souvenu en cette même morne occasion, les murs fracassés de la prison symbolisant parfaitement sa propre vie fracassée ; puis, ce fut la détermination d'Anna qui l'avait attiré et, ensuite, son sacrifice, si bien qu'à la fin il semblait impossible qu'un amour bâti sur des fondations si multiples puisse un jour s'écrouler et se reconstruire sur le mode de la fureur.

Quelques minutes plus tard, il atteignait la ville.

Elle s'agitait au rythme ralenti qui lui était habituel tandis qu'il roulait dans son unique grand-rue. On y trouvait une épicerie et une station-service, à côté d'un magasin de vêtements et d'un bazar. C'était une localité typiquement américaine, tranquille et très conviviale. Danforth repensa au moment où il s'était engagé dans le projet de Clayton et en était venu à se dire qu'en se consacrant à cet effort – ne fût-ce qu'en fournissant une aide mineure – il agissait pour préserver et protéger cette petite ville et tant d'autres comme elle. Peut-être que cela suffirait, pourtant cette possibilité pâlissait quand il pensait à Anna, aux techniques mortelles qu'elle apprenait et, à un moment ou un autre, emploierait. Fournir une maison à la campagne pour son entraînement était loin d'être du même ordre.

Le kiosque à musique se trouvait au milieu d'un petit parc et, en s'en approchant, Danforth aperçut, dans la direction opposée, un homme en veste marron qui se dirigeait vers lui. L'inconnu portait un feutre foncé rabaissé sur ses yeux, comme la silhouette que Danforth avait vue par la fenêtre de son appartement, et il eut la certitude qu'il s'agissait bel et bien du même individu.

– Alors, impressionnisme français, attaqua Danforth quand il arriva à sa hauteur.

L'autre, sans aller jusqu'à sourire, parut amusé.

– Ces petits jeux nous sembleront ridicules un jour.

Il s'exprimait sur un ton nostalgique comme si, telle Anna, il avait lui aussi entrevu son destin. Il tendit la main.

– Ted Bannion.

Bannion, songea Danforth, un nom irlandais. Contrairement à LaRoche, l'homme correspondait bien à son nom, avec ses cheveux clairs et ses yeux bleus, de même que ses manières, tel que Danforth l'imaginait aisément dans la cour d'exécution de la prison de Kilmainham, épaule contre épaule avec Connolly et Pearce.

– Clayton ne m'a jamais parlé de vous, dit Danforth.

Bannion arracha le brin de lavande du revers de sa veste et le jeta par terre, comme pour prouver sa distance par rapport à de telles garnitures ridicules.

– C'est moi qui prendrai Anna en charge après son entraînement, précisa-t-il.

– Elle va savoir faire des tas de choses, il me semble, remarqua Danforth en choisissant ses mots, espérant obtenir une indication sur la nature même du Projet.

– C'est pour qu'elle puisse en former d'autres après elle, rétorqua Bannion en guise d'explication avec un sourire froid. Notre Jeanne d'Arc.

Cela pouvait indiquer que le Projet était beaucoup plus vaste que Danforth ne l'avait imaginé, qu'Anna était non pas un petit cadre, mais le fer de lance d'une force plus grande.

– Leur enseigner différentes langues, ajouta Bannion.

Son accent, imperceptible estimait Danforth, semblait teinté de multiples inflexions, comme une voix derrière un masque.

– C'est son plus gros atout, enchaîna Bannion.

– Pas son courage ?

Bannion haussa les épaules.

– Le courage, on n'en est jamais à court, rétorqua-t-il. C'est l'habileté qui est rare.

Il paraissait triste que l'humanité soit si forte face au danger et si démunie quand il s'agit de l'éviter. Une prise de conscience de cette indignité, l'humanité noblement courageuse mais atrocement incompétente, noya son regard et Danforth trouva que cela lui donnait l'apparence d'un dieu déchu.

– Comment avez-vous rencontré Clayton ? demanda-t-il.

– Lors de l'une de ses conférences à la bibliothèque. Il semblait penser que les riches avaient le devoir d'agir. J'avais ma petite idée quant à savoir comment.

– Au fait, j'ignore encore ce qu'est le Projet.

– Avec de la chance, vous ne le saurez jamais, me répondit platement Bannion.

– C'est très ambitieux, j'en suis sûr. Clayton n'est pas du genre à donner dans la demi-mesure.

– Très ambitieux, oui, concéda Bannion, refusant clairement d'en dire plus. Vous a-t-il confié que j'avais été communiste ?

– Non.

– Oh oui, j'étais un grand chanteur de *L'Internationale*, soupira Bannion avec un zeste d'amertume. Un de ceux-là.

Il paraissait encore marqué par cette expérience, un homme dépouillé par un habile escroc.

– J'ai perdu des années de ma vie à défiler sous cette bannière.

Ces années gâchées étaient manifestement une source de profond ressentiment ; Bannion semblait être à vif et déborder de violence, à croire qu'il avait surpris la seule femme qu'il avait jamais aimée au lit avec un autre que lui.

– Clayton préfère les gens dont les dieux sont déchus, ajouta-t-il.

– Quel dieu est-il déchu pour Anna ?

À cette question, Bannion apporta la réponse la plus triste que Danforth eût jamais entendue.

– La vie.

Danforth perçut que c'était vrai et se demanda s'il

fallait voir en ce terrible échec l'origine de la détermination inflexible qu'il sentait chez elle.

– On fera appel à Anna plus tôt que prévu, l'informa Bannion. Clayton tenait à ce que je vous le dise en personne. Pour que nous nous rencontrions. Vous n'aurez plus affaire à elle une fois qu'elle sera partie pour l'Europe.

Ainsi, elle ne serait qu'un oiseau migrateur ayant traversé sa vie, songea Danforth, un oiseau à qui il avait fourni un nid provisoire et qui prendrait bientôt son envol pour disparaître purement et simplement à l'horizon.

– Quand part-elle ? demanda-t-il.

– Nous voudrions qu'elle soit sur place d'ici quelques semaines. Mi-mai au plus tard.

– Pourquoi tant de précipitation ?

– Parce que la situation se dégrade, vous devez bien en avoir conscience.

– Où part-elle ?

– Vous n'avez pas besoin de le savoir.

Une inquiétude affleura dans le regard de Bannion, comme s'il s'avisait soudain de dangers dans le lointain.

– Et une fois qu'elle sera partie, conclut-il, ne parlez d'elle à personne.

– Je comprends. Je ne prononcerai plus jamais son nom.

Rien chez Bannion ne laissa transparaître comment il reçut cette déclaration. Il jeta simplement un coup d'œil à droite, où une berline cabossée s'était arrêtée à une extrémité du parc. Deux hommes étaient assis à l'avant, un autre à l'arrière, configuration qui parut retenir son attention. Il attendit que l'un d'eux en descende et se rende dans un magasin tout proche, avant de se retourner vers Danforth.

– Il vous faut savoir qu'ils sont sûrement déjà sur le Projet, dit-il. Auquel cas, rien ne les arrêtera. Donc pour le moment, tout ce que chacun d'entre nous doit faire, c'est assurer ses arrières, car ils peuvent être n'importe qui, n'importe où.

Danforth trouva que cette déclaration frisait la paranoïa.

– Qui sont ces mystérieux « ils » ? s'enquit-il mine de rien.

– Des soutiens de l'Allemagne, évidemment. De ceux qui perturbent les manifestations anti-allemandes. S'ils découvrent nos agissements, ils feront tout leur possible pour y mettre un terme.

Bannion lança un regard ambigu à Danforth.

– Donc, le but c'est de mettre Anna en place avant que quiconque ait une chance de la trahir.

– Je ne la trahirai jamais, assura Danforth.

Bannion eut un sourire indéchiffrable.

– Espérons que vous ne soyez jamais mis à l'épreuve, dit-il.

Sur ces mots, il se retourna et se fraya un chemin dans le parc hivernal.

Sa démarche décidée avait quelque chose de réconfortant et d'effrayant, jugea Danforth, la sévérité robotique d'un homme en qui l'on pouvait avoir confiance pour faire ce qui devait être fait, aussi extrême cela soit-il. Tel était le cas de ceux que leur Grand Idéal avait déçus, supposa-t-il, et auxquels cette désillusion laissait des cicatrices dans l'âme.

Après le départ de Bannion, Danforth n'avait aucune raison de rester dans le parc, mais quelque chose l'y contraignit. Il n'aurait su dire quoi, sinon que cet endroit le réconfortait, l'enracinait. Le kiosque à musique, fraîchement repeint, était le symbole parfait d'une petite ville dont les habitants n'avaient aucune raison de se méfier du monde. Les arbres encore dénudés, les balançoires au loin, la petite fontaine, tout semblait terriblement vulnérable, un royaume naïf qui devait être protégé par des hommes tels que Bannion, qui, soudain, lui parut capable de tout. Cela ne venait pas de ce qu'il avait dit, mais de la dureté de leur échange, de la fougue mortifère qu'il avait vue dans son regard. Danforth savait que, en une époque moins dangereuse, il eût été le dernier à confier le bien de son pays à un tel homme. Mais il semblait à présent que l'Histoire fasse appel sans réserve à tous les Bannion du monde, des hommes qui ne se donnaient pas de limites, se moquaient des lois habituelles des gouvernements, affaiblissant, avilissant celles qu'ils pouvaient appliquer.

Ah, ainsi donc, c'est là ce que l'on ressent, médita-t-il tandis que Bannion montait dans la voiture au bout du parc, *quand on perd son innocence.*

Century Club, New York, 2001

J'éprouvai une pointe de déception. Quand on perd son innocence ? Ne serait-ce donc que cela l'histoire de Danforth, un petit moment de bla-bla moral ? Auquel cas, c'était banal au possible. Pire, totalement hors sujet. La transformation personnelle de Danforth, fût-elle superficielle ou profonde, n'avait rien à offrir en termes de renseignements tactiques. J'entendais d'ici Carlson, mon supérieur au centre, lancer l'inévitable question : *Est-ce là tout ce que tu as pu lui soutirer, une vieille histoire d'innocence perdue ?*

– L'innocence est difficile à définir, dis-je platement, vous ne trouvez pas ?

Danforth prit la carte des desserts.

– Pas quand il s'agit de savoir qui peut s'en prévaloir, répondit-il. Nous savons toujours qui sont les innocents.

– Mais en tant que concept, c'est plus compliqué, non ?

– Seulement quand ce doit être appelé, plus justement, naïveté. J'avais un contact dans la Résistance française, confia-t-il tout en continuant de consulter la carte. Il n'était pas très important. Un messager, rien de plus. Il a été arrêté et conduit à l'hôtel Lutetia. Vous en avez entendu parler ?

Je fis non de la tête.

– Au 45 boulevard Raspail, à Paris. Pendant la guerre, c'était le quartier général de la Gestapo, il y avait donc beaucoup de salles d'interrogatoire. Augustin a été emmené dans une de ces pièces, où il a été interrogé. Des gens lui hurlaient dessus, il a reçu des gifles cuisantes, mais rien de vraiment insupportable. Il ne savait rien, donc il ne pouvait rien leur révéler. Au bout d'un moment, le traitement s'est durci, et avant que ce soit terminé, il était complètement cassé.

Il leva les yeux de la carte.

– La tarte aux pommes n'est pas mauvaise, dit-il.

J'acquiesçai d'un signe de tête.

Danforth reporta son attention sur la carte qu'il étudia d'un air pensif tout en poursuivant :

– Tous ces cris et ces coups venaient d'Allemands.

Il posa la carte et fit signe au garçon.

– La tarte aux pommes pour moi. Et pour vous, Paul ?

– La même chose.

Le garçon repartit.

– Tout à coup, un policier français en uniforme entra dans la pièce, reprit Danforth. Et savez-vous ce qui a traversé la tête d'Augustin ? *C'est terminé.*

C'est ce qu'il a pensé. *Voici un policier français. Il va arrêter ça tout de suite.* Comme c'est merveilleux de se l'être dit.

Son sourire était tout sauf amusé.

– Et combien cela aurait été plus merveilleux encore que ce soit vrai.

Il s'interrompit, m'observa attentivement, puis reprit :

– Mais le policier français s'est tout bonnement mis au garde-à-vous et l'a regardé se faire un peu plus abîmer, cette fois avec des cigarettes. Je suis sûr que vous voyez de quoi je veux parler.

– Oui.

– Et lorsque l'un des tortionnaires d'Augustin en a sorti une autre pour continuer le jeu, ce même policier français a claqué des talons, s'est obligeamment avancé vers lui et lui a offert du feu, raconta-t-il en me gratifiant d'un regard dur. Voilà ce que j'appelle la perte de l'innocence, Paul, la perte de la confiance en ses propres compatriotes qui rend mes tiraillements moraux près du kiosque à musique parfaitement risibles.

J'étais soulagé de le lui entendre dire, car cela m'avait effleuré l'esprit et me faisait comprendre que où que mène, au final, le récit de Danforth, ce ne serait pas à une idée mièvre d'idéalisme foulé aux pieds.

– Vous avez raison, repris-je avec assurance. La hauteur de vue s'égare dans les doutes moraux.

– Vous croyez, Paul ? J'ai plutôt tendance à penser que la hauteur de vue s'égare dans les certitudes morales, répondit-il en haussant les épaules. Tout ça pour dire que personne n'a jamais été conduit au bûcher par un sceptique.

Avant que je puisse répondre à cette étrange remarque,

Danforth se carra dans son siège et, l'espace d'un instant, parut ne pas savoir comment continuer.

– Dans la vie, tant de choses vous prennent par surprise, ajouta-t-il d'une voix si basse que je sus, une fois encore, qu'il se réengageait sur le sentier tortueux de son récit. Des choses dont nous étions si sûrs. Les gens que nous croyions connaître parfaitement et que, peut-être, nous ne connaissions pas du tout.

Il n'ajouta rien à cela ; au lieu de quoi il tendit un peu le cou, si bien que j'entendis le craquement cassant de très vieux os.

– Vieille mécanique, plaisanta-t-il. Que plus rien ne peut huiler.

Puis, marchant de nouveau sur un sentier familier, il s'en retourna à cet après-midi d'autrefois.

– Elle marchait dans les bois à mon retour du kiosque à musique, murmura-t-il.

Winterset, Connecticut, 1939

Elle marchait dans les bois quand Danforth rentra de Winterset. Il l'apercevait entre les branches oscillantes des jeunes arbres. Elle avançait lentement, il la voyait de temps à autre, vêtue d'un corsage foncé et d'une jupe longue assortie qui lui arrivait aux chevilles. Elle avait aplati ses cheveux rebelles sous un fichu « vieux continent » commun aux femmes qu'il avait vues trimer dans les champs glacés d'Europe de l'Est. Vêtue de la sorte, elle semblait échapper à toute future assimilation, une femme farouchement, presque délibérément, différente de lui et de cette partie de son pays à laquelle il s'identifiait.

Pourtant, c'était ce qui, inexplicablement, l'attirait :

le charme de quelque chose de si étranger que cela l'envoûtait à la manière de langues inconnues et le renvoyait aux merveilles obsédantes des journées de son enfance. Elle était comme une ville qu'il découvrait et mourait d'envie de visiter, un panorama qu'il voyait pour la première fois. Bannion disait vrai. Le courage ne manquait pas. Chaque champ de bataille en était jonché. Mais il sentait chez Anna un fatalisme qu'elle avait accepté depuis longtemps, qui lui donnait l'air d'une femme marchant vers son avenir comme les martyrs religieux se rendent sur le lieu de leur exécution, où là, et seulement là, ils trouvent la plénitude.

– Ne vous perdez pas, lui dit-il en la rejoignant. Ces bois sont profonds.

– Je ne m'éloigne jamais trop.

Il s'adossa à un arbre et lança un coup d'œil en arrière vers la maison.

– Plus d'entraînement aujourd'hui ?

– Bien sûr que si, répondit-elle.

Elle n'ajouta rien, son silence se drapant telle une cape autour de ses épaules.

– Il se peut que vous partiez plus tôt que nous le croyions, lui dit-il.

Elle approuva de la tête, et une mèche de cheveux rebelle se libéra de son foulard et s'enroula autour de son oreille droite.

– Pas de regrets ? demanda-t-il.

Elle secoua la tête.

Sur ce, elle se détourna de lui et, un bref instant, continua de regarder ailleurs, de profil à présent, son attention fixée, au loin, sur le pont en pierre.

– Voulez-vous qu'on marche jusque là-bas ? suggéra Danforth.

Elle accepta d'un signe de tête et tous deux cheminèrent hors du bosquet pour pénétrer dans les bois plus sauvages aux broussailles ayant poussé depuis peu et, finalement, atteindre le pont.

Pendant le silence gêné qui suivit, il mit un point d'honneur à ne pas la regarder.

– À quoi pensez-vous ? finit-il par dire.

Elle regardait au loin, au-delà du ruisseau.

– À Ellis Island, dit-elle. À la vue de ma fenêtre.

– Votre fenêtre ?

Elle approuva d'un signe de tête.

– Je souffrais d'une conjonctivite, et j'ai dû rester sur l'île un certain temps. Mon lit était placé près d'une fenêtre. Je voyais les hauts buildings. C'était comme une ville imaginaire. Surtout la nuit. Les lumières tombaient, on aurait dit un feu d'artifice figé sur place.

– Très différent de là d'où vous venez ?

– Oui.

– Pourquoi avoir quitté votre pays natal ?

– Pour échapper aux massacres, dit Anna.

Danforth imagina les restes calcinés des villages de la Zone de Résidence, un demi-million de Juifs entassés dans des ghettos de petites villes où ils étaient victimes de toutes sortes de renégats, de bandits et de bandes de déserteurs. C'était une vaste région où il avait voyagé enfant avec son père, et où, après la guerre, il repasserait adulte, traversant ces mêmes villages bondés à présent vidés de leurs Juifs.

Elle se retourna vers lui.

– Et vous ? lança-t-elle. Clayton me disait que vous étiez allé aux quatre coins du monde quand vous étiez enfant. Quelle est la chose la plus belle que vous ayez vue ?

Il lui parla de l'Ombrie, d'Assise, de la vallée qui s'étend depuis la ville en terrasses, combien c'était beau, presque irréel.

– Dans mon souvenir, c'est comme un tableau, dit-il à la fin de sa description.

Anna abaissa son regard vers l'eau qui coulait à flots.

– Et quelle est la chose la plus belle que vous n'ayez jamais vue ? insista-t-elle.

Quelle question bizarre, se dit Danforth, mais il avait sa réponse.

– Selon mon père, c'est la mer intérieure de Seto vue depuis le mont Misen. Il m'a dit que c'était beau comme dans un rêve.

– Où est-ce ?

– Au Japon. Sur une petite île appelée Miyajima.

– Alors, vous devez y aller.

Elle lança un regard vers la maison.

– Je ferais mieux de rentrer, ajouta-t-elle. LaRoche attend.

Ils revinrent sur leurs pas ; au loin, Danforth voyait LaRoche, sous la véranda, qui les observait.

– Nous avons encore beaucoup de travail, dit LaRoche à Anna une fois qu'ils l'eurent rejoint.

Danforth comprit qu'on avait déjà prévenu LaRoche qu'Anna devait bientôt partir, mais rien ne donnait à penser que cette accélération du programme le dérangeait. Pourtant, au fil des jours suivants, de petites fissures zébrèrent son apparence de granite. Danforth le remarqua à sa façon de se montrer plus tendre envers Anna pendant leurs séances de travail, de lui parler avec plus de douceur dans la voix, changement de comportement qui lui donnait l'air presque paternel envers elle. Il aurait pu être en train de lui apprendre à faire du vélo, songea Danforth, à monter une tente, ou bien tout autre savoir-faire inoffensif, et il sentit que LaRoche en était venu à craindre pour elle et donc à se montrer plus prévenant, comme un parent pourrait l'être envers un enfant atteint d'une maladie incurable.

Quinze jours plus tard, Danforth et LaRoche, assis seuls au salon, savouraient les derniers cigares de la soirée. LaRoche avait bu beaucoup plus que de coutume et, complètement décontracté, se mit à parler du vieux royaume d'Azerbaïdjan où il avait passé quelque temps dans la région traversée par la route commerciale très fréquentée qui mène à Bakou.

– C'était surtout la soie et le safran à l'époque, raconta LaRoche avec une musicalité dans la voix suggérant qu'il avait entendu ces mots dans une chanson.

Ses yeux se fermèrent dans la langueur de l'ivresse.

– Avec des tours, des minarets, et aussi beaucoup de pétrole. Comme au Texas.

Il se laissa aller en arrière, plus détendu que jamais aux yeux de Danforth.

– Tout le monde mangeait à sa faim. Même les chameaux, reprit-il en riant.

Soudain son visage devint amer.

– Puis le tsar s'est mis le doigt dans l'œil jusqu'au coude. Les Azéris et les Arméniens ont commencé à s'entr'égorger.

Il écrasa le mégot de son cigare avec la violence de celui qui sait ce qui s'est consumé dans ces affrontements ethniques.

– Et après le tsar, les bolcheviques, soupira-t-il.

Un instant, il parut s'égarer dans une idylle anéantie. Il jeta un coup d'œil à une spirale de fumée bleutée qui montait de son cigare fumant. Puis il attrapa son verre de scotch et le but d'un trait, avec force déglutitions.

– C'est une femme courageuse, Anna, murmura-t-il.

Sur ce, il se leva et sortit.

Danforth eut l'impression que LaRoche avait quelque chose à lui dire. Il le suivit sous la véranda.

Ce soir-là, le ciel était couvert, sans lune et sans étoiles, une épaisse obscurité les entourait. Danforth distinguait à peine les traits de LaRoche ; c'était tout juste s'il aurait pu dire qu'un autre corps se tenait près du sien, s'il n'y avait eu le souffle laborieux et l'haleine alcoolisée qui s'en échappaient.

– Je dois me faire vieux, souffla LaRoche. M'imaginer des choses.

– Quoi ?

– Des hommes. Jamais les mêmes.

– Êtes-vous en train de me dire qu'on vous suit ?

LaRoche haussa les épaules.

– Peut-être, répondit-il.

– En avez-vous parlé à quelqu'un d'autre que moi ?

LaRoche fit non de la tête.

– J'en aviserai Clayton, lui assura Danforth.

– Parfait. Et peut-être emmènerez-vous Anna ailleurs. Que je ne sache pas où elle est.

Il s'interrompit, faillit reprendre, hésita, si bien que Danforth crut être sur le point d'entendre un secret que LaRoche avait confié à très peu de gens.

– Il est facile de briser un homme.

Il retomba dans le silence. Quand, enfin, il reprit la parole, les mots dégringolèrent comme deux pierres tombales tombant à la renverse.

– Fini, Krouchevo.

Krouchevo, songea Danforth, et soudain tout devint clair. *La république de dix jours.*

Un de ses associés en Extrême-Orient, qui se trouvait en Macédoine au début de l'insurrection de Krouchevo, avait plus d'une fois raconté les horreurs de la répression, les atrocités turques s'empilant les unes sur les autres comme des corps à l'arrière d'un camion. Ils avaient rasé des villes et des fermes, découpé dans la région une bande de terreur imbibée de sang et poussé des milliers de gens à fuir, foule pitoyable, amère et vaincue, condamnée pour toujours à être des apatrides, et nul doute que parmi ces gens abattus se trouvait LaRoche lui-même.

– Tout homme ploie sous le fouet, murmura LaRoche.

Et à présent, Danforth n'aurait su dire si son interlocuteur avait subi ou infligé ces outrages.

Il s'apprêta à parler, mais LaRoche pivota soudain sur lui-même et l'empoigna fermement par le bras.

– Clayton doit cacher Anna, dit-il avec emphase. Et vite !

Dans l'obscurité, les yeux de LaRoche renvoyaient les éclats froids du verre brisé.

– Et ne dites à personne où elle se trouve, ajouta-t-il.

Danforth ne répondit pas. La voix de LaRoche, déformée par l'ivresse, avait pris des accents si farouches, si déchirants que, dans le sillage de ses paroles, les deux hommes s'attardant dans la nuit, silencieux et proches, il se sentit plus isolé que jamais dans ce monde nouveau, plus sombre où personne, semblait-il, ne contrôlait plus rien.

Century Club, New York, 2001

– Un porto, Paul ?

Interrompant son récit, Danforth essuya délicatement les commissures de ses lèvres avec une serviette.

– Ou bien craignez-vous que cela n'endorme vos sens ?

Je le pris comme un défi que je me devais de relever.

– Je pense pouvoir le supporter, répondis-je.

– Parfait, soupira-t-il en souriant un peu trop pour quelqu'un venant de rapporter une conversation si inquiétante. Ce qui est dit est dit.

D'un geste, il héla le serveur et commanda deux portos d'une marque que je ne connaissais pas mais, étant donné ses goûts raffinés, supposais être excellente.

– Clayton l'a-t-il fait ? demandai-je après le départ du serveur.

– Fait quoi ?

– Caché Anna.

– Non, mais je lui ai rapporté ce que Bannion m'avait dit au kiosque à musique ainsi que ma conversation avec LaRoche, lui signalant à quel point tous deux m'avaient paru très inquiets. Clayton a néanmoins décidé de maintenir le cap. Il m'a dit que, de toute façon, Anna partirait bientôt pour l'Europe. En attendant, il estimait qu'elle ne risquait rien. Selon lui, Bannion exagérait toujours tout, et LaRoche, qui s'était attaché à Anna à un point ridicule, ne réagissait plus en professionnel. Par ailleurs, il était certain que personne n'avait eu vent du Projet.

– C'est tout ce qu'il a dit ?

– Oui, et il était très convaincant. Clayton l'était toujours. Et il avait raison. On ne peut pas diriger une opération si on réagit à chacune de nos peurs.

M'en tenant vaguement à ma mission, je posai une question purement théorique.

– À quoi doit-on réagir ?

– Au doute. Si, soudain, on ressent un frisson d'incertitude, il faut examiner de près quelle en est la cause.

– En avez-vous ressenti un ? Par rapport au Projet, j'entends.

– Oui.

– Quelle en était la cause ?

– Clayton, répondit Danforth. Il s'inquiétait pour Anna, ses nombreuses fausses identités. Nous approchions du jour où elle partirait pour l'Europe, alors il voulait être sûr d'elle.

– Sûr d'elle ?

– De qui elle était. Sûr de son passé. Bannion lui avait raconté sa vie. Toutes les années pendant lesquelles il avait travaillé pour les communistes. Les grèves dans lesquelles il s'était impliqué. Qu'il avait organisées. Il était même allé combattre en Espagne pendant la guerre civile. Ensuite, ses désillusions. Il avait essayé de changer de camp, de devenir informateur contre ses anciens camarades. Clayton, qui avait vérifié chaque détail de l'histoire de Bannion, savait qu'il lui avait dit la vérité. Mais le passé d'Anna était plus obscur, il voulait avoir des certitudes la concernant. Ce sont les petits mensonges qui vous font trébucher, c'était donc par là qu'il fallait commencer. L'histoire selon laquelle elle avait été retenue sur Ellis Island, par exemple, parce qu'elle souffrait d'un trachome. On devait pouvoir consulter des archives sur un détail pareil. Vérifier si elle y avait réellement séjourné.

– Était-ce le cas ?

– Oui, répondit Danforth.

Il prit soudain l'air pensif tandis que le garçon apportait le porto.

– J'y suis allé il y a de nombreuses années, reprit-il après le départ du garçon. L'hôpital était fermé depuis des décennies, bien sûr. Les fenêtres étaient brisées, tout était ouvert à l'air marin. La chambre qu'elle avait occupée autrefois était jonchée de débris, et des feuilles mortes s'entassaient dans les coins.

– Vous avez vraiment retrouvé sa chambre ?

– C'était une salle commune, mais oui, je m'y suis rendu. Elle se rappelait très exactement la vue qu'elle avait de sa fenêtre. Elle pouvait la décrire avec précision. Ce fut assez simple de localiser la pièce, une question de perspectives.

Danforth n'était pas du genre à évoquer des images par les mots mais, soudain, je visualisais la scène : un vieil homme en manteau noir en cachemire, les mains bien enfoncées dans les poches, seul dans une salle vide, le fantôme d'une petite fille lui passant par la tête – la fillette, vêtue d'une chemise d'hôpital, assise d'un côté du lit, le teint olivâtre, les cheveux frisés en bataille.

– Tout est question de coordonnées, Paul, d'intersections. Me trouver dans cette pièce à l'abandon où Anna avait séjourné à Ellis Island, penser à cette fillette en sachant tout ce que j'ai appris depuis, il était facile de réunir la somme de ses expériences. Une personne, c'est comme une feuille d'arbre. On la ramasse. On la brandit vers le soleil, on en remarque les veinures, la façon dont elles s'étendent depuis la nervure principale et, soudain, tout est là. Ce qu'elle était. Ce qu'elle a fait. Pourquoi elle l'a fait. Tout.

Il se tut brusquement, et je ne sais quoi dans son attitude, une tristesse à vif, m'intima d'attendre qu'il reprenne la parole.

– Bref, dit-il au bout d'un long moment, Clayton voulait que j'en apprenne davantage sur elle et que je lui fasse un rapport. Donc, je décidai de la voir dans des circonstances moins formelles. Pas seulement au bureau ou à la maison, mais dans un contexte plus… intime.

Il but une gorgée de porto.

– Vera Atkins, ce nom vous dit-il quelque chose ?

Je fis non de la tête.

– Pendant la guerre, elle a dirigé une opération secrète en Angleterre. Des femmes étaient acheminées clandestinement en France pour…

– Nous parlions d'Anna Klein, ne pus-je me retenir de dire sur un ton incisif dont je fus le premier surpris et qui m'agaça un peu. Je suis désolé, m'empressai-je d'ajouter. C'était juste que…

– C'est moi qui suis désolé, l'interrompit Danforth avec des accents sincères.

L'histoire parallèle qu'il racontait n'était pas une technique narrative destinée à maintenir l'hameçon fiché en place, mais tout bonnement les errances de l'esprit du grand âge.

– Mais parler d'Anna m'a rappelé combien les femmes ont été courageuses pendant la guerre. Un de ces jours, on devrait leur faire édifier un mémorial, Paul. Une sculpture en bronze à Washington Square ou Whitehall. Quelque chose de simple mais d'évocateur, pour nous rappeler leur sacrifice.

L'expression qui joua sur ses traits me donna l'impression qu'on lui avait brisé le cœur.

– C'est de la perte qu'il faut se souvenir, Paul. De ceux qui n'ont pas eu la chance de s'asseoir au coin du feu, de prendre leurs petits-enfants sur les genoux et de leur raconter leurs souvenirs de guerre.

– Bien sûr, dis-je sincèrement.

Un bref instant, il sembla que nous avions atteint tous deux un autre niveau de compréhension, non seulement mutuelle mais aussi de ce que nous devions réellement à ceux envers qui l'Histoire ne s'était pas montrée tendre.

– Bref, revenons à Anna, reprit Danforth, puis il se tut de nouveau, comme égaré dans son propre récit. Pardonnez-moi, Paul, où en étais-je ?

– Vous disiez que Clayton voulait que vous en appreniez plus sur elle.

Danforth acquiesça.

– Oui, c'est exact. Mais sans lui poser de questions. L'idée était que je m'insinue dans sa vie.

Soudain, un sourire douloureux se dessina sur ses lèvres, et une légère tristesse noya son regard.

– Et c'est ainsi que je suis devenu espion, dit-il.

– Avez-vous découvert des choses surprenantes sur elle ?

– Non, répondit Danforth. Pas sur elle, sur moi.

L'Oak Bar, Hôtel Plaza, New York, 1939

Anna arriva à l'heure juste, dans la tenue de travail qu'elle portait au bureau ce jour-là. Plus tôt dans la journée, en aparté, Danforth lui avait communiqué ce qu'il appelait « les toutes dernières instructions de Clayton » – ils devaient en discuter tous les deux dans un lieu neutre –, tout en précisant qu'il n'en avait pas donné de raison. C'était typique de Clayton, avait-il ajouté avec un petit haussement d'épaules destiné à relativiser l'importance de ces rencontres ; elles faisaient partie de son « style de l'ombre ».

Anna avait acquiescé, en soldat enregistrant un ordre, puis accepté de retrouver Danforth au Plaza le soir même.

– Bonsoir, dit-elle en s'asseyant en face de lui.

Elle lança des coups d'œil autour d'eux, mais n'ajouta rien de plus, ce qui n'empêcha pas Danforth d'avoir l'impression qu'elle avait tout de suite absorbé divers aspects de la pièce – les lambris sombres, l'éclairage du bar, l'homme d'âge mûr en compagnie de sa jeune maîtresse –, qu'elle en avait pris scrupuleusement note et serait capable de se rappeler tous ces détails, comme un musicien se souvient d'un thème qu'il n'a entendu qu'une fois.

– Qu'est-ce que vous buvez ? proposa-t-il. Un verre de vin, peut-être ?

– Plutôt un thé.

Elle ôta son foulard et, ainsi qu'il l'avait déjà remarqué à maintes reprises, parut gênée sur le moment, comme si ce modeste déshabillage était assimilable à une séduction déplacée. Elle lui rappelait les serveuses en Irlande qui détournaient les yeux en dressant ou débarrassant le couvert, à croire qu'agir autrement compromettrait Dieu sait comment leur chasteté. Ce qu'il était vieux, songea-t-il, le vieux monde.

Il fit signe au garçon de venir à leur table et commanda.

Ils parlèrent de tout et de rien. Vin et thé leur furent servis, et Danforth porta un toast.

– À votre réussite, lança-t-il.

Elle lui adressa un petit sourire, ils trinquèrent, verre contre tasse, puis elle s'intéressa à un jeune couple assis à une table éloignée dans un coin de la salle, mains jointes, regards intensément fixés l'un sur l'autre comme si tout le reste leur était invisible.

– Ce qu'ils doivent s'aimer, murmura-t-elle.

Elle prononça ces mots avec une telle intensité que Danforth pensa à la mort de Henry Stanley, le grand explorateur. Il vivait non loin de Big Ben à la fin de sa vie et, peu avant son trépas, la grande cloche avait sonné, sinistre décompte qui avait éveillé en lui une compréhension inexprimable. « Comme c'est curieux, avait-il murmuré, l'heure est donc venue. »

Danforth, ne sachant pas comment le formuler, bafouilla :

– Je suppose que vous n'avez jamais été amoureuse ?

– Non, répondit-elle en secouant la tête. Et vous ?

Il pensa à Cecilia, avec qui il était sorti la veille au soir, à son sourire éclatant, à sa vivacité pétillante, au bonheur qu'elle lui offrait, tout, tout, mais… quoi ?

– Oui, dit-il, laissant ce « mais… quoi ? » de côté.

– Ce doit être merveilleux.

– Vous le saurez un jour, j'en suis sûr.

Elle hocha la tête, comme pour couper court à un sujet de conversation déplacé.

– Je vais bientôt partir pour l'Europe, reprit-elle.

Cette nouvelle, de la bouche d'Anna, donna encore plus de réalité à l'imminence de son départ, et Danforth en ressentit non seulement de l'inconfort, mais y vit aussi la perte d'une occasion unique. C'était comme s'il avait fait une proposition a minima sur un point de détail précieux, mais venait de perdre face à une surenchère.

– Nous dînons ensemble ? proposa-t-il étant donné qu'il semblait maintenant n'avoir plus rien d'autre à lui offrir. Nous pourrions aller au Palm Garden ?

Anna prit le temps d'y réfléchir.

– Non, finit-elle par répondre. Allons plutôt chez moi. Si vous n'avez rien contre les restes.

– Chez vous ?

– Vous n'aimeriez pas voir où je vis ?

De la part de n'importe qui d'autre, cette question aurait pu être chargée de romantisme, mais venant d'Anna, elle semblait ni plus ni moins correspondre au désir de se conformer à la suggestion de Clayton, qu'ils soient ensemble dans un cadre plus intime.

– Très bien, dit-il. Je fais appeler un taxi.

– Non. Prenons le bus.

Ce qu'ils firent, long trajet dans toute la Cinquième Avenue qui fit défiler sous leurs yeux les vitrines éclairées de Saks, regorgeant de vêtements d'été pour la saison qui approchait, maillots de bain et articles de sport aux couleurs vives, tenues décontractées de la classe privilégiée de la ville. Elles seraient achetées, empaquetées et emportées aux Hamptons ou à Fire Island ou, plus loin encore, à Wellfleet ou Martha's Vineyard, les menaces de guerre en Europe causant le seul changement dans cette migration annuelle, Paris et Rome ne faisant soudain plus partie de la villégiature.

Après la 34e Rue, l'avenue s'assombrit tandis qu'ils pénétraient dans un paysage de petits magasins fermés et sans éclairage, les fournisseurs de vêtements bon marché et de bijoux fantaisie étant déjà rentrés chez eux, en famille, dans Brooklyn, le Queens ou le Bronx, et leur absence drainait hors de la ville une indéniable énergie vitale.

Le bus roulait à vitesse régulière vers le sud, ces modestes magasins cédant la place à une enfilade d'immeubles sans ascenseur et, pour finir, au dédale de rues du Lower East Side.

La nuit était tombée, et si la multitude assurait la sécurité, alors ces rues devaient être les plus sûres de New York. Car ici, on vivait les uns contre les autres, l'espace des beaux quartiers demeurant inaccessible. On habitait à l'étroit au-dessus d'échoppes de tailleurs, de boulangeries et de petites épiceries. Le soir, on se regroupait sur les perrons en béton et on bavardait dans les langues du pays d'origine, en vêtements qui semblaient être passés non pas des aînés aux plus jeunes, mais d'une génération à l'autre.

Anna paraissait aussi à l'aise dans les flots humains

de ces rues qu'un dauphin dans ceux de la mer. Là, tout le monde la connaissait, la saluait, et, sur le chemin de son appartement, elle s'arrêta souvent pour demander si tel enfant était toujours malade ou tel frère encore dans telle ou telle ville lointaine.

Lors de ces arrêts, elle présentait Danforth comme étant son employeur, puis bavardait un moment avant de l'inviter, d'un signe, à poursuivre leur chemin. Pendant ces intermèdes, il attendait, étranger, extérieur, s'impatientant parfois, et même un peu vexé qu'Anna semble ne pas se rendre compte et ne pas se soucier de la position gênante dans laquelle elle le plaçait.

L'entrée de son immeuble jouxtait un magasin au rideau de fer couvert de signes hébraïques. La vitrine était remplie d'un mélange d'objets disparates, inconnus de Danforth, à part le fameux candélabre que les Juifs appelaient *ménora* et dont ils allumaient les bougies, il le savait, lors d'une fête religieuse. Des châles de prière frangés étaient présentés sur des étagères, à côté, semblait-il, des boîtes leur correspondant et elles aussi portaient des formules écrites en hébreu. Il y avait également une petite table couverte d'argenterie et de calices en céramique de différentes tailles. Danforth se dit que l'ensemble de cette vitrine devait être typique des *Ostjuden*, les Juifs de l'Ouest, dont les croyances suscitaient souvent les moqueries de son père et dont lui-même renvoyait fréquemment les représentants de commerce en les traitant comme s'ils étaient des colporteurs.

– J'habite au troisième, dit Anna comme ils s'engouffraient dans le bâtiment.

Dès ses premiers pas dans la cage d'escalier, Danforth eut conscience des odeurs qui déferlaient et s'enroulaient autour de lui, éventées mais tenaces, donnant l'impression que l'air ambiant était gras. Il en avait senti de similaires en passant devant les étals du quartier juif de Varsovie, mais sans jamais rien y acheter. « Et ils appellent ce qu'on mange *treif* », avait souligné son père avec mépris puis, accélérant le pas, il l'avait entraîné vers les cafés-restaurants plus stylés de la ville.

– L'escalier n'est pas si raide que ça, souffla Anna quand ils atteignirent le palier du troisième étage.

– Non, pas du tout, répondit Danforth, bien obligé pourtant de masquer son léger essoufflement.

Anna ouvrit la porte de son appartement, entra et alluma la lumière.

Laquelle révéla une pièce qui surprit Danforth plus que tout ce qu'Anna avait dit ou fait depuis qu'il la connaissait. Car, bien que situé dans ce qui lui paraissait être un océan de judaïcité d'Europe de l'Est, son appartement n'abritait aucun objet rituel vendu dans les boutiques du quartier, rien qui suggérât autre chose qu'une existence laïque.

– Depuis combien de temps habitez-vous ici ? demanda-t-il.

– Longtemps.

Il gagna la fenêtre et regarda la rue au-dessous, bruyante, grouillante de monde, qui lui rappelait plus Calcutta que New York.

– Asseyez-vous, je vous en prie.

Danforth prit place sur l'une des chaises en bois et jeta un coup d'œil à la petite table sur sa droite où une lampe était posée sur un napperon rectangulaire dont il reconnut aussitôt le motif.

– J'ai vu le même à Istanbul. On y fait des tapis sur ce modèle. Ils sont inusables, mais les gens, ici, n'aiment pas l'irrégularité des couleurs, dit-il en haussant les épaules. Les objets faits main ne sont pas parfaits, et les clients aiment la perfection.

Elle ne répondit pas, se retournant et disparaissant dans la minuscule cuisine. Il ne la voyait pas s'affairer, mais entendait cliqueter les casseroles et les assiettes à mesure qu'elle préparait le dîner.

Danforth en profita pour observer la pièce, remarquant le peu de mobilier, le tout ayant pu être récupéré dans la rue. Il y avait une table assez grande pour deux, plusieurs chaises, un petit bureau, une étagère regorgeant de vieux livres aux dos, pour la plupart, craquelés, sans doute achetés dans l'une des nombreuses librairies d'occasion qui se succédaient sur la Quatrième Avenue, sous la 14e Rue. C'était un décor de seconde main, chaque objet portant des signes de longue utilisation, éraflures, griffures, et même une vieille trace de brûlure là où quelqu'un, voilà des années, avait laissé une cigarette glisser du cendrier sur le bois. Même ainsi, il n'aurait pu affirmer avec certitude si elle s'était meublée de la sorte parce que Anna n'avait pas assez d'argent pour acheter du neuf ou bien à cause d'une étrange attirance pour ce qui était cassé, branlant, les choses mises au rebut ou jetées.

Mais ce fut la carte géographique qui retint l'attention de Danforth. Elle était étalée sur la table devant lui, une carte de l'Europe portant de petites marques le long de la côte sud de la France. Des lignes sombres suivaient le tracé de routes et de rivières, bordées d'autres points et de notes. Celles-ci étaient en français, en espagnol ou en allemand, et il y en avait d'autres qu'il ne comprenait pas, mais dont il reconnut les lettres cyrilliques.

– Vous parlez le russe ? lui cria-t-il.

– Oui. Et l'ukrainien.

– J'adorerais apprendre les langues slaves un jour.

– Vous pouvez passer à table, rétorqua Anna en émergeant de la cuisine.

Danforth obtempéra, puis la laissa dresser le couvert : deux assiettes, dont l'une était fendillée sur le bord, des couteaux et des fourchettes dépareillés, des serviettes en tissu et deux grands verres d'eau qui, ni l'un ni l'autre, à son grand soulagement, n'étaient ébréchés.

Peu après, ils finissaient des restes de la veille, copieuse nourriture paysanne, ainsi que l'aurait décrite Danforth, et qu'il avait eu l'occasion de manger en voyage quand, coincé par les intempéries ou d'autres désagréments, il avait fini dans un petit hôtel qui servait de la cuisine locale.

– Délicieux, dit-il à un moment.

– Merci, répondit Anna.

Elle brisa un morceau de pain noir et lui en proposa.

– Goûtez-le, dit-elle.

De temps en temps, il pensait être évalué d'une façon ou d'une autre, soumis à un test mystérieux, et, pour cette raison, il n'était pas complètement à l'aise. Les moins fortunés avaient leur façon à eux de se moquer des riches. Il avait constaté de par le monde les diverses manières par lesquelles on les tournait en ridicule. Cela se manifestait par des clins d'œil ou des sourires dissimulés, ou s'exprimait dans le parler idiomatique des désœuvrés et des travailleurs pauvres. Pour eux, les riches étaient toujours des dandys, toujours des incapables, protégés des orages de la vie et, par conséquent, censés ne pouvoir en connaître. Les tireurs de rickshaws s'étaient esclaffés à son approche, avant de s'incliner devant lui avec une exagération qui frisait le ridicule. Des passeurs avaient fait pareil, ainsi que des chauffeurs de taxi partout dans le monde. C'était une guerre des classes et aussi ethnique menée à coups de sourires narquois et de commentaires murmurés en aparté, et il se dit que ce dîner pourrait bien en être une version.

Puis, tout à coup, Anna prit la parole :

– Vous connaît-on ?

– Pardon ? réagit-il, abasourdi par cette question directe et intime.

– Vous connaît-on ? répéta-t-elle. Au bureau, personne ne vous connaît vraiment.

Malgré lui, il parcourut intérieurement la liste de ceux qui formaient son entourage – ses relations sociales et ses associés de longue date, ses quelques parents et, finalement, son père et Cecilia –, se demandant lequel le connaissait intimement et aboutissant à une seule et unique réponse dérangeante : personne.

Il s'apprêtait à en faire part à Anna, mais il s'interrompit quand son regard tomba sur le seul objet de la pièce qui semblait n'avoir été ni acheté dans un dépôt-vente ni trouvé sur le trottoir. C'était un bas-relief, en cuir repoussé. Il représentait une scène de rue, des bâtiments d'un étage collés les uns aux autres, presque tout étant marron sauf aux endroits où l'artiste avait cousu de petites fleurs, découpées dans du cuir rouge, dans de minuscules paniers ou accrochées à des balcons.

– J'ai déjà vu quelque chose de semblable, dit-il. Dans une célèbre boutique de Cordoue qui existe depuis des générations.

– Oui, répondit Anna en souriant. Mon père parlait des tournesols en Espagne. Il disait qu'on pouvait aller de Madrid à Barcelone sans jamais les perdre de vue.

– C'est vrai. Votre famille vient d'Espagne ?

– Oui. De Cordoue, en fait.

Soudain, Danforth n'imagina plus les ancêtres d'Anna arrachant des pommes de terre du sol impitoyable du

Pale, mais parcourant les rues fleuries de Cordoue et s'éveillant sous les arches à bandes alternées rouges et blanches de sa célèbre *mezquita*. En un sens, elle ressemblait bien à une fille de ce peuple baigné par le soleil, au teint mat, physiquement plus gracieuse que les humbles vendeuses de rue de Delancey Street.

– Cordoue, murmura-t-il et, avec ce mot, joua avec la possibilité que le nom de Klein lui ait été attribué, comme tant d'autres noms à Ellis Island, et ceci, allié à l'absence totale d'objets de culte, souleva une possibilité encore plus extraordinaire. Donc, vous êtes… espagnole… pas…

– Non, je ne suis pas espagnole. Mon père n'est jamais allé en Espagne. Mais il m'a parlé des tournesols parce que son père lui en avait parlé, et le père de son père avant lui, et ainsi de suite dans la lignée.

Elle arqua un sourcil, geste qui suffit pour que Danforth perçoive que son humeur s'assombrissait.

– Vous préféreriez que je sois espagnole, c'est ça ?

Elle avait posé cette question comme si elle était seulement curieuse de savoir comment fonctionnaient les arcanes de l'esprit de Danforth, mais il comprit tout de suite à quoi elle pensait et ne put retenir un rire gêné.

– Non, pas du tout, s'empressa-t-il de lui assurer. C'était de la pure curiosité sur vos origines.

Il vit qu'elle ne croyait pas à cette explication innocente. Et elle n'y croyait pas, songea-t-il, car sa question ne venait pas d'un simple intérêt, mais de la prison de sa propre éducation, du mépris souvent affiché par son père pour ce qu'il appelait « la racaille de l'Est », expression par laquelle il entendait les Juifs vêtus de noir, si disgracieux à ses yeux, avec leurs chemises blanches et leurs papillotes, disséminés dans mille villages boueux ou entassés en masses grouillantes dans les ghettos de Varsovie et de Łódź, peuple qu'à l'évidence il méprisait.

– Mes origines, répéta Anna.

Elle en resta là, et ils changèrent de sujet.

Mais tout en parlant d'autre chose, le regard d'Anna garda toute son intensité, et Danforth sentit que des couches de lui-même se décollaient, qu'elle savait sur lui ce qu'il ignorait encore quelques instants plus tôt, mais qu'il acceptait à présent avec une conscience aiguisée et qu'il se répétait intérieurement tandis que la soirée se poursuivait : *Je suis antisémite*.

Century Club, New York, 2001

– Il est étrange de prendre conscience de cet élément particulier de sa personnalité, déclara Danforth en se laissant doucement aller en arrière. Voilà que j'étais impliqué dans un projet dont la mission était de contrecarrer le plan de conquête du monde de l'Allemagne, que j'ouvrais ma maison pour cet effort, et pendant tout ce temps, j'étais un sympathisant d'au moins un des buts franchement déclarés du nazisme.

Le ton de sa voix s'assombrit.

– Je voulais faire d'Anna autre chose que ce qu'elle était. Autre chose… n'importe quoi sauf une Juive. N'est-ce pas là une forme d'extermination ?

Comme je gardais le silence, il sourit tranquillement.

– Le cœur humain, susurra-t-il d'un ton de mauvais augure, est une petite chose bien tortueuse.

Sur cette dernière remarque, il reprit son récit.

– Je dois dire que, hormis ce moment assez embarrassant, nous avons partagé un excellent repas, Anna et moi. Très modeste. Une sorte de ragoût.

Il parut de nouveau être assis dans un appartement exigu et non dans la salle à manger spacieuse du Century Club.

– Une vie simple, ajouta-t-il calmement. Ça a du bon, croyez-moi. Ça a du bon, un petit appartement avec des livres et de la musique.

Quelque chose le préoccupait, je le voyais bien. Il était à la fois là, à notre table élégamment dressée, et là-bas, assis à celle d'Anna qui l'était beaucoup moins. Mais il se trouvait aussi ailleurs, au-delà de ces lieux : un homme immobile sur un pont qui reliait deux îles distantes.

Je le laissai s'y attarder, en suspension, appuyé sur un garde-fou imaginaire. Puis, du bout des lèvres, je dis :

– Ce fut donc le premier de nombreux dîners avec Anna Klein ?

– Non, répondit Danforth. Le temps nous a manqué.

– Pourquoi ?

Il fit un bond en avant dans son récit.

– Clayton, dit-il. Il est devenu tout à coup très inquiet.

– À quel propos ?

– À l'idée que Bannion et LaRoche aient peut-être raison, après tout. Qu'Anna soit en danger.

Clayton et lui, qui s'étaient rejoints sous le grand portique en pierre de la bibliothèque publique de New York, raconta-t-il, regardaient le défilé habituel de voitures et de bus le long de la Cinquième Avenue dans leur débandade bruyante aux timbres métalliques, New York au triple galop, s'était-il dit naïvement, où rien, jamais, fût-ce un instant, ne reprenait son souffle.

– Mais nous sommes mieux informés maintenant, n'est-ce pas, Paul ?

– Oui, c'est sûr, répondis-je, étonné d'avoir encore la gorge nouée en pensant à ce que la ville avait subi, à ces avions venant de nulle part et fonçant sur ses splendeurs tels des cailloux jetés sur nous du lointain âge de pierre.

Danforth perçut ma colère contenue devant ces outrages barbares et sa force, qui ne diminuait pas, sembla l'encourager à poursuivre son récit.

– Nous nous sommes donné rendez-vous à la bibliothèque, dit-il, comme s'il ramenait dans une crique paisible un rafiot secoué par l'orage. Au-dessus des lions tranquilles.

Bibliothèque publique, New York, 1939

– Merci d'être venu, dit Clayton. Je sais que tu dois voir Cecilia, mais il fallait que je te dise quelque chose.

Danforth ne répondit pas. Il avait appris à attendre.

– J'ai décidé de déplacer Anna, reprit Clayton. Je pense que ce ne serait pas sûr pour elle de rester là où elle est.

– Pourquoi ce brusque changement ?

Clayton lança des coups d'œil autour d'eux comme s'il se sentait observé, puis il tira une feuille de papier de la poche de sa veste.

– Ça.

Danforth la prit et la déplia. À l'intérieur, il y avait le dessin d'une étoile de David pendue à un gibet – représentation qu'il reverrait bien souvent au cours des années suivantes, dans une rue de Montpellier, sur un mur de Bologne, barbouillée dans une station de métro à Madrid –, à côté de laquelle avait été inscrit grossièrement : *Gracias a Isabella*.

– C'est arrivé hier, dit Clayton. Un avertissement qui a le mérite d'être clair, tu ne crois pas ?

Danforth replia la feuille et la lui rendit.

– Je ne me suis pas gêné pour exprimer mon opposition aux actions antisémites en Allemagne, ajouta Clayton. Ça peut venir de quelqu'un qui m'a entendu. Ça n'a peut-être aucun rapport avec Anna, mais je ne veux pas courir ce risque, alors il n'est plus question qu'elle aille à Winterset ou au bureau.

– Donc, elle passe à la clandestinité, c'est ce que tu es en train de me dire ?

– Oui.

– Quand la reverrai-je ?

– Jamais, répondit Clayton platement.

Dans les années à venir, Danforth revivrait ce moment avec une grande clarté d'esprit. Il éprouverait de nouveau, comme pour la première fois, le vide qui accompagne la perte brutale et irrévocable d'une chose à laquelle on tient secrètement, si secrètement, en fait, qu'il en avait eu lui-même à peine conscience.

– Donc, dit Clayton froidement, je te contacterai.

Danforth opina du chef, et les deux hommes se séparèrent sans plus de cérémonie, Clayton repartant dans les boyaux de la grande bibliothèque, Danforth par le large escalier qui menait à l'avenue.

Il avait prévu de retrouver Cecilia au théâtre, à une courte distance de marche de là et, tandis qu'il avançait bousculé par la foule, il se rendit compte qu'il se sentait mis sur le banc de touche, comme un joueur débutant dans un match. Il laissa cette vexation masquer la vraie raison de sa détresse, à savoir le départ brutal d'Anna de sa vie, le grand vide qu'il avait ressenti à cette nouvelle et, tout en marchant, il s'efforça de se calmer.

Quand il rejoignit Cecilia, sa colère d'avoir été relégué à un rôle de figurant s'était dissipée, ne lui laissant que la douleur sourde du départ d'Anna, agitation que Cecilia perçut aussitôt.

– Tu n'as pas l'air dans ton assiette, Tom.

– Ça va, lui assura-t-il, la prenant par le bras et lui adressant le sourire le plus radieux possible. Vraiment.

La pièce de boulevard comptait moult portes qui claquent, ironies du sort et fausses identités – action à laquelle Danforth s'intéressa de moins en moins. Il entendait les rires du public, mais y joignait rarement le sien, et il ne lui échappa pas que Cecilia lui lançait des coups d'œil, un peu désorientée par son humeur.

Après le spectacle, ils marchèrent dans la nuit chaude pour la saison en direction de Sardi's. La foule était jeune et exubérante, si bien que Danforth se sentit soudain beaucoup plus vieux que ces gens-là tout à leur bonheur, si joyeux, si optimistes malgré l'époque qui s'assombrissait.

– Que se passe-t-il, Tom ? demanda Cecilia peu après qu'ils se furent installés à leur table.

La regardant, il pensa : *Elle sait.*

Elle savait que la vie qu'il avait envisagée avec elle avait perdu de son attrait et lui apparaissait à présent comme un jardin en friche, ses fleurs jusqu'alors resplendissantes devenues sèches et fripées.

Elle savait qu'elle ne pourrait jamais faire partie de cette autre vie qu'il imaginait à présent pour lui, qu'aussi vague et aussi dépourvue de détails que soit la projection qu'il en avait, elle-même, plus que quiconque, n'y figurait pas.

Elle savait que, s'il devait mettre de côté cette autre vision encore à demi dissimulée et, de nouveau, se jeter à corps perdu dans un avenir avec elle, il finirait par être détruit par son effort douloureux de continuer à mener cette existence-là vaille que vaille, s'adonnerait à la boisson ou aux mêmes sordides petites liaisons que le père de Cecilia, et que, comme lui, il se réveillerait chaque matin devant les regrets encore fumants de ne pas s'être donné la chance de se lancer dans l'autre vie qui, à un moment donné, lui avait fait signe de venir.

Elle savait qu'elle avait ignoré les nombreux signaux qu'il avait envoyés au cours des dernières semaines et qu'elle ne pouvait ignorer plus longtemps.

Elle lui toucha la main.

– Raconte, murmura-t-elle avec une résignation qui le surprit.

Et Danforth se rendit compte qu'il devait, depuis longtemps, avoir livré des indices du changement qui, à présent, le dominait totalement.

– Je n'en suis pas sûr, avoua-t-il, sachant qu'il disait vrai, que ses sentiments formaient un magma dont il ne pouvait cerner les éléments disparates qui devenaient pour lui de plus en plus volatiles.

Il pensait qu'il n'était pas amoureux d'Anna Klein, bien qu'elle l'intriguât au plus haut point. Mais l'amour, bien sûr, c'était plus que de la simple curiosité, et il avait connu d'autres femmes qui, comme Anna, étaient peu disposées à se révéler.

– Tu dois me le dire, Tom, insista Cecilia. J'ai le droit de savoir.

Il n'avait pas de réponse à lui donner, si bien qu'il dit :

– Je me suis engagé à faire une chose il y a quelques mois. Quelque chose qui… je ne sais pas… m'a rendu… malheureux.

Il n'oublierait jamais l'expression du visage de Cecilia en cet instant. Elle avait l'air d'une femme qui pensait que le malheur de Danforth n'était que le premier des nombreux obstacles désagréables qui se dresseraient devant elle et prenait conscience que les promesses de la vie n'étaient qu'un jeu de miroirs ; que l'existence elle-même n'était qu'un aboyeur de carnaval jurant qu'on serait émerveillé par l'Homme Alligator qui se révélait n'être qu'un garçon atteint d'une affreuse maladie de peau.

Elle lui servit cet air-là quelques secondes avant de se mettre debout.

– Nous ferions mieux de partir, dit-elle.

Danforth se leva, et tous deux ressortirent marcher dans la nuit. La foule s'étant raréfiée, ils purent avancer côte à côte sans se faire bousculer. Ils avaient déjà fait cette promenade main dans la main par le passé ; à présent, ils ne se touchaient plus.

Ils déambulèrent dans les rues, puis obliquèrent sur la Cinquième Avenue. Un peu plus loin au sud, il émanait de la bibliothèque une lueur étrange, et Danforth se remémora son rendez-vous avec Clayton, la nouvelle dérangeante qu'il avait reçue, et il ressentit à nouveau ce curieux pincement au cœur qu'il avait éprouvé sur le moment.

– Je suis vraiment désolé, dit-il à Cecilia.

Elle le prit dans ses bras, le serra un bref instant contre elle, puis le lâcha, se retourna et s'éloigna rapidement, emportant avec elle, Danforth s'en rendrait compte plus tard, la dernière chance qu'il aurait jamais de mener une vie ordinaire.

Century Club, New York, 2001

– Après cette soirée au théâtre, j'ai peu revu Cecilia, me dit Danforth. Elle s'est mariée en 1941 et a donné naissance à une fille dans l'année. Puis la guerre a éclaté. Son mari a été blessé à Guadalcanal et rapatrié par bateau aux États-Unis. En allant le voir à l'hôpital, Cecilia a quitté la route. Deux morts.

– Deux ?

– Elle et sa fille.

Danforth semblait porter son attention sur un objet tout près de lui et non dans le passé lointain.

– Elle s'appelait Audrey, et je crois que l'on peut dire d'elle que c'est une victime de la guerre.

Il reporta le regard sur moi.

– Diriez-vous qu'elle était innocente, Paul ?

– Bien sûr.

– Humm, bougonna Danforth.

Il détourna les yeux, comme pour ne pas regarder en face une vérité affirmée avec trop d'audace.

– Anna, repris-je dans l'espoir de le ramener doucement sur le chemin devenu familier sur lequel nous flânions. Elle a été conduite dans un lieu gardé secret, j'imagine ?

– Gardé secret ?

– Ne la cachait-on pas ?

– Si.

– Mais, manifestement, vous l'avez revue ?

– Comment le savez-vous, Paul ?

– Eh bien, votre histoire la concerne, non ?

Danforth sourit.

– Non, mon histoire concerne la trahison et le besoin qu'on a alors de tuer un traître à tout prix, dit-il en haussant les épaules avec une froideur que je ne lui connaissais pas. Tuer quelqu'un qui mérite de l'être, ce n'est pas difficile. Je pourrais le faire sans ciller.

Dans son regard s'alluma la lueur de ce qui pouvait passer pour une visée et une détermination sincères, et je compris qu'il ne plaisantait pas. Thomas Jefferson

Danforth n'était pas homme à hésiter devant la félonie ; un traître entre ses mains devait être pendu à l'aube.

– Mais comme vous le disiez, j'ai revu Anna, poursuivit-il. En fait, à peine quelques semaines plus tard.

Il fit signe au garçon et redemanda de l'eau.

– J'ai la gorge sèche, dit-il en guise d'explication.

Après le départ du garçon, il but lentement puis reprit le fil de son récit.

– Car il se trouve que j'ai eu connaissance du lieu où elle se cachait. Bannion avait été appelé ailleurs, m'expliqua Clayton, et il fallait la réapprovisionner.

Il se fendit d'un petit rire.

– C'est le mot qu'il a employé. *Réapprovisionner*. Comme un régiment, dit-il en reprenant son sérieux. Ce que, d'une certaine façon, elle était, à ce moment-là.

Il replongea dans son passé, s'y enfonça avec une aisance de fantôme si naturelle que le temps sembla ne plus être que de la brume qu'il traversait sans effort, marchant sur le tapis des souvenirs jusqu'à une porte murée depuis très longtemps.

214, 95e Rue Ouest, New York, 1939

Il frappa doucement et attendit qu'elle vienne lui ouvrir.

– Clayton m'a prévenue de votre visite, dit Anna quand elle le vit sur le seuil. Il doit vous faire confiance.

Lançant un coup d'œil aux sacs de provisions que Danforth tenait dans ses bras, elle ajouta, s'effaçant pour le laisser passer :

– Vous devez avoir envie de vous en débarrasser. Entrez.

Danforth obtempéra, attendit qu'elle eût fermé la

porte, puis la suivit jusqu'à la petite cuisine où il posa les gros sacs sur la table près de la fenêtre.

– Pensez-vous que ce soit un peu exagéré, demanda-t-elle, de me cacher de la sorte ?

– Je ne sais pas. Mais vous êtes…

Il se tut car il se sentit submergé par une vulnérabilité qu'il ne voulait pas qu'elle perçoive.

– Quoi ?

– Précieuse pour le Projet.

Il haussa les épaules.

– Quel que soit ce projet, acheva-t-il.

Elle entreprit de vider les sacs.

– Comment avez-vous expliqué que je ne vienne plus travailler ?

– Un parent malade. Pourquoi s'en étonnerait-on ? C'est une raison banale. Bref, dit-il sur une rapide inspiration, je vous ai fait des courses pour deux semaines.

– Vous buvez quelque chose ?

– Du café, si vous en avez.

– Oui.

Elle le pria de s'installer dans la pièce de devant, prépara le café puis le rejoignit. Il s'était assis dans le fauteuil près de la fenêtre. Au loin, il voyait l'école privée qu'il avait fréquentée enfant, tous les garçons en uniforme.

– Vous avez une vue plongeante sur les élèves des classes privilégiées, dit-il en prenant sa tasse pour boire une gorgée. Vous devez trouver que leurs parents sont assez superficiels.

– Non, répondit Anna. Seulement chanceux.

Il faillit lui répondre que les nantis avaient moins de chance qu'elle ne l'imaginait, que, malgré tous leurs privilèges, ils n'accédaient pas à certaines expériences de base de la vie. Ils pouvaient connaître de grands chagrins et de grandes pertes, être victimes des pires exactions qui soient. Mais une faim ne les tenaillerait jamais : les rigueurs formatrices de vivre dans le besoin. Il n'était pas très sûr qu'elle comprendrait cela, aussi ne trouva-t-il à dire que :

– Je suis désolé. Je ne voulais pas que vous partiez sans vous l'avoir dit. Je suis vraiment désolé.

– Désolé de quoi ?

– De vous avoir prise pour une Espagnole. J'ai dû vous vexer.

Elle haussa les épaules.

– Cela ne change rien à ce que je ressens pour vous, poursuivit Danforth en choisissant ses mots. Le respect que vous m'inspirez pour ce que vous faites.

Il secoua la tête devant l'atroce inadéquation de ses propos, et le fait qu'il se donnait l'impression de creuser toujours plus profondément sa propre tombe.

– Je dois vous paraître bien superficiel, dit-il en reposant d'un geste ferme sa tasse sur la table. Je vous respecte, voilà ce que je voulais dire. J'éprouve la plus grande admiration pour vous et pour ce que vous faites.

Elle retourna à la cuisine et continua de vider les sacs.

– Vous ne devez pas revenir, lui dit-elle. Je pars pour la France dans quelques jours.

– La France ? s'exclama-t-il, la rejoignant.

– Oui.

– Seule ?

– Bien sûr.

Elle finit de vider les sacs, mais Danforth vit passer dans son regard une rapide émotion : de la terreur immédiatement maîtrisée. Elle paraissait être l'incarnation de la volonté faite femme. Il ne l'imaginait pas enfant, ni même adolescente, et sentit que, dans sa jeunesse, elle avait été marquée par des épreuves qu'elle devait encore révéler, marquée si fortement, si totalement que son âme était à présent comme une de ces pièces de monnaie anciennes que son père importait, si éraflées et si striées qu'aucun produit ne pourrait jamais plus les faire briller. Si jamais elle embrassait un homme, songea-t-il, ce serait sous le Pont des Soupirs.

– Bon, il faut que je rentre, dit-il, marchant jusqu'à la porte.

– Au revoir, répondit-elle sans lui tendre la main.

Il s'attarda d'une façon qui, pensait-il, devait sûrement être inexplicable pour elle, comme s'il attendait le retour de quelque chose.

– Et merci encore, ajouta-t-elle. Pour tout.

Une fois dehors, Danforth hésita un moment devant l'immeuble, jetant des coups d'œil de chaque côté de la rue, avant de se diriger sans but avoué vers l'ouest. À Columbia Walk, il s'assit sur les marches et regarda la bibliothèque de l'université, les noms des grands de ce monde inscrits sur sa large façade : Homère, Sophocle, Platon et leurs alter ego. D'abord à Trinity College puis à Princeton, il les avait tous étudiés, mais il fut frappé de constater à quel point ils ne lui étaient d'aucun secours à présent, que les choix qu'il ferait pour la prochaine étape de sa vie seraient déterminés sans lien avec l'éducation qu'il avait reçue, ni avec ce que ses voyages lui avaient appris ni même rien de ce qu'il avait pu entendre dans les langues qu'il parlait.

Soudain, Danforth pensa à la lueur froide dans le regard du chef de ces bandits balkaniques, se dit que cet homme avait dû arborer le même air lorsqu'il avait ordonné la crucifixion de ce malheureux, ne rien ressentir en le regardant pendre là, torse nu, ses bras, ses jambes et ses pieds ruisselant de sang. Les passagers avaient reçu l'ordre de remonter à bord après que les voleurs leur eurent pris tout ce qu'ils avaient pu. Comme s'ils embarquaient dans un train à Victoria Station, son père et lui avaient calmement regagné leurs places, puis senti la secousse du redémarrage. Il se souvenait encore de la vague de soulagement qui l'avait submergé sur l'instant, mais à présent il se rappelait autre chose plus intensément encore : que dans son euphorie, tandis que le train s'ébranlait, il avait lancé un coup d'œil par la vitre et réellement admiré la beauté du paysage jusqu'au moment où l'homme crucifié reparut à sa vue. Danforth avait supposé qu'il était mort, mais tandis que le train n'en finissait pas de passer devant lui, l'homme avait relevé la tête et son regard avait croisé celui de Danforth.

Rien d'aussi déchirant ne lui était arrivé depuis et, assis sur les marches de l'université Columbia, cette image se figea dans son souvenir jusqu'à ce qu'il remarque une grande jeune femme aux longs cheveux blonds. Elle avançait rapidement sur Columbia Walk, serrant ses livres contre sa poitrine. Elle obtiendrait son diplôme, se marierait et élèverait ses enfants dans une vaste villa, Danforth n'en doutait pas. Elle occuperait son âge mûr en travaux de bienfaisance et, plus tard dans sa vie, recevrait maintes fois l'honneur de plaques et de citations. Dans sa vieillesse, elle s'assiérait sous une pergola blanche et surveillerait ses jardins, soucieuse que les iris soient taillés à l'automne et que la fontaine, reproduction de celle qu'elle avait admirée à Ravello, soit nettoyée chaque semaine.

Soudain, Danforth éprouva un terrible sentiment de vide ; celui-ci ne s'atténua pas contrairement à ce qu'il avait espéré, mais grossit au fil des jours et, le week-end venu, il éprouva la sensation de disparaître dans un vaste néant qui ressemblait, à s'y méprendre, à la mort.

Century Club, New York, 2001

– Les regrets finissent par se muer en auto-accusations, me dit Danforth. La plus grave de toutes étant que l'on se contente de mener une vie qui n'est pas la sienne.

– Pour vous, qu'aurait été cette vie qui n'était pas la vôtre ?

– D'avoir été le mari de cette blonde, répondit Danforth en soupirant. Dans le fond, je crois que c'était ça ma terreur. Les projecteurs se braquaient sur l'Europe, mais mon principal souci était de ne pas finir comme un de ceux sur qui a écrit Fitzgerald, ces types assis dans leurs clubs, qui reposent leurs verres en se souvenant de leurs sublimes idéaux de jeunesse.

Il était revenu à son point de départ, ruse narrative que je ne pouvais m'empêcher d'admirer.

– Que pensiez-vous que j'allais vous raconter, Paul ? Que pensiez-vous que j'allais vous révéler sur mes motivations d'alors ?

– Oh, peut-être que vous aviez besoin de vous prouver que vous n'étiez pas antisémite, à la différence de votre père.

– Le mépris œdipien. Il a inspiré pas mal de récits, il faut l'avouer. Mais pas celui-ci, Paul, répondit-il en secouant la tête. Non, mes pensées n'étaient pas compliquées. Pas besoin de se référer à Sophocle pour les deviner. C'était la hantise du jeune bourgeois d'être bourgeois.

– Les souffrances du jeune Danforth, ajoutai-je, sachant que ma référence littéraire ne lui échapperait pas.

– Bien vu. Et très allemand, dit-il en riant doucement, mais d'un air préoccupé. Comme vous l'êtes, Paul.

– Oui.

– Mais américain maintenant, avec un nom anglais. Travaillant pour le bien de notre pays.

Je ne voyais pas du tout où il voulait en venir avec cette allusion, mais son regard fixé sur moi m'inquiéta au point que je cherchai refuge dans la sécurité de mes notes.

– Bref, repris-je, vous étiez un jeune bourgeois qui craignait de mener une vie bourgeoise.

– Oui, répondit Danforth. Et je soupçonne Clayton de ne l'avoir que trop bien compris quand nous avons bavardé à Winterset ce jour-là.

Winterset, Connecticut, 1939

– Merci d'être venu, Robert, dit Danforth en ouvrant la porte.

– Tu me donnais l'impression que c'était très urgent.

Ils traversèrent la grande cour, Clayton en pantalon et chemise à col ouvert, son pull-over de l'université de Princeton drapé sur ses épaules, comme s'ils allaient assister à un match contre Yale.

– Je souhaiterais accompagner Anna, lança Danforth sans ambages. J'y ai bien réfléchi. J'ai passé en revue ce que cela impliquait. Mais je veux aller avec elle. Et faire partie de ce… Projet.

Clayton regarda une brise balayer l'autre extrémité de la cour, envoyant valser quelques vieilles feuilles mortes, telle une colonne de déserteurs.

– Je veux faire partie du Projet, répéta Danforth avec véhémence.

Il ne saurait jamais avec certitude si ce qu'il avait ressenti sur l'instant était de la terreur ou de l'exaltation. Il savait seulement que le ruisseau étroit de sa vie venait brusquement de s'élargir.

– Tu m'as entendu, Robert ?

Clayton regardait ailleurs, comme s'il rassemblait ses idées. Quand il se tourna vers Danforth, ses traits semblaient avoir perdu les derniers vestiges de la jeunesse.

– Tu ne sais même pas ce qu'est le Projet, dit-il.

– Je m'en fiche.

– Ne sois pas ridicule, Tom. Prendre des risques, ce n'est pas ton truc.

Plus tard, Danforth repenserait souvent à cette réflexion. Elle lui reviendrait à l'esprit tandis qu'il pataugerait dans la boue et la neige de villages bombardés, ou assis, coincé pendant des heures, dans des aéroports ou des gares bloqués par la tempête, encore que ces difficultés représentaient si peu en comparaison de ce qui l'attendait.

– Anna ne devrait pas partir seule, s'empressa-t-il d'ajouter.

– Mais tel a toujours été le plan. Elle s'attend à partir seule.

– Je ne vois pas l'intérêt. Je serais la couverture idéale, non ? Un importateur ayant de nombreuses raisons professionnelles de se rendre en Europe. Et j'ai des relations. Si ça tourne mal, j'aurai plus de chances de nous tirer de là tous les deux.

– Ce n'est pas un jeu, Tom. La prochaine étape, c'est du sérieux. Nous parlons d'une période indéterminée en Europe, pas de l'escapade d'un week-end.

– Je le sais. Mes collaborateurs peuvent assurer le suivi des affaires. Je dirai à mon père que Danforth Imports a besoin de s'étendre, de prendre de nouveaux contacts, de dénicher de nouveaux fournisseurs. Que, peut-être, j'aurais besoin moi aussi d'un coup de jeune.

Des années plus tard, Danforth repenserait à cet argument avec le triste amusement du vieillard confronté au jeune homme qu'il fut et, chaque fois, il se souviendrait que jamais Clayton n'avait donné l'indication qu'il éprouvait le moindre sentiment pour Anna ni espérait la voir survivre à sa mission, quelle qu'elle fût. Pour cette raison, tandis que son esprit naviguait d'une vermine à l'autre, Danforth se demanderait toujours si Clayton avait toujours su que, au cours de cette mission ou de la suivante, Anna allait au-devant de la mort.

– Et Cecilia ? enchaîna Clayton.

– C'est déjà réglé.

Cela parut sincèrement surprendre Clayton et le pousser à envisager l'étape suivante de la proposition de Danforth.

– Anna n'est pas une simple espionne, déclara-t-il. Nous pensons à une mission importante. Nous ne parlons pas d'elle assise ici ou là avec une TSF, en train de taper des messages secrets. Il y aura beaucoup de mouvements. Une logistique difficile, une fois l'opération lancée.

Il regarda Danforth très sérieusement.

– Tu pourrais te faire tuer.

Danforth se rendit compte que, quelques semaines plus tôt, il eût été incapable de dire si c'était un véritable avertissement ou juste des exagérations de Clayton.

– Je sais, répondit-il.

Clayton le scruta longuement.

– J'en parlerai à Bannion, affirma-t-il. C'est lui qui a monté le Projet. Il a son mot à dire.

– Je comprends.

Sur ce, ils regagnèrent la voiture de Clayton et se saluèrent. Danforth rentra chez lui, s'assit à la petite table où LaRoche et Anna avaient partagé leur premier repas. En imagination, il refit le voyage en arrière, à la taverne où il avait vu Anna pour la première fois, affolée et étourdie, en grotesque figure des rues, puis finalement il repensa à la première conversation sur le sujet qu'il avait eue avec Clayton, la petite mèche qu'elle avait allumée en lui et qui, à présent, était plus vive qu'il ne l'aurait jamais cru. Comme il était étrange que sa propre chance puisse lui paraître si creuse, songea-t-il, que la vie d'un agent secret l'attire autant, que, pour lui, la quête du bonheur trouve son unité de mesure dans la quête du danger, que, dans ces quêtes, il ressente pour cette nouvelle vie – il s'en rendait compte tout à coup – les fourmillements d'un désir étonnamment puissant.

Century Club, New York, 2001

Un désir ?

La surprise que me causa l'émergence curieuse de ce mot dans le contexte de son histoire dut se lire sur mon visage, car Danforth se figea, puis dit :

– C'est étrange, l'érotisme des intrigues secrètes.

L'érotisme des intrigues secrètes ? Je craignis que Danforth ne soit maintenant décidé à m'entraîner dans son boudoir.

– Il m'arrivait parfois de m'imaginer errant sans fin, à la tombée de la nuit, dans les rues du vieux quartier de Gion, poursuivit Danforth, me promenant à jamais parmi les geishas et les *maiko*.

– Quand ressentiez-vous cela ?

– Dans les prisons ou dans les trains. Quand je pensais à elle.

– À Anna Klein ?

Il tendait manifestement la main vers quelque chose dont le contact lui était douloureux.

– *Geisha* signifie « artiste » en japonais, dit-il.

Un bref instant, il parut se dissoudre dans le bouillonnement de ses souvenirs.

– L'amour comme représentation, quelque chose de… joué.

Il était évident pour moi que c'était un sujet très sensible, que Danforth ne développerait que s'il le décidait lui-même, si bien que je me tus.

– Le « sourire des sourires », l'appelle Blake, ajouta-t-il. C'est quand l'amour et la supercherie se rejoignent.

Il retomba dans le silence. Puis, étonnamment, lui-même sourit.

– Dites-moi, Paul, vous avez vu *La Mort aux trousses* ?

Cette question, alliée à son brusque changement d'humeur, me déstabilisa.

– Le vieux film d'Hitchcock ? Celui avec Cary Grant ?

– Oui, répondit Danforth.

Sa voix prenait un ton indéfinissable, comme si son histoire était maintenant devenue une série d'événements étranges, plus ironiques que surnaturels, une monstruosité de la vie réelle.

– C'est arrivé juste comme ça, dit-il avec un signe de tête en direction de l'entrée du club. Juste là.

Century Club, New York, 1939

La pluie se mit à tomber quand Danforth sortit du Century Club. Il tourna à gauche, vers la Cinquième Avenue, dans l'idée de courir jusqu'au magasin, à l'angle de la rue, pour acheter un parapluie. Ce fut alors qu'on le saisit très fermement par le bras, et quand il abaissa le regard vers l'étau qui le retenait, il s'attendait presque à voir des serres plutôt qu'une main. Puis il sentit une prise identique sur son autre bras.

Il vit deux hommes, un de chaque côté de lui.

– Silence, lui intima d'un ton sec celui qui se tenait à sa gauche.

Il portait un costume croisé bleu foncé et un Borsalino gris.

– Sinon vous êtes mort, ajouta-t-il.

Son comparse portait un costume marron, également croisé, mais se passait de chapeau. Il fit un signe de tête vers une voiture, dont le moteur tournait au ralenti, stationnée contre le trottoir devant l'entrée du club. Un troisième larron, en costume vert foncé, droit celui-ci, et feutre havane, avait déjà ouvert la portière et, la mine patibulaire, semblait attendre de voir ce que Danforth allait décider.

– Avancez et pas un mot, dit le type au Borsalino.

Celui en costume marron resserra son étreinte, mais la compléta d'un léger sourire étonnamment chaleureux.

– Vous êtes trop jeune pour mourir, monsieur.

Ce fut la terreur, et la terreur seule, qui submergea Danforth dans ce qu'il se rappellerait toujours avoir été un déferlement de chaleur qui le vida et lui brouilla les idées et, en un instant, annihila chez lui toute volonté de résister à ces gens. C'était comme si le soleil s'était soudain concentré sur la petite flaque qu'il était devenu, le laissant sec et couvert de poussière, étrangement mort à toute autre sensation physique. Il n'était plus ni esprit ni cœur. Il n'était que le corps qui contenait sa vie, laquelle était en grand danger.

– Avancez, dit sèchement l’homme en costume bleu foncé.

Presque malgré lui, Danforth obtempéra telle une créature hébétée après un choc et, quelques instants plus tard, il était assis, coincé entre les types qui l’avaient empoigné, celui en costume vert au volant.

Il n’avait pas parlé, et son mutisme le surprit. Il se faisait l’effet d’être un gosse entre ses parents imposants aux réactions imprévisibles, incapable de remettre en question ce qu’ils faisaient ou de prévoir leur comportement.

La voiture fila sur Broadway vers le nord et, une fois que Danforth eut repris ses esprits, il observa les deux sbires mutiques à la mine patibulaire, qui, assis de chaque côté de lui, le coinçaient fermement. Qui étaient-ils ? Que voulaient-ils ? Se faisait-il kidnapper ? Il essaya de deviner comment son père réagirait au premier coup de fil, quelle rançon il accepterait de payer. Cette idée céda la place à celle, tout aussi farfelue, que cet enlèvement bizarre soit la conséquence d’un désaccord commercial de son père. Il lui arrivait souvent de traiter les gens assez durement, aussi était-il tout à fait concevable qu’un client ou un sous-traitant insatisfait ait pu décider que les voies de recours habituelles contre le despotisme paternel étaient bien trop lentes et bien trop incertaines.

Puis, tout à coup, il devint évident que ces deux suppositions étaient aussi fausses l’une que l’autre. Ce fut alors, seulement alors, qu’il pensa au Projet et envisagea la possibilité que la crainte exprimée par Bannion puis LaRoche ait été justifiée depuis le début, qu’ils étaient vraiment là, ces membres d’unités de choc américaines et que, à présent, il se trouvait entre leurs mains.

La pointe nord de Manhattan s'effaça derrière lui et il eut soudain la sensation de larguer les amarres, de quitter son port d'attache de New York. Jusqu'alors, cette ville lui avait paru indéfectible, un château fort qui le protégeait, et il avait cru que c'était immuable et certain. À présent, c'était tout juste un lieu affaibli par les événements, incapable de fournir le moindre réconfort et, en cela, semblant se moquer de lui, comme si toute sa vie la ville l'avait berné, endormi d'un agréable sommeil dont, à présent, on le réveillait sans ménagement.

Ils laissèrent le Bronx derrière eux, puis s'engagèrent dans les rues étroites de Yonkers. Une heure s'écoula, peut-être davantage. Ils se trouvaient dans le Connecticut, dans la banlieue d'une de ses villes industrielles, un quartier d'entrepôts délabrés et à l'abandon, aux briques sombres, aux toits noirs recouverts d'une vieille patine de crasse et de suie.

La voiture cahota violemment dans une rue trouée de nids-de-poule, puis prit un virage à gauche assez serré vers un grand bâtiment doté d'un quai de chargement et d'une rampe en béton menant dans ses entrailles noires. Une fois à l'intérieur, ils restèrent assis quelques instants dans l'obscurité presque totale, puis, comme en réponse à un signal qui aurait échappé à Danforth, Borsalino descendit de voiture et se tourna vers lui.

– Vous pouvez descendre, dit-il avec une amabilité qui le déconcerta, comme s'il lui en laissait le choix plus qu'il ne lui en intimait l'ordre.

Danforth obtempéra puis resta immobile, très droit, dans l'obscurité, totalement infantilisé à présent, attendant les consignes, craignant que le moindre geste de sa part ne soit malvenu.

– Suivez-moi, lui ordonna Borsalino.

Les deux autres hommes s'étaient placés à côté de lui et derrière lui et, ainsi, tous s'avancèrent en direction d'une porte métallique qui s'ouvrit juste comme ils l'atteignaient.

La pièce, minuscule, contenait un lit en fer avec un matelas sans draps. Une unique ampoule pendait à un cordon noir. Les murs étaient nus, et le plafond était maculé de taches d'humidité. Une odeur de moisi flottait dans l'air, lui donnant un petit goût douceâtre. Il n'y avait ni lavabo ni toilettes, ainsi Danforth comprit qu'on ne le retiendrait pas là longtemps, que c'était une sorte de purgatoire, un endroit où il devait attendre.

– Si vous choisissez d'être un espion, lui dit Borsalino en refermant la porte, autant vous habituer à cette vie-là.

Il ne saurait jamais combien de temps précisément il resta seul dans cette pièce mais, des années plus tard, à Auschwitz, immobile à l'entrée des baraquements dans lesquels on laissait les déportés mourir de faim, il se rappellerait la terrible impression d'enfermement qui s'était emparée de lui et se dirait combien cela avait dû être pire pour les déportés qui n'avaient même pas assez de place pour s'asseoir et ne pouvaient seulement que rester debout face à des murs en ciment jusqu'à la mort.

Du temps passa mais, les hommes lui ayant confisqué sa montre et son portefeuille, il n'avait pas la moindre idée de l'heure qu'il était et ne savait même pas si la nuit était tombée quand la porte se rouvrit enfin.

– Le moment est venu d'avoir une petite conversation, lui lança Borsalino.

Il avait ôté sa veste de costume, et était en pantalon de flanelle bleu foncé et chemise bleu ciel à col ouvert.

Danforth se leva et le suivit le long d'un petit couloir

au bout duquel l'homme ouvrit la porte, s'écarta et lui fit signe d'entrer.

L'aspect de la pièce ne laissait aucun doute : petit bureau en bois entouré de chaises se faisant face et, juste derrière, table de toilette sur laquelle étaient posées une cruche et plusieurs serviettes blanches.

– Asseyez-vous, lui dit Borsalino.

Sur ces mots, il referma la porte, marcha jusqu'au bureau et s'y installa.

– Où est Anna Klein ? s'enquit-il d'un ton léger et d'un air presque las, comme s'il se renseignait sur le sort d'un chat.

Danforth s'assit mais ne dit rien et, des années plus tard, dans les salles d'interrogatoire de la prison de Plötzensee à Berlin, puis à la Loubianka, il s'étonnerait que de tels endroits dégagent la même terreur mêlée de transpiration, la peur comme une odeur encore accrochée aux murs.

Borsalino le regardait fixement d'un air renfrogné.

– Je ne vais pas vous poser cette question indéfiniment. Ce ne sera pas nécessaire, croyez-moi. Mais avant que je la reformule, prenez le temps de bien réfléchir à tout.

Danforth lança un coup d'œil vers la porte. Un des autres hommes l'ouvrit, entra et se campa sur le seuil, bras croisés sur la poitrine et arborant une expression étrange, celle d'un chien impatient qu'on lui jette un os. Ils doivent rechercher des types tels que lui, songea Danforth, ayant la tête de l'emploi, de ceux qui sont capables de savourer ce que les autres abhorrent.

Danforth n'avait pas conscience de l'heure qu'il était, et il se demanda si cela aussi faisait partie du jeu : retirer totalement à un homme ses signaux de vie ordinaires, affaiblir ses repères intérieurs en lui faisant perdre tous les autres à l'extérieur.

Pour résister à ce stratagème loin d'être subtil, Danforth se concentra sur ses boutons de manchettes. Ils étaient en or, ornés de petits saphirs, et il les avait achetés à Paris, dans un petit magasin à proximité du jardin du Luxembourg. Il revoyait la vaste étendue de ce parc, son côté tellement français dans le fait que les enfants, qui n'avaient pas le droit de jouer sur les pelouses, couraient en tous sens, tombaient et se roulaient un bref instant dans la poussière de ses larges allées caillouteuses. Paris le matin, songea-t-il, et il revit le jardin baigné de soleil. Paris l'après-midi. Paris la nuit. Ainsi donc, il s'agissait de cela, songea-t-il, le temps.

– Où est Anna Klein ? répéta Borsalino.

C'était la deuxième fois qu'il posait la question, et Danforth savait que ce qui se passerait ensuite allait soit lui forger le caractère, soit le détruire, que, lorsque tout serait terminé, il se tiendrait en haute ou faible estime et que, d'une façon ou d'une autre, jamais il ne subirait pareille épreuve.

Une forte raideur le gagna, sa peau se cuirassant, ses os se durcissant, comme si son corps se préparait à endurer le pire. Mais c'était la part de son être la plus intime qu'il sentait la plus vivante, quelque chose se solidifiant au cœur de son organisme, et il prit conscience que même s'il avait souvent senti battre son cœur, gonfler ses poumons, frémir, palpiter ses autres organes, il n'avait jamais encore, jusqu'à cet instant d'évaluation intérieure, perçu les rouages de son âme.

– Mets les mains dans le dos, ordonna alors Borsalino.

Danforth hésita, non par réel désir de résister mais

plutôt comme un enfant le ferait avant de s'asseoir dans le fauteuil du dentiste.

– Mets les mains dans le dos, répéta Borsalino.

Danforth se rendit compte qu'on exigeait de lui d'être le complice de sa propre torture, mais il ne voyait pas comment s'y soustraire sans que ce soit vain et stupide. Peut-être cela fait-il partie de la stratégie du tortionnaire, spécula-t-il, de vous briser l'esprit avant de commencer à vous briser le corps. Toutes les légions de victimes avaient-elles coopéré avec leurs bourreaux, se demanda-t-il, les imaginant aussitôt dans les donjons de l'Inquisition, se plaçant docilement sur le chevalet, sur le dos, positionnant leurs pieds et leurs mains.

Tout en pensant à cela, Danforth se trouva dans l'incapacité de refuser d'obtempérer, mais il se tint très droit, releva la tête et, bravement, redressa les épaules en mettant les mains dans le dos.

L'autre homme s'avança vers lui et les ligota, puis l'attrapa par le col de sa chemise et le tira hors de la pièce, suivi par Borsalino.

Quelques instants plus tard, ils pénétraient dans une autre pièce le long du couloir. Elle était totalement nue à part deux nœuds coulants qui se balançaient au bout d'une poulie.

Une nouvelle poussée vers l'avant et Danforth se trouva dos aux cordages, attendant sans rien dire tandis que Borsalino attachait les cordes de la poulie à celle qui lui ligotait les mains.

Une fois cela fait, l'autre homme recula et tira d'un coup sec sur les liens.

Danforth cria tandis que son corps ployait vers l'avant et qu'une douleur abominable lui électrisait les bras.

– N'oublie pas la question, dit l'homme en tirant une deuxième fois sur la corde, plus violemment, si bien que la douleur devint une flamme qui montait et descendait le long des bras de Danforth, encerclait son cou, puis roulait comme une boule de feu tout le long de sa colonne vertébrale, de ses jambes et jusqu'à ses pieds.

– N'oublie pas la question au fur et à mesure, dit l'homme.

Il ne dit plus un mot pendant une demi-heure.

Century Club, New York, 2001

– Le père Grandier, soupira Danforth en un de ces apartés soudains et déroutants qui lui ressemblaient bien. Ça, c'était ce que j'appelle un interrogatoire.

Je vis le souvenir de la douleur luire dans son regard et ressentis la gêne que n'importe qui éprouverait en présence de quelqu'un dont l'expérience de la souffrance est infiniment plus grande que la sienne.

– Je crains de n'avoir jamais entendu parler de lui, dis-je.

Ce qui ne m'empêcha pas de supposer que le père Grandier devait être un des quelques prêtres héroïques qui avaient résisté aux nazis pendant la guerre. Peut-être avait-il aidé Anna Klein à réaliser ses exploits ou, d'une façon ou d'une autre, secouru Danforth.

– Loudun, France, août 1634, ajouta Danforth. Satan avait signé un pacte diabolique avec lui, selon ses accusateurs. D'autres démons l'avaient signé aussi, Astaroth et Baalberith. Les plus grands démons l'avaient signé.

Il sourit.

– Mais pas Grandier.

Si nous avions été deux hommes sur une scène, l'éclairage aurait diminué en cet instant, hormis le projecteur braqué sur Danforth ; lequel se serait adouci et aurait été mêlé à un bleu aussi intense que le bleu des yeux de Danforth quand il reprit la parole.

– Il était accusé d'avoir ensorcelé les religieuses et avait été traduit en justice par un homme très jaloux de son pouvoir. Il avait refusé d'avouer toutes les charges retenues contre lui, et ordre fut donc donné qu'il soit soumis à ce qu'on appelait « la question ».

La question.

Je me rappelai la sinistre méthode de Borsalino, son insistance à ne poser qu'une seule question et, une fois encore, reconnus l'esprit en dents de scie de Danforth, comment des paroles prononcées plus tard se retrouvaient liées à d'autres qui leur étaient antérieures, des allusions récentes à d'autres plus lointaines, chaque anecdote servant de tremplin à une plus grande.

– Urbain Grandier était très bel homme, poursuivit-il. Ses tortionnaires s'apprêtaient à lui briser les jambes. Il savait que son visage ne serait plus jamais le même après ça. La douleur le rendrait difforme. Alors, il demanda un miroir. On lui en apporta un et il s'y regarda longtemps. Selon des témoins, il n'y avait pas la moindre trace de vanité dans son expression. Ce qu'ils y virent, dirent-ils, c'était de la quiétude.

Je ne pouvais concevoir que Borsalino ait perçu une quelconque quiétude sur le visage de Danforth, soupçon qu'il s'empressa de confirmer.

– Ce que mon tortionnaire constata fut ma terreur, dit-il sans hésitation. J'agissais courageusement, bien sûr. Que pouvais-je faire d'autre ? Mais c'est convulsif, une douleur pareille. Je me rappelle avoir pensé qu'il était très important pour moi de ne pas vomir. Je venais de faire un bon déjeuner ici même, dans ce club, poursuivit-il en riant. Agneau sauce menthe.

Excellent. Et du porto. Un peu trop de porto. J'avais cette vision cauchemardesque de répandre tout ça par terre, puis de relever la tête pour voir Borsalino me considérer avec un mépris absolu.

Il leva son verre et le fit tourner entre ses mains déformées par l'arthrite.

– *Terreur* vient d'un mot indo-européen qui veut dire « trembler ». Et je tremblais, croyez-moi, fidèle à la racine de ce nom commun. Car c'est ce que fait la terreur. Elle vous fait trembler jusqu'à ce que vous craquiez.

– Vous-même, vous avez craqué ? ne pus-je m'empêcher de demander.

Danforth ne répondit pas tout de suite, le regard fixé sur le verre qu'il faisait toujours tournoyer entre ses doigts noueux.

– Il y a des musées de la torture dans toute l'Europe, finit-il par dire. J'en ai visité un à Amsterdam. Du matériel très sophistiqué, des instruments datant de l'Inquisition.

Il mentionna quelques-unes de ces subtilités : le visage de la Vierge sculpté dans le fer, le bois si joliment ciré de l'âne espagnol.

– Ah, mais Paul, ajouta-t-il d'une voix douce, pour briser un homme, on a seulement besoin d'une petite cuiller.

Nouveau-Brunswick, Connecticut, 1939

Il entendit cliquer le déblocage de la poulie et il s'écroula sur le sol rêche. À travers la brume de douleur qui se répandit en lui, il sentit la fraîcheur du ciment. Peut-être qu'à un moment donné la souffrance avait purement et simplement désaccordé ses sens, arraché les fils qui le reliaient au temps.

La porte s'ouvrit puis se referma, mais Danforth ignorait si son tortionnaire était parti ou si quelqu'un d'autre était entré. Il écouta s'il entendait des bruits de pas, mais non, et donc, au bout d'un moment, il décida qu'il était seul. Il voulait bouger mais ne le pouvait pas.

– Relevez-le.

On le souleva du sol, les muscles de ses bras tendus de manière si peu naturelle qu'il ne pouvait plus les plier, ses mains ankylosées au bout d'un enchevêtrement brûlant de ligaments et d'os.

Il avançait à présent dans le couloir, porté comme un jouet cassé dans les bras de son tortionnaire, puis on le laissa tomber sur la chaise devant le bureau de Borsalino.

Il resta assis, avachi, lessivé, tout juste capable de ne pas s'écrouler par terre et attendit que Borsalino prenne place derrière le bureau.

– Tu fais un passage ? demanda ce dernier. Tu es juif ?

Danforth ne répondit pas.

– Comment l'expliquer autrement ? continua Borsalino. Cet… entêtement.

Ce petit jeu semblait l'amuser.

– Penses-tu que l'Angleterre arrêtera les communistes ? La France ? L'Amérique ?

Il s'esclaffa.

– Peut-être que tu ne veux pas qu'on les arrête. Peut-être que tu es un communiste doublé d'un Juif ?

Danforth regarda Borsalino sans rien dire.

– Sais-tu ce qu'ils font, les Rouges ? continua ce dernier. Ils mettent tout à sac. Ils attendent d'envahir l'Europe, puis ils nous envahiront.

Il se pencha un peu en avant et fouilla Danforth du regard, comme un homme fouillerait le contenu d'un carton.

– Pourquoi tu les aides ? L'Amérique et l'Allemagne ont le même ennemi. Même les Anglais savent ça.

Danforth, qui avait conscience que le moindre mouvement irradiait la douleur dans sa cage thoracique, restait assis sans bouger et regardait droit devant lui. Au bout d'un moment, il éprouva une sensation dans ses orteils, puis dans ses doigts, une lueur de force lui revenant peu à peu des confins de son corps. C'était comme les premiers picotements fibreux d'un membre fantôme, ce qu'il vécut comme un réveil, la preuve formelle et indéniable que le mal qui avait été fait n'était, malgré tout, pas irrévocable.

– Écoute-moi, dit Borsalino d'un ton sec.

Danforth essaya de concentrer son attention sur l'homme derrière le bureau.

– Fais bien attention à ce que je te dis.

Danforth sentit que sa tête penchait légèrement vers l'avant, mais il fit l'effort de la redresser.

– Tu t'imagines, comment dire, que tu vas t'en sortir sans bobo, reprit Borsalino. Repartir et retourner dans la chaleur de ton sympathique petit club.

Danforth sentait ses muscles frémir sous sa peau comme de minuscules insectes, délicat tremblement qui agitait ses chairs de spasmes doux, régénérateurs, mouvement qui le secoua jusqu'à lui éclaircir les idées. La brume de la douleur se levait et, ce faisant, la pièce reprit ses proportions normales et ne lui parut plus de travers ni bancale. Sa clarté d'esprit lui revenait comme une vieille amie.

– Mais ce n'est pas vrai, dit Borsalino.

Les nuages de la douleur continuèrent de se dissiper et, peu à peu, Danforth reprit ses repères, se souvenant de choses qu'il avait oubliées, de la façon dont Borsalino lui avait arrosé le corps d'eau glacée, de la sensation cuisante d'être giflé.

Borsalino ouvrit le tiroir de droite de son bureau, en sortit une petite cuiller et la posa devant lui.

– Je vais t'énucléer, l'ami. D'abord un œil, puis l'autre.

Il laissa à Danforth le temps de concentrer sa clarté d'esprit de plus en plus nette sur la cuiller, qu'il prit alors et pointa vers lui en direction de ses yeux.

– Où est Anna Klein ? redemanda-t-il.

Ce fut à cet instant que les vues splendides de la vie de Danforth se retournèrent insidieusement contre lui, comme un traître dans les rangs d'une armée. Car il se rappela d'un seul coup par séries d'images successives toutes les splendeurs qu'il avait admirées de ses yeux : les hauteurs enneigées du mont Fuji, les murailles d'Avila, Hong Kong depuis le pic Victoria, Uluru incroyablement éblouissant dans les lueurs du couchant.

– Attache-lui les mains, ordonna Borsalino.

Quelqu'un se glissa derrière Danforth, lui tira les mains et les ligota à la chaise.

– Alors ? dit Borsalino quand cela fut fait, élevant la cuiller qui scintilla sous l'éclairage. Alors ?

La première vague de panique le prit par le tremblement incontrôlable de ses jambes, que Danforth interpréta comme la désintégration de sa volonté. C'était comme si sa petite île intérieure était balayée par un tsunami qui détruisait tout sur son passage.

Pendant un instant suspendu où ses pensées furent

d'une clarté inouïe, il se sentit capable de faire face à un pistolet sans faillir. Mourir, comparé aux douleurs qui le traversaient encore, ne lui aurait pas paru une peine trop grande. La mort, ce n'étaient que les ténèbres, après tout, un oubli ne laissant nul souvenir de ce qu'on avait connu. Mais perdre la vue ? Ne plus jamais rien voir de cette terre ?

C'était de la folie, il n'en avait que trop conscience. Pourtant, il se sentait broyé dans le poing fermé de cette peur, tout ce qui était solide, tout ce qui tenait debout, s'évaporant dans la chaleur impitoyable d'une terreur qu'il ne s'était pas attendu à ressentir et contre laquelle il ne pouvait opposer aucune résistance : l'amour qu'il éprouvait pour ce qu'il n'avait pas encore vu.

Et quelle est la plus belle chose que tu n'aies jamais *vue ?*

La question lui revint par la voix d'Anna, dont les paroles furent si claires que c'était tout juste s'il ne s'attendait pas à la voir se matérialiser devant lui, et le fait que ce soit ce souvenir d'elle qui l'anéantissait et le tourmentait le plus lui semblait être le comble de la cruauté et de l'ironie.

Borsalino était à côté de lui, les doigts enroulés autour du manche de la cuiller. Des doigts longs et fins ; idéal, songea Danforth, pour jouer du piano.

Borsalino prit une longue inspiration.

– Alors, redit-il en appuyant l'extrémité de la cuiller sous l'œil gauche de Danforth. Où est Anna Klein ?

Danforth pensa à l'Atlas, aux plaines du Kilimandjaro et, enfin, à la mer de Seto depuis les hauteurs de Miyajima, ce lieu légendaire dont son père avait dit que nul homme ne devait mourir sans l'avoir vu.

– Où est Anna Klein ? répéta Borsalino.

La réponse monta dans la gorge de Danforth, comme une brûlure venue du ventre.

– Pour la dernière fois. Où est Anna Klein ?

Danforth sentit le bord de la cuiller s'enfoncer dans sa chair et, sur ce pincement anodin en soi, l'adresse d'Anna explosa vers sa bouche, les mots commençant de se former sur ses lèvres, portés par son souffle, tous autant qu'ils étaient… les libérer… maintenant…

– Bravo.

La voix était vaguement familière et, comme sur son ordre, Borsalino écarta la cuiller et, dans la foulée, délia les mains de Danforth, puis fit doucement tourner sa chaise pivotante vers la porte où Danforth vit Bannion, campé là comme un gardien au portail, Clayton à ses côtés, tous deux le regardant avec une admiration non dissimulée.

Des bruits de pas résonnèrent de l'autre côté de la porte et, en les entendant, Clayton et Bannion se redressèrent, comme si on leur avait donné l'ordre de se mettre au garde-à-vous.

La porte s'ouvrit et elle fut là, Anna Klein, droite comme un soldat. Ce fut tout juste si elle parut remarquer les autres hommes présents dans la pièce. Son attention se concentrait exclusivement sur Danforth, et son regard glissa sur lui avec douceur, comme si elle l'effleurait du bout des doigts.

– Nous irons donc en France ensemble, dit-elle.

Ainsi qu'il s'en souviendrait au cours des nombreuses années à venir, il n'aurait su déterminer sur l'instant si elle obéissait à un ordre ou en donnait un. Il ne voyait que la volonté de cette femme, et il la regarda, brisé, encore tremblant de peur, ballotté par les remous de sa douleur qui refluait peu à peu, et pourtant bien décidé à se cuirasser contre ce qu'il pourrait devoir endurer au cours de futurs interrogatoires. La prochaine fois, quoi qu'il arrive, il garderait foi en Anna, se dit-il, jusque dans le creux de la cuiller.

TROISIÈME PARTIE

Le marteau de Tchekhov

Century Club, New York, 2001

– Ce fut un moment digne de la littérature chevaleresque, dit Danforth de la voix morose et nostalgique d'un homme qui repenserait à un combat qu'il avait failli remporter. Et c'est sans doute l'origine de mon obsession.

Chevaleresque ? Obsession ?

L'essence de la fiction romanesque, pensai-je, encore que curieusement, entre chevaliers de la Table ronde et divan freudien.

Soudain il me revint un vers que j'avais lu alors que j'étais étudiant. On l'attribuait à Kenneth Patchen, un poète de Greenwich Village : *Les boxeurs cognent plus fort quand des femmes les regardent.* Si c'était à cela que se réduisait l'histoire de Danforth, je perdais mon temps. Je regardai au-dehors. La neige s'épaississait. J'étais arrivé par avion la veille au soir ; la chambre d'hôtel était réservée pour la nuit, mais j'avais prévu de rentrer aussitôt après cette interview. Je n'avais pas encore réglé la note, une chance car il ne devait pas y avoir de vol dans la soirée. Cela étant, l'Acela Express devait circuler. Si le récit de Danforth ne se réduisait qu'à ça, au désir d'obtenir la main d'une femme mystérieuse, je pourrais toujours y couper court et avoir retrouvé, dès neuf heures, le confort de mon appartement d'Arlington.

– Tout cela n'était qu'une mise en scène, c'est ce que vous voulez dire ? demandai-je à Danforth pour le ramener au sujet qui nous intéressait.

– Oui. Bannion avait insisté pour qu'elle ait lieu, Clayton me l'a dit par la suite. Pour la protection d'Anna. Si je réussissais le test, j'irais en France avec elle.

– Anna savait-elle que vous alliez être… mis à l'épreuve ?

– Je l'ignore. Je ne le lui ai jamais demandé.

– Pourquoi ?

– Je préférais ne pas le savoir, me répondit Danforth en toute franchise. Penser qu'elle ait pu être assise dans la pièce contiguë, m'entendre crier. Ça n'aurait pas été bien.

– Pourquoi ?

– Parce que cela aurait voulu dire qu'Anna ne se donnait pas de limites, or la sagesse est question de proportion, Paul, il faut garder le sens des proportions.

Cela ressemblait à s'y méprendre à une définition du juste milieu, si bien que je jetai un coup d'œil à mes notes et, y constatant un trou, cherchai à le combler.

– Comment Anna avait-elle été associée au Projet, au fait ? Je n'ai pas compris qui l'avait recrutée.

– Bannion. Au début, je pensais qu'elle était membre d'une de ses cellules communistes. Mais, en fait, il la connaissait pratiquement depuis qu'elle était arrivée en Amérique. Il était un *shabbes goy*[1], il travaillait pour

1. Pendant le shabbat, les Juifs ne peuvent accomplir certaines tâches, allumer l'électricité par exemple. Un goy, non-Juif, de leur entourage s'en charge à leur place lors du service à la synagogue, par exemple. *(N.d.É.)*

une synagogue du Lower East Side. Anna y apprenait l'hébreu auprès d'un rabbin. Plus tard, Bannion avait travaillé pour le Parti, puis s'était rendu en Espagne. Il en était revenu sans illusions sur le communisme, m'a expliqué Anna, mais cherchant un moyen de lutter contre le fascisme.

– Il faisait donc partie de ces hommes qui défendaient une cause, dis-je d'un ton assez mondain.

Danforth opina de la tête.

– J'ai appris que l'idéologie est une pièce sans fenêtre, Paul. On ne voit que ce qui se trouve déjà à l'intérieur, dit-il en haussant les épaules. Il en va de même pour une cause politique. Une fois qu'on s'y investit, il est difficile de trouver des limites, difficile de dire : « Ça, je ne le ferai pas, même au nom de ma cause. » Le Projet était ainsi, il se frayait un chemin en vous jusqu'à ce qu'on l'ait dans le sang.

– À ce stade, on vous avait expliqué en quoi il consistait ?

– Oui. Il s'agissait de se mettre en contact avec un groupe d'Espagnols influents qui avaient fui en France à la fin de la guerre civile. Les Français les avaient internés dans des camps. L'idée était qu'ayant déjà lutté contre Franco ils pourraient s'organiser et être prêts à se battre contre les Allemands en cas d'invasion de la France.

– Mettre sur pied une armée. C'était plutôt ambitieux.

– Oui. Assez pour accomplir des actions, ce qui était le but recherché. Pour cette raison, je pense que vous ne me contredirez pas si je dis que cette idée méritait d'être exploitée.

– Je suppose que oui.

– Et protégée.

J'acquiesçai.

– Fût-ce au prix d'un camouflet romantique, ajouta-t-il. Aussi cuisant soit-il.

– Je ne suis pas sûr de comprendre ce que vous entendez par « camouflet romantique ».

– Non, bien sûr que non.

Danforth réfléchit un instant.

– Vous connaissez *Le Faucon maltais* ?

– Le vieux film, avec Humphrey Bogart.

– Je pensais au roman. Mais oui, c'est cette histoire-là. Sauf que, dans le livre, les choses se passent un peu différemment, ainsi quand Sam Spade découvre que Brigid O'Shaughnessy faisait semblant de l'aimer, il la met à nu. Au sens premier du terme, Paul. Puis – au moins métaphoriquement – il l'envoie à la mort.

Je ne pus réprimer un frisson, pressentant que l'histoire de Danforth prenait un tour curieux, que le mystère s'épaississait, comme on dit.

– Une telle personne mérite la mort, vous ne trouvez pas ? demanda Danforth d'une voix devenue très froide et très dure. Une traîtresse ?

– Oui, lui assurai-je.

– Même si on en est amoureux, je suis sûr que vous en conviendrez. Même si, peut-être, un innocent aussi est mis en danger, dit-il en s'inclinant un peu vers l'avant. Ce sur quoi s'établit la morale de l'homme, Paul, c'est le sens des responsabilités. Et la responsabilité se fonde sur la punition : plus elle est sûre et certaine, mieux ça vaut.

Il se carra de nouveau dans son fauteuil.

– Vous n'êtes pas d'accord ?

– Si, bien sûr.

Il resta silencieux un moment, le regard braqué sur moi, puis dit :

– Plus tard, j'en suis venu à me demander combien

de rôles au juste avait joués Anna. Un jour, elle m'a dit qu'elle avait travaillé quelques semaines pour une entreprise de bâtiment française dans Vandam Street, traduisant le courrier. Il se trouve que ça, c'était vrai. Je le sais parce que j'ai consulté les archives.

« Consulté les archives » ? Danforth avait donc mené une enquête sur Anna, songeai-je, et ce après guerre. Pourquoi ?

Mais avant que je puisse lui poser la question, ce fut lui qui m'en posa une.

– Dites-moi, Paul, avez-vous parcouru le monde ?

– Un peu.

– L'Asie ? L'Afrique ?

– Non.

– Le Moyen-Orient ?

Je secouai la tête.

– Je ne suis pas un grand voyageur, si c'est ce que vous cherchez à savoir, répondis-je un peu sèchement.

Il prit un air un peu rêveur.

– La Mer intérieure de Seto, dit-il. J'y suis allé il y a trois ans. Un téléphérique conduit au sommet du mont Misen.

L'espace d'un instant, il parut plongé dans cet instantané de son passé. Puis, très vite, il revint au présent, mais pas à son récit.

– Saviez-vous que Kyoto figurait en tête de liste des villes ciblées par la première bombe atomique ?

– Non, avouai-je.

– Le général Groves voulait que Kyoto soit bombardée en premier. En tant qu'ancienne capitale du Japon, sa destruction saperait le moral des Japonais, selon lui. De plus, la ville est entourée de montagnes, ce qui amplifierait l'explosion, ajouta Danforth en éclusant son porto. Mais Stimson, le ministre de la Guerre, a rayé Kyoto de la liste. Il était allé là-bas, voyez-vous. Deux fois. Dont une en lune de miel.

Il me regarda d'un air entendu.

– Il est difficile de détruire ce qu'on a toutes les raisons d'aimer.

Je vis qu'il mettait un avertissement dans son sourire.

– Voyager supprime des endroits de la liste des cibles, Paul. En un sens, ça a épargné Paris. Le général von Choltitz a refusé de détruire cette capitale et a menti à Hitler quand celui-ci lui a demandé si Paris brûlait.

– Oui, dis-je, un peu soulagé de ne pas ignorer ce pan d'histoire. Je l'ai lu.

– Von Choltitz a fait le bon choix. Paris est une ville magnifique. Anna et moi y sommes arrivés la troisième semaine de mai.

Ah, songeai-je, *fidèle à lui-même, il reprend le fil de son récit.*

– J'avais loué deux appartements rive gauche, tout à côté de Saint-Germain-des-Prés, poursuivit-il.

– Deux appartements ?

– Vous voulez savoir si nous couchions ensemble, Paul ? Si Anna et moi avions de fantastiques rapports sexuels avant de savourer un petit déjeuner sur une terrasse abondamment fleurie avec, à l'arrière-plan, les tours de Notre-Dame ?

Je devais reconnaître que son allusion précédente à « l'érotisme des intrigues secrètes » n'était pas tombée dans l'oreille d'un sourd.

– Pourquoi pas, dis-je, un peu embarrassé de m'être trahi.

Danforth remonta une manche de sa veste.

– Non, nous n'étions pas amants.

Ce qu'ils étaient, ou devinrent plus tard, illumina son

regard un bref instant, puis s'évanouit au loin, bougie jetée dans un puits.

– Mais ce que Paris était beau, la Ville Lumière, ajouta-t-il. Et puis il y avait ce goût d'aventure que je ressentais chaque fois qu'Anna présentait son passeport portant ce nom très américain qu'elle s'était choisi : Anna Collier. Tout était chargé d'une certaine dramaturgie et rendait mon petit univers un petit peu plus étincelant.

Il prit une inspiration rapide, légère, hachée.

– Même en cette période si sombre.

Jardin des Tuileries, Paris, 1939

Ils s'assirent près de l'Orangerie, fatigués l'un comme l'autre par leur longue marche de la journée. Au cours des dernières heures, ils étaient partis en reconnaissance, expédition qui les avait conduits de Passy, où Balzac avait mené son existence délurée, aux bosquets du Père-Lachaise, où cette existence avait trouvé le repos. Ils avaient marché dans les ruelles de Pigalle et gravi les marches du Sacré-Cœur. De cette façon, rue après rue, Paris s'était révélé à la manière de toutes les grandes villes, en danseuse exotique laissant tomber ses voiles un à un.

Anna porta son regard sur le parc, d'abord sur un groupe d'enfants en uniforme scolaire, puis sur un vieillard coiffé d'un béret noir et, finalement, sur un jeune couple se promenant bras dessus bras dessous dans une des allées taillées avec soin.

– Notre ville d'intrigues, lança Danforth d'un ton léger.

Des années plus tard, il se dirait combien c'était

curieux qu'il ait été là, lui qui en savait si peu, et y verrait le symbole de sa décision de larguer les amarres de son ancienne vie. Malgré les dangers qu'ils encouraient, il ne regrettait, quand il se revoyait assis auprès d'Anna, ce soir-là, dans le Jardin des Tuileries, ni d'avoir pris la décision de l'accompagner, ni d'avoir laissé du jour au lendemain entre les mains de ses collaborateurs des tractations commerciales complexes, ni même la consternation que son départ précipité de New York avait causée à son père. La seule chose qui comptait à ses yeux était de mettre tout cela de côté et de suivre un cours dont il ne pouvait prévoir l'issue, d'embarquer pour la première fois de sa vie pour un voyage sans destination annoncée. En cet instant, comme il se le rappellerait souvent par la suite, il éprouvait seulement la certitude d'avoir pris la bonne décision.

Et il n'avait pas chômé. Sa supercherie lui imposant de jouer les importateurs, il avait, dès son arrivée à Paris, rencontré plusieurs partenaires commerciaux possibles, examiné les marchandises dans leurs magasins et leurs stocks, Anna à ses côtés, prenant des notes, parfaite dans son rôle d'assistante zélée, parlant un français irréprochable. Elle avait eu le temps d'en apprendre assez sur les antiquités pour savoir différencier l'authentique et l'imitation ; elle avait même assez confiance en elle pour suggérer ou refuser une estimation.

Le soir venu, ils se retrouvèrent devant l'Hôtel de Ville, sur l'ancienne place de Grève, et Danforth songea à l'exécution de Damiens, aux douleurs inouïes qu'il y avait endurées. Ce qui le ramena à son épreuve dans l'entrepôt du Connecticut et il se prit à imaginer Anna aux mains de pareils hommes, les insultes et les humiliations dont ceux-ci agrémenteraient les sévices qu'ils lui feraient subir, car il en allait toujours ainsi pour les femmes torturées. Il ne pouvait pas aborder ce sujet ; cela ne servirait à rien, alors il se contenta de guider leurs pas vers les quais de la Seine le long desquels ils se promenèrent à pas lents et, la majeure partie du temps, en silence, en regardant passer bateaux-mouches et péniches.

– Tout fait penser au calme qui précède l'orage, hein ? finit-il par dire.

Anna hocha la tête.

– À moins qu'on puisse éloigner la pluie, répondit-elle.

Danforth trouva cette remarque étrange, car il savait alors que le but du Projet n'était pas d'empêcher la déclaration de guerre, mais de s'assurer que toute progression allemande se heurterait à une opposition inattendue, une entreprise bien plus vaste qu'il ne l'avait imaginé et dont la mission d'Anna – et à présent la sienne – consistait à évaluer la faisabilité.

Il ne répondit pas, et ils continuèrent de marcher en silence jusqu'à ce qu'ils atteignent un attroupement.

– C'est Daladier, dit Anna.

Après guerre, tandis que peu à peu Danforth reprendrait ses esprits, il essaierait de se rappeler les détails précis de ce qui allait suivre : l'expression du regard d'Anna tandis qu'elle observait le Premier ministre français fendre la foule ; la façon dont les gens se pressaient contre lui ; leur diversité, les femmes portant des fleurs, les marchands des paquets, et ici et là un homme seul, les mains engoncées dans les poches de son pantalon ou de sa veste, ou, ainsi que Danforth le remarqua dans un cas, coincées sous un tablier taché de sang.

– Il n'a pas l'air d'être sur ses gardes, commenta Anna, le regard brillant tandis qu'elle observait la façon dont Daladier se déplaçait, homme trapu et râblé, ressemblant beaucoup à son surnom : le taureau du Vaucluse.

– De nos jours, les chefs d'État ne doivent avoir peur de rien, répondit Danforth.

Daladier pénétra dans un bâtiment, et la foule se dispersa. Anna, elle, resta sur place, semblant toujours sous le coup de la scène qui s'était jouée sous ses yeux : un personnage public adulé par le public, sûr de l'adoration du peuple.

À ce moment-là, se demanderait souvent Danforth quand il y repenserait, Anna avait-elle pour la première fois envisagé un tout autre scénario, bien plus dangereux ? Ou bien le Projet n'avait-il jamais été rien de plus pour elle qu'un écran de fumée dont le seul but était de dissimuler le complot réel ? Avait-elle toujours eu dans l'idée qu'ils paraissent aussi innocents, aussi amateurs, deux Américains en goguette ? Des années plus tard, quand il passerait tout au peigne fin, des dossiers gouvernementaux jusqu'aux romans d'espionnage, Danforth n'aurait de cesse de se demander si, depuis le début, Anna l'avait dupé, manipulé à chaque tournant, au bout des ficelles qu'elle faisait habilement tourner autour de ses doigts.

Mais ce soir-là, il pensait seulement à l'humeur d'Anna et au silence qui, de nouveau, l'enveloppait tandis qu'ils retournaient ches eux et qui ne fut brisé que lorsqu'ils atteignirent la porte où, à leur grand étonnement, un jeune homme les attendait.

– Je m'appelle Christophe, leur dit-il.

Il n'avait que quelques années de plus qu'eux et, aux yeux de Danforth, rien chez lui ne laissait penser qu'il était agent secret. Il était brun, binoclard, et ses vêtements déguenillés le plaçaient à part, lui donnaient l'air d'un étudiant sans le sou.

– J'ai vécu en Amérique pendant quelques années, précisa-t-il.

Il fit un signe de tête vers le boulevard.

– Venez, je vous en prie. Nous pourrons discuter dans ma chambre.

Marcher jusque chez Christophe fut plus long que Danforth ne s'y attendait et se termina dans un quartier plus pauvre que tous ceux qu'il avait visités jusqu'alors. La porte de l'immeuble grinça quand Christophe l'ouvrit avant de leur faire signe de le suivre dans l'entrée humide et pleine d'odeurs.

– Tout en haut, indiqua-t-il.

Sa chambre mansardée au dernier étage regorgeait de livres et de magazines entassés aux quatre coins de la pièce. Il y régnait une odeur de moisi en laquelle Danforth reconnut celle qui imprégnait la tenue et la personne de Christophe.

– Un verre de vin ? proposa ce dernier.

Danforth accepta volontiers, mais pas Anna qui, comme à son habitude, argua de cet attachement à la sobriété qu'il prenait pour une marque de son sérieux, alors que, plus tard, il se demanderait si cela aussi avait été pure comédie de sa part.

Christophe présenta un pichet de vin rouge et, après avoir servi, leva son verre et s'exprima en espagnol.

– *Hasta la victoria !*

– La victoire sur quoi ? s'enquit Anna.

– Sur les Allemands, répondit-il.

– Nous ne sommes pas encore en guerre contre eux, lui rappela-t-elle.

– Moi oui, rétorqua Christophe. Depuis Guernica.

Christophe avait connu Bannion aux Brigades internationales avant que chacun d'eux ne rentre dans son pays natal.

– Ils chantaient une chanson américaine, leur dit Christophe avec entrain. *Red River Valley*. Tout le temps, ils la chantaient.

Christophe avait l'air d'un illuminé, songea Danforth. C'était avec une naïveté sans limites qu'il faisait l'éloge de ses compagnons brigadistes, cécité face à la nature humaine qui, soupçonnait-il, était l'apanage de la plupart des idéalistes car, pour croire à de tels idéaux, il fallait d'abord qu'ils soient convaincus que tous les hommes étaient aussi purs qu'eux.

– Comme vous le savez, notre espoir est d'utiliser le plus grand nombre d'Espagnols présents sur le territoire français, déclara-t-il pour conclure son bref panégyrique de sa propre cause perdue. Ce sont des soldats républicains qui ont pris la fuite en franchissant les Pyrénées avant que leur pays tombe entre les mains de Franco. Les Français les ont installés dans ce qu'ils nomment des « camps de transit ». Le Vernet, Saint-Cyprien, Le Barcarès, Argelès, Gurs.

Soudain, il se tourna vers Anna.

– Ces hommes sont des combattants aguerris, poursuivit-il. Ils savent que si les Allemands envahissent la France ils seront tous tués ou renvoyés en Espagne.

Il ne quittait pas Anna des yeux.

– S'échapper ne leur sera pas difficile, continua-t-il. À Gurs, par exemple, les barbelés ne font que soixante centimètres de haut, et il n'y a aucun poste de garde.

Rien de tout cela n'était nouveau pour Danforth, qui venait de passer ses derniers moments à New York à écouter Clayton et Bannion le briefer sur le Projet. Il n'en fut pas moins très attentif, Christophe précisant le nombre d'Espagnols déplacés se trouvant actuellement en France, soit près de deux cent cinquante mille. Ils avaient prouvé leur courage, et leur haine des Allemands était tenace. Des dispositions devaient pouvoir être prises pour leur fournir des armes et des vivres si la guerre se déclarait entre la France et l'Allemagne.

Danforth n'oublierait jamais la ferveur de Christophe, ni sa profonde admiration envers ses camarades espagnols, mais ce fut les souffrances qu'il avait endurées dans les camps d'internement qu'il leur décrivit avec le plus de fougue : la nourriture indigente et les piètres abris, l'angoisse dans la défaite et les dépossessions qui s'ensuivraient. Cette vision, qui émut profondément Danforth, ne provoqua aucun changement dans le regard d'Anna. Elle préféra cribler Christophe de questions qui, toutes ou presque, concernaient la logistique, comme si son intention n'était pas seulement d'entrer en contact avec cette armée fantôme pour la fourbir, mais d'en prendre la tête.

– Donc, continua Christophe quand Anna eut posé sa dernière question, la prochaine étape est que vous vous rendiez à Gurs, *mademoiselle*.

Les dispositions furent prises dès le lendemain et, trois jours plus tard, Danforth et Anna quittèrent Paris pour le Sud-Ouest, passant par le centre de la France qu'il trouva particulièrement grisant et qui l'emplit d'une joie indicible. Il admettait que son bonheur était fantasque et romantique, mais ne pouvait – pas plus qu'il ne le pourrait plus tard, quand il saurait tout – ôter à cette villégiature les picotements de plaisir qu'elle lui donnait ou l'impression qu'il ne vivrait jamais plus intensément ni plus passionnément que dans ce moment-là.

À la gare d'Urdos, les cols des Pyrénées-Atlantiques se dressèrent devant eux, mais Danforth ne vit pas de mauvais présage dans leurs hautes parois déchiquetées.

Oloron-Sainte-Marie s'étala sous leurs yeux et, un peu plus tard, ils se tenaient devant les vieilles portes de la cathédrale. Ç'avait été jusque-là un voyage sans histoires, très long, mais Danforth ne ressentait pas la moindre fatigue. Il faisait de nouveau la route comme le jeune homme qu'il avait été, mais cette fois, il poursuivait un objectif plus noble que l'achat de poteries étrusques ou de tapis afghans.

– Les Romains ont parcouru ces ravins, dit-il à Anna. C'étaient les portes de l'Occident.

Mais ce jour-là, ils ne rencontrèrent que des pèlerins en chemin pour Saint-Jacques-de-Compostelle. Ils formaient un groupe disparate, des paysans français qui semblaient en tous points identiques à ceux du Moyen Âge, à l'exception de leur tenue. Accomplir ce très ancien pèlerinage constituait un acte de foi puissant, et Danforth fut étonné de voir de la sympathie pour eux dans le regard d'Anna ; peut-être le rituel de ce parcours lui rappelait-il les Hassidim de Delancey Street qui se rendaient à pied à leurs maisons sacrées.

Une fois le petit groupe de pèlerins passé, Anna se tourna indolemment vers les portes de l'église, et Danforth remarqua qu'elle scrutait la base d'une des colonnes : deux paysans médiévaux, dos à dos, soutenant le lourd poids de pierre sur leurs frêles épaules.

– Des hommes faisant leur devoir, lança-t-il d'un ton badin. Malgré leur fardeau, je veux dire, ajouta-t-il en les regardant de plus près. Satisfaits de la place qu'ils occupent dans la chaîne de la vie.

Anna continua de regarder les deux silhouettes courbées, les traits de leurs visages détendus malgré le poids immense qu'ils portaient sur les épaules.

– On confond souvent oppression et harmonie, dit-elle.

Cette réflexion paraissait lui venir de la plus sombre de ses expériences, son air aussi solennel que sa voix, d'une sincérité si absolue que Danforth, pendant de nombreuses années, refuserait de penser que cela pouvait être un masque.

– *Monsieur* ?

Danforth se retourna et vit, juste à l'entrée de l'église, un bonhomme petit, voûté, serrant entre ses mains son vieux chapeau marron, l'air aussi docile qu'un domestique.

– Moi, Diego, dit-il avec un accent à couper au couteau.

Il était dépenaillé, et Danforth, qui avait l'œil pour de pareils détails, remarqua chaque fil détaché, chaque bouton décousu.

– Je vais montrer à vous le campement, ajouta Diego.

Danforth s'avança et lui tendit la main, que Diego serra de la manière timide, incertaine de ceux qui ont été dépossédés de tout du jour au lendemain.

– Moi, c'est Tom, dit Danforth en espagnol. Et voici Anna.

– Enchanté, répondit Diego, inclinant la tête vers Anna. J'ai une voiture, poursuivit-il dans sa langue natale à laquelle il se tiendrait désormais. Je vous en prie, venez, fit-il avec un geste vers la petite rue qui partait de l'église.

Ils le suivirent jusqu'à une Renault constellée de boue qui, pour Danforth, devait dater d'une quinzaine d'années. La carrosserie avait perdu de son lustre et les marchepieds étaient gris à cause de la poussière pyrénéenne accumulée par les générations passées. Son moteur crachota à fendre l'âme et elle fit quelques soubresauts avant de s'élancer en avant, pour caler et redémarrer en broutant de manière risible comme dans un film muet. C'était tout juste si Danforth n'imaginait pas Harold Lloyd le binoclard agrippé à son vieux volant noir.

– Nous ne devrons pas trop nous approcher du campement, avertit Diego, mais vous le verrez très bien.

Le trajet depuis Oloron-Sainte-Marie fut bref et, en chemin, Danforth remarqua quelques appelés français qui marchaient nonchalamment en direction du sud, la fleur au fusil, comme des comédiens de théâtre. Ils arboraient la barbe et la moustache en guidon de vélo des soldats napoléoniens, hommes rustres, indisciplinés et indiscutablement courageux, qui, au Chemin des Dames, étaient passés à l'assaut, quittant leurs tranchées en bêlant à pleine voix, de toute leur superbe, en une imitation éminemment ironique de moutons allant à l'abattoir.

– Les gardiens se soûlent, repartit Diego d'un ton dédaigneux tandis que la vieille Renault dépassait cahin-caha un groupe de soldats hilares. Mais nous, les Espagnols, nous n'avons nulle part où aller, alors nous restons derrière les barbelés.

– Vous, vous vous êtes enfui, dit Anna.

– Oui, je me suis enfui, répondit Diego d'un ton las. Pendant deux mois, j'ai mangé de l'herbe et de la neige. Puis une vieille femme m'a recueilli. Elle vit dans les montagnes. Une givrée, ajouta-t-il en riant. Gentille, mais complètement givrée. Elle m'a dit… en français : « C'est Louis combien maintenant ? » Grosse farce ! Elle pensait que c'était toujours la monarchie en France.

Diego conduisait prudemment, mais la Renault était peu maniable et, selon les irrégularités de la route boueuse, il arrivait qu'elle se déporte brusquement vers la gauche ou vers la droite, si bien que Danforth et Anna se heurtaient, assis à l'étroit sur la banquette arrière, laissant échapper un petit rire chaque fois que cela se produisait, avec, pour Danforth, un léger frisson à ce contact qui l'électrisait.

Plus tard, Danforth verrait le comble du solipsisme dans le fait qu'il n'ait éprouvé aucune crainte en approchant du camp de transit de Gurs. Il restait sous le coup de l'euphorie de leur voyage ; il se laissait encore bercer par la manigance, en étant plus que jamais conscient de la proximité physique d'Anna et de la nature de plus en plus forte de l'expérience qu'ils allaient partager. Barbotant dans ce fantasme, il eut à peine conscience que la vieille Renault s'arrêtait, freins couinant, et ce fut à peine s'il entendit Diego murmurer :

– À travers les arbres.

Diego gagna la ligne des troncs, leur fit signe de descendre et, s'accroupissant, ils le rejoignirent. Anna descendit la première, mais Danforth s'empressa de l'imiter.

– Six mille aujourd'hui, dit Diego, mais chaque jour, ça augmente.

Des années plus tard, au cœur de ses sombres recherches, Danforth tomberait sur une photo noir et blanc pas très nette, prise depuis le château d'eau avec un appareil braqué droit sur les entrailles du camp. Il paraissait très vaste sur le cliché, avec sa succession de rangées de baraquements en bois s'étendant à l'infini. Sur cette photo, Gurs semblait aussi grand qu'Auschwitz, se dirait-il plus tard en visitant ce lopin de terre sinistre, toujours en quête d'un indice qui lui apprendrait comment tout cela était arrivé et où et quand il s'était trompé.

Mais le jour où, pour la première fois de sa vie, il posa le regard sur Gurs, Danforth pensa seulement que c'était là une poignée de baraquements délabrés, de plaques de contreplaqué clouées les unes aux autres et recouvertes de papier goudronné, bidonville boueux qui lui rappelait les Hoovervilles[1] de son pays. Capturés comme un banc de poissons dans le filet de ses barbelés, les Espagnols défaits semblaient bel et bien vaincus, loin d'être une armée, en dépit de ce que Christophe avait dit, mais plutôt un amas de faiblards, brigade perdue d'une cause qui l'était tout autant.

– Pas d'eau courante, murmura Diego en secouant la tête. D'autres camps sont pires. Saint-Cyprien. Neuf mille là-bas. Au bord de la Méditerranée. Ils n'ont rien.

Il haussa les épaules.

– Les Rouges au bord de la mer, ajouta-t-il tristement.

Ils ne s'attardèrent pas, Diego étant nerveux et pressé de partir. C'était, après tout, un fuyard qui, s'il se faisait capturer, serait reconduit à Gurs ou, pire, renvoyé en Espagne où il serait emprisonné ou exécuté.

De retour à Oloron-Sainte-Marie, il leur fit rapidement ses adieux et, peu après, Danforth et Anna allèrent dîner dans un petit restaurant, après quoi ils prirent le train de nuit pour regagner Paris.

– Que pensez-vous des Espagnols ? demanda Danforth.

– Si la guerre éclate, ils combattront, répondit Anna.

En cela, Danforth le vérifierait par la suite, elle voyait juste. Quand la guerre fut déclarée, les Espagnols firent sauter des ponts, sabotèrent des usines et parvinrent même à tuer le général von Schaumburg, commandant du Grand Paris.

Mais à l'époque, Danforth ne pouvait prévoir tout

1. Bidonvilles apparus à la lisière des villes américaines à l'époque de la Grande Dépression. *(N.d.É.)*

cela, et définir la logistique pour approvisionner une armée hispanique en déroute lui semblait, pour dire le moins, peu motivant.

Ce qui ne l'empêcha pas de lancer :

– Nous avons beaucoup de plans à faire.

– Oui, comme vous dites, répondit Anna.

Et ces mots avaient convaincu Danforth que, ensemble, ils passeraient comme prévu à l'étape suivante du Projet : créer un réseau à l'intérieur même des camps de prisonniers, trouver des lieux de stockage secrets, ravitailler cette armée si mal équipée – autant de détails qui soulignaient combien il était important qu'ils maîtrisent plusieurs langues.

Tout cela, Danforth espérait tant qu'ils le réussiraient.

Mais ils n'y parvinrent jamais.

Century Club, New York, 2001

– Jamais ? demandai-je.

– Non, répondit Danforth.

– Pourquoi ?

Ma question parut le blesser autant qu'une lame acérée ; au lieu d'y répondre, il murmura :

– Dites-moi, Paul, avez-vous entendu parler du marteau de Tchekhov ?

– Non.

– Tchekhov affirmait qu'à la porte de tous les gens heureux il devrait y avoir quelqu'un qui taperait avec un petit marteau, juste pour leur rappeler, discrètement mais régulièrement, qu'il y a des gens malheureux dans ce bas monde.

Danforth se rendit compte que je ne voyais pas où il voulait en venir.

– Dans le train qui nous ramenait à Paris, reprit-il, moi, j'étais heureux. J'avais la sensation qu'Anna et moi étions de vrais compagnons d'armes. Nous venions de terminer une petite mission d'enquête et étions sur le point de nous lancer dans la mise en œuvre du Projet. J'y voyais un long processus, émaillé de nombreux tournants spectaculaires. Anna allait m'enseigner le savoir-faire qu'elle avait appris à Winterset. Savoir-faire que nous transmettrions à divers contacts. Nous allions devenir des agents secrets. Nous mènerions une vie d'intrigues au service de notre cause commune.

Il eut un petit sourire.

– La jeunesse se moque de la vie, Paul, son plus grand jeu consiste à vous faire croire qu'on échappera au sort commun.

Son sourire se dissipa.

– À cette époque-là, cette vision tournant en rond dans ma tête, j'aurais dû entendre ce petit marteau. Car c'étaient les derniers jours où je n'aurais pas de soupçons et où je regarderais l'avenir sans crainte.

Il mit la main dans la poche poitrine de sa veste et en sortit un câble glissé sous un plastique, protégé comme s'il s'agissait d'un document rare. Il me le tendit.

Daté du 21 mai 1939, il émanait de Clayton. Celui-ci se trouvait à Londres où il se heurtait à « des problèmes professionnels urgents ». Danforth et Anna devaient le retrouver là-bas dès qu'ils pourraient réserver leur traversée. Il séjournait au Savoy. Entre-temps, ils devaient « prendre garde ».

– Que pensez-vous de ça, Paul ?

– Rien, répondis-je en lui rendant la feuille.

– Cela ne vous inquiéterait pas ?

– À propos de quoi ?

– Clayton ? Qu'il puisse être un traître.

– Non, répondis-je, assez sûr de moi. Pourquoi cela me ferait-il douter de Clayton ?

– Vous avez raison. Non, bien sûr. Ça n'éveillerait aucune inquiétude concernant quelqu'un de précis. Mais, confusément, ça pourrait commencer à vous faire douter de tout. À donner le sentiment que les choses ne sont peut-être pas tout à fait comme elles le devraient. Je veux dire, quels étaient, au juste, ces « problèmes professionnels urgents » au sujet desquels Anna et moi devions « prendre garde ». Vous ne douteriez pas de Clayton ou de tout autre. Mais soudain, vous vous sentiriez… sur un sol instable.

Il sourit.

– C'est l'art sinistre de la duplicité, Paul. Brouiller les pistes, permettre de multiples interprétations. C'est très efficace pour désorienter le plus expérimenté des conspirateurs qui, avant tout, recherche des certitudes. S'il est sûr d'être découvert, il agira en conséquence, sans doute en s'empressant de quitter la ville. S'il est sûr de ne pas l'être, il agira en conséquence, en se faisant tout petit et en continuant sa mission. Mais quand il ne sait réellement pas s'il s'est fait démasquer ou non, il sera constamment sur le qui-vive parce qu'il aura peur. Il dormira, ce conspirateur inquiet, mais par à-coups, et son jugement sera embrumé par le manque de repos. Il dormira, mais son sommeil l'épuisera, le déprimera et lui remplira l'esprit d'incertitudes et de craintes infondées. Il dormira, mais seulement comme nous souhaitons qu'il le fasse : d'un œil.

Son sourire se fit carnassier quand il ajouta :

– On appelle ça le sommeil des loups.

Il rempocha le câble.

– Nous sommes partis pour Londres le lendemain.

Paris, 1939

Ils dînèrent boulevard Raspail la veille de leur départ pour Londres et, pendant le repas, Danforth raconta à Anna que son père lui avait enseigné à être rusé et observateur. Méfie-toi de l'invisible, lui avait-il dit, et écoute les non-dits.

Il espérait, dit-il, avoir bien retenu cette leçon.

– Elle peut être utile, répondit Anna.

Elle en resta là.

Après dîner, il la raccompagna jusqu'à sa chambre où ils se séparèrent en s'enlaçant longuement, collés l'un à l'autre, ce que Danforth trouva éminemment excitant, comme s'il recevait une secousse d'énergie, de celles qui subsistent longtemps, et qui, finalement, l'empêcha de trouver le sommeil. Il se releva et sortit de par les rues.

Il avait plu un peu plus tôt dans la soirée, quelques résidus d'une sorte de fête nationale, des guirlandes spirales en papier pendaient lourdement détrempées aux balcons et aux arbres. Des affiches à la mémoire d'un passé glorieux se décollaient des kiosques, et Danforth avait l'impression que, aux quatre coins de la ville, dominait le sentiment qu'on ne pouvait fêter que le passé car ce qui se profilait dans l'avenir de la France, et peut-être du monde, était totalement incertain.

Les vitrines étaient éteintes mais peu importait, même dans l'ombre Danforth mesurait à quel point le style avait toujours autant d'importance pour les Français. Dans une boulangerie, cela se voyait dans le vermeil des pêches en pâte d'amande. Dans une boutique de prêt-à-porter, c'était une robe à volants des plus effrontées. Dans un magasin de cadeaux, une boîte d'ornements fermée par un nœud de dentelle. Ces petits riens se dressaient contre les ténèbres qui s'étendaient, songea-t-il, mais en même temps il se demanda s'il ne fallait compter que sur cela.

Sans doute que non, décida-t-il, et dans une sorte de rêve éveillé il imagina une toile étendue à l'infini de conspirateurs héroïques, une armée d'hommes et de femmes courageux qui transmettaient des messages dans des cafés de Vienne et échangeaient des signaux sur le Ponte Vecchio. À Budapest, on cachait les caisses d'armes à bord de rafiots qui voguaient jusqu'à des troupes stationnées sur les bords du Danube. D'autres armes étaient déchargées à Marseille ou Dubrovnik, et acheminées à l'intérieur des terres par train ou recouvertes de paille et portées au cœur de Prague dans des charrettes tirées par des chevaux. Sûrement qu'à Copenhague ou Oslo, et de Calais à Trieste, des héros anonymes ne pensaient qu'au moyen d'arrêter cette marée noire. Sûrement, décréta Danforth pour lui-même, sûrement qu'à un moment lumineux assez proche dans l'avenir, le Prince des Ténèbres fanfaron découvrirait un fusil derrière chaque brin d'herbe.

Il ne pouvait entretenir longtemps cette illusion, et quand il regagna son appartement, son fantasme d'une résistance européenne mourait de sa belle mort et l'aube le cueillit à sa fenêtre, scrutant le boulevard, se demandant si Anna et lui pourraient toujours mener à bien leur mission si « les problèmes professionnels urgents » de Clayton se révélaient plus dangereux qu'il ne le pensait, ou si Clayton lui-même – cette possibilité le troublant tout à coup – n'était pas un agent double.

Century Club, New York, 2001

– Un agent double ? repris-je.

– Oui.

– Clayton un agent double, répétai-je, pas moins troublé que Danforth ne l'avait été tant d'années plus tôt. Donc, ce câble vous a fait soupçonner qu'il pouvait être un traître ?

– Cette nuit-là, à la fenêtre de ma chambre, oui, cette pensée m'a traversé l'esprit, répondit Danforth. Mais pas à cause d'une chose que j'aurais découverte à son sujet. C'était plus indéfinissable que cela, et c'était très vague. Plus tard, j'en viendrais à penser que la vie elle-même – quand on la regarde en face – est une traîtresse. Elle ne se destine pas à nous briser le cœur, comme disent les Irlandais, mais à nous laisser déconcertés et éperdus, à nous ôter toute confiance que nous pouvions avoir en quelqu'un, voire en nous-mêmes. Voilà ce que la vie est réellement, Paul : une usure de la confiance.

Pour la première fois, Danforth paraissait usé, justement, un paysage battu par les intempéries, une part de lui burinée, et une part de lui lissée et adoucie.

– Ça peut donner des envies de meurtre, reprit-il. Ça peut pousser un homme à tendre la main vers un pistolet un jour de chaleur tropicale.

Alors, je la perçus pour la deuxième fois, cette capacité tranquille de Danforth à recourir à la violence, comme elle serait posée, calculée et raisonnablement exécutée, la façon dont il s'y prendrait pour tuer.

Une trace de cette intuition dut percer dans mon regard, car Danforth y réagit d'une manière que je ne lui connaissais pas encore. En battant en retraite. Il donna l'impression de quelqu'un qui s'était trop avancé, s'en rendait compte, et à présent se forçait à reculer d'un pas, d'un autre et encore d'un autre, jusqu'à ce que nous arrivions à Londres.

Le Savoy, Londres, 1939

– Une fois, ils ont inondé le hall d'entrée, vous savez, dit Clayton avec une gaieté que Danforth trouva forcée. Ils l'ont empli d'eau et les clients entraient en flottant à bord de petites gondoles.

Il hocha la tête.

– C'est difficilement imaginable maintenant, reprit-il. Tant de… frivolité.

Danforth fut troublé par cette solennité qui ne ressemblait pas à Clayton. C'était clairement le signe que certaines choses se passaient mal, même si cela restait encore abstrait. En tout état de cause, un point était évident. Clayton n'aimait plus son rôle de conspirateur en chef ; assis, en costume cravate, habillé, comme toujours, à la perfection, il faisait penser à un portrait se craquelant au pourtour de la toile.

– Merci à tous les deux d'être venus, commença-t-il d'un air morose. Ce n'est pas une chose que je pouvais vous dire dans un câble ou une lettre susceptibles d'être décachetés par un fonctionnaire zélé.

Il paraissait très grave.

– Cela concerne un rapport que je viens de recevoir, dit-il. Je voulais vous tenir au courant pour calmer tout doute que vous pourriez avoir.

Il regarda Anna.

– Ou tout soupçon, ajouta-t-il.

Il prit son verre, but une longue gorgée, puis se lança :

– Bannion a un contact en Allemagne. Son nom de code est Rache, et il nous transmet des informations particulièrement fiables. La dernière en date est que de très riches Britanniques ont effectué des paiements réguliers au profit d'informateurs en Pologne car ils s'attendent à l'invasion de ce pays. Rache ignore qui sont ces Anglais et de combien d'informateurs ils disposent. Il sait seulement que, une fois que l'opération militaire aura commencé, ces informateurs seront censés envoyer leurs rapports à leurs employeurs.

Il se tut, comme sincèrement peiné de ce qu'il s'apprêtait à dire :

– Mais tout ça, c'est une vaste conspiration parce que, selon Rache, ces mêmes hommes fortunés ont transmis aux SS les noms et adresses de leurs contacts.

Danforth était novice en matière d'espionnage et de contre-espionnage internationaux, et si Clayton lui avait demandé son opinion à ce moment-là, il aurait bien été obligé d'admettre qu'il n'avait pas la moindre idée du sens ou des répercussions possibles de ce qu'il venait d'entendre.

– Pour quelle raison le feraient-ils ? s'enquit Anna.

– Parce que ces soutiens britanniques sont, en réalité, pro-allemands, répondit Clayton. Ils jouent un double jeu.

Danforth l'interrogea du regard.

– Les réels ennemis de ces hommes sont les Soviétiques, expliqua Clayton. C'est pourquoi ils veulent que l'invasion de la Pologne par les Allemands se fasse en douceur et vite. L'idée est que, ensuite, les Britanniques donnent les noms de ces indicateurs, qui seront très rapidement arrêtés et fusillés. Cela se fera tout de suite, et en public, devant les voisins ou les collègues de travail. Des dizaines se feront tuer, et des centaines seront témoins de leur exécution. Cela, pensent les Britanniques, glacera la population et étouffera dans l'œuf toute forme de résistance.

Ce plan semblait saugrenu, mais Danforth se contenta de demander :

– Ce Rache détient-il des preuves de ce qu'il avance ?

Clayton secoua la tête.

– Non, et Bannion soupçonne que cette histoire ne soit que l'expression de la paranoïa russe habituelle.

– Rache est communiste ? demanda Danforth.

Clayton acquiesça.

– Plus que jamais, oui. Toujours loyal à la cause, selon Bannion, raison pour laquelle ce dernier ne prend pas ce complot au sérieux. Mais il a insisté pour que je vous prévienne, Anna et toi, ajouta-t-il en me regardant avec un sourire qui n'avait rien de joyeux. C'est chose faite.

– Que penses-tu de ce rapport, Robert ? demanda Danforth.

– Qu'il est sans doute absurde. Ou, pour le moins, exagéré. Bannion doute de son efficacité. Si les Allemands procédaient à ces exécutions, il est possible qu'au lieu de mater la résistance ils l'intensifient, au contraire.

– Dans ce cas, pourquoi nous en informer ? intervint Anna, réaction à laquelle Danforth réfléchirait souvent au cours des années qui allaient suivre, parfois convaincu de sa sincérité et, à d'autres moments, tout aussi convaincu qu'elle avait toujours été au courant de l'intrigue dans son ensemble et que sa question était seulement destinée à le dissimuler.

– Eh bien, supposez que vous en entendiez parler plus tard, répondit Clayton. Ne vous demanderiez-vous pas si on ne jouait pas le même jeu avec Tom et vous ?

Bien sûr que oui. Donc, Bannion et moi nous sommes dit qu'il valait mieux vous en informer.

Son regard passa d'Anna à Tom.

– Si l'un de vous a le moindre doute sur le Projet, c'est le moment de déclarer forfait.

Anna inclina légèrement le buste vers l'avant.

– Ce Rache, que sait-il sur nous, au juste ? demanda-t-elle.

– Rien, assura Clayton. Il se concentre sur l'Allemagne, sur la résistance anti-nazis dans le pays d'origine. Il est aussi possible qu'il soit un brin paranoïaque, ajouta-t-il avec un sourire entendu. Un communiste clandestin en Allemagne ? Parano, qui ne le serait pas ?

Il s'ensuivit un curieux moment de flottement pendant lequel plus personne ne parla et, plus tard, Danforth aurait l'impression que c'était alors que chacun d'eux avait pleinement adhéré à ce qui l'attendait dans l'avenir. C'était comme si, en voiture dans une descente parfaitement rectiligne, ils venaient de franchir un dos-d'âne ; il aurait pu dévier, et pourtant il n'en fit rien. De manière subtile mais caustique, le défi avait testé leur confiance réciproque, sans pour autant l'entamer.

– Donc, reprit Clayton, apparemment rassuré sur le fait que le Projet n'était pas en danger, parlez-moi de Gurs.

Ils l'informèrent de ce qu'ils y avaient découvert et lui dirent qu'ils comptaient visiter d'autres camps. Ils en feraient une rapide évaluation, puis prendraient des contacts pour organiser l'armée des dépossédés.

Danforth pensait que leur rapport était très complet, mais il lui sembla qu'Anna bouillonnait comme de l'eau qui frémit. Au début de son entraînement, Anna avait considéré que la perspective de vivre sous couverture, peut-être longtemps, faisait intégralement partie du

Projet. Mais depuis Gurs, elle semblait être moins à l'aise, voire anxieuse ; Danforth sentait qu'elle suivait désormais un autre programme que le sien ou celui de Clayton, ce qui le dérangea. À ce stade, le Projet nécessitait de la patience.

– Très bien, dit Clayton au terme de leur réunion. Donc, nous continuons selon le plan.

Il tira une longue bouffée de sa cigarette, puis prit la carte avec, aux yeux de Danforth, l'ancienne énergie de sa jeunesse, en ajoutant :

– Pour votre gouverne, les amis, sachez que Le Savoy est réputé cuisiner le meilleur steak Diane de tout Londres.

Ils ne parlèrent plus d'espions ni de machinations, ni des milliers de personnes susceptibles d'être sacrifiées à l'Est, et quiconque aurait observé ce trio le restant de la soirée n'y aurait vu que de gais épicuriens. Clayton parla de son nouveau travail à Londres, au British Museum, poste qu'il avait obtenu grâce à ses propres mérites, expliqua-t-il, et non à ses origines familiales ou à sa fortune, exploit dont il ne semblait pas peu fier. Depuis toujours, il obtenait tout facilement, à l'entendre, et avait aspiré à ce qu'il appelait « un boulot pénible » grâce auquel il pourrait faire ses preuves.

Pendant ce temps-là, Anna semblait sur ses gardes. Elle observait Clayton comme si elle n'était pas sûre de pouvoir se fier aux apparences, attitude qui incita Danforth à se demander si son impression qu'ils avaient tous renouvelé leur confiance mutuelle n'était pas prématurée.

Et qui le poussa à réfléchir à la question, si bien que, lorsque Anna monta dans sa chambre, il proposa à Clayton de boire un verre au bar. Ce dernier accepta sans hésiter et, deux heures durant, Danforth s'employa à le griser sans se soûler lui-même. Mais Clayton eut tôt fait de remarquer que Danforth ne suivait pas le rythme et cessa de boire.

Était-ce suspect ? se demanda Danforth. Suspect, ou bien Clayton n'était-il qu'un homme qui ne voulait pas s'enivrer alors que son ami restait, à l'évidence, sobre ?

Danforth l'ignorait, et se disait qu'il ne le saurait jamais, et donc, vers minuit, il regagna sa chambre, eut le sommeil agité, et, au matin, prit son petit déjeuner dans l'imposante salle à manger de l'hôtel, puis partit se promener dans Londres. Il alla à Trafalgar Square, avant de s'engager dans Whitehall jusqu'au Parlement, itinéraire qu'il emprunterait bien souvent dans les années à venir, en ouvrant toujours l'œil au cas où il verrait quelque chose susceptible de jeter de la lumière sur le mystère qui avait à la fois illuminé et assombri son âge mûr, époque, se remémorerait-il par la suite, où il aurait pu gagner de l'argent et fonder une famille, comme Clayton l'avait fait.

De retour à l'hôtel vers midi, il se rendit directement à la chambre d'Anna.

Elle lui ouvrit ; elle sortait de la douche, le corps enveloppé d'un ample peignoir et les cheveux d'un drap de bain.

– Tom, entrez.

Elle marcha à petits pas jusqu'à la salle de bains et, soudain, Danforth se prit à l'imaginer laissant pendre ses pieds d'un côté d'un lit en fer à Ellis Island et, à cette pensée, il sentit que la tragédie se lovait au cœur de tout, que la vie était sombre et alambiquée, tout le monde se démenant dans sa toile invisible.

– Quand retournons-nous à Paris ? cria Anna.

– Quand vous voulez.

– Demain alors.

Un long moment s'écoula avant qu'elle émerge de la pièce, vêtue d'un corsage blanc et d'une longue jupe noire, et s'avance dans le tout petit salon.

– Vous êtes… belle, murmura-t-il.

Elle détourna les yeux, d'un air presque gêné, comme si c'était une remarque à laquelle elle ne trouvait jamais aucune réponse.

– Vous avez déjeuné ? demanda-t-elle.

– Non. On se fait servir en bas ?

– Non, mangeons ici.

Sur ces mots, elle prit un sac posé sur une table.

– Il y avait un petit marché, expliqua-t-elle. J'ai fait les courses.

De bien modestes achats : du pain, du fromage, quelques barres chocolatées dont la douceur – de même que mille autres sensations ineffablement liées à elle – demeurerait à jamais dans le souvenir de Danforth.

Pendant le repas, il raconta sa longue marche à travers Londres, les bouquinistes de Charing Cross, la ronde des voitures dans Trafalgar Square. Elle n'avait visiblement fait aucun effort pour découvrir la ville, et il se demanda pourquoi, allant jusqu'à suggérer qu'ils restent un ou deux jours de plus avant de repartir pour la France.

– Non, répondit-elle. J'y retournerai dès demain.

Elle lui signifiait clairement qu'elle le ferait avec ou sans lui et, pour cette raison, il se sentit loin de toute possibilité de gagner son affection ; il était un homme ayant une utilité spécifique au-delà de laquelle il était jetable.

– Dans ce cas, nous partirons pour Douvres demain, dit-il.

Ce qu'ils firent, puis ils traversèrent la Manche sur

une mer d'huile. Danforth pensa à l'armada espagnole et en parla à Anna, racontant comment les ambitions d'un monarque avaient coulé sous ces flots-là. À partir de cette observation, il en vint à se demander si l'Allemagne pourrait, un jour, risquer pareille traversée et, peut-être, par chance pour les Anglais, subir le même sort.

Elle l'avait écouté attentivement et il finit par se dire qu'elle ne devait pas le trouver pédant, contrairement, sans doute, à Cecilia, qui avait pourtant déployé tant d'efforts pour le cacher.

Ce qui ne l'empêcha pas de dire :

– Je vais poursuivre. Vous devriez m'interrompre.

– Comptez sur moi.

Elle lui demanda alors s'il avait déjà entendu parler du Vent divin.

Tel n'était pas le cas, et elle lui conta que, des siècles plus tôt, une armada, commandée celle-là par Kubilaï Khan, avait tenté de conquérir le Japon. Un orage, pas très différent de celui qui avait envoyé par le fond les navires de Philippe II d'Espagne, avait sonné le glas pour cette flotte aussi, intervention divine que les Japonais avaient immortalisée et fêtaient une fois l'an comme Vent divin.

– C'est ma mère qui m'a raconté cette histoire, conclut Anna.

Cette allusion parut faire remonter en elle des émotions inopportunes, si bien qu'elle détourna le regard au loin vers les plages de France, repli qu'il avait déjà observé et qui, au lieu de l'exclure, ne la rendait inexplicablement que plus attirante à ses yeux.

– Après dîner, je suis allé boire un verre avec Clayton, finit-il par dire. Rien ne m'a indiqué qu'il jouait un jeu, quel qu'il soit. Je le regrette. J'aurais voulu en percevoir un signe.

Aucun d'eux ne parla pendant un certain temps, et Danforth en profita pour essayer de réévaluer la situation dans laquelle il se trouvait : retourner en France avec Anna mais sans avoir à l'esprit d'activité clairement établie, à part, à un moment donné, faire passer en secret des fournitures pour une armée d'Espagnols retenus prisonniers dans des camps. À présent, Anna semblait se désintéresser de la mission, au point qu'il se sentit obligé d'y revenir.

– Nous devrons déterminer des itinéraires de ravitaillement hors des sentiers battus, dit-il.

Ainsi, quelques minutes durant, ils parlèrent du plan initial, conversation qui permit à Danforth de se rendre compte qu'Anna avait mémorisé la carte de France : où chaque route principale menait et en passant par quelles villes, quels villages, de même que le tracé de chaque cours d'eau, en particulier des fleuves qui se jettent dans la mer. À croire qu'elle préparait une énorme évacuation.

Ensuite, elle parut désirer mettre un terme à cette discussion, ses silences devenant si longs et si graves que Danforth se demanderait par la suite si elle s'était déjà embarquée dans un projet bien différent dont elle avait décidé depuis longtemps le sombre itinéraire et le terme fatal.

– Qui sait, nous changerons peut-être la face du monde, plaisanta-t-il pour prendre la température ambiante.

Anna secoua la tête.

– Non, rétorqua-t-elle. Nous ne sommes que de petits espions.

Century Club, New York, 2001

De petits espions.

Il y aurait des moments par la suite, déclara Danforth, où il se demanderait si cette réflexion n'avait pas fait plonger Anna plus avant dans un complot qu'elle avait déjà commencé d'envisager, ou si c'était à partir de cette sinistre conclusion que le complot avait pris son essor. Ou bien si la périlleuse conspiration qui avait scellé son destin à lui n'était rien de plus qu'un complot fantôme dont le but était de le laisser complètement dans l'ignorance.

– De petits espions, répétait Danforth à présent d'une façon qui laissait penser qu'il avait maintes fois tourné et retourné cette expression dans sa tête. Nous sommes guidés dans la vie par une boule à facettes. Avec tout juste des éclairs de lumière pour éclairer notre route.

Soudain, il parut être saisi d'une terreur très ancienne et dit :

– Le monde était en feu, Paul. Et Anna semblait estimer que nous ne faisions rien pour maîtriser l'incendie. Elle ne le disait pas en ces termes, mais je voyais qu'elle le pensait très fort.

Il retomba dans le silence, avant d'ajouter :

– Bannion trouvait qu'elle avait un esprit en mosaïque : des éclats de ci ou de ça, illuminés ici ou là, mais au final dessinant un motif éblouissant. Tel a été son point de vue jusqu'à la toute fin.

– La fin de quoi ?

– De sa vie, répondit Danforth d'un ton léger. À ce moment-là, il n'éprouvait que du mépris pour moi.

– Du mépris ? Pour quelles raisons ?

Danforth eut un léger sourire.

– Parce que, à ses yeux, je n'étais qu'un imbécile tout éperdu d'amour, répondit-il avant de prendre une inspiration longue et ardue. Et c'était vrai, Paul. J'avais eu largement le temps de le prouver.

Il pouffa de rire devant ce qu'il paraissait considérer à présent comme une triste pitrerie.

– Je le revois dodeliner de la tête en me regardant comme si je n'avais jamais été capable de comprendre le sens de tout réel engagement. « Pour toi, m'a-t-il dit, ça a toujours été elle. » Ce qui n'était pas faux, et dont j'ai pris conscience après Christophe.

– Après Christophe ? le relançai-je.

– Oui. Parce que, tout à fait par hasard, il a réintégré l'histoire. Pas en fanfare, mais comme un figurant dans un opéra. La petite chose qui en fait bouger une plus grosse et en met de plus grosses encore en mouvement. Lui, ce fut un hasard si nous le rencontrâmes à Paris, mais un hasard qui changea tout.

Paris, 1939

– *Bonjour*, Thomas.

Danforth se retourna et avisa Christophe qui, toujours aussi débraillé, venait vers lui en portant un paquet emballé dans du papier kraft.

– Je passe beaucoup de temps dans le parc maintenant. Il est assez grand pour s'y cacher.

– Pourquoi vous cachez-vous ? demanda Danforth.

– Je suis le nouveau Marat, répondit Christophe en riant comme s'il se moquait de lui-même.

Un bref instant, son regard s'adoucit et révéla une part du petit garçon qu'il avait été, sans doute le plus dissipé et le plus singulier de sa classe, voué à l'échec par son agitation et son incapacité à entrer dans le moule, si bien qu'il semblait aussi pitoyable que Marat, sans doute, un habitant des égouts de la ville.

Il désigna le paquet en lambeaux sous son bras.

– C'est mon livre, dit-il. Sur mon enrôlement en Espagne.

Soudain, il devint très volubile, racontant ses combats : une balle dans la cuisse à Madrid, les côtes brisées quand un caisson lui avait roulé dessus pendant la retraite vers les Pyrénées. Tout en l'écoutant, Danforth le trouva de plus en plus sympathique, de ces gens pouvant faire le récit de leur propre sacrifice et de leur courage personnel avec une autodérision qui ne manquait pas de sel. La balle dans la jambe, c'était de sa faute pour avoir voulu pisser hors de la vue d'une jeune religieuse. Le caisson, c'était parce qu'il avait laissé tomber sa ration de pain, s'était penché pour la ramasser, avait été chargé par un âne en colère qui lui avait donné un coup de tête dans le derrière et, de là, il avait glissé le long d'une pente caillouteuse et coupé la route (vous parlez d'un fâcheux concours de circonstances !) au caisson. Il vivait dans la misère, et sa foi dans le communisme était presque naïve, mais il était aussi généreux et drôle, et à ces qualités, il fallait ajouter le courage, l'engagement et la volonté de sacrifier sa vie au grand idéal d'unifier l'humanité claquant haut et fort sous la bannière des Brigades internationales.

– Ça vous dirait de lire mon livre ? proposa Christophe.

Danforth vit que celui-ci le considérait comme un homme de goût qui, peut-être, avait de l'influence dans les cercles littéraires. Ne pas consentir à sa demande le démoraliserait forcément et Danforth ne trouva pas le moyen de se soustraire à sa requête.

– Bien sûr, répondit-il.

Christophe lui tendit le manuscrit.

– Je compte sur vous pour me dire ce que vous en pensez vraiment.

Puis ils parlèrent de tout et de rien, prenant soin de ne pas faire la moindre allusion au voyage à Gurs, aux Espagnols qui y étaient internés ni au Projet.

Ils se séparèrent peu après, et Danforth se souviendrait toute sa vie des épaules légèrement voûtées de Christophe tandis qu'il s'éloignait, comme elles semblaient tout juste soutenir le manteau élimé qu'il portait.

De retour dans sa chambre, Danforth s'assit et se plongea dans la lecture du manuscrit. Elle lui fit prendre conscience des nombreuses privations de l'auteur, combien il avait été déformé par le manque et motivé par l'idée d'y remédier. Son analyse sociale avait une naïveté qui lui permettait d'imaginer des opéras au milieu des vignes, des concerts au fond des mines. Christophe avait foi en l'homme autant que les croyants en Dieu, chaque mot étant dirigé vers la réalisation de ce qu'il appelait, en une hyperbole aussi maladroite que caractéristique, « un paradis humain où les va-nu-pieds marchent dans les nues d'où ils ne regardent pas leur prochain de haut ».

Danforth termina sa lecture en début de soirée et, éprouvant le besoin de marcher, il décida de rapporter le manuscrit à son auteur. En chemin, il ne repensa pas aux curieux propos qu'ils avaient échangés quelques heures plus tôt, Christophe se targuant d'être un nouveau Marat, et qu'il devait se cacher ; dans les années qui allaient suivre, Danforth s'étonnerait de son incapacité à reconnaître les signes du danger. Ce jour-là, maintes fois il s'en souviendrait par la suite, il n'avait pas éprouvé la moindre inquiétude dans le fait qu'en arrivant chez Christophe il trouva la porte entrebâillée. Après avoir frappé doucement et appelé à plusieurs reprises, il était, sans appréhension aucune, entré.

La pièce était peu éclairée, les rideaux tirés et, en s'avançant, Danforth avisa le lit défait, la seule et unique chaise, le bureau jonché de papiers. Christophe avait aligné des photos de famille sur la tablette de cheminée, images qui révélaient ses origines modestes, et des vues de paysages normands où il avait grandi. Danforth vit une pile de journaux qui présentaient tout juste ce à quoi il s'attendait : des traductions en français de Marx, Engels, Lénine et des discours de Staline.

D'où il se tenait, au centre de la pièce, il distinguait l'intérieur de la minuscule salle de bains. Un rideau de douche vert pendait de la barre métallique, occultant la baignoire.

Ce fut alors qu'il vit la traînée de sang qui en maculait le côté et finissait par une flaque sur le sol, vision qui le glaça autant qu'elle le fascina, le fit s'avancer vers elle à la manière d'un personnage dans un mélodrame, lentement mais sûrement, comme en symbiose avec une musique d'ambiance.

Century Club, New York, 2001

– Une vraie bande-son de film d'espionnage. Très sombre. Pas le tintement grec que l'on entend dans *Le Troisième Homme*. Mais très atmosphérique, tragique. En *do* sus-tonique, peut-être un accord augmenté…

– Attendez ! lâchai-je.

Danforth me considéra, perplexe devant la soudaineté de mon éclat.

– Qu'était-il arrivé à Christophe ? demandai-je.

– Il avait été assassiné. Une balle dans la nuque. Par la suite, j'ai retracé l'arme. Allemande, un Mauser 9 mm. Des années plus tard, j'ai découvert qu'il était en relation avec un réseau appelé l'Orchestre rouge, un groupe d'étudiants communistes basé à Berlin, et qu'il s'était rendu fréquemment à Copenhague où il avait aussi établi des contacts. Tous étaient jeunes et, à la fin de la guerre, presque tous étaient morts.

Je fus surpris que Danforth ait réuni tant de détails sur un personnage mineur de son histoire. Ce qui suscita ma question suivante.

– Avez-vous cherché à connaître le destin de tous ceux avec qui vous avez été en contact ?

– Oui. J'avais besoin de savoir ce qui s'était réellement passé, voyez-vous. Ce qu'Anna avait fait. Et surtout, pourquoi elle l'avait fait. Car Bannion avait raison quand il me le disait : ça a toujours été elle.

Une vague d'émotions à peine contenues le submergea ; il la combattit d'une façon qui m'était alors devenue familière : une retraite rapide derrière un ton doctoral.

– Êtes-vous déjà allé à Orléans, Paul ?

Je fis non de la tête.

– C'est une très jolie ville. Anna et moi y sommes arrivés après le meurtre de Christophe. Nous étions, je suppose qu'on peut le dire, en cavale. Nous devions quitter Paris, mais nous ne savions pas où aller, donc ce fut Orléans. L'idée étant de rester en mouvement. Je me disais que ce serait un bon entraînement une fois que la guerre serait déclarée.

Il eut un sourire, avant d'ajouter :

– Mais il se trouve qu'Orléans fut notre dernière destination en France.

Orléans, 1939

Ce jour-là, elle traversa la rue en plein midi, et Danforth se souviendrait toujours que, dans la lumière aveuglante du soleil d'été, avec, dans son dos, l'imposante façade de la vieille gare, elle lui avait paru être la plus improbable des espionnes. Elle n'avait rien de l'exotisme affecté d'une Mata Hari, à la séduction flamboyante sous une parure de bijoux. Elle faisait penser à une fille, une sœur ou une épouse. Les signes extérieurs de richesse des courtisanes l'auraient embarrassée, et Danforth ne parvenait pas à l'imaginer en maîtresse d'un haut gradé ou d'un ministre, écoutant des secrets révélés lors de cinq à sept dans des boudoirs, puis les transmettant dans des messages scellés par des cachets de cire rouge.

Pourtant, galvanisé par cette vision, Danforth se surprit à être attiré par elle comme jamais encore il ne l'avait été par aucune femme et ne le serait jamais plus ; au fil des années, il entendrait encore les talons d'Anna claquer sur les pavés d'Orléans et la verrait toujours le chercher du regard parmi la foule ; il n'oublierait jamais la douceur soudaine de son expression quand elle l'aperçut, suivie d'un sentiment retenu qu'elle éprouvait pour lui, romantique ou autre, et qu'elle avait, un bref instant, révélé.

– Prévoit-il toujours de venir ici ? demanda-t-elle.

Elle parlait d'Eugène Deloncle, qui devait participer à un rassemblement en ville.

– Oui, répondit Danforth. Place du Martroi.

La place du Martroi servait de point de ralliement dans le centre de la ville. La mairie se trouvait d'un côté de ce vaste carré, le reste étant bordé par les façades imposantes, d'un blanc poudreux, communes aux bâtiments officiels. Au centre, se dressait la statue équestre de Jeanne d'Arc, qui, près d'un siècle plus tôt, avait été commandée par la municipalité. Celle-ci représentait la Pucelle d'Orléans en armure. Anna s'arrêta pour la contempler. Elle ne semblait ni s'identifier à Jeanne ni se considérer comme une force motrice de l'Histoire, pourtant quelque chose dans la manière dont elle s'immobilisa et regarda la statue reviendrait bien souvent à l'esprit de Danforth, Anna étant non une version de la guerrière en marche, mais celle d'une femme détaillant avec une certaine compassion la folie visionnaire d'une jeune fille délirante.

Il y avait foule sur la place. Deloncle, extrémiste acharné, n'était pas l'objet d'une très grande adulation, contrairement à celle que de Gaulle susciterait dans les années à venir. Et, comme Danforth le remarqua peu après, même le président du Conseil Édouard Daladier, en dépit de son physique trapu, au poitrail puissant, en imposait plus que l'homme qui, à présent, montait sur une petite estrade pour s'adresser à son auditoire.

Voici donc Eugène Deloncle, se dit Danforth.

Vêtu d'un costume sombre et coiffé d'un chapeau melon, l'homme faisait plus penser à un employé de banque qu'au membre fondateur d'une violente organisation terroriste vouée à renverser la Troisième République. Il ne prenait aucune des postures fascistes qui faisaient partie intégrante de la gestuelle publique de Hitler ou de Mussolini, et loin du registre vocal fameux de Léon Gambetta, sa voix n'aurait pas porté plus loin que quelques mètres au-delà de l'estrade si on n'avait pas pris soin d'installer des haut-parleurs pour la répercuter jusqu'aux confins du public. Pour compenser la banalité de sa tenue et de son maintien, il avait ajouté un bouton de rose rouge qui semblait cligner de l'œil à son revers, aussi déplacé qu'un bijou dans une motte de terre.

C'était une journée de sortie des drapeaux, tous français et tous s'agitant tandis que Deloncle haranguait la foule. Il commença par dresser la liste des nombreux échecs du gouvernement en place. Danforth avait lu ses discours, et celui-là n'était pas différent des autres, sinon que l'orateur semblait encore plus convaincu que ses sinistres prévisions s'avéreraient, que la guerre inévitable était à n'en pas douter le signe avant-coureur d'un grand combat par lequel les nombreux ennemis de la France ne récolteraient que ce qu'ils méritaient depuis longtemps. Premiers d'entre ces scélérats, il nomma les communistes et les Juifs qu'il semblait penser ne faire qu'un.

Le discours dura une demi-heure, la foule acclamant maintes fois l'orateur à mesure qu'il poursuivait ses attaques, sa rhétorique de plus en plus véhémente à chaque acclamation jusqu'au moment où, finalement, il parut se noyer dans son propre vitriol et, dans une sorte d'épuisement émotionnel, tendit le microphone à un autre.

Le meeting se prolongea quelques minutes encore, puis la foule se dispersa plus vite que Danforth ne l'aurait cru, la plupart des gens marchant en flânant vers les nombreux cafés qui bordaient la place.

Anna les suivit des yeux un moment, puis dit une chose inattendue qui laissa Danforth pantois.

– C’est trop tard pour le Projet. Et il n’a jamais été suffisant, de toute façon.

– Jamais suffisant pour quoi ? demanda-t-il.

– Pour peser dans la balance.

Elle le regarda avec une intensité qui lui rappela tout à coup le soir, à Paris, où il l’avait quittée, la laissant chez elle, avait traversé la place Saint-Germain-des-Prés, puis, s’arrêtant, avait lancé un coup d’œil en arrière et aperçu une silhouette à la fenêtre. Il avait alors pensé, et cela lui revenait à présent, qu’elle poursuivait un objectif depuis toujours, que sa situation actuelle n’était que la mise en œuvre d’un acte imaginé depuis longtemps.

– En ce cas, que proposez-vous ? demanda-t-il.

– Je ne sais pas, admit Anna.

Pour la première fois, elle paraissait désorientée, comme si ses anciennes certitudes lui avaient été retirées. Elle resta silencieuse, puis, tandis qu’ils marchaient à pas lents vers la place, remit en question non seulement le Projet, mais tout autre plan qui la réduirait à une « petite espionne ». Si la guerre éclatait, quel intérêt y aurait-il à envoyer un rapport sur tel ou tel mouvement de troupe alors que le but était de les empêcher d’avoir lieu ? Dans la même veine, à quoi bon faire sauter un pont ou piéger une voie de chemin de fer ? Un nouveau pont succéderait bientôt au premier et les rails déchiquetés seraient remplacés en quelques heures. De toute façon, quel était l’intérêt de vouloir que la guerre commence ?

Anna prit une expression à laquelle Danforth repenserait bien souvent dans les années à venir. Il la reverrait inspirer à fond, comme si elle ne parvenait pas à trouver le moyen d’exprimer l’idée qui lui était venue ; s’attendant, apparemment, à ce que cela passe pour une absurdité, elle aborda le sujet de manière détournée.

– Quand j'étais petite, nous avions un beau jardin. J'y jouais souvent. Un jour, j'ai vu un serpent dans ce jardin. Mon père l'a tué à coups de houe. Il m'en a montré les restes, ramassant la tête dans une main et le corps dans l'autre. Et il m'a dit : « Pour tuer un serpent, on doit lui trancher la tête. »

Elle se tut, à croire que la conclusion à laquelle elle venait d'arriver la laissait sans voix.

– Vous comprenez ce que je veux dire, Tom ?

Comme ce n'était pas le cas, il se contenta de la regarder, dérouté.

Obligeamment, elle ajouta :

– J'ai vu une photo de lui à Prague. Il se déplace en décapotable.

Soudain, Danforth mesura l'irréalité, l'absurdité de son propos.

– Hitler ? chuchota-t-il, ébahi.

Elle acquiesça, mais n'ajouta rien de plus. Danforth comprit aussitôt qu'il était piégé : soit condamné à devenir un petit espion, soit voué à tendre vers un but trop grand pour lui. Cette dernière perspective lui semblait si fantasque et, en même temps, si séduisante qu'il éprouva sa sombre attraction sous forme de désir.

Century Club, New York, 2001

– De désir ? m'étonnai-je.

Danforth acquiesça.

– Le désir de compter. De faire quelque chose d'important.

– Mais vous deviez savoir que la proposition d'Anna était insensée, dis-je, aussi sidéré que Danforth avait dû l'être en l'entendant pour la première fois.

– Insensée, oui. Et dire que l'idée a germé à la vue de ce petit fasciste de Deloncle, soupira-t-il en buvant une gorgée. C'est la Gestapo qui l'aura tué, au fait.

– La Gestapo ? Pourquoi les Allemands auraient-ils voulu sa mort ?

– Il s'était trop rapproché de l'Abwehr. Il y a toujours eu une grande rivalité entre Hitler et l'armée allemande. Mais nous avions franchi une étape, dit-il, désireux de changer de sujet. Et je dois avouer que malgré la peur, pour ne pas dire la terreur, il y avait aussi un sentiment de… passion. Très physique. C'était comme si une belle femme venait d'entrer dans la pièce, avait marché jusqu'à moi, m'avait glissé un couteau dans la main, avait, d'un signe de tête, désigné un vieux ministre ventripotent en me chuchotant dans le creux de l'oreille : « Tuez-le et je suis à vous. »

Je fixai Danforth des yeux, éberlué qu'une opération susceptible de changer le cours de l'Histoire puisse être réduit à un instinct aussi primitif.

– Il faut tenir compte de l'effet soporifique que dégage la préparation d'un acte extraordinaire, Paul, ajouta-t-il. Cela provoque une sorte d'orgasme prolongé.

Je ne pus m'empêcher de me demander combien de temps il avait ressenti cet effet avant que le réel ne revienne comme un boomerang lui remettre les idées en place.

– L'extase, murmura Danforth.

Et sur ce mot, il reprit le fil de son récit, plus crispé, voire un peu plus craintif. Mais était-ce la peur du soldat qui crapahute dans une région où sont tapies les forces ennemies ? Ou bien celle d'un vieux Lothaire ouvrant la porte du boudoir d'une meurtrière ?

– L'extase, mais aussi la terreur en pensant à ce que nous avions en tête, reprit-il avec un sourire qui semblait porteur du destin qu'il avait entrevu en cet instant, tant d'années plus tôt. Mais je savais que, malgré tout cela, j'irais jusqu'au bout.

Il détourna le regard, puis le reporta sur moi.

– Étrange, Paul, murmura-t-il, mais toute ma vie, quand je repense à cet instant, ce qui me revient, c'est une odeur d'amandes.

QUATRIÈME PARTIE

Une odeur d'amandes

Century Club, New York, 2001

– Pourquoi une odeur d'amandes ? m'enquis-je.

– Parce que c'est celle du cyanure.

Danforth regarda autour de nous comme s'il reconsidérait l'endroit où un meurtre avait eu lieu ou cherchait celui où en commettre un.

– Nous devrions partir d'ici, je crois, dit-il.

Je lançai un coup d'œil vers la fenêtre.

– Mais il neige encore énormément, dis-je.

Cette inquiétude de jeune homme selon laquelle un vieillard ne devrait pas s'aventurer à l'extérieur par un temps pareil le fit sourire.

– J'ai appris à avoir le pied sûr, assura-t-il.

Son visage arbora cette expression familière du vieil homme qui enseigne au plus jeune les règles de conduite.

– À votre avis, quelle est la caractéristique première du prédateur ? enchaîna-t-il.

Je pensai à l'araignée, immobile et silencieuse au centre de sa toile.

– La patience.

Danforth sourit.

– Très bien. Et celle de la proie ?

– Je ne sais pas trop, répondis-je en haussant les épaules.

– La résignation. Laquelle ne lui est accessible que si elle comprend le but de sa mort.

– Là, vous parlez en termes humains.

Une lueur de cruauté s'alluma dans le regard de Danforth.

– Je parle de vengeance, Paul.

Sur ce, il se leva d'une façon qui lui donna un vague air de spectre, nuage sombre, mais nuage tout de même, comme s'il n'était plus totalement vivant car, du fait de son grand âge, il était si proche de la mort.

– Venez, dit-il. Je pense à un endroit tranquille.

Endroit qui se trouvait à deux pas de là, ce qui n'empêcha pas qu'une bonne quantité de neige s'était accumulée sur les épaules de nos manteaux quand nous l'atteignîmes.

– Le Blue Bar, dit-il avec un signe de tête vers la marquise. Dans l'hôtel Algonquin. Vous devez avoir entendu parler de l'Algonquin ?

– Oui, bien sûr. La Table ronde. Ces beaux esprits célèbres. Dorothy Parker et…

– Oui, oui, fit Danforth, comme si leurs conversations mondaines avaient été tout sauf cela. C'étaient des provinciaux de Manhattan, et peut-on faire plus provincial que ça ?

Il souligna ses propos par un clin d'œil finaud, mais ajouta d'un ton toujours aussi sombre :

– L'intelligence est la mort de la sagesse, Paul.

Nous atteignîmes le bar et Danforth pressa le pas, ouvrit la porte au lieu de m'en laisser le soin et s'effaça devant moi. C'était la manière qu'un vieil homme a de montrer que, aussi âgé soit-il, il ne dépendait de personne, et je me surpris à admirer cette détermination à s'affirmer de si bonne grâce.

– Merci, dis-je en lui passant devant et en le remerciant d'un signe de tête. C'est très gentil à vous.

Danforth me sourit.

– Vous êtes très aimable, me dit-il comme s'il se méfiait d'un tel formalisme et que cela revenait à donner un coup de couteau dans le dos.

Nous prîmes une table près de la vitre d'où nous voyions les employés de la ville se frayer un chemin à coups d'épaule par cette rude journée dans cette ville blessée, une scène qui se rejouait dans le regard de Danforth et semblait, comme le fait le chagrin, à la fois l'assombrir et l'illuminer.

– L'ironie du sort est que ce sont ceux qui cherchent le paradis dans l'avenir qui créent l'enfer dans le présent, murmura-t-il.

Sur ce, il héla le garçon et chacun de nous commanda un verre de vin, blanc pour lui, rouge pour moi, nous pliant tous deux à la suggestion de la maison.

– Dites-moi, Paul, reprit Danforth une fois le garçon parti. Êtes-vous déjà allé à Moscou ?

– Oui, ne fus-je pas mécontent de lui répondre. Mais il y a longtemps. J'étais enfant. Pendant le tour d'Europe que j'ai fait avec mon grand-père. Il connaissait très bien la ville.

– Ah bon. Vous aurait-il montré la piscine municipale ?

– La piscine ? Non. C'était en plein hiver.

– Dommage. Je n'en suis pas sûr, mais je crois bien que c'est la plus grande au monde. Et elle a une histoire, cette piscine. Une histoire bien à elle.

Qu'il me raconta sans se faire prier.

À l'été 1931, la *Pravda* annonça la construction, à

Moscou, du Palais des Soviets. Ses dimensions seraient pharaoniques : six fois plus grand que l'Empire State Building et couronné par une gigantesque statue de Lénine trois fois plus haute que celle de la Liberté. C'était la réponse de Staline au capitalisme, et il avait bien l'intention qu'elle soit colossale. Tout aussi imposant pour servir ses buts, le Palais des Soviets devait être bâti à proximité du Kremlin sur l'immense terrain occupé alors par la cathédrale du Christ-Sauveur, elle-même une construction gigantesque aux murs de plus de trois mètres d'épaisseur et dont la coupole en bronze pesait, à elle seule, cent soixante-seize tonnes.

– Tout cela, bien entendu, devait être démoli pour pouvoir construire le Palais des Soviets, précisa Danforth.

Ainsi, plusieurs méthodes pour procéder à cette destruction furent discutées à l'infini. On envisagea même de bombarder l'édifice, mais la précision demeurait un problème et donc, en une nuit, une très haute barrière de bois fut érigée autour de la cathédrale, puis l'intérieur de l'édifice fut débarrassé d'une demi-tonne d'or et d'un trésor inestimable en diamants, argent, topazes, améthystes, émeraudes et émaux finement sculptés, le tout disparaissant dans les entrepôts gouvernementaux ou les caves de la police secrète soviétique.

– La démolition fut achevée début décembre, poursuivit-il. En quatre mois, un des plus beaux joyaux architecturaux de Moscou avait été rasé.

Venait à présent la construction du Palais des Soviets. Celui-ci devait mesurer plus de quatre cents mètres de haut, peser un million et demi de tonnes et occuper une superficie plus grande que les six gratte-ciel de New York les plus élevés de l'époque. Une statue colossale de Lénine devait couronner cet édifice spectaculaire. Son seul index s'étendrait jusqu'à six mètres.

– Mais cette statue n'a jamais été édifiée, pas plus que le bâtiment qu'elle devait surmonter. Tout s'est enfoncé dans un bourbier d'erreurs de planning. Les fondations furent creusées, mais alors vinrent les pluies, puis la neige et, au printemps, des rivières de glace fondue, et donc les vastes fondations se remplirent d'eau. Eau qui s'infesta de grenouilles, étouffa sous les plantes aquatiques et, pire encore, l'ampleur du désastre était maintenant visible à l'œil nu car les hautes palissades qui masquaient jusqu'alors la destruction précédente avaient été démontées par les Moscovites en manque de bois de chauffage.

– Mon Dieu, soupirai-je. Quel gâchis !

– Les années ont passé. Les enfants pêchaient sous ces vieilles fondations. Staline est mort. Khrouchtchev l'a remplacé et, un jour, regardant cet immense lac d'eau stagnante puant, il a décidé : « Bah, peut-être bien une piscine. »

Sur ces mots, Danforth eut un petit rire, moi non.

– Eh bien, Paul, vous ne trouvez pas que cette histoire est plutôt drôle ? demanda-t-il avec un regard appuyé.

– Non. Je trouve plutôt triste que des gens puissent se laisser bercer d'illusions, et détruire au nom d'une idéologie de malade.

– Cela ferait douter de la véracité de toute conviction politique.

– Oui, c'est sûr.

Les traits de Danforth se détendirent un brin, comme si on l'avait prévenu que ce n'était pas dangereux pour lui de continuer.

– Donc, vous êtes prêt à écouter la suite de mon récit.

– Absolument, répondis-je avec un enthousiasme dont je fus le premier surpris. Eh bien, dans notre dernier épisode, Anna était de mèche avec…

Danforth leva la main pour me couper la parole.

– Anna était de mèche, oui, répéta-t-il avec un sourire énigmatique en diable. Mais avec qui ?

Orléans, 1939

Danforth revivrait les événements de ce matin-là bien des fois au cours des soixante années à venir. Il se rappellerait parfois qu'ils se tenaient l'un contre l'autre, Bannion bien visible de profil, mais le visage d'Anna obscurci par le tronc filiforme de l'arbrisseau au premier plan.

D'autres fois, pourtant, il se souviendrait d'eux distants l'un de l'autre, Bannion tenant un papier à la main que, rapidement – peut-être trop vite ? –, il enfonçait dans la poche de sa veste à l'approche de Danforth. Dans son souvenir, Anna tend la main vers la feuille, puis rapidement – peut-être trop vite ? – la reprend, si bien qu'elle est recouverte par les plis de sa longue jupe noire.

Mais chaque fois qu'il se remémorait cette scène, Bannion et Anna se tournaient lentement vers lui à l'unisson, tous deux ayant, c'était curieux, les traits tirés dont l'expression lui semblerait, lors de ces innombrables et graves reconstitutions, semblable à celle d'amants fomentant un complot.

– Bonjour, Tom, lança Bannion.

Il se trouvait en Angleterre quand il avait reçu leur message concernant le meurtre de Christophe et leur fuite pour Orléans, lui dit Bannion. Clayton lui avait aussitôt transmis l'ordre de déterminer si la mort de Christophe avait définitivement compromis le Projet et, si oui, quelles décisions il fallait prendre.

– Nous devrions pouvoir suivre le plan prévu, ajouta Bannion. Mais Anna me disait que vous deux aviez pensé à quelque chose de plus… vaste.

– Oui, répondit Danforth.

– Je ne suis pas sûr que Clayton approuverait cette nouvelle idée, dit Bannion.

– Cela ne dépend peut-être pas de lui, rétorqua Danforth.

– Une opération en solo ? s'enquit Bannion. Je n'essaierais pas, à votre place.

Malgré cet avertissement, Bannion parut comprendre qu'une vaste conspiration était comme un gros rocher : une fois en mouvement, elle prenait une certaine direction et une certaine vitesse, les conspirateurs courant devant elle tandis qu'elle se rapprochait d'eux, les poussant vers l'avant, toujours plus vers l'avant, jusqu'à ce que, à un moment donné, ils craignent que leur échec ait plus de conséquences que leurs actes.

– Mais si Clayton est d'accord, ajouta Bannion, alors nous pouvons commencer de dresser nos plans.

Par cette remarque, son utilisation de « nous » et de « nos », Danforth eut l'impression que Bannion s'insinuait dans ce qui, jusqu'à présent, était un duo. C'était comme s'il s'imposait dans une conversation intime puis s'employait à la mener.

– Ce devra être un cercle très restreint, poursuivit-il avec un coup d'œil à Anna. Mais oui, ça vaut la peine d'essayer, je pense. Et je peux sans doute persuader Clayton d'y consentir.

Ainsi, cela allait réellement se produire, songea Danforth ; ils le feraient bel et bien. Jusqu'à cet instant, la réalité de la chose paraissait éloignée comme tout danger le semble jusqu'à ce qu'il vous tombe dessus. Mais à présent, il voyait que la spirale se resserrait, que c'était très, très sérieux, qu'on ne jouait plus, et une phrase de Bion de Smyrne qu'il avait dû mémoriser autrefois en grec lui revint en mémoire : *Même si les garçons lancent des cailloux sur les grenouilles par jeu, les grenouilles meurent pour de vrai.*

Il ne dit mot de tout cela tandis qu'ils regagnaient à pied leur hôtel où, à peine quelques jours plus tôt, il s'était assis au petit bureau de sa chambre et avait rédigé plusieurs lettres à l'intention de partenaires commerciaux berlinois. Il leur écrivait qu'il recherchait des antiquités africaines, en particulier des objets acquis par les anciennes colonies allemandes en Afrique de l'Est et de l'Ouest. Il prenait soin d'exprimer sa déception à l'idée de la perte de ces colonies pour l'Allemagne, de même que « d'autres confiscations aux termes du traité de Versailles ». À l'époque, cela lui paraissait être très éloigné de l'organisation d'un assassinat, même si cela avait permis de faire avancer les choses. Aujourd'hui, ces lettres étaient tout juste à ses yeux des accessoires dans une pièce jouée au lycée.

À l'hôtel, Bannion leur serra la main, puis dit :

– Je reviendrai vous voir après avoir parlé avec Clayton. S'il est d'accord avec ça, je pourrai obtenir des informations très utiles.

Sur ce, il les quitta si rapidement qu'il leur laissa l'impression d'être passé en coup de vent.

Danforth lança un regard au petit café jouxtant l'hôtel.

– Un thé ? proposa-t-il.

– D'accord, accepta Anna.

Une fois qu'ils se furent assis, elle ôta son foulard, laissant retomber ses cheveux librement sur ses épaules, geste qui parut intime, et Danforth penserait plus tard qu'elle l'avait fait à dessein, afin de créer une atmosphère qu'elle utilisait alors – habilement ? – pour lui révéler un peu plus d'elle-même.

– M. LaRoche a-t-il parlé de Bakou ? demanda-t-elle.

– Oui, répondit Danforth. Il m'a parlé de la beauté du lieu, autrefois, et de ce que les bolcheviks en ont fait.

– Mon père m'y a emmenée une fois, dit Anna en souriant. J'étais très jeune à l'époque, mais Bakou est une ville qui laisse des impressions pour la vie. Je revois les graines de cumin grillées et les sacs d'épices, de curcuma, comme c'était jaune sous le soleil. Et les caravansérails. Certaines venaient d'aussi loin que les montagnes du Caucase. Les bêtes avaient l'air très fatiguées. Je me rappelle que j'avais mal pour elles.

Son sourire se dissipa.

– Combien de temps êtes-vous restée à Bakou ?

– Seulement une journée ou deux. Puis nous sommes retournés à Erzincan.

Ce nom évoquait à Danforth un des récits les plus noirs de son père.

– Erzincan ? En Turquie ?

– J'y suis née.

Il sentit l'horreur le submerger et murmura :

– Erzincan.

Anna remarqua la lueur dans son regard.

– Vous savez ce qu'il s'y est passé alors ? demanda-t-elle.

– Oui. Un de nos acheteurs s'y est rendu. Il a raconté que non loin de la ville, dans une courbe de l'Euphrate, il y a soudain eu tellement de morts dans les eaux du fleuve qu'il a, brièvement, changé de cours.

– C'était une époque horrible.

Anna réfléchit un moment, et son regard se fit plus profond et plus ténébreux comme si elle marchait à reculons sous un éclairage qui baissait.

– J'y ai souvent repensé ces derniers jours, dit-elle alors.

– Pourquoi ?

– À cause d'un homme qui vivait dans notre région. Il s'appelait Kulli Demir. C'était un écrivain, un érudit, mais il avait de terribles choses en tête qui l'ont poussé à commettre des actes horribles, et personne ne l'en a jamais empêché.

Elle s'interrompit, son regard se faisant plus dur.

– Je veux dire que personne n'a tué Kulli Demir. C'est ce qui m'intrigue, Tom. Des tas de gens ont dû en avoir l'occasion, mais personne ne l'a fait. Et donc, d'autres hommes se sont dit que Demir pouvait agir comme bon lui semblait sans être inquiété. Alors, ils e sont mis à faire les mêmes choses que lui. Ils ont regroupé des hommes et les ont abattus, puis ils ont fait tout ce qu'ils ont voulu aux femmes et aux filles. Et celles qu'ils ne tuaient pas, ils les ont conduites en Syrie. La plupart d'entre elles sont mortes en chemin, mais quelques-unes sont parvenues à Alep.

Danforth ne trouva rien à répondre à cela mais, des années plus tard, encore à la recherche de la vérité dans les ronces du passé, il tomberait sur ce passage des mémoires d'un Américain présent en Turquie à l'époque de la petite enfance d'Anna :

Le schéma ne variait pas, à lire les rapports, et cela a été corroboré par le seul et unique incident auquel j'ai moi-même assisté. Les autorités locales signalaient aux tribus kurdes et aux paysans turcs l'arrivée d'une caravane. Celle-ci, composée de femmes et d'enfants, était attaquée par ces Kurdes, ces Turcs et ces Chiites, ainsi que par des bandes de voyous et de criminels. Ces femmes et ces jeunes filles n'avaient aucun moyen de se défendre contre ces hommes car ceux qui auraient pu le faire, les pères, les époux et les frères, avaient déjà été tués, on pouvait donc s'attaquer à elles sans craindre de représailles. Bien souvent, elles ne survivaient pas aux tortures et aux viols qu'on leur infligeait. Ces femmes et ces jeunes filles étaient « sous bonne garde », mais ces hommes ne faisaient rien pour les protéger et parfois ils se joignaient aux autres pour leur faire subir les pires outrages. Ils semblaient haïr celles qui survivaient et, quand venait le moment de reprendre la route, ils les rouaient de coups de fouet et de matraque, les embrochaient au bout de baïonnettes, les privaient de nourriture, et ne leur rendaient même pas les vêtements, des haillons pour la plupart, qu'ils leur avaient arrachés, si bien que lorsque la caravane que j'ai moi-même vue finissait par arriver en Syrie, les femmes étaient affamées et nues, et beaucoup d'entre elles, devenues folles, déliraient. Un après-midi, j'ai vu un groupe de ces pauvres femmes squelettiques traverser la frontière en titubant et j'ai pensé qu'elles ne pouvaient venir d'aucun lieu sur terre et devaient s'être, je ne sais comment, échappées de l'enfer. Les dernières d'entre elles, qui fermaient la marche en trébuchant, étaient les égarées parmi les égarées, de douze ans à aussi jeunes que trois ans, privées de père et de mère, sans plus personne pour leur venir en aide même parmi leur propre peuple. Sales, nues, dans une solitude inimaginable à la toute fin de la caravane, ces fillettes se frayaient un chemin dans les plaines désertiques d'Alep.

Relisant ce passage longtemps après, assis dans le silence de la bibliothèque publique de New York, Danforth se demanderait, obscurément et sans relâche, si l'une de ces fillettes n'aurait pas été Anna Klein.

Le Blue Bar, New York, 2001

– Elle avait l'air si tourmenté quand elle racontait ce dont elle avait été témoin en Turquie, murmura Danforth. Je lui avais déjà vu cette expression avant cet après-midi-là, mais son histoire personnelle ne m'avait jamais paru aussi tragique, ce qui m'amena à croire qu'elle-même avait enduré les outrages qu'elle décrivait.

– C'est le génocide arménien ?

Danforth acquiesça.

– Vous avez beaucoup lu à ce sujet, Paul ?

– Un peu. Mais j'ignorais que les Juifs aussi avaient été massacrés.

Danforth, à l'évidence, apprécia ma réponse.

– Très bien, Paul, dit-il. Ce serait la question, n'est-ce pas ?

– Comment cela ?

– Si vous en venez à douter de telle ou telle partie de l'histoire d'Anna, déclara Danforth froidement. Vous devrez vous demander si une jeune fille juive aurait pu être raflée et contrainte de marcher jusqu'en Syrie avec des Arméniennes.

Il prit son verre et but lentement une gorgée.

– Ah, j'ai examiné ce point, reprit-il, et découvert qu'en fait, à l'époque de ce génocide, les Juifs vivaient depuis des milliers d'années dans ce qui deviendrait plus tard les provinces arméniennes de la Turquie. À l'origine, ils étaient probablement arrivés pour avoir fui, certains l'Assyrie, d'autres la Samarie, d'autres Dieu sait quelle contrée encore.

Puis, brusquement, il cligna des yeux, glissant sur mille ans de diaspora, et en revint, comme par miracle, à l'époque moderne.

– Anna a vu l'assassinat du roi de Yougoslavie, vous savez.

Danforth, à qui mon étonnement n'échappa pas, partit à rire.

– Pas de ses propres yeux, bien entendu, reprit-il. Mais dans les actualités filmées. Il a été abattu à Marseille en 1934. Le premier assassinat à être filmé. Elle a dit, une fois, à quel point cela semblait facile.

Il haussa les épaules.

– Maurice Bavaud aussi a dû regarder ce film d'actualités.

– Maurice Bavaud ?

– Sur les photos, il n'a pas le sourire d'un assassin. Il donne plutôt l'impression de ne pas savoir sourire. Ou peut-être est-ce le simple fait qu'il ne pouvait se résoudre à le faire dans un monde aussi chaotique que l'était l'Europe de 1938.

C'était encore une des digressions de Danforth et, plus tôt, j'aurais été tenté de passer outre, mais à ce moment-là, je m'étais rendu compte que ses apartés étaient toujours liés de près à son récit, si bien que je l'écoutai jusqu'au bout.

Bavaud, me raconta Danforth, était un catholique fervent, jeune séminariste à Saint-Brieuc quand s'empara de lui l'idée absurde que, pour sauver la chrétienté, les Romanov devaient reprendre le pouvoir en Russie. Il était également convaincu que tuer Adolf Hitler en donnerait la première impulsion. À l'automne 1938, il s'était d'abord rendu à Baden-Baden, puis à Bâle où il avait acheté un pistolet Schmeisser 6,5 mm semi-automatique.

Je fus étonné que Danforth ait étudié en détail le plan dressé par Bavaud pour tuer Hitler, comme s'il recherchait un élément susceptible d'expliquer pourquoi le sien avait échoué.

– À Bâle, Bavaud a embarqué à bord d'un autre train, cette fois à destination de Berlin, poursuivit-il.

Son plan – si ses déplacements et ses intentions pouvaient porter ce nom – était tout simplement d'assassiner Hitler dans sa capitale, mais il décida ensuite de le mener à bien à Munich pendant les célébrations du putsch de la Brasserie.

– Cette commémoration comportait toujours un défilé, précisa Danforth. Hitler en personne étant à la tête.

Ainsi donc, une fois à Munich, Bavaud obtint un billet de faveur grâce auquel il put se placer devant l'église du Saint-Esprit, à l'extrémité ouest de Talstrasse, endroit a priori bien choisi pour avoir vue sur le défilé quand celui-ci tournerait dans la Marienplatz, virage, raisonnait fort justement Bavaud, qui ralentirait beaucoup sa progression car tous les participants devraient passer sous la petite arche qui donnait accès à la place.

– Mais il restait encore beaucoup de temps avant le défilé, poursuivit Danforth. Bavaud dut se dire que, vu ses intentions, un peu d'exercice de tir serait le bienvenu.

Quelques jours plus tard, Bavaud acheta d'autres munitions et loua une barque sur le lac Ammer, dans la banlieue proche de Munich. Il s'éloigna sur l'eau à coups de rames et s'entraîna en tirant sur de petites cibles en papier qu'il jetait en l'air. Plus tard, il recommença l'exercice, cette fois en visant des arbres dans la forêt.

– Comme Anna Klein à Winterset, ne pus-je me retenir de dire, à croire que j'avais découvert le point commun de ces deux épisodes, qui établissait le lien, aussi ténu soit-il, avec le passé de Danforth.

– Oui, répondit-il, se crispant légèrement avant de reprendre son récit.

De retour à Munich, Bavaud obtint un plan détaillé de l'itinéraire du défilé, puis fit tout le parcours à pied afin de déterminer s'il existait une meilleure position stratégique que celle qu'il avait prévue. Il n'en trouva pas et dut penser que la main de Dieu était avec lui. Sinon comment expliquer qu'il se soit assis près de l'arche de Marienplatz, parfait goulot d'étranglement ?

– Enfin, le moment était venu, poursuivit Danforth. Bavaud se posta dans la tribune et, peu après, l'homme qu'il était venu tuer prit la tête du défilé.

J'imaginai la tête de ce serpent-là tandis qu'il se mettait à avancer, levant le bras pour retourner le salut à la foule mais étrangement indifférent à son adoration, comme déterminé à ne pas se laisser dévier de son but, fût-ce par l'idolâtrie du peuple.

– Bavaud finit par l'apercevoir, poursuivit Danforth. Vous imaginez ce que ça doit être de regarder votre cible avancer vers vous, inconsciente du danger, d'abord éloignée, puis de plus en plus proche ? Vous, vous avez ce pistolet à la ceinture et votre main glisse peu à peu vers lui et, ce faisant, une sorte de rétrécissement du champ visuel s'opère si bien que tout ce qui se trouve à la périphérie de votre cible devient flou et tous les vivats, les coups de klaxon et les roulements de tambour se taisent, et il ne reste plus que vous et celui que vous êtes venu abattre.

À ce stade de son récit, je crus que Danforth se décrivait lui-même, plutôt que Bavaud, et j'eus la certitude que, à un moment donné, il avait pointé un pistolet sur quelqu'un à bout portant et senti son doigt se crisper sur la détente.

– Mais juste au moment où votre cible se trouve

dans votre ligne de mire, poursuivit-il, juste à l'instant où vous serrez la main autour de la crosse de votre pistolet et le dégainez – juste à ce moment-là, avec l'homme lui-même si près que c'est tout juste si vous ne sentez pas son souffle sur votre visage –, juste à ce moment-là, Paul, la foule tangue, une centaine de bras se lèvent d'un seul coup et, le temps que vous le revoyiez distinctement, il passe sous la petite arche et entre dans le square… et dans l'avenir et celui du monde.

– C'est ce qui lui est arrivé ? m'enquis-je. À Bavaud ?

– Oui.

– Comment le savez-vous ?

– Parce qu'il l'a raconté lui-même.

– Donc, il s'est fait arrêter ?

– Oui, mais après être retourné à Berchtesgaden où il a tiré sur plusieurs arbres – sans silencieux, ai-je besoin de le préciser ? – et erré dans la ville. Il a même demandé une fois à un policier comment il pourrait faire pour approcher Hitler.

– Et personne ne l'a remarqué ?

– Personne, répondit Danforth en haussant les épaules. La sécurité est une conception humaine, Paul, gérée par des êtres humains et porteuse de tous les défauts des hommes.

– A-t-il de nouveau approché Hitler ?

Danforth fit non de la tête.

– Donc, il a fait une nouvelle tentative, dit-il. Malheureusement, il s'est retrouvé à court d'argent et n'a pu faire autrement que de prendre un train sans avoir de titre de transport. Il a été contrôlé et a dû se justifier. Interrogatoire au cours duquel les autorités ont trouvé son carnet. Il avait pris soin d'y noter son intention de tuer Hitler. A été également découvert le petit Schmeisser 6,5. Bien sûr, il a été arrêté. Ensuite, les étapes habituelles. Interrogatoires. Torture. Exécution. Dans le cas de Bavaud, sous le couperet de la guillotine dans la prison de Plötzensee.

– Il semblait assez inoffensif. Dommage, en un sens. Si naïf qu'il…

– Pas plus naïf que nous ne l'étions, en vérité, l'interrompit Danforth. Et Bavaud avait une raison plus viscérale que moi de vouloir la mort de Hitler. Franchement, Paul, mon seul but, à l'époque, était devenu tout simplement de rester auprès d'Anna. Sous l'emprise de tels sentiments, un homme peut offrir des fleurs… ou faire un pas de plus vers le meurtre.

– Donc, ça a toujours été elle, dis-je d'une voix douce.

– Toujours, oui, confirma Danforth.

Sa voix reprit le ton de la narration qui lui était familier, m'entraînant lentement avec lui vers l'avant, si bien que, comme eux, je sentis le roulis du train qui nous emportait hors de la gare d'Orléans.

Orléans, 1939

Le train démarra sur une secousse, et Danforth eut la sensation de ne plus être seulement un petit espion, mais un homme qui partait inexorablement vers un acte qui allait changer la face du monde.

Plus tard, tandis que le convoi se rapprochait de la frontière allemande, Danforth se concentra sur le fait étonnant qu'il s'était engagé dans un plan extrêmement dangereux. Ça, il le savait sans conteste et il réfléchissait au poids de la tâche qui l'attendait, au fait qu'elle soit totalement surréaliste, ainsi qu'aux dangers extrêmes qu'elle présentait. Malgré tout, il n'y voyait aucune alternative et, des années plus tard, dans les vastes étendues gelées où le mènerait sa longue quête, quand il en viendrait à décrire ces événements, il définirait ses sentiments comme ayant été « intransigeants, irréductibles et durs comme le diamant ». La détermination d'Anna avait fortifié la sienne. Ils étaient comme le fer et l'acier, et il sentait leurs forces jointes. Il y avait une magie qui dépassait l'idée habituelle d'une personne qui transmet son courage à autrui. Il voyait là l'effet d'une alchimie, obscur mélange de dangers et d'objectifs, insufflée de romantisme qui, de jour en jour, s'intensifiait. Car il tombait amoureux, il s'en rendait compte, et il avait l'impression qu'être amoureux et en même temps en guerre était incontestablement vivre la vie à son apogée.

À la frontière, le premier militaire allemand auquel ils se frottèrent les accosta en uniforme impeccablement repassé. Il demanda à voir leurs passeports qu'il ouvrit tour à tour, examina puis leur rendit.

– Dans quel but venez-vous en Allemagne ? demanda-t-il à Danforth.

– Nous venons ici pour affaires, répondit ce dernier dans un allemand impeccable. Je suis importateur.

Et, avec un signe de tête vers Anna, il ajouta :

– Mlle Collier, mon assistante.

– *Herr* Danforth, *Fraulein* Collier, énonça l'officier en les saluant tour à tour poliment de la tête. *Willkommen nach Deutschland.*

– Bon, soupira Danforth après le départ du gradé, ça s'est bien passé, vous ne trouvez pas ?

Anna remit son passeport dans son sac à main.

– Les gares frontalières vraiment dangereuses sont

celles où les gardes ne portent qu'une partie de leur uniforme, dit-elle.

Cette remarque curieuse incita Danforth à penser que ce ne devait pas être la première fois qu'Anna passait par ce genre d'endroits lugubres, mal ravitaillés, inondés de soleil et isolés, c'était ainsi qu'il les imaginait, avec des postes de garde en béton, sans fenêtre, où régnait une chaleur étouffante, la frontière elle-même n'étant qu'une ligne poussiéreuse tracée entre deux vastes zones désertiques aussi pauvres l'une que l'autre.

Il n'y eut pas d'autre vérification officielle après celle de ce premier officier si aimable, et ils arrivèrent à Berlin puis, enfin, à leur hôtel situé juste après l'avenue Unter den Linden, sans autre intrusion.

Ce soir-là, ils partagèrent leur premier repas à Berlin, à la fois fatigués par le voyage et bien décidés à dîner dans l'hôtel-restaurant, beauté fanée exhibant trop de draperies et trop de lustres en cristal, tel un instantané sépia de la Belle Époque.

– Je repensais au courrier que vous avez adressé ici, à vos partenaires commerciaux, dit Anna. Peut-être ne devrions-nous prendre contact avec aucun d'entre eux, Tom.

– Pourquoi ?

– Ils pourraient avoir des ennuis par le simple fait de nous connaître.

C'était une vision réaliste de l'Allemagne d'alors, bien sûr, si bien que Danforth ne pensa rien de particulier sur le moment, mais plus tard il se demanderait si elle n'avait pas cherché à l'isoler, à le maintenir dans le cercle resserré autour de son complot. En tout cas, ce ne fut pas l'impression qu'elle lui donna à cet instant-là, si bien qu'il se contenta de hocher la tête et de dire :

– Oui, vous avez raison.

Anna lança un coup d'œil vers le vestibule de l'hôtel. Deux hommes, en imperméables noirs, se tenaient à l'accueil.

– Nous aurons besoin de cyanure, dit-elle. J'ai demandé à Bannion de nous en procurer.

Danforth repensa à l'entrepôt du Connecticut et au fait qu'il s'était retrouvé à deux doigts de la trahir.

– Oui, répondit-il. D'accord. Mais nous n'en aurons peut-être pas l'usage.

Ce qui lui paraissait très probable car ils avaient décidé que la meilleure méthode reviendrait à faire exploser une bombe, engin qu'Anna s'était entraînée à fabriquer, utiliser, cacher, et il était donc envisageable que tous deux accomplissent leur mission et y survivent.

Elle inspira à fond et se tourna vers lui.

– Ça vous manquera, hein ? lança-t-elle.

– Quoi ?

– La vie.

– Bien sûr, répliqua Danforth saisi soudain par l'inquiétude. Pas à vous ?

Elle acquiesça.

Il repensa à l'étrange question qu'elle lui avait posée dans ce qui, à présent, lui semblait être une autre existence.

– En parlant de la vie, quel est le plus bel endroit que vous n'ayez pas visité ?

Elle sourit.

– Il y en a plus que je ne pourrais en citer, Tom.

– Essayez toujours.

Elle obtempéra et, tandis qu'elle passait d'un lieu à l'autre, Danforth eut l'impression de n'avoir jamais vu chez elle autant de soif de vivre. À tel point que ce ne serait que bien des années plus tard qu'il se demanderait si même ça – cette avidité dont elle fit preuve pour le monde – n'avait été rien d'autre qu'une de ses nombreuses comédies.

Le Blue Bar, New York, 2001

Je savais que Danforth avait ses raisons de m'avoir rapporté cette conversation et que, pour d'autres raisons, il n'entra pas dans les détails, s'enfonçant légèrement dans son siège comme pour mieux voir une certaine scène dans le lointain.

– Il existe une petite ville qui s'appelle Doubno, Paul.

On y menait une vie tranquille, me dit-il, sur les bords d'une rivière qui l'était tout autant, l'Ikva. Elle se situait au cœur d'une région vallonnée de l'Ukraine qui faisait partie tantôt de la Pologne, tantôt de la Russie, au gré de la politique du moment. Les Soviétiques s'en étaient emparés en 1939 et avaient été repoussés vers l'est par une attaque de l'armée allemande qui, me rappela Danforth, passait pour invincible à l'époque.

– Quand les Allemands ont pris Doubno, poursuivit-il, près de la moitié de sa population était de confession juive. Il y avait quatorze synagogues en ville. Des médecins, des avocats, des enseignants juifs.

Sa voix revêtit la calme intensité qui marquait ces apartés, celle d'une Shéhérazade faite vieil homme.

– Le 5 octobre 1942, poursuivit-il, si, dans une certaine rue, une fillette avait regardé par la fenêtre de sa chambre, elle aurait vu passer des centaines de gens qu'on menait hors de la ville vers le vieil aérodrome à une heure de marche de là. Ils étaient différemment vêtus selon leur classe sociale, certains très convenablement, d'autres en vieilles nippes. Des témoins ont déclaré qu'ils marchaient lentement et bien en ordre sous la surveillance de soldats et de chiens.

À ma grande surprise, j'entendis la marche étouffée de ces centaines de gens ; je n'avais pas besoin de savoir que la rue où ils marchaient était pavée pour que me parviennent le bruit de leur pas cadencé et les échos de ce qu'ils se disaient et que je ne comprenais pas : les plus âgés incitant les autres à avancer plus vite, les plus jeunes apaisant les esprits.

– Un gouffre peu profond se trouvait à trois kilomètres de la ville, poursuivit Danforth. C'est là qu'ils reçurent l'ordre de s'arrêter et de se déshabiller. Hermann Gräbe, un ingénieur en bâtiment témoin de l'événement, a vu d'immenses tas de chaussures, de sous-vêtements et de vêtements. Il raconte que les familles restaient groupées, que les gens trop âgés ou trop désorientés pour se dévêtir étaient dénudés par des proches plus jeunes. Un homme s'est penché vers son petit garçon et a pointé le doigt vers le ciel, il semblait lui dire une chose très importante. Une femme, entièrement nue, est passée tout près de Gräbe en marchant vers la fosse d'exécution. Elle s'est montrée du doigt en disant : « Vingt-trois ans. Vingt-trois ans. »

Je hochai la tête devant ce triste récit, même si je ne voyais pas du tout pourquoi Danforth m'entraînait maintenant si loin à l'est.

– D'origine allemande, déclara-t-il soudain. Supposez, Paul, que je connaissais cette fille de vingt-trois ans. Supposez qu'il s'agissait… d'Anna. Supposez que je savais qui était l'homme ayant organisé ce massacre à Doubno. Supposez que, après la guerre, je l'aie traqué, tout ça pour apprendre qu'il était mort quelques années plus tôt.

Il eut un sourire.

– Mais supposez qu'il ait eu un fils, ou une fille, des petits-enfants, reprit-il. Devrais-je tous les supprimer ?

– Bien sûr que non, répondis-je. Ils n'ont rien à voir avec ce qu'il s'est passé à Doubno.

– Mais ils sont tout ce qu'il me reste, Paul. Tout ce qu'il me reste pour me venger de l'homme qui a tué la femme que j'aimais.

– Peut-être, mais il serait déraisonnable de massacrer ces autres personnes.

– Vous avez raison, ce serait tout à fait déraisonnable. Mais la vengeance est une passion du cœur, n'est-ce pas ? Et comme le dit Pascal, le cœur a ses raisons que la raison ne connaît point.

Et d'ajouter, sans me laisser le temps de répondre :

– Dans votre article, n'écrivez-vous pas que, dans la vie courante, nos actes devraient être dictés par la passion ?

– Oui, répondis-je tout bas.

Le regard de Danforth se durcit.

– Je suis entièrement d'accord avec vous, dit-il.

Il me scrutait en silence. Puis, tel un chauffeur se rendant compte qu'il avait failli rater un virage, il reprit le cours de son récit.

– Quand j'ai entendu parler de Doubno, de l'histoire de cette jeune femme se désignant du doigt, criant son âge en marchant vers la mort, ça m'a rappelé Anna. Ça m'a fait penser à son comportement à l'hôtel ce fameux soir à Berlin, quand elle me parlait de Venise, de Vienne ou d'une autre ville qu'elle espérait visiter un jour. Elle était comme cette fille de Doubno : trop jeune pour mourir.

L'air dévasté de Danforth en cet instant m'incita à ne pas l'interroger directement sur Anna Klein. Je m'en tins donc à :

– Où avez-vous entendu parler de Doubno ?

– Quand Hermann Gräbe a témoigné aux procès.

– Quels procès ?

– Les procès de Nuremberg. J'ai travaillé au jugement des criminels nazis. Le témoignage de Gräbe, en particulier, a été très intéressant pour moi, car c'est à Doubno qu'un homme au nom impressionnant, Axel Freiherr von dem Bussche-Streithorst, a changé de camp. Ce gradé allemand avait assisté au massacre de Doubno, raison pour laquelle il a pris la décision de tuer Hitler.

– Ce qui vous intéresse, c'est donc sa motivation ?

– Oui. J'ai étudié tous les attentats perpétrés contre Hitler.

– Pourquoi ?

– Je voulais connaître la diversité des motivations. En les découvrant, je pensais pouvoir aussi découvrir celle d'Anna.

– Mais pourquoi ne pas vous contenter du fait qu'elle était juive, et que Hitler persécutait les Juifs ?

– Cette motivation, ou un millier d'autres, Paul. C'eût été simple si Anna avait été simple.

Il me transperça du regard.

– C'est ce que vous ne savez pas qui vous détruit, dit-il en reprenant sa respiration. Et croyez-moi, je ne savais pas qui était Anna Klein.

Sur l'instant, j'eus l'impression que Danforth se dissolvait dans les brumes de l'ignorance, puis il se ressaisit.

– Mais où en étions-nous, Paul ? Ah oui. Berlin. Ce vieil hôtel. Qui ne datait pas d'hier. J'ai dit à Anna qu'il me faisait penser à une vieille femme qui avait été belle.

Berlin, Allemagne, 1939

– C'est comme ça, Istanbul, s'exclama Anna en riant. Des palais en ruine sur les rives du Bosphore. Mon père surnommait cette ville « la vieille courtisane ».

Danforth fut surpris de l'entendre évoquer son père, elle qui parlait rarement de son passé, et, des années plus tard, il se demanderait si cela n'avait pas été une réplique savamment préparée, sobre mais le genre d'appât qui, elle le savait, par son aspect insolite, exotique, l'attirerait dans les profondeurs du courant. Elle se révéla par des petits retours sur son passé comme une courtisane laisse entr'apercevoir sa cheville.

– Votre père semble avoir beaucoup voyagé, fit remarquer Danforth.

– Oh ça, c'est sûr, répondit Anna si sèchement qu'elle donna l'impression d'être un champ recouvert de la poussière paternelle. Je l'aimais beaucoup.

– Que lui est-il arrivé ?

– Il est mort.

Sur ces mots, elle prit la carte derrière laquelle elle parut se retrancher.

– Je suis trop bavarde, dit-elle.

– Pas du tout. À vrai dire, on pourrait presque imaginer que vous êtes une criminelle à qui je chercherais à arracher des aveux.

Il la gratifia d'un regard entendu.

– Ou cherchez-vous simplement à vous donner un petit air énigmatique ? poursuivit-il.

Elle abaissa la carte, et il se rendit compte qu'elle le prenait au sérieux.

– Absolument pas. Mais je pense que nous devrions

garder nos distances, Tom. À cause de ce que nous faisons.

– Je comprends.

Certes, il concevait que de son point de vue, étant donné les circonstances, ils ne devaient pas tout mélanger. Pourtant, en cet instant, il éprouvait le désir irrépressible, plus puissant que jamais, de la toucher, et il s'aperçut que plus il le refrénait, plus il s'imposait à lui.

Il préféra détourner la conversation.

– Bon, soupira-t-il en s'emparant du menu. Que prenons-nous ?

Ils terminèrent le repas par un thé, puis ressortirent de l'hôtel et marchèrent jusqu'à une placette. C'était une chaude soirée d'été, les éclairages des *biergartens* clignotaient tout autour d'eux. Les rues étaient grouillantes de monde, les mouvements de foule ne semblant régulés que par les feux de signalisation.

Ils s'assirent sur un banc, toujours silencieux, pour regarder passer le défilé. Dans cette pose, on aurait pu les prendre pour de jeunes amoureux, lui entreprenant, elle près de céder à ses avances, et si leur objectif n'avait pas été aussi dangereux, songea Danforth, il se serait peut-être laissé aller à la prendre dans ses bras.

Désir dont elle ne fut pas dupe.

– Nous devrions commencer à collecter les matériaux, dit-elle tout à coup, le ramenant à la dure réalité du moment.

Elle parlait de ceux qui leur seraient indispensables pour fabriquer la bombe, bien entendu, encore qu'ils n'aient jamais discuté de l'endroit où ils la poseraient.

– Nous élaborerons un plan pour quitter l'Allemagne après l'attentat, lui dit Danforth.

– Il n'existe qu'un moyen d'être sûrs qu'il aura eu

lieu, rétorqua Anna. Être là. Être une de ces femmes qui courent jusqu'à lui avec des fleurs à la main.

À son ton décidé et implacable, Danforth comprit que tel était son plan depuis le début, qu'elle dissimulerait la bombe sous son manteau ou derrière un gros bouquet et, ainsi, mourrait avec l'homme qu'elle assassinait, se joindrait à lui dans le rouge de la même explosion.

Le Blue Bar, New York, 2001

– Elle allait donc commettre un attentat-suicide, dis-je, aussi abasourdi ou presque que Danforth avouait l'avoir été à cette révélation.

– Oui.

– Mais pourquoi ne pas placer la bombe dans un bloc de charbon, par exemple, comme LaRoche le suggérait ?

– Pour la raison même qu'Anna m'a donnée. Parce qu'on n'est jamais sûr qu'elle explosera au bon moment ou que la cible se trouvera au bon endroit. Et elle avait raison, Paul. Nous savons aujourd'hui qu'il y a eu pas moins de quarante-deux attentats contre Adolf Hitler. Celui de Stauffenberg est le plus connu, bien sûr, car il a failli réussir. Cela étant, au moment où il a posé son porte-documents près de Hitler, sa cible avait déjà dévasté l'Europe, ravagé des pays entiers, exterminé des millions de personnes. Même si le projet de Stauffenberg avait abouti, il eût été trop tard pour sauver quoi que ce soit hormis une parcelle de la fierté allemande. La guerre touchait déjà à sa fin, l'Allemagne courant à sa perte, et pour les êtres humains qui s'étaient déjà fait gazer, cela n'aurait rien changé. Pour les êtres humains qui s'entassaient dans des charniers ou étaient enterrés sous les décombres d'innombrables villes et villages bombardés, ça n'aurait rien changé. Hitler avait déjà commis l'irréparable.

Il eut un léger haussement d'épaules.

– Mais, Paul, imaginez ce qu'il serait arrivé si la bombe de Johann Georg Elser avait explosé.

– Ça aurait modifié le cours de l'Histoire.

– Et comment ! Elser était un ébéniste qui avait rejoint l'Union des combattants du Front rouge. Ce nom vous est familier, Paul ?

Il posait la question sur un ton trop insistant à mon goût, comme s'il pensait que je devais forcément avoir entendu parler de cette organisation.

– Non. Je ne suis pas étudiant en histoire contemporaine allemande, lui rappelai-je.

– Oh, bien sûr, dit-il, à croire que cela lui revenait à l'esprit. Bref, Elser décide de poser une bombe et il la confectionne lui-même. Ensuite, la question est de savoir comment la placer à proximité de Hitler. Il choisit la Bürgerbräukeller, la brasserie munichoise où le Führer commémore son putsch manqué. Donc, il s'y rend, consomme, reste tard et, juste avant l'heure de la fermeture, se cache dans un placard. Quand les lieux sont déserts, il creuse dans une des colonnes de soutien du bâtiment. Il travaille toute la nuit, puis répare le devant de la colonne, se cache de nouveau et repart à l'ouverture de la brasserie au matin. Il répète ce processus toutes les nuits pendant plus d'un mois jusqu'à ce qu'il ait aménagé suffisamment de place pour la bombe. Il la règle pour qu'elle explose à précisément vingt et une heures vingt le mercredi 8 novembre 1939.

Il haussa les épaules.

– Mais Hitler a voulu rentrer à Berlin le soir même.

En avion, c'était impossible parce qu'un épais brouillard clouait son appareil au sol, aussi a-t-il fait son discours plus tôt que prévu, puis il est rentré par le train. Il est parti à vingt heures dix, si bien qu'il se trouvait à des kilomètres de la brasserie au moment de la déflagration de la bombe d'Elser.

L'explosion se produisit pourtant à l'heure exacte, expliqua alors Danforth. Et fut très puissante. Elle tua huit personnes et en blessa soixante-cinq autres. Il se trouva que l'un des blessés n'était autre que le père d'Eva Braun.

– Quant à Elser, il fut arrêté puis exécuté à Dachau, le 9 avril 1945, à peine deux semaines avant la fin de la guerre. Il avait eu le temps de voir tout ce qui aurait pu être évité si le brouillard ne s'était pas invité au-dessus de Munich en cette nuit de novembre.

Il se tut et, à son changement d'expression, je compris qu'il en revenait au souvenir d'Anna Klein.

– C'était vrai, ce qu'Anna disait, finit-il par ajouter. Pour tuer un serpent, il faut le frapper à la tête.

Il s'accorda un moment de réflexion, avant de reprendre :

– Mais autre chose n'en est pas moins vrai, il faut le frapper à la tête le plus vite possible, sans lui laisser le temps de se lover, de vous fixer de ses yeux jaunes et de commettre l'irréparable.

Il s'interrompit de nouveau et me regarda d'un air entendu.

– Nous avons donc commencé à réunir les matériaux pour fabriquer la bombe.

– Mais vous n'aviez toujours pas de plan.

– Pas plus que la plupart des assassins. En tout cas, ceux qui réussissent leur coup. Oswald n'avait pas de plan, à part celui de se trouver au bon endroit au bon moment. Les hommes qui ont assassiné les présidents Garfield et McKinley n'en avaient pas davantage, hormis savoir où se situerait leur cible et se rendre sur place.

– Mais il fallait bien que vous en ayez un, quel qu'il soit, insistai-je. Un moyen d'approcher Hitler.

– Oui, ça, il le fallait, répondit Danforth. Et, à un moment – aussi risqué qu'il soit –, j'ai cru l'avoir trouvé.

Berlin, 1939

– Il rêvait de devenir peintre, dit Anna. Il a voulu s'inscrire à l'Académie des beaux-arts de Vienne, mais sa candidature a été rejetée.

Ils traversaient une placette, une brise estivale faisait frémir les feuillages.

– Vous pourriez vouloir juger son travail.

– Juger son travail ? rétorqua Danforth. Comment ça ? Il vend très bien, ici, en Allemagne. Pourquoi s'intéresserait-il à un acheteur américain ?

– Parce qu'il est vaniteux. Tout ce dont j'ai besoin, c'est d'un rendez-vous. Vous pourriez avoir quitté le pays avant que ça se produise.

Avoir quitté le pays, oui, songea Danforth, avoir quitté le pays, retrouvé l'Amérique et l'existence qu'il n'avait aucun désir de reprendre.

Mais c'était une excellente idée, à laquelle il consentit d'un hochement de tête, et dans l'après-midi même il rédigea la lettre sur son papier à en-tête personnel. Celle-ci fut simple et directe. Il existait une clientèle américaine pour les œuvres de Hitler, écrivait-il, des amateurs d'art ne s'intéressant pas aux expressionnistes dont ils jugeaient les œuvres vulgaires. La peinture de Hitler, disait-il, plairait certainement à ces gens-là. Et d'ajouter : *Bien sûr, la place que le chancelier occupe dans le monde, sans parler de son apparition récente en couverture du magazine* Time, *éveillerait forcément de l'intérêt, mais je pense que les tableaux trouveraient preneurs même s'ils ne portaient pas une signature aussi célèbre.*

– Bon, dit Danforth. Et maintenant, à qui l'adressons-nous ?

– À personne, répondit Anna. Postons-la à l'intention de la chancellerie du Reich. De cette façon, ça éveillera moins les soupçons.

Ils ne s'attendaient pas à recevoir de réponse, bien sûr, et ils en profitèrent pour se familiariser avec Berlin, flânant dans ses rues et ses parcs, visitant ses monuments les plus célèbres, observant des endroits où leur cible serait susceptible, à un moment ou à un autre, de se montrer.

Cet intermède avait quelque chose d'irréel, de cela Danforth se souviendrait souvent, au point qu'il lui arrivait de s'imaginer qu'ils étaient de jeunes mariés en lune de miel.

Une lune de miel qui, très brutalement, prit fin.

– C'est du ministère de l'Intérieur, indiqua Danforth à Anna en décachetant la lettre qu'il lut avec étonnement. Elle émane d'un certain Ernst Kruger. Il dit que le chancelier est ravi de l'intérêt que je porte à son œuvre. Une voiture nous attendra à la gare de Wannsee le 19 juillet à dix heures du matin.

Il abaissa la lettre et regarda Anna d'un air ahuri.

– On va nous montrer des tableaux du chancelier.

Anna prit la lettre et la lut, puis la rendit à Danforth.

– Parfait, dit-elle. Préparons-nous-y.

Quelques jours durant, ils firent de leur mieux pour se familiariser avec les peintures d'Adolf Hitler. Celles-ci étaient exposées aux quatre coins de la ville, que ce soit dans de petites galeries ou des bâtiments publics, et ils passèrent de longues heures à les étudier, Danforth essayant de les placer au sein d'un courant que Herr Kruger, pensait-il, pourrait voir sous un jour favorable, mais sans recourir, de manière trop évidente, à de la flatterie.

– Il a du talent, dit Anna à un moment en contemplant la représentation d'une cathédrale viennoise.

– Il sait dessiner, c'est déjà ça, acquiesça Danforth.

Il s'ensuivit d'autres visites et, pendant ces paisibles jours d'attente, Danforth donna à Anna un cours intensif sur le genre d'art que Hitler semblait affectionner et imiter dans un style chargé d'imageries traditionnelles, superbement indifférent à toute influence moderniste.

Le matin convenu, ils s'étaient donné rendez-vous dans le vestibule de l'hôtel pour partir à Wannsee, et, quand elle sortit de l'ascenseur, Danforth faillit tomber à la renverse devant la transformation. Elle ressemblait en tout point à l'assistante expérimentée d'un important marchand d'art américain. Ses vêtements étaient ceux qu'elle portait à Paris, mais elle avait relevé le col et rembourré les épaules de sa veste, ajouté aux poignets de son chemisier une discrète manchette blanche.

C'était l'art consommé d'une actrice autant que celui d'une styliste, songea Danforth, appliqué à l'art consommé du meurtre.

– Vous êtes…

Il chercha le mot juste.

– … parfaite.

À Wannsee, les attendait une berline noire avec un chauffeur qui, cela sautait aux yeux, servait avant tout de garde du corps. Un deuxième homme, qui se tenait à côté de cet officier, sembla prendre en main l'organisation des choses. Il portait le long manteau en cuir que Danforth associait à la Gestapo.

– Klaus Wald, dit-il en tendant la main.

Danforth le salua en allemand, puis présenta Anna.

– Je n'attendais qu'une personne, s'étonna Wald.

– Mademoiselle Collier est la véritable experte en naturalisme américain, justifia Danforth qui fut soulagé de voir que Wald ne savait pas du tout de quoi il parlait. C'est une grande amoureuse des paysages. Ce qui, si j'ai bien compris, est un des thèmes de prédilection du chancelier.

Wald opina sèchement de la tête, puis se tourna vers Anna.

– Bon, fit-il. Dans ce cas, on y va ?

Ils prirent place sur la banquette arrière, puis attendirent que l'officier s'assoie au volant et Wald sur le siège passager à son côté. Anna jeta un coup d'œil alentour.

– Très jolie ville, dit-elle en allemand tandis que la voiture démarrait.

Aucun des deux hommes ne parla pendant le court trajet depuis la gare mais, fidèles à leur parole, Danforth et Anna se lancèrent dans une conversation animée sur l'art, s'exprimant toujours en allemand.

De notoriété publique, Hitler était très prolifique, si bien que Danforth s'attendait à ce qu'on les conduise dans un entrepôt où seraient stockées de nombreuses toiles représentant des fleurs, des ponts et d'autres sujets similaires, dont seulement une infime proportion avait été exposée aux yeux du public.

En fait, Wald fit garer la voiture devant une imposante bâtisse que, dans une atmosphère moins banlieusarde, Danforth eût appelée villa. D'un étage, bâtie en pierre gris clair, elle comportait une voûte très hospitalière, qui lui reviendrait en mémoire bien des années plus tard, quand il se retrouverait au 56-58 Am Grossen où seraient prises les terribles décisions de la conférence de Wannsee et où, une fois de plus, il serait confronté à la possibilité que la destinée d'Anna ait pu être pire que ce qu'il avait supposé jusqu'alors.

Mais ce matin-là, dans la lumière de l'été, avec la très jolie façade de la villa devant lui et Anna éblouissante à ses côtés, il se laissa de nouveau glisser dans l'irréalité, comme si le drame qu'il vivait n'était rien d'autre qu'un roman ou un film, et qu'Anna et lui n'en soient que les deux protagonistes, aucun d'eux n'étant fait de chair qui puisse être mutilée ni de sang qui puisse être versé, hors d'atteinte de semblables destinées humaines. Ce sentiment d'irréalité s'était souvent emparé de lui par le passé et s'emparerait de lui une fois encore dans l'avenir mais, ensuite, le laisserait à jamais prisonnier de la froide réalité des choses.

– *Herr* Danforth ?

L'homme qui s'adressait à lui se tenait au pied du perron, en costume croisé marron au revers duquel, comme pour ajouter de la couleur, était épinglée une petite croix gammée noire sur fond rouge.

Danforth et lui échangèrent une poignée de main.

– Bienvenue à Wannsee, dit l'homme en allemand. Je suis Ernst Kruger.

Il se tourna vers Anna et lui tendit la main.

– Anna Collier, se présenta-t-elle.

– Très heureux de vous rencontrer, *Fraülein.*

D'un geste de la main, il les invita à franchir la double porte qui s'ouvrait sur l'intérieur du bâtiment.

– Après vous, dit-il.

Ils entrèrent et l'officier se planta devant l'entrée, mais Wald les suivit à l'intérieur et gravit l'escalier à leur suite, présence discrète, toujours à bonne distance, souvent hors de vue bien que toujours là, comme du bruit dans la charpente.

Les tableaux les attendaient dans une vaste pièce ; Danforth estima qu'il y en avait une quarantaine. On les avait encadrés avec goût et un indéniable professionnalisme digne des musées les plus prestigieux.

Les fenêtres étaient grandes et la lumière du jour ruisselait dans la pièce, lui conférant une clarté cristalline. Nulle autre source lumineuse n'était nécessaire et il eut l'impression que quelqu'un avait dû réfléchir au fait que les scènes de la nature, thèmes de presque tous les tableaux, devaient être éclairées au plus près par la lumière naturelle.

– Bonne visite, leur dit Ernst. Je vous en prie, restez aussi longtemps que vous le souhaitez.

Il consulta sa montre, puis fit un signe de tête à Wald qui sortit de la pièce et ferma la porte.

– Il faut prendre son temps avec la peinture, ajouta Ernst avec un sourire courtois. Il ne faut pas se précipiter avec ces choses-là.

– Merci, répondit Danforth.

Il s'avança, Anna à ses côtés, pleinement dans son rôle d'assistante, examinant chaque tableau sans dire un mot comme si elle lui en réservait la primeur.

Il s'immobilisa devant une petite toile représentant un pont en pierre à double arche devant des bois n'ayant rien de menaçant, le tout peint dans les teintes sourdes que l'artiste semblait affectionner.

Comme pour tester Anna, il dit, en allemand :

– Que pensez-vous de celle-ci ?

Elle examina le tableau un moment, puis répondit :

– John Constable.

Danforth se sentit emporté par une vague d'espièglerie tout enfantine.

– Une toile de lui en particulier ? insista-t-il.

– *Le Champ de blé*, répondit Anna, totalement sûre d'elle, à croire qu'elle ne venait pas de potasser le peintre et son œuvre depuis quelques jours seulement.

Danforth décida de continuer le jeu.

– Les bruns ?

Anna fit non de la tête.

– La paix, dit-elle. L'impression que même si ça tourne mal, au moins, pendant un certain temps…

Elle détourna les yeux du tableau pour regarder Danforth.

– … il y avait eu ça.

Elle avait fait cette description assez juste à mi-voix, mais chez Danforth, ces propos produisirent ce choc romantique qui a lieu lorsqu'un homme reconnaît, avec toute la certitude que la vie lui permet d'avoir, que, même s'il pouvait tomber de nouveau amoureux un jour, ce ne serait jamais avec autant de force.

Il savait qu'elle continuait de le regarder, mais ne se tourna pas vers elle, préférant se déplacer vers le tableau suivant, très ordinaire celui-là, représentant un bouquet de fleurs dans un vase.

Elle le suivit au gré de sa progression le long de l'alignement de toiles : bâtiments, fleurs, paysages, tous étrangement impersonnels, comme si le peintre veillait à n'insuffler aucun sentiment intime dans ses sujets.

Comme ils atteignaient le mur du fond, les hautes portes s'ouvrirent et Wald, flanqué cette fois de quatre militaires et d'une femme en long manteau de laine, pénétra dans la pièce à grandes enjambées.

– Mains en l'air, ordonna-t-il en allemand en refermant la porte. Tournez-vous. Face au mur.

Un piège, songea Danforth. On les avait piégés.

– Pas un geste, reprit Wald.

Danforth obéit aussitôt, Anna avec retard, mais il n'aurait su dire si cette réaction moins rapide était due à de la terreur, au choc ou à il ne savait quel aspect d'un nouveau rôle qu'elle avait décidé de jouer.

La femme s'avança vers eux. Elle prit fermement Anna par une épaule et, de l'autre main, lui palpa le flanc opposé ; elle ne trouva rien, répéta l'opération de l'autre côté, ne trouva rien non plus, puis retourna se placer derrière Wald.

Un des militaires s'avança alors et répéta la même opération sur Danforth, avec le même résultat.

– Tournez-vous, leur ordonna Wald après que le soldat eut repris sa place parmi les autres.

Danforth et Anna obtempérèrent et lui firent face.

– Passeports, lança-t-il.

Ils les lui remirent.

– Vous êtes passés par la France ? s'enquit Wald, les yeux baissés sur celui de Danforth.

Ce dernier acquiesça.

– Dans quel but ?

– Je suis marchand d'art, répondit Danforth.

– D'art ? répéta Wald. Vous êtes un importateur, non ?

– En effet, et l'art compte parmi mes importations, rétorqua froidement Danforth.

Wald fit courir son regard sur les tableaux qui les entouraient.

– Qu'en pensez-vous ? demanda-t-il.

– Naturalisme allemand. Ils me rappellent l'œuvre d'un grand naturaliste américain, William Bliss Baker.

– Quelle est l'œuvre la plus connue de ce peintre ?

– *Monarques déchus*.

– Les rois déchus ? reprit Wald, comme s'il prenait Danforth en flagrant délit d'exprimer une opinion politique.

– Non, ce sont des arbres tombés. Un très beau tableau.

Wald le considéra un moment en silence, avant de tourner les talons et de quitter la pièce avec son escorte.

– Agissez comme s'il ne s'était rien passé, souffla Danforth à Anna. Continuons de faire le tour de la pièce.

Ils prirent ce parti et, même si Danforth se doutait qu'elle avait été secouée autant que lui par l'interrogatoire de Wald, elle paraissait très calme.

Peu après, ils entendirent des bruits de pas, le claquement sec de bottes militaires venant vers eux, mais, quand ils se retournèrent, ils ne virent que quelques soldats qui montaient la garde tandis qu'un groupe de civils franchissait la porte.

À mesure que ce groupe s'avançait, ses rangs s'éclaircirent et, soudain, le mur se fendit et il fut devant eux, marchant dans leur direction. Il regardait Ernst à qui il s'adressait, disant quelque chose d'amusant, semblait-il, car un fin sourire flottait sur le visage de ce dernier quand il se tourna vers eux, sourire dont il ne se départit pas quand il fit les présentations.

– *Herr* Danforth, j'ai l'extrême honneur de vous présenter le chancelier du Reich allemand et le Führer du peuple allemand.

C'était la première fois que Danforth entendait le mot *Führer* prononcé à voix haute, mais ce qui le frappa surtout fut de voir à quel point cet homme paraissait sérieux malgré le comique de sa moustache chaplinesque. Il était manifeste qu'il avait peu de temps devant lui.

– Alors, dit le chancelier, que pensez-vous de mes tableaux ?

Malgré la brutalité dans sa voix, Danforth n'y perçut rien de menaçant, c'était seulement le ton d'un homme débordé qui s'était débrouillé pour trouver le temps de passer voir ces Américains car il ne pouvait dominer la curiosité de savoir ce qu'ils pensaient de son œuvre.

– Je les trouve très intéressants, répondit Danforth en s'employant du mieux possible à ce que sa voix et son attitude restent détendues, faisant exactement comme s'il ne tremblait pas intérieurement à la pensée même de l'homme qu'il avait en face de lui. Comme je le disais à *Herr* Kruger, je suis sûr que beaucoup d'Américains les trouveraient à leur goût.

Le chancelier hocha la tête mais sembla soudain perdre tout intérêt pour la conversation, comme si la réponse de Danforth n'était ni plus ni moins que ce à quoi il s'attendait.

Quoi qu'il en soit, Danforth n'avait d'autre choix que de continuer en brave petit soldat, ce qu'il fit.

– Vos sujets – champs, vallons et autres – s'inspirent fortement de la nature et cela plaît beaucoup aux Américains.

Il s'autorisa un petit rire nerveux.

– Une si grande part des paysages de l'Amérique ayant été remplacée par les villes, nous sommes de grands nostalgiques de la campagne.

Hitler ne semblait plus du tout s'intéresser aux propos de Danforth ; il paraissait s'impatienter devant ces lieux communs et ces remarques banales qui ne méritaient pas qu'il perde davantage de temps.

– Bon…, commença-t-il.

– Le sujet, c'est vous, intervint Anna.

Hitler se tourna vers elle, dans l'expectative.

– Pas de façon impressionniste, bien entendu, poursuivit-elle. Ce que vos peintures montrent, c'est votre état d'esprit quand vous les avez faites.

Hitler ne fit pas de commentaire, mais continua de prêter attention aux commentaires d'Anna.

– Ce sont les tableaux de quelqu'un qui lutte pour survivre, reprit-elle, le regard fixé sur une toile dont le contour semblait s'effacer. Un peintre tenaillé par… la faim.

Elle aurait pu en rester là, ce que Danforth, qui aurait voulu rentrer sous terre, espérait vivement. Au lieu de quoi, elle se tourna hardiment vers sa cible.

– Vous souffriez de la faim quand vous les avez peints, *mein Führer* ?

Danforth se souviendrait toujours de l'expression poignante qui passa alors dans les petits yeux ronds du chancelier, chose jamais décrite et dont très peu de gens, sans doute, furent témoins : les souffrances de sa jeunesse, la pauvreté sordide et le rejet insupportable, les abysses de l'échec qui s'étaient ouverts devant lui durant toutes ses années à Vienne et qu'il ne parvenait à repousser que par le fantasme généré par la très haute opinion qu'il avait de lui-même et que, plus tard, contre toute attente, il avait réussi à rendre vraie.

Puis, en un clin d'œil, cela disparut comme les bulles du champagne, et il redevint le chancelier du Reich allemand et le Führer du peuple allemand, le visionnaire qu'il prétendait être, un homme occupé, très occupé, trop occupé pour se laisser aller à la sentimentalité ou même à des réminiscences et qui, par conséquent, trouvait que les divagations de cette jeune Américaine étaient une pure perte de temps.

Si bien que, sur un rapide signe de tête, il fit demi-tour ; son entourage resserra les rangs derrière lui et…

Le Blue Bar, New York, 2001

– … et il partit, acheva Danforth.

Je ne pus dissimuler ma surprise à cette partie de son récit, et sûrement pas mon malaise devant le comportement d'Anna Klein.

– Est-ce qu'elle… flirtait avec lui ? soufflai-je.

– Flirtait ? se récria Danforth. Loin de là, croyez-moi.

– Alors, pourquoi lui a-t-elle parlé ainsi ?

– Parce qu'elle voulait qu'il la remarque. Pour que, s'il la revoyait un jour dans une foule, il ne se méfie pas quand elle l'approcherait. Elle savait que, après Wannsee, nous n'aurions jamais d'autre entretien avec lui. Il nous avait vus et n'avait aucune raison de nous revoir. Donc, si jamais nous le croisions de nouveau, ce serait en public. S'il la reconnaissait, il était possible qu'il lui permette de l'approcher.

Une profonde gravité se diffusa sur ses traits et, l'espace d'un instant, il parut s'être perdu dans la douleur de ce nuage.

– Et de gagner au jeu du fossoyeur.

CINQUIÈME PARTIE

Le jeu du fossoyeur

Le Blue Bar, New York, 2001

– En quoi consiste le jeu du fossoyeur ?

Danforth faillit me répondre mais se ressaisit, se refusant de toute évidence à pénétrer dans une pièce n'ayant pas été préparée pour l'accueillir.

– Le Landwehrkanal est parallèle à la Spree, dit-il. Nous sommes allés nous y promener ce jour-là. C'était un endroit très prisé, toujours bondé, mais ce lieu avait une histoire sinistre, ainsi que je le découvrirais plus tard.

– Le Landwehrkanal ? Pourquoi vous y intéresseriez-vous ?

– Parce que c'est le long de sa rive que nous nous sommes promenés tous les trois le jour où Bannion nous a rejoints. Et que nous avons finalisé nos plans.

J'eus l'impression que cette remarque teintait son récit d'une note plus inquiétante, et je me surpris à me cuirasser contre la fin tragique qui semblait toujours se rapprocher.

– La lumière était si diaphane qu'on croyait voir au travers, ajouta-t-il. C'était le meilleur des subterfuges en un sens, l'invisibilité par la transparence.

Berlin, 1939

– Clayton approuve la mission, déclara Bannion.

Mais la question de savoir comment la mener était laissée à leur appréciation, leur expliqua-t-il, et, à la surprise de Danforth, ils se mirent à discuter de différentes méthodes. Bannion, qui avait étudié plusieurs assassinats, n'eut aucun mal à leur faire entendre qu'une bombe n'était pas le meilleur moyen pour réussir leur coup. C'était au pistolet qu'avaient été tués Lincoln, McKinley, Garfield, Alexandre Ier de Yougoslavie et François Ferdinand d'Autriche, assassiné tout juste après l'échec d'un attentat à la bombe.

– Donc, conclut Bannion, il m'apparaît que la meilleure solution est le pistolet.

– Mais aucun de ces assassins-là ne s'en est sorti, se permit de lui faire observer Danforth.

– Le but est-il d'en réchapper ou de réussir la mission ? riposta Bannion qui, sans lui laisser le temps de répondre, se tourna vers Anna : Et deux assassins vaudront mieux qu'un. Donc, nous ferons ça ensemble, Anna.

Pendant le temps qui lui resterait à vivre, Danforth rejouerait dans sa tête l'intimité surprenante de ces paroles, comme elles l'excluaient sans conteste, si bien que ce fut à la manière juvénile d'un jeune garçon mis au défi, qu'il bafouilla :

– Nous trois, ensemble.

– Non, répondit Bannion.

– Pourquoi ? rétorqua Danforth.

– Parce que vous ne savez pas tirer.

Personne ne dit mot sur le moment ; puis, comme pour clore le débat, Bannion porta le regard sur l'étroitesse du canal, les eaux vertes et placides de la Spree. Son regard s'arrêta sur un des ponts, chargé d'une étrange tendresse – tendresse que Danforth remarqua et qu'il se rappellerait bien souvent.

– Donc, reprit Bannion d'un ton sec, nous devrons agir très vite.

Sur ce, il détourna son attention du pont et tous trois reprirent leur marche le long du canal.

– Nous n'aurons pas droit à l'erreur, ajouta-t-il en s'adressant seulement à Anna. Nous devrons couvrir plusieurs angles de tir avec aussi peu d'obstruction que possible. Pas au milieu d'une foule, par exemple, où quelqu'un pourrait s'avancer dans la ligne de mire.

Luttant contre l'arrière-goût de l'amertume, Danforth ne put qu'admirer la décontraction de Bannion à la perspective du meurtre, sa façon d'envisager les outils avec lesquels le commettre et aussi son approche géométrique de l'acte : considérer la possibilité qu'une femme portant un bébé puisse soudain se placer devant la cible et se faire déchiqueter à sa place, ne lui laissant que la gêne d'avoir reçu du sang sur son uniforme. C'est de naviguer à la dure qui forme le marin, avait écrit l'un des ancêtres de Danforth, et, en cet instant, celui-ci se faisait l'effet de n'être qu'un plaisancier du dimanche comparé aux deux autres.

– Rache nous a transmis beaucoup de renseignements, reprit Bannion. Et il peut aussi nous fournir les armes et tout ce dont nous aurons besoin.

Puis ils se rendirent directement dans la chambre d'Anna, et là, Bannion révéla les informations qu'il avait obtenues de Rache.

– C'est très général, dit-il, mais c'est bien de le savoir.

Il s'adressait presque exclusivement à Anna, tous

deux unis dans ce complot meurtrier tel un couple uni dans le crime, songeait Danforth, comme tous ceux des romans policiers.

Bannion ouvrit un calepin et, à l'encre noire, dessina sur une page plusieurs cercles concentriques au centre desquels il traça un gros X.

– Sur le pourtour, il y a les SS, présenta-t-il. Uniformes noirs. Tête de mort sur la casquette. Ils patrouillent, montent la garde, font des croquis des lieux où notre cible doit faire une apparition, vérifient des sites comme les ponts et les châteaux d'eau. Ils semblent concentrer leurs efforts sur un tir à distance. Ils sont convaincus que les Britanniques espionnent tout.

Anna et Danforth examinèrent le dessin grossier.

– Plus près, on a le *Führerschutzkommando*, sous l'autorité de Himmler, poursuivit Danforth. Cette unité assure la sécurité du Führer lors de tout événement public. Ses hommes portent des uniformes gris et ont tendance à se positionner en groupes.

Il traça le troisième cercle, le plus central.

– Le noyau dur en est le *Reichssicherheitsdienst*, le RSD, dirigé par Rattenhuber. Ses membres peuvent faire comme bon leur semble, porter l'uniforme des autres forces de sécurité ou s'habiller tout bonnement en civil.

Ces renseignements étaient très détaillés, et Danforth prit conscience que Rache et ses camarades devaient sûrement fomenter le même meurtre, conviction qui lui redonna de l'espoir. S'ils frappaient les premiers et réussissaient leur coup, alors Anna ne risquait plus rien.

– Mais tout cela n'a aucune importance si, tout simplement, il descend de voiture et qu'il y ait un mouvement de foule, continua Bannion le plus naturellement du monde. Il suffit que nous soyons au premier rang. En règle générale, viser à la nuque. C'est un coup plus sûr car, lorsque la cible avance, les gardes du corps ont tendance à se concentrer sur ce qu'il y a devant, pas derrière. Et si possible, nous devons faire feu en même temps.

Il s'accorda un instant de silence avant d'ajouter :

– Donc, maintenant, il ne nous reste plus qu'à déterminer le meilleur endroit et le meilleur moment.

Ainsi, les jours suivants, Bannion se promena dans Berlin, explorant les lieux par où la cible risquait de passer. Il y avait les marches du Reichstag, bien sûr, mais elles regorgeaient de militaires. Il déambula aussi le long de Unter den Linden car Hitler pouvait y circuler en décapotable. Mais la voiture roulerait, et la fenêtre de tir serait étroite dans le temps et l'espace, sans compter la présence de gardes du corps sur les marchepieds qui pouvaient bouger à tout moment et, par ce mouvement, recevoir dans la cuisse ou l'estomac la balle destinée à la tête de la cible.

Parallèlement, Rache lui fournit d'autres renseignements sur l'emploi du temps, les apparitions publiques et les moyens d'accès à la gare où le train privé de Hitler attendait ses plans de voyage souvent très aléatoires.

Bien des années plus tard, alors qu'il s'escrimait toujours à mettre au jour les ficelles du complot, Danforth tomberait sur un livre consignant les déplacements du Führer en septembre 1939 : voyages à Polczyn-Zdrój, virées à Komierowo, Topolno et sur les bords de la Vistule, trains spéciaux pour Plietnitz, périples à Borne Sulinowo et Ilnau, puis en première ligne à Bialaczów, Końskie, Kielce, Maslów, et jusqu'à Łódź, Wroclaw, Lauenburg, Dantzig, Wiskitki, Davidy, Stucewice et ainsi de suite jusqu'aux faubourgs éloignés de Varsovie, une frénésie de voyages jusque dans le cœur d'une guerre à laquelle Anna avait espéré – ou prétendu espérer – mettre un terme.

Toutes ces recherches furent menées au cours des premiers jours d'août parmi des rumeurs croissantes de l'imminence d'une guerre et avec un sentiment d'urgence qui s'amplifia jusqu'à ce que, en ce qui, pour Danforth, passa pour une forme d'épuisement, Bannion fasse un choix surprenant.

– Il n'existe qu'un endroit où nous serons sûrs de notre coup, dit-il.

Ils étaient assis dans la petite pension de famille où Bannion avait pris une chambre et où la lumière pénétrait à peine par les minuscules fenêtres.

– C'est à Munich, poursuivit-il. Un restaurant.

Il s'esclaffa.

– Un restaurant italien, qui plus est.

Il jeta un coup d'œil au journal sur lequel il avait écrit le nom.

– L'Osteria Bavaria. Schellingstrasse, au 62.

Il détacha son regard du journal pour le porter sur Anna.

– Il la fréquente lorsqu'il va à Munich, où il doit se rendre la semaine prochaine pour je ne sais quelle commémoration.

– Un restaurant ? s'étonna Danforth. N'y aura-t-il pas foule à l'extérieur ?

– Ce n'est pas dehors que nous agirons, répondit Bannion.

Il reporta son attention sur Anna, réaction en laquelle Danforth vit un relais qu'il lui passait.

– Ce sera dans la salle, Tom, dit-elle.

– Comment y parviendrez-vous ? L'établissement ne sera-t-il pas fermé au public ?

– Non, Tom, répondit Bannion d'un ton sans réplique. Fin avril, un agent britannique a envoyé un rapport dans lequel il disait avoir pu s'approcher de Hitler.

– Il y a moins de risques qu'une femme soit considérée comme une menace, ajouta Anna.

Là, Bannion reprit la main.

– Anna réservera une table à l'Osteria Bavaria pour chaque soir où il sera à Munich.

– Mais… on ne la remarquera pas ? s'étonna Danforth.

– Bien sûr que si, répondit Bannion. Nous comptons pour ça sur le Groupe des Neuf. Cette organisation est chargée de se renseigner sur tout étranger qui apparaît tout à coup avant ou pendant une visite du Führer. Le nom Anna Collier surgira certainement.

– Nom qui sera déjà apparu lors d'une enquête précédente, intervint-elle. Comme étant celui de l'assistante d'un marchand d'art américain, ayant déjà rencontré le Führer à Wannsee.

– Le plan était donc qu'il vous remarque, enchaîna Danforth.

Anna acquiesça.

– Qu'il vous remarque et se souvienne de vous comme de la femme ayant fait cette réflexion étrange à Wannsee, ajouta-t-il.

– Exact, répondit Anna. Donc, si je viens à sa table, il ne se méfiera pas.

– Et le revolver ? s'enquit Danforth qui, se tournant vers Bannion, précisa : Vous comptez sur le fait qu'on ne la fouillera pas ?

– Oui, répondit ce dernier. Selon l'agent britannique, la liste de réservations du restaurant est passée au peigne fin, mais, la vraie peur, ce sont les bombes, si bien que des équipes entières passent les lieux au crible avant l'arrivée des premiers clients.

Il s'ensuivit un moment de silence, chacun regardant les deux autres dans l'expectative.

– Et vous-même ? reprit Danforth. Où serez-vous ?

– Parmi les curieux devant le restaurant, répondit Bannion. Si Anna échoue, ils s'empresseront de faire quitter les lieux à Hitler par l'entrée principale où sa voiture l'attend toujours. Ce sera la panique générale. Ça courra dans tous les sens, et je devrais avoir une ouverture de tir entre la porte d'entrée et la voiture.

– Et dans le cas contraire ? insista Danforth.

– J'en créerai une. Je ferai feu sur son entourage. Ajoutant à la confusion. Et me donnant une autre fenêtre de tir et, au pire, tirer au hasard vaudra mieux que ne pas tirer du tout.

Il haussa les épaules d'un air indifférent qui choqua Danforth et dans lequel il vit l'expression du courage teinté de peur de ceux qui s'engagent vraiment.

– De toute façon nous allons mourir, Anna et moi, reprit-il. Nous aurons tous les deux du cyanure sur nous pour le cas où nous serions capturés.

Il la regarda alors comme un soupirant enfin choisi par sa belle.

– Peut-être que tel a toujours été le plan pour nous, lâcha-t-il.

Le silence retomba sur eux, jusqu'à ce qu'Anna murmure :

– Marché conclu !

Le Blue Bar, New York, 2001

– Nous approchions des derniers jours, poursuivit Danforth. Nous allions partir tous les trois pour Munich. Bannion surveillerait la Maison Brune, au 45 Briennerstrasse, près de Königsplatz, le quartier général nazi où Hitler passerait sûrement le plus clair de son temps pendant son séjour à Munich. Je prendrais position dans une chambre d'hôtel donnant sur l'Osteria Bavaria. Anna descendrait dans un établissement voisin jusqu'à l'heure pour elle de se rendre au restaurant. L'idée était qu'elle y aille chaque jour pour déjeuner et dîner. Si la cible se montrait et qu'elle puisse la viser, elle tirerait.

– Avec Bannion toujours posté à l'extérieur du restaurant en cas d'échec, dis-je.

– Aussi simple que ça, Paul, répondit Danforth en éclusant son verre.

– Simple, oui.

Je m'interrompis, hésitant à formuler ma remarque suivante.

– Pardonnez-moi, dis-je, mais ça semble très… hasardeux.

– Ah bon ?

– Bah, vous n'aviez aucun renseignement très précis, excepté les informations que Bannion tenait de Rache et de l'agent britannique anonyme.

– Qui s'appelait Alexander Foote, ainsi que je le découvris plus tard. Vous pouvez vérifier si vous voulez.

– Je ne doute pas qu'il ait existé, m'empressai-je de lui assurer. Mais ses renseignements étaient d'ordre si général qu'ils n'avaient aucune utilité.

– Ils n'étaient d'aucune utilité, effectivement. Sinon qu'ils confirmaient la possibilité de nous approcher suffisamment de la cible à l'Osteria Bavaria puisque Foote l'avait déjà fait.

– Ce qui est loin de constituer des informations exploitables, insistai-je.

– Ni plus ni moins « exploitables » que celles dont disposait Oswald, j'imagine, rétorqua Danforth avec détachement. Ou John Wilkes Booth. Ou n'importe lequel des jeunes anarchistes qui, à Sarajevo, attendirent le passage de la voiture de François-Ferdinand. Il suffit de se trouver au bon endroit au bon moment.

Je le regardai d'un air médusé.

– Donc, vous ne croyez pas aux plans mûrement réfléchis ?

– Ce en quoi je crois, Paul, dit Danforth avec un fin sourire, c'est en l'incompétence humaine. On peut compter sur elle au sein du système de sécurité pour vous offrir, tôt ou tard, une ouverture. On attend cette ouverture, et on frappe. Tout l'entraînement dans ma maison de campagne, tous les renseignements de Bannion sur les niveaux de sécurité de Hitler, toutes mes errances dans Berlin en espérant trouver l'endroit idéal, tout ça se résumait à une chose : un type aime manger dans un certain restaurant et si vous vous trouvez dans ce restaurant au moment où il y prend son repas, vous pouvez le tuer.

Un je-ne-sais-quoi dans l'attitude de Danforth s'assombrit et ce fut sur le ton de la confidence qu'il reprit la parole, comme si, dans un *think tank*, il s'adressait non pas à un nouveau venu assez jeune pour être son petit-fils, mais à quelqu'un qui serait lié à cette ancienne conspiration.

– Ce qui m'amène au dernier acte de cette partie de mon histoire, Paul, murmura-t-il, la perplexité noyant son regard. Le tour que l'amour nous joue dans la vie.

Munich, 1939

Le revolver était du même modèle et du même calibre que celui dont LaRoche s'était servi à Winterset, et ce fut d'un geste désinvolte que Bannion le sortit de sa veste pour le tendre à Danforth.

Les instructions étaient claires : Danforth devait retrouver Anna dans le square à proximité de l'établissement juste avant l'heure du repas. Il lui remettrait l'arme. Munie de laquelle elle irait dîner.

– Elle ne doit avoir l'arme en sa possession à aucun moment avant de pénétrer dans le restaurant, expliqua Bannion. Comme elle est la seule d'entre nous qui a réservé à l'Osteria, c'est sa chambre qu'ils fouilleront.

Hitler devait arriver en ville dans l'après-midi, et Bannion avait appris – soit par Rache, soit par Foote – qu'il dînait toujours à l'Osteria Bavaria lors de son deuxième jour de présence à Munich, en général vers dix-neuf heures. L'agent britannique avait même pu préciser que la table à la droite de l'entrée avait sa préférence – un choix curieux, aux yeux de Bannion, car celle-ci se trouvait contre une fenêtre donnant sur la rue. Les derniers éléments du plan avaient été réglés le matin même, dont la réservation au nom d'Anna. Danforth n'avait plus qu'à cacher le revolver dans sa chambre jusqu'au lendemain soir quand il le remettrait à Anna.

– Et le cyanure ? s'enquit Danforth.

Bannion tapota la pochette bleue ornant la poche de poitrine de sa veste.

– Là, répondit-il. Le mien et le sien.

– Vous ne voulez pas que je le lui remette avec le revolver ?

– Non. Je le lui donnerai. C'est l'ultime épreuve. Rache dit que ça marche à chaque fois.

– C'est-à-dire ?

– Si la personne prend la capsule, c'est qu'elle accomplira la mission.

Dans son souvenir, Danforth reverrait bien des fois la capsule de cyanure destinée à Anna, toujours sidéré par sa taille minuscule, pas plus grosse qu'un petit pois, contenant le poison dans une ampoule fine comme du papier à cigarette et recouverte de caoutchouc pour éviter qu'elle se brise sous une pression moins forte qu'une morsure humaine.

– Et la mienne ? s'enquit Danforth.

Bannion eut un sourire.

– Vous donner une capsule de cyanure reviendrait à en faire un peu trop, Tom. Après avoir remis le revolver à Anna, vous vous rendrez directement à la gare et prendrez le train pour Hambourg. Votre traversée pour Copenhague a d'ores et déjà été réservée, puis de là pour Londres.

Il marcha jusqu'à la porte, s'apprêta à l'ouvrir, suspendit son geste.

– Je sais que vous êtes amoureux d'elle, Tom. Que pour vous, il n'y a plus qu'elle.

– Oui, admit Danforth.

Pendant un certain temps, ils ne parlèrent que d'Anna et il devint limpide pour Danforth que Bannion l'avait observée de près, même si lui non plus ne pouvait expliquer ce qui la poussait à commettre cet acte qu'elle s'apprêtait à accomplir.

– Il y a quelque chose que je ne sais toujours pas, finit par dire Bannion avant d'ajouter, avec un haussement d'épaules : Racontez son histoire, Tom.

Jamais Danforth ne s'était senti aussi désarçonné. Il serait le chroniqueur du martyre d'Anna et de Bannion. Il allait partager leur complot mais pas les mêmes dangers. Mais ayant juré d'obéir aux ordres, il répondit :

– Je le ferai, Ted.

Bannion, contre toute attente, sembla ému par la sincérité de Danforth, mais il referma la porte derrière lui sans ajouter un mot.

Danforth, mû par une curieuse impulsion, gagna la fenêtre. Il regarda dehors et éprouva la sensation de s'être attendu à voir ce qu'il voyait : Anna sous un lampadaire. Bannion la rejoignit et ils bavardèrent un moment. Il lui donnait les dernières paroles d'encouragement, supposait Danforth, ou peut-être lui faisait-il part de son admiration pour ce qu'elle s'apprêtait à faire. Nul doute qu'il trouvait les mots, comme il avait su le faire si souvent pour persuader des mineurs et des bûcherons de suivre l'idéal révolutionnaire qu'il avait ensuite abandonné.

Alors, Bannion sortit de sa poche poitrine la pochette bleue que Danforth avait entrevue plus tôt. Il la déplia en parlant tout bas. Il avait beau être loin, Danforth perçut l'intensité de l'expression d'Anna quand elle abaissa le regard sur les deux capsules dissimulées dans le tissu. Elle lui parut morte de peur, lui fit penser à une enfant terrorisée, la main figée au-dessus des capsules, incapable d'aller jusqu'au bout de son geste. Puis, très lentement, elle en prit une dans les plis du tissu et la glissa dans la poche de sa jupe.

Bannion se pencha tout contre elle, comme pour lui faire une confidence ; il lui dit ce qu'il avait à lui dire, ce qui eut pour effet qu'Anna leva les yeux vers la fenêtre où Danforth se tenait, dissimulé par l'obscurité. La distance était grande jusqu'au troisième étage ; le visage d'Anna, éclairé en partie seulement par le réverbère, demeurait indistinct. Danforth crut voir une ombre glisser sur ses traits, une gravité qui lui parut étrangement déplacée, comme si une pensée insupportable lui était venue à l'esprit. Elle reporta les yeux sur Bannion et prit une attitude atrocement figée qui dura longtemps. Elle finit par secouer la tête, puis, finalement, acquiesça comme si, épuisée et exsangue, elle se résignait à ce que son *non* devienne un *oui*.

Sur ce, Bannion s'écarta d'elle et tous deux échangèrent un regard qui rappela à Danforth les personnages des films noirs et des romans de gare, condamnés par le destin, déchirés par la guerre ou d'autres circonstances abominables, qui semblent savoir au moment où ils se séparent qu'ils ne se reverront jamais plus. Puis Bannion se retourna et, tel un comédien quittant la scène, disparut dans les coulisses brumeuses de Munich, laissant Anna face à son destin.

Jamais elle n'avait semblé si seule à Danforth ; sur le moment, elle lui parut avoir été rejetée dans la partie du monde la plus éloignée qui soit. C'était un isolement épais et impénétrable, atrocement injuste, qui, soudain, fit naître en lui une haine pour Hitler, pas à cause de ses agressions, de son inhumanité, de son exécration des Juifs et des communistes, des Polonais et des Slaves, des menaces qu'il faisait peser sur tous les êtres humains sensés et rationnels, mais simplement parce que la fin de cette vie infecte et répugnante le priverait, il le savait à présent avec certitude, de la seule et unique femme qu'il aimerait dans sa vie.

Le Blue Bar, New York, 2001

– On croit toucher le comble de l'égoïsme quand, regardant dans le fond de son âme, on se rend compte qu'on voudrait qu'une personne soit morte parce qu'elle nous a grugés, donné le sentiment d'être gamin ou stupide, ou quelque chose de ce genre, murmura Danforth. Ou bien on voudrait qu'une personne soit morte parce qu'il y a un héritage à la clef ou, tout simplement, parce qu'on rêve d'occuper un poste plus élevé à l'université, ce que seul le décès de ce quelqu'un nous permettrait d'obtenir dans les deux cas.

Il eut un pauvre petit sourire navré.

– Mais à ce moment-là, à Munich, posté à cette fenêtre d'où j'observais Anna, j'appris quelle profondeur pouvait atteindre l'égoïsme.

Il arrêta son regard sur son verre vide.

– Pour moi, Hitler n'était pas un mégalomane menaçant de détruire le monde, mais plutôt, vous allez trouver cela étrange et pervers, mon rival vis-à-vis d'Anna, l'autre homme de sa vie, celui qui me l'avait volée.

Il détacha son regard du verre et l'arrêta sur moi.

– Je n'étais pas seulement un romantique, j'étais un petit-bourgeois féru de solipsisme totalement incapable de voir dans l'histoire autre chose qu'une narration de soi.

Son rire se fit autocritique.

– J'étais un homme obsessionnel dans un mauvais roman d'espionnage, reprit-il.

Il me donnait l'impression d'être toujours cet homme-là, affligé par ses vieux tourments, le regard plus intense que jamais et teinté de dégoût de soi-même.

– Je voulais être comme Anna. Comme Bannion. Je voulais me sacrifier pour un grand idéal. Mais à cet instant-là, je compris que je n'étais rien qu'un imbécile éperdu d'amour qui ne demandait qu'à conduire le plus vite possible Anna loin de Munich, à la ramener à New York et à laisser le monde entier à feu et à sang.

Il repartit à rire avec, cette fois, encore plus d'amertume.

– Aristote définit l'homme mauvais comme celui qui ne fait pas de différence entre ce qu'il désire et le bien universel.

Il se désigna du doigt.

– C'était tout moi, dit-il. Je voulais Anna, je me fichais éperdument du reste.

Il demeura silencieux un moment, puis ajouta :

– Vous vouliez savoir ce que c'était, le jeu du fossoyeur ?

– Oui.

– Ça venait de Clayton.

Clayton était revenu à New York après Pearl Harbor, me raconta Danforth, et vers le milieu de 1942, il travaillait au renseignement militaire. Il n'avait pas eu d'agents sous ses ordres, mais avait évalué le potentiel de nouvelles recrues.

– Son travail consistait à déterminer si ces jeunes avaient l'étoffe nécessaire. Ça s'appelait le jeu du fossoyeur. Il avait un certain nombre de pièces en laiton sur lesquelles étaient inscrits différents mots et expressions : *perdre sa femme, perdre son enfant, pauvreté, maladie,* ce genre de choses. Ces pièces étaient placées dans une urne remplie de sable et le candidat devait y creuser jusqu'à ce qu'il trouve la chose qui l'effrayait le plus, et là, il devait arrêter de creuser.

Danforth prit son verre vide et le fit tournoyer lentement entre ses mains.

– Une seule pièce comptait pour Clayton, reprit-il. Si l'agent potentiel s'arrêtait de creuser avant de l'atteindre, il l'éliminait. Savez-vous ce qui était écrit sur cette pièce, Paul ? s'enquit Danforth avec un sourire. *Échec.*

Il s'interrompit en homme réévaluant la conclusion à laquelle il avait abouti.

– Je pense qu'Anna n'aurait pas cessé de creuser avant de tomber sur *échec*. Moi, je me serais arrêté à *perdre Anna*.

Il s'absorba un moment dans ses pensées qu'il parut balayer pour revenir jusqu'à moi.

– Et donc, j'ai décidé de ne pas la perdre, souffla-t-il.

Munich, 1939

Il savait que cela reviendrait à nier ce pour quoi elle avait œuvré. À renoncer à son propre besoin de laisser une trace. À perdre toute occasion de changer le cours de l'Histoire. Tout cela, il le savait et s'en moquait. Il avait envisagé les autres directions qu'il pourrait suivre dans la vie s'il perdait Anna, et aucune n'avait de sens, aucune n'était logique ni ne remplissait le vide intérieur que cette femme comblait. Des années plus tard, quand il chercherait à reconstituer les divers pans du complot, il lui arriverait de se dire qu'il avait été victime d'une forme de romantisme qu'il mettrait sur le compte de sa jeunesse, de l'impétuosité de l'époque, de la mission qu'ils partageaient, des dangers qu'ils encouraient, que tout cela avait livré son âme au déterminisme. Il se le dirait dans des chambres d'hôtel glaciales, des wagons brinquebalants et, le jour où, pâle et affligé, il franchirait les grilles surmontées de la formule *Arbeit macht frei*, mais jamais il n'oublierait la force irrésistible qui l'avait poussé à marteler si éperdument tant d'arguments et qui, à ses yeux, serait pour toujours de l'amour.

– Anna, dit-il ce soir-là à Munich en ouvrant la porte de sa chambre et en la voyant sur le seuil.

– Je ne veux pas vous déranger, Tom.

– Personne n'aurait envie d'être seul… une nuit pareille. Entrez.

Elle accepta. Elle était déjà venue, bien entendu,

mais cette fois-là, elle paraissait soucieuse, comme si elle ne savait quel parti prendre.

– Voulez-vous que j'appelle en bas pour… du thé… ou… ?

Elle secoua la tête.

– Non, rien.

Elle lança un regard à l'autre bout de la pièce vers la commode, et il se demanda si, par intuition, elle n'aurait pas deviné que c'était là qu'il avait caché le revolver, dans les plis d'une pochette blanche.

– Je vous en prie, asseyez-vous, proposa Danforth.

Elle prit place dans le petit fauteuil à côté du lit. Ses gestes étaient lents et gracieux, et n'eût-il été convaincu que pareille chose était inconcevable qu'il aurait pu croire qu'elle cherchait à le séduire.

– Pour tout vous avouer, j'espérais vous voir… avant, lui dit-il.

Elle détourna les yeux et ôta son foulard qu'elle drapa autour du dossier du fauteuil. Quand elle leva de nouveau son regard vers lui, elle lui adressa un sourire, mais fugace et vague comme celui d'une actrice qui ne serait pas encore complètement entrée dans la peau de son personnage.

– Nous devons nous retrouver dans le parc, dit-elle comme si elle confirmait un détail sans importance. Vous me donnerez tout ce dont j'aurai besoin.

– Oui.

Elle se tut et, dans ce silence, la terrible solitude qui noyait le regard d'Anna s'abattit sur lui et réduisit en poussière les arguments qu'il avait trouvés contre le fait qu'elle meure, le vidant de tout sauf de l'angoisse. Celle-ci bouillonna en lui et se serait déversée s'il n'avait pu se dominer à la dernière seconde et se contenter de dire :

– Vous me manquerez, Anna.

Sur le moment, elle lui parut en proie à une grande agitation intérieure, comme si on l'écartelait. Puis de manière inattendue, un soupir lui échappa et elle céda à un élan qui la porta vers lui avec, il ne l'oublierait jamais, la force de la marée.

Dans les années à venir, il serait maintes fois spectateur des événements qui se dérouleraient ensuite. Il les verrait scintiller en images de plus en plus nettes sur des écrans de cinéma et les lirait dans les livres dont le style serait de plus en plus insipide. Il les écouterait chantés par des crooners, des chanteurs de folk et des groupes de rock, les mouvements de cette nuit-là narrés selon les époques par le vibrato des violons ou le martèlement des basses électriques. Il les verrait ou les entendrait réinventés et réorchestrés dans des salles de théâtre, d'opéra, de musée, de concert ; en maintes façons et au moyen d'innombrables subterfuges, il essaierait de rallumer l'éclat du ravissement qu'il avait éprouvé durant ces minutes trop brèves de sa vie… et chaque fois en vain.

Quand le dernier frisson s'estompa, il eut la sensation d'être un héros de roman russe, l'amour et la mort mêlés dans cette atmosphère sombre si caractéristique de l'âme slave, et il faillit se tourner vers elle, faire courir sa main sur son corps nu et prononcer des paroles si profondes qu'aucun d'eux ne les oublierait jamais.

Mais le silence fut tout ce qu'il put offrir, un silence qu'il trouva doux et tendre, et qui, en se prolongeant, le persuada qu'elle se laisserait fléchir. Car c'était un romantique, en fin de compte, et nul romantique ne pouvait croire qu'une femme aimée autant qu'Anna Klein savait qu'elle l'était en cet instant choisirait d'aller délibérément au-devant de la mort.

Là-dessus, elle demanda :

– Où est le revolver ?

Comme il ne répondait pas, elle roula sur elle-même pour lui faire face, la tête posée sur l'oreiller.

– Il vaudrait mieux que je l'emporte en partant, murmura-t-elle.

– Je dois te le remettre demain.

– Nous sommes demain, Tom.

– Bannion m'a demandé te le donner juste avant que tu entres dans le restaurant.

Elle secoua la tête.

– Non, maintenant, insista-t-elle.

– Pourquoi ?

– Parce que nous vivons là nos derniers instants ensemble, répondit-elle d'un ton ferme.

Elle se tourna, s'écartant de lui, et resta couchée sur le dos, le drap recouvrant pudiquement ses seins de sorte qu'elle paraissait déjà enveloppée d'un linceul.

– Où est-il ? redemanda-t-elle.

Il fit un signe de tête vers la commode, s'attendant à ce qu'elle s'en approche aussitôt. Mais elle demeura parfaitement immobile, les yeux tournés vers le plafond et, un bref instant, elle parut sincèrement envisager d'éloigner d'elle ce calice. Ce qui donna à Danforth l'espoir que sans vagues et sans remous il avait sauvé celle qui, il en était certain à présent, était le seul amour qu'il connaîtrait dans sa vie. C'était là une conviction commune à la jeunesse, ainsi qu'il l'admettrait bien des fois, mais dans son âge avancé, elle se révélerait avoir été dans son cas strictement vraie.

– Adieu, Tom.

Sa voix avait retrouvé sa dureté et il ne fut pas surpris qu'elle se lève, s'enveloppe dans le drap et commence à rassembler ses vêtements. Il perçut une certaine brusquerie dans ses gestes, en laquelle il vit qu'elle devait lutter contre les courants profonds de ses propres certitudes. Pour cette raison, il s'attendait à ce qu'elle se précipite hors de la pièce, telle une héroïne de film mais, faute d'agir de façon aussi spectaculaire, elle se détourna tout bonnement et disparut dans la salle de bains attenante.

Il entendit le ruissellement de l'eau, le bruit de pas d'Anna, le bruissement de ses vêtements quand elle se rhabilla derrière la porte fermée, et la douce intimité de ces bruits lui fit pleinement prendre conscience à quel point son amour pour elle était profond, qu'il avait envie de passer sa vie avec elle, de se laisser couler à ses côtés dans la maturité puis le grand âge, et d'avancer inexorablement vers ce moment de deuil suprême où l'un d'eux saurait que ce n'était pas seulement un rêve, que l'on pouvait, en vérité, aimer l'autre toute la vie.

Rhabillée de pied en cap, elle réapparut, et il comprit qu'elle en avait profité pour se cuirasser contre toute autre discussion.

– Il est chargé ? demanda-t-elle.

– Oui.

Danforth détourna la tête tandis qu'elle se dirigeait vers la commode et regarda fixement le mur pendant qu'elle ouvrait le tiroir, puis marchait jusqu'à la porte.

– Tom.

Il se retourna vers elle.

– Ne m'oublie pas.

Elle n'en dit pas davantage et sortit.

Le Blue Bar, New York, 2001

Il n'oublierait jamais la fine pluie qui tombait ce matin-là, me raconta Danforth, et dont les gouttes roulaient en zigzags sur les vitres de sa chambre d'hôtel, ni les légers coups de tonnerre qui éclataient au-dessus de Munich tandis qu'il était assis là, seul.

– Les choses s'annonçaient assez mal sans qu'il y ait besoin d'un mauvais présage, ajouta-t-il.

– Un mauvais présage, oui.

Il porta la main à sa poche de poitrine et constata que ses doigts tremblaient.

– Il est facile de cacher quelque chose dans un mouchoir, Paul.

Il étala le sien sur la table, posa au centre une pièce de monnaie récupérée dans sa poche, le replia soigneusement, puis le remit à sa place, pointes vers le bas.

– De nos jours, on appelle ça le pliage télévisuel, dit-il pour ma gouverne. Il était très en vogue dans les années quarante et cinquante.

– Le genre de pliage que vous avez dû utiliser à l'époque.

– Oui, répondit-il en tapotant sa poche. L'article est camouflé au fond des plis.

À l'évidence, il parlait de l'ampoule de cyanure que Bannion avait dissimulée dans ce genre de mouchoir.

– Et vous ? m'enquis-je. Vous en aviez une, d'ampoule ?

– Moi ? Non. Je devais prendre l'avion. J'étais le rat quittant le navire. Je n'avais aucune raison de disposer de cyanure.

Il me considéra d'un air entendu.

– Vous savez, Paul, beaucoup de ceux qui ont essayé de tuer Hitler ont été capturés. Certains ont survécu pendant des années, emprisonnés, ainsi que je l'ai appris plus tard. Mais aucun d'eux n'a survécu à la guerre.

– Donc, en un sens, c'est un peu comme vous le

disiez au début de notre entretien, lui rappelai-je. La question n'a jamais été de savoir si elle allait vivre ou mourir : ça, c'était décidé depuis longtemps.

– Humm, laissa échapper Danforth dans un souffle qu'il mit à profit pour me ramener à Munich sous la pluie.

Munich, 1939

Pendant un certain temps, il ne put que rester assis dans le fauteuil près de la fenêtre et regarder la pluie ruisseler sur les carreaux. Il se sentait gourd, las, sans énergie. Bannion avait été très clair : ils n'auraient droit qu'à une seule chance et, dans le ressac de cette urgence, tout espoir de s'échapper se dissolvait. Si Anna s'approchait suffisamment près, elle ferait feu, ensuite, si la cible était toujours en vie et se précipitait hors du restaurant, Bannion tirerait, et tous deux mourraient sous une pluie de balles ou en avalant le cyanure.

Il savait que tout cela allait se passer dans quelques heures et pourtant il espérait encore trouver le moyen de l'éviter, rêvait qu'ils se retrouvaient tous les trois à la gare, prenaient le premier train pour Hambourg, puis gagnaient Copenhague par bateau et, de là, Douvres où Bannion partirait d'un côté et Anna et lui de l'autre, peut-être vers le nord jusqu'en Écosse, où une vaste forêt verte les engloutirait et où ils vivraient le restant de leurs jours dans un fantasme sylvestre, comme Robin des Bois et la Belle Marianne.

Ce fantasme exerça si puissamment sur lui sa réalité faussée qu'il arriva un moment où il marcha jusqu'à la penderie, prit son sac de voyage et le balança sur le lit qui, remarqua-t-il, portait encore l'empreinte du corps d'Anna. Cette vision, la trace de ce qu'il avait perdu, lui fut si douloureux qu'il s'en détourna aussitôt et ouvrit d'un coup sec le premier tiroir de la commode comme pour se rappeler que le sort en était jeté, qu'elle avait pris le revolver ainsi que le poison, et qu'elle les utiliserait très certainement avant que le soleil se lève de nouveau sur Munich.

Il se rassit, vérifia l'heure à sa montre et fut bien obligé de regarder en face une réalité qui le tailladait avec la violence d'une agression physique. Plus les minutes passaient, plus il découvrait qu'il ne pouvait tout bonnement pas permettre que sa dernière vision d'elle soit nimbée des ombres diffuses qui régnaient dans sa chambre, ni que le dernier contact physique qu'il aurait avec elle soit celui des draps froissés entre lesquels elle s'était couchée.

Porté par cette décision, il bondit sur ses pieds, sortit de la pièce et enfila le couloir en direction de l'ascenseur. Il fallait qu'il la voie encore une fois, se dit-il. Qu'il la prenne dans ses bras une dernière fois. Ce moment simple d'ultime contact physique, il le désirait plus ardemment que tout.

Il atteignit le septième étage peu après, marcha à grandes enjambées jusqu'à la chambre et frappa à la porte.

– Anna ! appela-t-il doucement, voyant qu'elle ne lui ouvrait pas.

Il attendit, frappa encore et encore, et, n'obtenant toujours pas de réponse, il descendit dans le hall de l'hôtel, si étourdi par le besoin de la voir, de la serrer contre lui, qu'il ne put rien faire d'autre que rester à la fenêtre et fouiller du regard la rue, attendant qu'elle revienne.

Il ne pourrait jamais dire combien de temps il patienta,

sinon que les minutes elles-mêmes se muaient en une force maligne le poussant impitoyablement vers une perte inestimable.

Si bien qu'il avait pu s'écouler une heure ou deux quand il vit Anna qui revenait d'un pas tranquille vers l'hôtel, puis la voiture noire qui, soudain, s'arrêta à sa hauteur au bord du trottoir et dont quatre hommes descendirent.

Ils s'approchèrent d'elle sans se presser, et le plus grand ôta son feutre marron quand il lui adressa la parole. Elle fit un signe de tête vers l'hôtel comme en réponse à une question, et Danforth recula aussitôt pour ne pas qu'on le voie à la fenêtre.

L'homme au feutre continua de poser des questions à Anna, ses comparses se rapprochant de plus en plus comme s'ils craignaient qu'elle ne leur fausse compagnie. À un moment donné, elle plongea la main dans la poche de sa robe et présenta son passeport, auquel le type le plus grand jeta un coup d'œil rapide comme s'il ne s'agissait là que d'une simple formalité.

Puis, comme des danseurs, deux des hommes la prirent gentiment par le bras, l'un à sa droite, l'autre à sa gauche, et, dans cette disposition, le plus grand en tête et le quatrième derrière elle, ils se dirigèrent vers l'hôtel.

Le revolver, se dit Danforth. S'ils le découvrent dans sa chambre, elle est perdue.

Il gravit l'escalier quatre à quatre, courut jusqu'à la chambre d'Anna, recula pour prendre de l'élan et, avec le plus de force possible, enfonça la porte d'un coup de pied. Il se précipita dans la pièce qu'il fouilla jusqu'à trouver l'arme dans le troisième tiroir de la commode. *Maintenant*, songea-t-il en la mettant dans sa poche, *elle ne risque plus rien.* Non, vraiment plus rien : elle avait failli être démasquée et, à cause de cela, serait contrainte de renoncer au complot, comme les autres. À cette pensée, un grand bonheur, le dernier qu'il éprouverait de sa vie, déferla sur lui et l'emporta, un bonheur intense, ardent et flamboyant qu'il ne connaîtrait jamais plus.

Comme il s'apprêtait à ressortir, il se souvint du cyanure. Il se précipita de nouveau dans la chambre, regardant autour de lui, et finit par le voir posé, à découvert, sous la lampe de chevet. Il s'en empara et le glissa à la hâte dans la poche de sa veste.

L'ascenseur montait vers le septième étage. Il l'entendait, de plus en plus proche. Impossible pour lui d'atteindre l'escalier avant son arrêt à l'étage. Il ne lui restait plus qu'à continuer de marcher posément. Il était presque arrivé au bout du couloir quand il entendit cliqueter la grille de l'ascenseur qu'on ouvrait.

Quelques instants plus tard, les hommes apparurent devant lui, Anna maintenue par les deux qui l'encadraient. Tandis qu'ils se rapprochaient l'un de l'autre, le regard d'Anna croisa le sien, inexpressif, ne laissant percer aucun signe qu'ils se connaissaient, puis elle passa à côté de lui. Il aurait tout aussi bien pu être un représentant de commerce à en juger par l'expression d'Anna, rien qu'un anonyme de plus dans le monde qui en regorgeait. Il continua de marcher posément vers l'ascenseur, ne se retourna pas en atteignant le bout du couloir, se contentant de tourner à l'angle, comme, il le savait, elle le voulait, et comme elle le voulait aussi, il n'en doutait pas, il disparut de sa vue.

Dans la rue, pour la première fois de sa vie, il ne savait pas où aller. Il n'y avait rien que sa fortune ou sa famille puisse faire pour l'aider. Il était sans ressources, sans relations, sans défense hormis celle que lui offrait le revolver récupéré dans la chambre d'Anna et dont il devait se débarrasser au plus vite, ce fut la pensée qui lui vint alors et qui l'incita à se précipiter vers la poubelle la plus proche et à l'y jeter.

Et maintenant ? se demanda-t-il avec frénésie.

Il ignorait sur quoi Anna était interrogée, de quoi elle était accusée, mais il était sûr d'une chose : intercéder en sa faveur ne servirait qu'à aggraver tout soupçon pesant sur elle.

Il pensa à Bannion et décida d'aller le rejoindre. La chambre qu'il louait était toute proche, mais quand Danforth arriva dans la rue, il aperçut une autre voiture noire, garée contre le trottoir, ainsi que deux hommes postés à l'entrée.

Un petit parc se trouvait juste en face, son bosquet étant le seul endroit où il puisse passer inaperçu. Il s'y rendit, s'assit sur un banc, prenant soin de se placer dos à l'immeuble, mais y lançant un regard de temps à autre. Il ne savait plus quoi faire, et il lui semblait qu'il était venu trouver Bannion dans un état de confusion totale et en espérant que, par miracle, ils trouveraient à eux deux le moyen d'aider Anna à échapper au danger qui la menaçait.

Il entendit un vague brouhaha, et se retourna. Bannion était conduit hors de son immeuble, jusqu'à la voiture et, même de loin, Danforth se rendit compte que ce n'était pas de son plein gré. Il avait un beau cocard et saignait du nez. Un bref instant, il s'avachit, presque nonchalamment, contre le mur. Puis, comme saisi par un effort de volonté, il se redressa, glissa la main dans une poche de son pantalon et, sans la moindre hésitation, porta cette même main à sa bouche.

– *Herr* Danforth ?

Se retournant, il se trouva face à un homme de haute

taille flanqué de deux sbires, le trio portant de longs manteaux de cuir.

– Gustav Volker. Gestapo. Nous souhaiterions vous poser quelques questions.

– À quel propos ?

– Si vous voulez bien me suivre…

D'un signe de tête, il ordonna aux deux autres de se placer de chaque côté de Danforth.

– Je suis sûr que vous pourrez tout nous expliquer, *Herr* Danforth, ajouta-t-il.

Danforth lança un coup d'œil derrière lui, vers le bâtiment. Un groupe d'hommes s'était rassemblé là où Bannion gisait, face contre terre, sur le trottoir, le corps parfaitement immobile.

– Par ici, ordonna Volker en l'obligeant à se retourner. Je vous en prie.

Danforth s'efforça de garder son calme tandis qu'on l'escortait jusqu'à la voiture, mais en arrivant au siège de la Gestapo, il sentit la bonne vieille terreur s'immiscer de nouveau en lui. Il ne se faisait aucune illusion : s'ils l'emmenaient là, c'est qu'ils avaient eu vent du complot et attendaient de lui qu'il le leur confirme. Il se souvenait de « l'interrogatoire » ordonné par Bannion, de la douleur qu'il avait endurée, qu'il avait failli craquer juste avant que tout soit brusquement stoppé.

Tout cela s'était révélé être un subterfuge, bien sûr, mais ceci, en revanche, ne l'était pas, il ne le savait que trop bien, rien ne les arrêterait et, à la fin, il savait qu'il craquerait, qu'il cracherait leurs noms avec tous les éléments du complot.

Il glissa la main dans la poche de sa veste, aussi discrètement que possible, tritura le mouchoir plié et récupéra la capsule initialement prévue pour Anna.

Plus tard, il lui semblerait avoir pris cette décision non

parce qu'il craignait la torture ou de finir par craquer sous la douleur, mais parce que c'était le seul moyen qui permettait de faire peser leurs soupçons sur lui et ainsi de les détourner d'Anna. Ils ne découvriraient pas de revolver sur elle, après tout, ni dans sa chambre. Ils ne trouveraient pas de capsule de cyanure à part celle qu'il écraserait entre ses dents. Il savait que sa mort ne garantissait pas qu'elle s'en sorte, mais c'était le seul petit service qu'il pouvait lui rendre et, plaçant l'ampoule entre ses lèvres puis la mordant, il se sentit gagné par cet ancien esprit chevaleresque reproduit dans les livres. Ça, il le ferait pour celle qu'il aimait, seul acte de réel sacrifice qu'il connaisse.

– *Herr* Danforth.

Danforth tourna la tête vers Volker, l'ampoule brisée dans sa bouche. Pourquoi, se demandait-il, ne sentait-il encore aucun effet du cyanure ? Il n'était certes pas spécialiste en poisons létaux, mais il avait entendu dire que celui-ci agissait presque instantanément.

– Entrez, dit Volker.

Danforth le suivit dans le bureau, s'attendant à s'effondrer d'un moment à l'autre, le corps secoué par des soubresauts durant les quelques secondes qu'il lui faudrait pour mourir.

– Asseyez-vous, *Herr* Danforth.

Il obtempéra.

– Vous permettez ? lança Volker.

Avant même que Danforth puisse l'en empêcher, il alluma une cigarette et la lui tendit.

– Bien ! reprit-il en ouvrant la chemise posée sur le bureau. Commençons.

Pendant quelques minutes, Danforth attendit que le poison fasse effet jusqu'au moment où il devint évident que ce qu'il avait sous la langue était tout sauf du cyanure. À ce moment-là, Volker avait bien avancé dans son interrogatoire et Danforth s'était rendu compte qu'il n'y avait pas un seul élément du complot qu'il ignorait – sinon que Danforth était, lui aussi, au courant de tout.

– On nous a dit qu'elle était juive et nous savons que son compagnon est communiste, déclara Volker, mais vous-même n'êtes ni l'un ni l'autre, et votre père nous assure que vous ne vous intéressez pas à la politique.

– Mon père ? s'étonna Danforth.

– Votre père, oui. Nous l'avons contacté quand nous avons appris votre association avec cette femme – de son vrai nom Klein, si je ne m'abuse ?

– Pourquoi mon père vous dirait-il quoi que ce soit sur elle ?

– Parce que votre père est un grand ami de l'Allemagne depuis longtemps, *Herr* Danforth.

– Un ami de l'Allemagne ? répéta Danforth avec hésitation.

– Il partage beaucoup de nos convictions, comme vous devez le savoir. Qu'il faut éliminer les Rouges et, bien sûr, que les Juifs sont une sale race.

Danforth sentit le dernier grain de faux cyanure se dissoudre sous sa langue.

– Il vous fait ses amitiés, au fait, ajouta Volker.

Il parcourut les documents contenus dans le classeur. Quand il releva la tête, Danforth vit que son expression ne laissait rien présager de bon.

– C'est parce que votre père est un ami de l'Allemagne que nous… comment dire ?… que nous sommes disposés à ne pas tenir compte de vos accointances.

Il referma la chemise.

– Nous avons plus d'informations qu'il n'en faut pour vous arrêter, *Herr* Danforth, mais nous ne voyons pas de raison de vous empêcher de quitter notre pays le plus tôt possible.

Il inclina le buste vers l'avant avec une force dont la violence ne laissait aucune place à l'ambiguïté.

– Vous allez quitter notre pays très bientôt, n'est-ce pas, *Herr* Danforth ?

Danforth acquiesça.

– Très bientôt, répéta Volker avec un regard acéré. Tout de suite, en fait.

C'était un ordre, bien sûr, un ordre qui ne tolérait aucune contestation. En termes explicites, on épargnait Danforth parce qu'il était jeune et bête, jeune et non juif, jeune et non communiste et, surtout, jeune et fils d'un homme qui haïssait autant les communistes que les Juifs. Le soutien paternel à ceux qui détruiraient ces groupes avait volé à son secours pour lui sauver la vie.

– Vous avez beaucoup de chance, lui lança Volker d'un ton qui ne fut pas sans lui rappeler celui de son père. Utilisez-la à bon escient.

Il ouvrit un tiroir de son bureau, en sortit le passeport qu'on avait confisqué un peu plus tôt à Danforth et le lui rendit.

– Merci, dit Danforth.

Il tendit la main pour le prendre dans celle de Volker, mais arrêta son geste comme celui-ci resserrait les doigts autour du document.

– Tout de suite, répéta Volker.

– Oui.

Volker lâcha le passeport que Danforth glissa dans la poche de sa veste.

Ni l'un ni l'autre ne daigna dire au revoir.

Une fois congédié, Danforth emprunta l'escalier pour gagner le vestibule. C'était un décor très ornementé aux murs garnis de boiseries ayant fait les beaux jours d'une autre époque et désormais tapissés de banderoles, le plafond étant festonné de drapeaux nazis.

Une voiture attendait devant le bâtiment et, au moment où Danforth ressortait dans la lumière du jour, le chauffeur bondit de son siège et ouvrit la portière arrière.

– Par ici, monsieur.

Danforth fut reconduit – ou plutôt escorté – jusqu'à son hôtel et, à l'arrivée, le chauffeur descendit de nouveau pour lui ouvrir la portière.

– Je dois vous attendre ici, monsieur.

– M'attendre ?

– Vous allez bien à la gare, non ? Vous quittez le pays dès aujourd'hui.

Chacun de ses pas serait donc surveillé jusqu'à son départ, se dit Danforth, puis son nom serait ajouté à la liste des *persona non grata* en Allemagne.

– Oui, je pars, répondit-il.

Il prit le vieil ascenseur cliquetant pour monter au troisième étage, prépara ses bagages et se dirigea vers la porte. Comme il l'atteignait, il se retourna et avisa le foulard d'Anna toujours étalé sur le dossier du fauteuil où elle l'avait posé la veille au soir. Voilà donc tout ce qui lui resterait d'elle, songea-t-il, et mû par le désespoir qui l'envahit alors, il s'en empara, enfouit son visage dans ses plis amers et, dans les lugubres prémices du chagrin, sentit le poids insupportable de sa présence et de sa perte.

Le Blue Bar, New York, 2001

Dans quel but Danforth me racontait-il toute cette histoire ? me demandai-je alors que son silence s'éternisait. Devais-je y voir un récit édifiant sur le déroulement éminemment capricieux du véritable amour ? Ou bien une mise en garde contre le cours tortueux de l'espionnage, la mise en place et l'évolution des complots qui semblent se complexifier d'eux-mêmes, chacune de leurs étapes étant, d'une certaine façon, involontaire ? Avais-je eu droit à une conférence – aussi métaphorique fût-elle – sur la passion de jeunesse ou la violence irrépressible du désir ? Ou sa leçon touchait-elle à l'inégalité des classes, à la façon dont son statut de privilégié l'avait protégé contre ce qui était sûrement arrivé à Anna Klein et à Bannion ?

Je réfléchissais toujours à toutes ces possibilités quand la question de Danforth me prit de court.

– Vous avez déjà tué quelqu'un, Paul ?

Il l'avait posée l'air de rien, comme il m'aurait demandé si j'avais déjà mangé du confit de canard ou dégusté du meursault.

– Tué quelqu'un, répétai-je, interloqué. Non, je n'ai jamais tué personne.

– C'est bien ce que je pensais.

C'était donc le récit d'un meurtre selon le point de vue de Danforth, me disais-je à présent.

– Vous oui ? relançai-je d'une voix hésitante.

– Oh, bien sûr, répondit-il calmement, ne montrant aucun regret de l'avoir fait.

– Vraiment ?

– Bah, nous étions en guerre, après tout.

– Oh oui, pendant la guerre, dis-je avec un soulagement non dissimulé. Bien sûr.

– Il y avait un gars, reprit Danforth avec la désinvolture de quelqu'un qui raconte une randonnée dans le Berkshire. Un officier du Renseignement britannique. Il avait traqué ce salopard de nazi jusqu'à un pavillon de chasse en Bavière. Il connaissait ses crimes. Le nazi a tenté de se justifier, de lui expliquer pourquoi il avait fait ce qu'il avait fait mais, à la fin, il n'a pas pu garder ce masque et, avec tout le mépris du monde, il a ricané au visage de mon ami anglais.

Il leva la main pour appeler le serveur puis, d'un air très détaché, ajouta :

– Et donc, le Britannique lui a mis une balle entre les deux yeux.

Il partit à rire.

– Les Anglais faisaient souvent ces choses-là après guerre, vous savez. Nous, les Américains, nous voulions que soient tenus des procès. Que le droit soit respecté. Mais eux, non. Ils tuaient ces salauds de nazis dès qu'ils en retrouvaient. Ils les fusillaient dans les granges ou les écuries. Ils les supprimaient dans les bois, sur les routes désertes ou sur les petites places de leurs villages. Ils les forçaient à sortir de sous-sols ou de caves et les abattaient en pleine lumière sous les yeux de leurs grasses épouses et de leurs filles aux allures de vachères.

Son rire brutal me prit de court.

– Il y a des choses qu'on ne peut pas faire en espérant qu'un autre être humain vous laissera la vie sauve plus tard.

Il me regarda avec la lassitude née de cette conclusion.

– Pour certains crimes, on ne devrait jamais dormir tranquille. Même l'amour, comme on dit, a une fin.

Cette remarque m'émut malgré moi, peut-être parce qu'elle avait été si durement acquise à cause de l'échec du complot, de son amour pour Anna Klein qui avait fait chavirer son cœur, de leur seule et unique nuit de passion, de l'arrestation d'Anna le lendemain, de celle de Bannion, puis de la fuite de Danforth, sans parler des événements terribles et sanglants qu'il avait appris par la suite, tout un monde en guerre. Cela expliquait la gravité qui passait en mosaïque sur ses traits et me ramenait à son époque révolue.

Pourtant, tout à coup, il rit.

– Le vieux bouledogue, reprit-il. C'est Churchill, vous savez, qui voulait qu'on exécute sans autre forme de procès ces salauds de nazis. Il avait fait la guerre, voyez-vous. Contrairement à Roosevelt. Pensez-vous que cela suffise à expliquer leur différence de point de vue ?

– Ça, et le fait que l'Angleterre avait été terriblement meurtrie sur son sol, contrairement à nous.

– Les Allemands auraient écrasé tout le pays s'ils l'avaient pu. Canterbury a subi d'importants dégâts et une grande partie de Londres était en ruine, soupira-t-il en secouant la tête. Voir les incendies se multiplier dans son propre pays, il y a de quoi mettre un homme en rage. Et ajoutez aux bombardements les autres crimes nazis. Les camps et les fosses communes. Ces bulldozers.

Une part de son âme parut tourner comme le lait.

– Nous aurions dû les tuer tous, vous ne pensez pas, Paul ?

– Je comprends votre colère, croyez-moi, dis-je, enrobant ma réponse dans un petit rire nerveux bien senti. Évidemment, mon père ne serait pas né.

– Vous non plus, enchérit Danforth. Alors, tant mieux pour vous que quelque chose ait retenu notre main.

Un frisson me secoua, comme si un vent hivernal me coupait les jambes.

– Oui, dis-je.

Puis je jetai un coup d'œil à mes notes pour me soustraire au regard inquisiteur et glacial de Danforth.

– Donc, je suppose que vous avez quitté Munich ce jour-là ?

– J'ai quitté l'Allemagne ce jour-là.

Les événements de ce matin-là repassèrent dans ma tête : l'arrestation d'Anna, la tentative de suicide de Danforth, la preuve qu'on aurait retrouvée sur lui s'il avait réussi.

– Le foulard d'Anna, m'écriai-je tout à coup. Qu'en avez-vous fait ?

– Je l'ai laissé dans la chambre. Quoi, Paul, vous attendiez-vous à ce que je le conserve comme sorte de gage d'amour ?

– Je suppose que oui, admis-je.

Danforth s'esclaffa.

– Vous allez trop souvent au cinéma.

Il resta silencieux un moment, puis ajouta :

– Je m'attendais plutôt à ce que vous m'interrogiez sur le cyanure.

– C'est-à-dire ?

– Pourquoi ça n'avait pas marché.

– Oui, c'est vrai, j'aurais dû vous le demander.

Danforth agita la main.

– Ne vous en faites pas. Je voguais pour l'Angleterre depuis un moment quand je me le suis moi-même demandé. Assis dans le ferry, repensant à tout ce qui s'était passé. Pas seulement aux événements terribles de ce dernier jour à Munich, mais à tout. La première approche de Clayton. Anna à l'Old Town Bar. LaRoche. Bannion. Tout ce que nous avions partagé et enduré, tout ça pour rien.

Il haussa les épaules.

– Et, bien sûr, reprit-il, à ma dernière nuit avec Anna. Puis à son arrestation et à celle de Bannion. Au fait que moi-même n'ai pas été retenu prisonnier. Puis, tout à coup, j'ai pensé au cyanure qui n'avait pas eu d'effet.

Il sourit.

– Il aura seulement fait un petit crac dans ma tête.

Je m'attendais à ce qu'il reprenne son récit à partir de là, en narration linéaire, au lieu de quoi il se tut brusquement comme si une autre péripétie lui venait soudain à l'esprit. Puis, comme s'il se décidait à emprunter un autre itinéraire dans un terrain qu'il connaissait par cœur, il murmura :

– Un petit crac. Oui, ça m'est venu exactement comme ça.

Il s'interrompit de nouveau, le regard braqué sur son verre vide.

– Un petit crac, répéta-t-il.

Quand il releva les yeux vers moi, une expression glacée les faisait briller dans la pénombre de la pièce.

– Comme un parquet rossignol, ajouta-t-il.

SIXIÈME PARTIE

Le parquet rossignol

Le Blue Bar, New York, 2001

En japonais, m'expliqua Danforth, le mot *uguisu-bari* désigne un parquet conçu pour émettre un son strident quand on marche dessus.

– Le chant du rossignol, ajouta-t-il.

On les resservit et il but une gorgée avant de revenir à son sujet.

– Tous les parquets craquent un peu, c'est sûr, mais dans un parquet rossignol, ce n'est pas le bois qui a du jeu, ce sont des pièces métalliques qui frottent contre les clous. C'est pour ça qu'il ne grince pas, mais pépie comme un oiseau.

– Pourquoi vouloir d'un parquet qui pépie ? demandai-je.

– Par sécurité. On posait ces parquets dans les couloirs menant aux salles de conférences, par exemple. Dès qu'on s'approchait, le parquet émettait un son reconnaissable et les gens réunis étaient alertés de la présence d'un espion, voire d'un assassin.

Il but une autre gorgée, et je m'aperçus qu'il prenait soin de n'avaler qu'une infime quantité d'alcool.

– J'ai marché sur les parquets rossignol du château de Nijō, se remémora-t-il. Souvenez-vous, Kyoto a échappé à la bombe atomique parce que le secrétaire d'État à la Guerre, qui y était allé, avait trouvé la ville si belle.

Un nouveau détour, pensai-je, par de lointaines références.

Danforth prit une inspiration profonde et réparatrice.

– Les anciens châteaux étaient conçus de façon à dissimuler les salles des gardes du corps, mais le shogun Tokugawa, qui fit bâtir celui-ci, les a exposées à la vue de tous.

Il eut un sourire.

– Parce que le pouvoir qui ne se montre pas, Paul, se perd.

Il reprit son verre et but de nouveau.

– À moins que la dissimulation ne fasse partie intégrante du pouvoir en question, bien entendu, acheva-t-il.

Je l'interrogeai du regard.

– La réussite d'un traître se bâtit sur le fait que ses trahisons ne sont jamais découvertes. Savez-vous qui a été le plus grand espion de tous les temps, Paul ?

– Non, avouai-je

Il se rencogna dans son fauteuil.

– Nous l'ignorons tous.

– Je comprends, mais, répondis-je pour revenir à notre discussion, quel rapport y a-t-il entre un plancher rossignol et le cyanure ?

– Le fait que le cyanure d'Anna ait été inefficace, alors que celui de Bannion avait rempli son office. C'est ce qui me tarabustait pendant la traversée de la Manche. Comme des bruits de pas sur un plancher rossignol. Cui-cui. Cui-cui. Cui-cui. Comme ça, jusqu'à Londres.

Londres, 1939

Clayton avait l'air plus troublé que jamais ; Danforth se demanderait par la suite, du cœur de ses propres soupçons de plus en plus grands, si son ami savait déjà ce qu'il était venu lui dire.

Il pleuvait, et Danforth avait allongé le pas jusqu'au pub de Whitehall où ils s'étaient donné rendez-vous. Il s'attendait à ce que Clayton soit déjà là, mais il dut patienter quelques minutes avant de le voir arriver. Du fond de la salle, Danforth l'observa qui ôtait son imperméable « so British » et repliait puis attachait son parapluie noir « so British ». Malgré tout, il faisait américain en diable, peut-être, se disait Danforth à cause de ses gestes rapides et décidés qui dégageaient une certaine énergie new-yorkaise.

– Heureux de te revoir, Tom, lança Clayton en atteignant la table du fond.

– Bonjour, Robert.

– Apparemment, il est arrivé quelque chose.

– L'attentat n'a pas eu lieu. Anna a été arrêtée hier matin devant l'hôtel. Je l'ai vue de mes propres yeux. Le temps que j'arrive chez Bannion, il se faisait interpeller lui aussi. Au moment où on le conduisait dehors, je l'ai vu gober quelque chose. Le cyanure. Il s'est affalé en quelques secondes.

Clayton parut affligé par cette nouvelle.

– Je suis navré, murmura-t-il.

– J'ignore où est Anna.

Danforth s'était exprimé d'une voix égale et, bien des années plus tard, il se souviendrait que, à cet instant, il avait réussi à être aussi bon comédien qu'Anna, s'identifiant à son rôle de conspirateur raté, calme après l'échec, ne donnant aucun signe de l'orage qui avait éclaté en lui.

– On a toujours su le caractère dangereux de cette mission, lâcha Clayton avec lassitude.

– Dans ce cas, pourquoi y avoir donné le feu vert ?

Tout en posant cette question, Danforth n'ignorait pas qu'il avait lui-même échoué à déjouer le complot, mais, ne sachant sur quel pied danser, il se garda de révéler ce qu'il avait, au juste, dans la tête. Ce qui ne l'empêchait pas de se demander pour quelle raison Clayton n'avait pas interrompu plus tôt un plan si risqué.

– Parce que je suis comme tout le monde : j'aime faire les choses en grand, répondit Clayton. De plus, Bannion était certain que Rache fournirait des informations secrètes qui rendraient la chose possible.

– Le système de sécurité autour de Hitler, tout ça venait de Rache ?

– Oui.

Clayton lança un coup d'œil vers le devant de la salle où le vent projetait un rideau de pluie contre les carreaux.

– Rache a sauvé la vie de Bannion en Espagne, reprit-il, reportant le regard sur Danforth. On fait confiance à un homme qui vous a sauvé la vie.

Il haussa les épaules.

– Mais peut-être Bannion n'aurait-il pas dû lui faire une confiance aveugle cette fois-ci, soupira-t-il.

– Tu penses que Rache pourrait nous avoir trahis ?

– C'est le dernier qui reste, non ? En dehors de moi, bien entendu.

Il évalua Danforth du regard.

– Et de toi, ajouta-t-il.

– Moi ?

Clayton acquiesça.

– Je me demandais pourquoi on t'avait libéré.

– On m'a dit que mon père était un ami de l'Allemagne.

Clayton se pencha vers Danforth.

– Ton père était-il au courant du Projet ?

– Absolument pas.

Clayton parut le croire sur parole.

– Dans ce cas, c'est Rache que nous devons soupçonner, car il est le seul qui soit extérieur à notre cercle.

– À ta connaissance, il s'est fait arrêter ?

– Non. Mais ça peut encore arriver. Et s'ils se doutent que nous le soupçonnons, ils l'interpelleront et il disparaîtra.

Clayton haussa les épaules.

– Il n'y a rien que tu puisses faire, Tom, reprit-il. Le Projet, c'est terminé.

Il posa la main sur celle de Danforth, comme s'il lui présentait ses condoléances.

– Tu ferais mieux de rentrer à New York, lui dit-il.

Danforth retira sa main.

– Je ne peux pas, répondit-il d'un ton ferme. Pas avant de savoir ce qu'il est arrivé à Anna.

Ce fut à cet instant qu'il se trahit, il le comprit aussitôt. Il devina ce que Clayton pensait en le regardant : ce n'était pas l'idée de ne pas avoir réussi à laisser sa marque ou à changer le cours de l'Histoire qui le tenaillait, mais son besoin désespéré de découvrir ce qu'il était advenu d'Anna.

– Mon Dieu, lâcha Clayton. Tu es amoureux d'elle.

Danforth acquiesça.

– Oui, admit-il. C'était dans ton plan ?

– Non. Pour tout te dire, je te pensais incapable d'éprouver un tel sentiment.

Danforth scruta Clayton.

– Le cyanure qu'elle devait prendre si elle se faisait arrêter, dit-il. Elle ne l'avait pas sur elle à ce moment-là. Mais moi oui, quand ils m'ont retenu prisonnier. Je l'ai avalé.

– Pardon ? réagit Clayton, éberlué.

– On m'a conduit au QG de la Gestapo à Munich. Je croyais qu'on allait me faire subir exactement ce à quoi on s'attendrait, donc j'ai avalé le cyanure.

Il regarda Clayton d'un air entendu.

– Mais il ne s'est rien passé, reprit-il.

– Celui de Bannion a fait son effet, mais pas celui d'Anna ?

– Oui. C'est toi qui as fourni les capsules ?

– Non, répondit Clayton.

– Qui alors ?

– Bannion les a obtenues par Rache.

Clayton prit l'expression d'un homme venant de saisir l'extrémité d'un fil qu'il souhaiterait démêler.

– Pourquoi Rache a-t-il donné à Bannion une vraie capsule de cyanure et une fausse ? De toute évidence, il voulait que l'un d'eux survive, et peu importait lequel.

– Qu'est-ce qui te fait dire ça ?

– Eh bien, il n'était pas écrit dessus « lui » et « elle », Tom. Alors, comment Rache aurait-il su lequel des deux prendrait la capsule factice ?

Brusquement, Danforth se revit à la fenêtre, plongeant le regard sur cette placette de Munich, revoyant Bannion et Anna la veille au soir de leur arrestation, Bannion tendant sa main ouverte, Anna se figeant en regardant le cyanure, hésitant, puis faisant son choix, ce que, à présent, il décrivait à Clayton.

Ce dernier garda le silence, mais Danforth voyait bien que son esprit pesait le pour et le contre aux termes de sa sombre logique.

– À quoi penses-tu ? demanda-t-il.

– Qu'une des capsules portait peut-être une marque. Des alvéoles. Avait une forme ou une teinte légèrement différente.

Il s'accorda encore quelques instants de réflexion, puis agita la main comme pour mieux repousser une idée absurde.

– Ce n'est rien, Tom. Je t'assure. Tout juste des ficelles de roman d'espionnage qui me traversent l'esprit.

Danforth inclina le buste vers l'avant.

– Explique-toi, exigea-t-il.

Clayton faillit répondre, mais se ravisa comme s'il était lui-même étonné du cours que suivaient ses idées.

– Juste à l'instant, en repensant à ce que tu m'as raconté, à la façon qu'Anna a eue d'hésiter… c'est bien le mot que tu as employé ?

– Oui.

– Et en pensant à des capsules marquées et tout ça, je viens de me souvenir d'une chose que LaRoche m'avait dite un jour. Je n'y avais pas prêté attention à l'époque. Mais avec cette affaire de la capsule de cyanure d'Anna qui est restée sans effet, ça m'est revenu.

Il avait l'air d'un capitaine au long cours méditant les possibles raisons de son naufrage.

– LaRoche a raconté qu'il avait parlé à Anna de l'Azerbaïdjan, reprit-il. Il lui a dit avoir souvent pris le car de Bakou à Tbilissi.

Danforth, qui avait fait ce trajet une fois avec son père, en avait gardé peu de souvenirs sinon que la route était mauvaise, le vieil autocar brinquebalant au gré d'une interminable série de cols dans les montagnes.

– En chemin, le car s'arrêtait toujours dans une petite ville : Tovuz, poursuivit Clayton. LaRoche racontait combien elle était pittoresque. De beaux vignobles, entre autres. Anna l'écoutait, attentive comme elle sait l'être, puis elle a dit : « Oui, ce devait être splendide, à cette époque, à Traubenfeld. »

– Traubenfeld ?

– C'est aussi ce qui a intrigué LaRoche. Qu'Anna parle encore de Tovuz Traubenfeld, son nom allemand. Pour lui, seul un Allemand, ou quelqu'un ayant été élevé par des Allemands, aurait su que Tovuz était, à l'origine, une colonie germanique.

– Quel rapport cela a-t-il avec le fait que la capsule de cyanure d'Anna était factice ? demanda Danforth.

– Sans doute aucun. Si ce n'est que Traubenfeld est resté très allemand et que certains de ceux qui en sont originaires occupent maintenant de hautes fonctions dans un groupe pro-hitlérien du nom de Société du Loup gris. Ils sont basés à Ankara, mais nous les soupçonnons d'être financés par Berlin. Bref, les Allemands de Traubenfeld ayant toujours vécu dans cette enclave en Turquie, il leur faut savoir ce que les Turcs préparent, donc ils sont passés maîtres pour infiltrer des taupes.

Il s'interrompit un instant, avant d'ajouter :

– Leur formation commence dès l'enfance, et ils concentrent leurs efforts sur… les langues étrangères.

– Que veux-tu dire, Robert ? Sous-entends-tu qu'Anna était de mèche avec Rache ?

Clayton lui intima le silence.

– Rien d'aussi précis, Tom. Dans ces affaires-là, il y a des zones d'ombre et dès que tu te heurtes à de l'inattendu, l'imagination te bouffe et tu te demandes si…

– Si Anna a trahi ? le coupa Danforth.

– Pas si vite, Tom. Tout ce que je sais, c'est que Rache a fourni une capsule qui a rempli son office, et l'autre non, et que, reste à savoir comment, Anna s'est retrouvée avec celle qui n'était pas destinée à tuer.

Il s'alluma dans ses yeux une lueur paranoïaque que Danforth verrait plus tard dans mille autres regards.

– Maintenant, Bannion est mort. Tout comme Christophe. Et avec eux, le Projet a avorté. Seule Anna, en tout cas à ce qu'il semble, a survécu.

Et donc la question n'avait jamais été de savoir si elle allait vivre ou si elle allait mourir, se dit alors Danforth, ça, c'était décidé depuis longtemps.

Ce fut à cet instant, Danforth s'en rendrait compte plus tard, que sa vie entière bascula et projeta dans l'ombre tout ce qu'il savait, ou croyait savoir, sur Anna. Il repensa à la nuit qu'il avait partagée avec elle, la revit entrer dans sa chambre, revécut ce qu'il s'était passé, sentit la douceur de ces moments, leur sincérité, lui couler entre les doigts. Avait-elle saboté le projet d'origine car tel avait toujours été son but ? Avait-elle tramé le complot contre Hitler pour détourner leurs soupçons et mieux les trahir ? Feignait-elle tout depuis le début ? Même l'amour, songea-t-il en repensant à leur dernière nuit.

– Tout ça n'a plus d'importance, dit Clayton en haussant les épaules. Parce que, si Anna était autre chose que ce que nous pensions, alors c'est elle qui menait le jeu et elle a disparu.

– Non, rétorqua Danforth. Non, je veux que tu découvres où elle se trouve en ce moment. Qu'elle soit ou non toujours en détention. Qu'elle soit morte ou vive.

– Très bien, répondit Clayton avec lassitude. Mais ne perds pas de vue qu'il est possible que tu n'en apprennes pas plus sur elle que ce que tu en sais déjà.

Tout ce que Danforth apprendrait de plus sur Anna Klein lui fut divulgué deux semaines plus tard.

Ce jour-là, il visitait le British Museum, laissant courir un regard absent sur les marbres d'Égine, se demandant comment son père s'y était pris pour faire sortir clandestinement de Grèce des blocs de pierre aussi massifs que ceux-là et les faire livrer à bon port dans l'entrepôt du New Jersey de Danforth Imports, ce qui le lança dans des conjectures fantaisistes sur les façons dont il pourrait employer de tels procédés pour ramener Anna saine et sauve, s'il la retrouvait un jour. Cela, bien entendu, présupposait qu'elle soit vraiment ce qu'elle avait toujours prétendu être, et Danforth avait de plus en plus de mal à s'en persuader. Elle était devenue une statue érigée dans son esprit, audacieuse et solide mais s'érodant peu à peu sous l'effet de ses soupçons. Malgré tout, cela ne l'empêchait pas de rêver à un train qui, secrètement, emmènerait Anna jusqu'à un bateau lequel, secrètement, lui ferait traverser la Manche plongée dans l'obscurité jusqu'à lui qui l'attendrait au pied des falaises de Douvres.

Puis, par une claire nuit d'automne, dans un pub d'Oxford Street, ces caprices de son imagination connurent une fin brutale.

– Anna a été interrogée pendant plusieurs jours, lui apprit Clayton. Puis elle a été exécutée.

Plus tard, Danforth s'étonnerait qu'au lieu de défaillir à cette nouvelle, il se soit brusquement redressé et enquis d'un détail insignifiant.

– Fusillée ?

Clayton secoua la tête.

– Ils se servent d'une guillotine à Plötzensee.

– D'une guillotine, souffla Danforth.

Longtemps après, Danforth visiterait la salle d'exécutions de la prison de Plötzensee et, ce jour-là, trouverait la pièce petite et banale. La guillotine en avait mystérieusement disparu ; on ne l'avait jamais retrouvée. Il savait qu'un gibet y avait finalement été dressé, mais ça, c'était longtemps après Anna, si bien qu'il se prit à imaginer les condamnés à la décapitation prenant place sur le plancher, sentant sous eux sa surface dure et plate, puis posant leur cou sur le billot qui n'attendait que lui. Là, ils s'étaient mis à genoux, mains liées derrière le dos, à genoux pendant Dieu sait combien de secondes ou de minutes avant d'entendre le sifflement du couperet qui tombe. Le sol de cette salle était nu le jour où Danforth avait visité Plötzensee, mais il restait encore des marques là où s'était dressée la guillotine, et il avait regardé ce que ceux qui étaient morts depuis longtemps devaient avoir vu pendant les dernières minutes de leur vie : la porte banale, les murs nus, les fenêtres en ogive qui, curieusement, donnaient au lieu un faux air de chapelle. Derrière le cordon rouge qui barrait la largeur de la pièce étaient posées, sous les fenêtres, une couronne mortuaire et, à côté, une autre gerbe de fleurs. « *So viele Todesfälle* », avait-on murmuré derrière lui, mais il ne s'était pas retourné pour voir qui avait parlé. *Tant de morts.*

– Je suis bouleversé, Tom, murmura Clayton.

Danforth s'aperçut que, à ce qu'il avait déjà dit, il ne pouvait qu'ajouter :

– C'est sûr ?

Clayton acquiesça.

– Selon mes sources, elle n'a jamais trahi, ni toi ni Bannion ni le Projet, ajouta-t-il comme lot de consolation. C'était une héroïne.

Il sombra dans le silence avant d'ajouter :

– C'est Rache qui nous a donnés.

Rache, se dit Danforth. En allemand, cela signifie

vengeance et, à cet instant, assouvir la sienne lui semblait la seule option qui lui restait.

Clayton ne disait mot, comme si le regard de Danforth lui enjoignait de se taire.

– Tu dois continuer ta route, Tom, finit-il par dire. Rentrer à New York, reléguer Anna au passé.

C'était le meilleur conseil que Danforth pouvait recevoir et qu'il avait, l'espace d'un instant, espéré suivre.

Le Blue Bar, New York, 2001

– Espéré suivre, disait Danforth à présent.

Ce n'était pourtant pas faute d'avoir essayé, continua-t-il. Il rentra à New York et reprit la direction de Danforth Imports. Il s'immergea dans cette fonction, travaillant de longues heures, puis rentrant chez lui juste pour se coucher. Il s'efforça de retrouver de la satisfaction dans ses anciens plaisirs, la lecture ou le théâtre. Il sortait avec telle femme ou telle autre, sans parvenir avec aucune à raviver cette part frivole de sa vie, se sentant, au contraire, de plus en plus éloigné de sa capacité à le faire. Au milieu d'un dîner de gala, il se retrouvait une fois encore à l'Old Town Bar, faisant une fixation sur le souvenir fantomatique d'Anna. Pendant qu'Amy, Sandy ou Marian bavassait sur tout et n'importe quoi, Anna lui murmurait : *Quelle est la chose la plus belle que vous ayez vue ?* Et, par cette question, il repensait aux endroits qu'il avait rêvé de visiter avec elle et où, sans elle, il n'avait désormais plus envie d'aller.

– C'était un peu comme l'amour d'Ève pour Adam dans *Le Paradis perdu* de Milton, déclara Danforth. Ce vers simple et merveilleux dans la bouche d'Ève :

« Avec lui toute mort je pourrais supporter ; sans lui nulle vie je ne pourrais vivre. »

Au fil des mois, il s'efforça d'apaiser la douleur incessante que lui procurait la perte d'Anna. Mais rien ne le rassérénait ni n'émoussait l'intensité des souvenirs obsédants qu'il avait gardés d'elle. La nuit, il s'éveillait parfois en train de tendre les bras vers elle et, quand il découvrait qu'il ne rencontrait que le vide, il restait allongé à regarder le plafond en acceptant la dure réalité alors que rien ne pourrait jamais combler ce néant.

– J'éprouvais la grande angoisse romantique, dit Danforth dont l'expression me laissait supposer que cette douleur se ravivait. Celle de la passion sans objet. J'étais un affamé qu'aucune nourriture ne pouvait rassasier.

– Mais on ne peut pas aimer une morte toute la vie, si ?

Ma question parut l'émouvoir, et il s'en détourna aussitôt pour se réfugier dans le blockhaus d'une discussion théorique.

– La guillotine est un mécanisme intéressant, Paul, vous savez. Elle est censée donner une mort rapide et indolore.

Il lança un coup d'œil vers la vitre derrière laquelle il neigeait toujours, à flocons plus fins.

– Mais il s'est posé le problème d'Henri Languille, ajouta-t-il.

C'était le signal que je devais demander des précisions, ce que je ne manquai pas de faire.

– Henri Languille ? relançai-je.

– Un prisonnier condamné à mort. Et guillotiné en 1905. Les circonstances en ont été méticuleusement consignées par un certain Dr Beaurieux.

– Je vois.

– Les observations de ce praticien remettent en

cause l'efficacité de « la veuve », comme on l'appelait, poursuivit Danforth sur ce ton doctoral qu'il adoptait, brièvement il est vrai, pour esquiver les parties plus affectives de son récit. Il y avait eu, bien sûr, d'autres observateurs avant lui. Par exemple, quand Charlotte Corday a été décapitée, quelqu'un a ramassé sa tête dans le seau et l'a giflée. Ceux qui ont assisté à cette scène ont déclaré par la suite que Charlotte avait foudroyé du regard son agresseur avec ce qu'ils décrivaient comme « une indignation sans équivoque ».

Je frissonnai.

– Ça fait froid dans le dos.

– Je vous l'accorde, répondit Danforth. Mais pour en revenir au Dr Beaurieux, il a déclaré que, juste après que le couperet fut tombé, Languille a rouvert les yeux et remué les lèvres pendant cinq à six secondes. Quand ces mouvements ont cessé, le médecin a prononcé son nom. Languille a alors soulevé les paupières avec langueur, comme s'il s'éveillait d'un petit somme. Selon Beaurieux, les yeux n'ont eu aucun mouvement spasmodique. Ils le regardaient sans ciller, puis, au bout d'un moment, ils se sont refermés. Alors, le médecin l'a appelé de nouveau et les yeux de Languille se sont rouverts. On aurait dit quelqu'un qu'on arrachait à ses pensées, selon Beaurieux. Le regard était fixe, concentré sur un point, expressif, n'avait rien de vague ni de distant. Le médecin était convaincu que Languille le fixait des yeux. Au bout de quelques instants, ils se sont de nouveau fermés, cette fois à demi. Beaurieux a appelé Languille une troisième fois, mais ses yeux ne se sont pas rouverts et ont pris l'air absent de ceux qui sont définitivement morts.

Tout cela m'apparut comme une digression bien

macabre, réaction qui n'échappa pas à Danforth et le fit réagir aussitôt.

– La question est de savoir pourquoi je lisais ces articles, reprit-il. C'est parce que je ne pouvais pas m'empêcher de penser à Anna, une obsession qui m'entraînait dans des directions étranges, pour ne pas dire insensées. On l'avait guillotinée, alors je compulsais tout ce que je trouvais sur ce mode d'exécution. Surtout des récits de témoins oculaires. L'histoire de cet instrument-là. Qu'on appelle *Fallbeil* en allemand, soit dit en passant. « Sous la hache ». Entre 1933 et 1945, près de seize mille personnes ont péri sous la *Fallbeil* en Allemagne et en Autriche. Hitler aimait tellement cette méthode qu'il a commandé vingt guillotines neuves.

C'était carrément hors sujet, pensais-je, sinon que cela révélait la nature obsessionnelle des recherches effectuées par Danforth, le fait qu'il ait été poussé à les entreprendre pour mieux… pour mieux quoi ?

– C'était ma façon de ne pas abandonner Anna, de ne pas permettre qu'elle soit tout bonnement effacée, dit-il comme s'il lisait dans mes pensées. Mon but, en faisant toutes ces recherches, était de rester auprès d'elle, de la maintenir en vie, d'éviter qu'elle se perde dans la nuit, qu'elle devienne une des victimes anonymes de l'Histoire.

Il haussa les épaules.

– Mais lire a ses limites et donc, au final, c'est autre chose qui m'a sauvé.

Soudain, je craignis que Danforth n'ait suivi une voie de rédemption traditionnelle. La religion, peut-être, ou bien une autre femme.

D'une petite voix, je m'enquis :

– Qu'était-ce ?

– La guerre. J'étais encore jeune quand nous y avons participé, j'aurais pu en profiter pour poursuivre un objectif noble ou accomplir un acte de bravoure héroïque.

Son sourire fut aussi doux que les flocons blancs qui tombaient derrière la vitre.

– Mais pour moi, ça n'a fait qu'intensifier ce qui, bientôt, est devenu mon seul et unique but.

– Lequel ?

– Faire payer les Allemands, répondit Danforth dont le regard se durcit. En tuer autant que possible parce qu'ils avaient tué Anna.

Il laissa le temps à son expression lugubre de se graver en moi.

– J'avais quitté l'Europe en amant éploré, déclara-t-il. J'y suis retourné en meurtrier.

Le sud de la France, 1942

Au-dessous de lui, les champs de France gagnés par la nuit s'ouvraient telle une main gantée. Il tombait dans cette obscurité, la terre montant vers lui comme une chance dans le malheur.

Ils l'attendaient, et quand il toucha le sol, il les remercia dans leur langue, puis ramassa son parachute et l'enterra comme on le lui avait appris durant l'été interminable et suffocant de son entraînement.

Des fermiers français l'accueillirent et, jusqu'à la fin de ses jours, le souvenir de leur courage rustre ne le quitterait plus, comme le contact de leur main calleuse quand il la leur serra, l'inquiétude déchirante qui transparaissait dans les paroles qu'ils murmuraient tandis qu'ils le guidaient à travers champs vers la petite ferme où ils le cachèrent jusqu'au lendemain soir et dont il partit, seul, pour la frontière espagnole.

Pendant cette longue marche, il repensa à Gurs, à son voyage en train avec Anna, aux guenilles que portaient les Espagnols hâves qu'ils avaient croisés et, enfin, à l'expression d'Anna quand, face à l'ouverture entre les arbres, elle avait vu le camp pour la première fois. C'était il y a mille ans, pensa-t-il, il était un autre homme.

L'année suivante, Danforth joua le vagabond espagnol avec autant de talent qu'Anna quand elle s'était fait passer pour une bohème souffrant de troubles mentaux ce fameux soir, il y avait si longtemps, à l'Old Town Bar. Il erra d'un village à l'autre, selon les instructions qu'il recevait. Afin de mieux passer pour un Espagnol, il se teignit les cheveux et laissa le soleil le hâler. Depuis des affleurements rocheux et des venelles de villages, il observa les routes et les gares, menant la vie d'un ouvrier agricole, d'un cantonnier ; il dormait dans des fermes, des arrière-salles ou des granges, parlant toujours le mauvais espagnol des pauvres et des dépossédés, assumant pleinement le rôle d'un des *pobrecitas* de Goya.

Au cours de ces jours nomades, il tua deux hommes, l'un au couteau et l'autre au garrot, des agents secrets allemands, et, dans les deux cas, il compatit aussi peu à leur mort qu'il avait compati à leur vie, et songea, en enfonçant la lame ou en serrant le nœud coulant, qu'il le faisait pour Anna.

Début 1943, il terminait sa mission. La neutralité espagnole était garantie par l'extrême pauvreté du pays. Au niveau national, la famine et la misère étaient aussi grandes que celles des réfugiés de Gurs, situation qu'il détailla dans son rapport. Il n'avait aucune raison de rester plus longtemps en Espagne, dit-il à ses supérieurs. Ils en furent d'accord et, sur leur ordre, il se rendit à Gijón, loua les services d'un vieux pêcheur et de son rafiot et, sur une mer d'un calme olympien, regagna l'Angleterre.

Une fois à Londres, Danforth apprit que Clayton avait été envoyé dans le Pacifique comme commandant d'un corps de Marines. Les lettres reçues de lui s'étaient accumulées au service du courrier de Danforth Imports, classées par Danforth père qui, depuis l'entrée dans le conflit, consacrait la plus grande partie de sa fortune à l'effort de guerre. N'étant plus un ami de l'Allemagne, il avait acheté des milliers de titres d'emprunt de guerre et fourni à son pays tous les secrets commerciaux imaginables pour la contrebande de fournitures et de renseignements. Puis, en avril 1943, il mourut dans son nid d'aigle donnant sur Central Park, toujours désarçonné par ce fils rentré depuis peu au terme d'un long et mystérieux séjour en Europe d'où il était revenu distant et replié sur lui-même, semblant avoir perdu aussi bien l'envie de vivre, ainsi qu'il le confia à son père lors d'une longue et triste soirée, que celle d'aimer.

Cet homme sans amour et sans attaches occupait à présent un minuscule bureau dans un réduit d'un immeuble banal de Hammersmith, avec pour mission de traduire des messages qui se déversaient à Londres, provenant de différentes sources allant de Calais à Istanbul. Ils n'étaient le plus souvent que des fausses pistes destinées à alimenter la désinformation, ou tout bonnement d'aucune utilité à ceux qui planifiaient le débarquement, lequel n'était un secret pour personne et duquel Danforth, une fois de plus, se sentait tenu à l'écart.

Mais aussi insipide que son travail lui paraissait, Danforth revenait à son bureau, espérant, encore et toujours, découvrir un filet d'information sur le lieu où Anna avait été inhumée pour, après la guerre, aller chercher sa dépouille et la rapatrier. Pourtant, tout en espérant le découvrir, il nourrissait l'espoir déraisonnable qu'elle avait survécu, même si cela l'obligea à envisager un destin plus tragique pour Anna : en février 1944, il lut que plusieurs femmes avaient été exécutées à Natzweiler-Struthof, et il ne put s'empêcher de se demander si elle en faisait partie. En avril, il prit connaissance du décret « Nacht und Nebel », autorisant l'exécution de masse de prisonniers[1], notamment des espions étrangers et des résistants, et il se reprit à imaginer Anna alignée avec les autres contre un mur pour y être fusillée ou bien pendue au gibet communal.

Ces visions cauchemardesques l'assaillaient continuellement, mais il y en avait une, en particulier, dont il ne put se débarrasser :

> *Un prisonnier échappé de Pforzheim rapporte avoir vu une femme petite et brune, sauvagement battue. Rapporte que cette femme a été enchaînée, nue, à l'extérieur et laissée là toute la nuit. Rapporte qu'un officier SS est revenu pour la traiter de nouveau « à la dure ». Rapporte que la prisonnière a été rouée de coups de poing et de coups de pied et était « en sang ». Rapporte que la prisonnière a été laissée sur place jusque dans l'après-midi. Rapporte que l'officier SS est revenu et a tué par balle la prisonnière. Rapporte que la prisonnière était consciente au moment de son exécution.*

1. Le décret « Nuit et Brouillard », datant de décembre 1941, signé du maréchal Wilhelm Keitel, ordonne la déportation de tous les ennemis intérieurs au Reich. *(N.d.T.)*

Cette femme petite et brune, était-ce Anna ?

C'était une question absurde à laquelle Danforth n'avait pas de réponse, pourtant le bref rapport de cet événement le taraudait, l'incitant à trouver un moyen de retourner en Europe pour assouvir sa soif de vengeance.

Mais chacune de ses demandes fut rejetée et il continua de travailler dans son réduit en entresol à Londres, traduisant d'autres messages par lesquels il apprit plus de détails sur les circonstances des rafles récentes de Juifs à Paris, lesquels avaient été internés à Drancy dans des conditions atroces au point qu'un prêtre prétendait avoir entendu les hurlements des enfants depuis les marches du Sacré-Cœur. Il lut des rapports sur Ranvensbrück où des prisonnières furent gazées, sur les massacres d'Ascq, en France, de Vinkt, en Belgique, et de Céphalonie, en Grèce, et aussi plus à l'est, où les flammes de l'enfer redoublaient d'intensité dans le camp d'internement pour enfants de Sisak et le camp d'extermination pour femmes de Stara Gradiška.

Presque tous ces messages sinistres émanaient de Pologne, flot régulier de rapports qui, par une fin de journée pluvieuse, obligèrent Danforth à détacher les yeux du plus récent d'entre eux en étant toujours incapable d'assimiler un fait qui, il n'en doutait pas, avait été depuis longtemps accepté par d'autres bien mieux informés que lui et qu'il se résolut à mentionner au colonel Broderick.

– Les Allemands organisent l'élimination systématique des Juifs, dit-il. Le sait-on ?

Broderick approuva de la tête, l'air lugubre.

– Oui, nous le savons. À la fin de la guerre, nous aurons besoin d'interprètes parlant l'allemand. Comme vous, Tom. Parce que nous établirons tout ce qu'ils auront fait et nous le leur ferons payer.

La douce perspective de vengeance du monde rassasia la bête ténébreuse lovée dans l'âme de Danforth, si bien qu'il resta à Londres et là, il lut de plus en plus de comptes rendus d'exactions et, à chacun d'eux, il sentit son cœur se durcir, son esprit s'assécher et comme un hiver tomber en lui, mort intérieure accentuée par le fait que, dans chaque rapport sur la torture et l'assassinat, chaque récit de gens fusillés, pendus ou conduits dans les chambres à gaz, il apercevait, parmi eux, Anna.

Le débarquement eut lieu début juin et, quinze jours plus tard, il put traverser la Manche et poser de nouveau le pied en France pour participer aux interrogatoires. Ce fut alors qu'il fit la connaissance d'un des Ritchie Boys, ces Juifs qui avaient fui l'Allemagne nazie, été entraînés au camp Ritchie, dans le Maryland pour être parachutés ou débarqués sur les plages de Normandie le jour J avant de crapahuter dans la campagne, proposant aux Allemands qui se repliaient de se constituer prisonniers ou interrogeant ceux qui s'étaient déjà rendus.

Sa première mission fut de faire parler un officier de la Wehrmacht du nom de Werner Kruger, homme petit et râblé qui fuma pendant tout l'interrogatoire. À ce moment-là, ils avaient appris que les Allemands étaient terrifiés à l'idée d'être livrés aux Soviétiques, si bien qu'ils avaient accoutré deux ou trois Ritchie Boys en soldats russes au prétexte que, en cas de non-coopération, le prisonnier serait remis au camarade Staline. Les Ritchie Boys avaient joué leur rôle à merveille, ce qui s'était révélé d'une efficacité redoutable dans un grand nombre de cas, dont celui du gradé Werner Kruger.

Il y en avait eu beaucoup comme Kruger, une armée de prisonniers à qui Danforth essaya de soutirer des informations, parfois avec succès, parfois non, mais cherchant toujours, à chaque nouvel interrogatoire, des indices sur Anna. Les mois passèrent, l'été se mua en automne, et l'armée marcha vers l'est, la France fut libérée et l'Allemagne vaincue, si bien que ce fut parmi les ruines de Nuremberg que, plusieurs semaines après la fin du conflit, il finit par rencontrer Horst Dieter.

Le capitaine SS Horst Dieter avait été conduit auprès de Danforth pour subir ce qui portait le nom de « dégraissage ». Danforth s'était attendu à voir arriver le nazi lambda, encore arrogant dans la défaite, la bouche crispée en un rictus perpétuel, le regard rempli de mépris. Au lieu de quoi, ce fut d'un air dégagé que Dieter avait marché jusqu'au bureau où il s'assit face à Danforth. Il semblait très à l'aise et désinvolte, pour ne pas dire indifférent – un comportement inexplicable et pour le moins curieux que Danforth pointa aussitôt.

– Vous semblez ne pas vous rendre compte de la situation dans laquelle vous vous trouvez, déclara-t-il.

– Je le sais très bien, mon capitaine, répondit Dieter. Je vais être fusillé. Et alors ? Je suis un habitué des exécutions.

Des remarques de ce genre, lancées sur un ton désinvolte lors d'interrogatoires précédents, avaient ouvert la porte sur des crimes terrifiants, aussi Danforth s'y engouffra-t-il comme on suit une piste.

– Un habitué des exécutions ? répéta-t-il sur le même ton. Comment avez-vous fait, pendant la guerre, pour en devenir un ?

– J'en étais déjà un bien avant la guerre, répondit Dieter en agitant la main d'un air dédaigneux.

– Avant la guerre ?

– J'étais gardien de prison. Des exécutions, nous en avons pratiqué Dieu sait combien.

– Exécuter des criminels avant la guerre, ce n'est

pas ça qui vous condamnera à être fusillé aujourd'hui, remarqua Danforth avec à-propos.

– Ce n'étaient pas tous des criminels. Sauf à considérer qu'un gamin distribuant des tracts en soit un.

– Vous parlez de criminels politiques ?

– Les Rouges, pour l'essentiel. Un jour, vous autres Américains regretterez qu'on ne les ait pas tous supprimés.

Danforth se dit que cette ligne d'interrogatoire ne mènerait à rien, si bien qu'il décida de faire comme on le lui avait enseigné, à savoir se concentrer sur un détail avéré, puis laisser parler le prisonnier.

– Vous avez travaillé comme gardien de prison avant la guerre, dit-il en jetant un coup d'œil à la chemise cartonnée de Dieter.

– Oui.

– À Stadelheim ?

– Non. À Plötzensee.

Danforth le regarda.

– À Berlin ?

– Oui ou dans la banlieue, répondit Dieter avec indifférence. Il n'en reste qu'un tas de ruines maintenant, mais ça a été un endroit très animé avant et pendant la guerre.

Danforth ne laissa pas paraître que le nom même de Plötzensee lui faisait l'effet d'un hameçon planté dans la peau.

– Qu'entendez-vous par « animé » ? Les exécutions ?

– Oui.

Danforth décida de vérifier la véracité des dires de Dieter.

– Les condamnés passaient devant un peloton d'exécution ?

– Non. Des potences ont été dressées sur la fin, dit-il en riant. Mais avant ça, vous n'allez pas le croire, mon capitaine. Nous avions… ah, quel est le nom, déjà ? Une *Fallbeil*.

– Une guillotine ?

– Oui, c'est ça : une guillotine.

– À quelle période étiez-vous à Plötzensee ?

– De 1935 jusqu'au début de la guerre. Et ça, c'était en…

– Septembre 1939, murmura Danforth.

Dieter acquiesça.

– Avez-vous participé à des exécutions pendant cette période ?

– Oui.

– Combien ?

Dieter eut un geste d'ignorance.

– Des tas. Comment voulez-vous que je me rappelle ? Je les escortais jusqu'à la salle, c'est tout. Mais quelle importance ? On y passera tous. Va y avoir du spectacle !

Danforth se domina pour conserver son calme en dépit de l'orage intérieur qui l'agitait.

– Parmi les prisonniers que vous… accompagniez, y avait-il des femmes ?

– Bien sûr.

– Vous souvenez-vous de certaines d'entre elles ?

Dieter se fendit d'un large sourire.

– Un homme n'oublie jamais les femmes.

Danforth le gratifia d'un regard glacial.

– Desquelles vous souvenez-vous ?

– Il n'y en a eu que deux. Benita von Falkenhayn. C'était la belle-fille d'un gros bonnet de l'état-major du général. Un sacré numéro, celle-là. Divorcée du fils du gros bonnet et maquée avec un agent secret polonais.

Il haussa les épaules.

– Elle a été décapitée à la hache, ajouta-t-il. Comme les reines d'Angleterre.

– Et l'autre ?

– Elle portait d'épaisses lunettes. Pas très jolie, faut bien l'avouer.

Son physique banal semblait signifier que sa vie avait moins de prix aux yeux de Dieter.

– Elle a été la première à passer sous la guillotine, reprit-il. Encore une Rouge. Je ne me souviens pas de son nom, mais on l'appelait Lilo.

– Quel crime lui reprochait-on ?

– De s'obstiner à être une Rouge. Sans doute d'autres choses aussi, mais allez savoir quoi.

Dieter se renfonça dans son siège et soupira, comme pour mieux se détendre.

– C'est tout, dit-il. Seulement deux femmes, comme je le disais.

– Seulement deux ? Vous êtes sûr qu'aucune autre femme n'a été exécutée pendant que vous étiez à Plötzensee ?

Dieter dévisagea Danforth.

– Une que vous connaissiez, mon capitaine ?

– Elle était brune, répondit Danforth d'une voix calme. Elle avait les cheveux très frisés.

Dieter secoua la tête.

– Vous n'avez jamais vu pareille femme à Plötzensee, vous en êtes certain ? insista Danforth. Dans la cour ou dans une cellule ?

Dieter se pencha en avant dans son fauteuil.

– Non.

Danforth s'efforçait fiévreusement de déterminer s'il devait se fier au témoignage et même aux souvenirs de Dieter.

– Anna, c'était son prénom, ajouta-t-il. Il se peut

qu'elle se soit fait appeler Anna Collier ou peut-être Anna Klein.

– Klein ? s'écria Dieter. Une Juive ?

Le regard de Danforth se fit aussi assassin que sa voix.

– Une Américaine, dit-il.

Dieter se creusa la cervelle un moment, haussa les épaules.

– Non, dit-il. Il n'y a jamais eu d'Anna Klein.

Le Blue Bar, New York, 2001

Il n'y a jamais eu d'Anna Klein.

Des paroles qui avaient mené Danforth au bord d'un étrange précipice ou, du moins, sur le seuil d'un paysage inattendu.

– Si Dieter disait vrai, Anna n'avait jamais été emprisonnée à Plötzensee, poursuivit Danforth d'une voix hésitante comme s'il était encore sous le coup de cette découverte. Et elle n'y avait sûrement pas été exécutée.

– Vous avez dû vous demander d'où Clayton tenait cette information ?

– Bien vu, Paul. Oui, c'était la question. De qui ? Et pourquoi lui avait-on dit cela ? Par malheur, Clayton se battait toujours dans le Pacifique Sud, en route pour Okinawa, reprit-il. Je me suis donc rendu à la prison de Plötzensee en espérant y découvrir des preuves de l'incarcération d'Anna. Le bâtiment se trouvait en secteur soviétique, les Russes, incontrôlables, arrachaient les gouttières des murs, les cuvettes des toilettes, les lavabos et chargeaient le tout dans des camionnettes. Mais c'était l'Allemagne qu'ils détruisaient, alors, de mon point de vue, les Russes avaient toute latitude pour le faire.

– Vous les haïssiez à ce point ?

– Ils étaient poussière à mes yeux. Ils avaient tué la seule et unique femme que j'aimerais jamais, ainsi que des millions de gens innocents.

Je voulus prendre la parole, mais la lueur qui s'alluma dans le regard de Danforth m'arrêta dans mon élan.

– Si les crimes d'un peuple se poursuivent dans le temps, pourquoi pas notre vengeance ? assura-t-il.

Il se rendit compte que sa froideur m'avait glacé et, comme pour détendre l'atmosphère, il s'avachit dans son fauteuil, en homme tout disposé à conter une histoire à la veillée.

– En tout cas, le temps que j'obtienne l'autorisation de me rendre à Plötzensee, l'endroit avait été évacué. Les bombardements l'avaient bien amoché. On voyait beaucoup de briques calcinées, de ruines et, pour une cartouche de cigarettes, un des gardiens russes a bien voulu me laisser entrer à l'intérieur du périmètre.

J'imaginai Danforth en uniforme militaire, pistolet dans l'étui contre sa hanche, s'avançant dans les décombres noircis, puis pénétrant dans l'ancien bloc cellulaire de Plötzentsee où, me raconta-t-il, la plupart des portes, soufflées par les explosions, encombraient les larges couloirs.

Il ne savait pas ce qu'il cherchait, me confia-t-il, mais sa déambulation le conduisit dans ce qui avait été les archives de la prison. Il y avait encore les meubles classeurs qu'il fouilla, passant en revue les documents qu'il y trouva, ce qui lui prit des heures. Il tomba sur des listes de prisonniers, de même que sur les détritus habituels de la bureaucratie nazie, des demandes de grâce toutes estampillées *Rejetée*.

– Ce que je feuilletais ne m'était d'aucune utilité, mais j'ai découvert qu'au moins une chose que Dieter m'avait dite était vraie, poursuivit Danforth. Il connaissait même son surnom : Lilo.

Lilo, de son vrai nom Liselotte Herrmann, était une Allemande qui, en 1931, s'était inscrite au Roter Studentenbund, l'association des étudiants communistes, et avait participé à différentes actions contre Hitler jusqu'à se faire renvoyer de l'université de Stuttgart.

À mon grand étonnement, il sortit une photographie de sa veste et me la tendit.

– C'est elle, me dit-il.

Sur le cliché, Liselotte Herrmann portait un corsage blanc et serrait un bébé contre elle. Elle avait les cheveux raides, et ses lunettes à verres très épais arboraient un gros cerclage noir : une femme qui n'aurait pas pu être confondue avec la brune et frisée Anna Klein.

– Le bébé, c'est son fils, il avait quatre ans quand sa mère a été exécutée, déclara Danforth, me reprenant la photo des mains et la rempochant. Bref, j'ai compulsé les fiches que j'ai trouvées – qui étaient loin d'être exhaustives, bien sûr ; Dieu sait combien d'entre elles ont été brûlées, déchirées en mille morceaux ou utilisées comme papier toilette par les Russes –, mais aucune ne mentionnait Anna Klein. Ce qui laissait entendre que, même si ne pouvais pas prouver ce que Dieter m'avait dit, je n'avais rien découvert qui puisse me permettre de le réfuter, et donc pour moi le mystère de ce qu'était devenue Anna restait entier.

– Elle avait dû être tuée, avançai-je. Vous le supposiez ?

– Bien sûr. Mais un certain type de dévotion – pour ne pas dire d'obsession – impose de découvrir ce qui s'est réellement passé et ça me tourmentait, Paul. Il fallait tout simplement que je le sache.

Triste passion que celle vécue par Danforth, me semblait-il, n'ayant mené à rien ; je voyais en lui un homme ayant encore beaucoup d'amour mais sans personne à qui le donner.

– Vous n'êtes jamais retombé amoureux ? demandai-je.

– Non, répondit Danforth.

– Votre passion pour Anna Klein s'est forcément émoussée avec le temps.

– C'est ce que Clayton pensait. Qu'Anna finirait par se diluer dans mon souvenir, et que je trouverais le moyen de mener ma vie sans elle. Raison pour laquelle il avait inventé l'histoire de son exécution.

– Inventé ?

– Oui. Il l'a reconnu après la guerre. Il l'avait fait parce qu'il croyait que je ne cesserais jamais de la chercher si je pensais qu'elle était encore en vie. C'était l'acte d'un ami pour le bien d'un ami, disait-il. Puis il m'a supplié de lui pardonner, ce que j'ai accepté. Ce fut aussi simple que cela.

Il haussa les épaules.

– Sauver un homme d'une passion stérile, je tenterais sans doute de le faire aussi, reprit-il. Après tout, une passion peut s'éteindre. Mais pas un mystère, Paul, à moins de le résoudre.

Il eut un fin sourire, ajoutant :

– Curieux, tout de même, que je tombe sur l'indice suivant alors que je travaillais sur le jugement des crimes de guerre. Le procès des juges, dont Oswald Rothaug. C'est lui qui présidait le tribunal qui avait condamné à mort Katzenberger.

Leo Katzenberger, soixante-deux ans, était un magnat

de la chaussure, m'apprit Danforth. Il avait vécu et fait fortune à Nuremberg. Un ami lui écrivit pour l'informer que sa fille de vingt-deux ans, Irene Scheffler, venait s'installer dans cette ville avec l'espoir de faire carrière comme photographe. Irene prit un appartement dans l'immeuble où se trouvaient les bureaux de Katzenberger et, quelques semaines plus tard, les voisins eurent la certitude que ces deux-là entretenaient une liaison.

– Mais cela n'avait rien d'une banale amourette entre deux personnes ayant une grande différence d'âge, poursuivit Danforth, car Katzenberger était juif et Scheffler aryenne, or les lois de Nuremberg interdisaient formellement ce type de relations.

Ayant été dénoncés aux autorités, Katzenberger et Scheffler ont nié. Et comme il n'existait aucune preuve venant étayer les suppositions des voisins, l'affaire fut classée sans suite par le premier magistrat chargé de l'enquête. Là-dessus, un autre juge nommé Oswald Rothaug en a eu vent. C'était un nazi féroce, et il jugea le couple coupable en se fondant non pas sur des preuves, mais sur la rumeur.

À l'époque, ce « crime » n'était pas puni par la mort. Mais le juge Rothaug savait qu'aux termes de la Loi de l'ennemi public, la peine capitale pouvait être prononcée contre quiconque se rendait coupable d'un crime en période de guerre. En s'appuyant sur un seul témoignage exposant que l'accusé profitait des heures de couvre-feu pour entretenir sa liaison, Katzenberger fut condamné à mort.

– Il a été guillotiné à la prison de Stadelheim, dit Danforth. À la libération, Rothaug a été arrêté et jugé. Je travaillais alors comme interprète pour le tribunal des crimes de guerre, et quand est venu le moment d'interroger des témoins, j'ai été transféré à Nuremberg.

Il marqua un temps d'arrêt, comme s'il se doutait que ce qu'il s'apprêtait à me révéler, prochain rebondissement de son histoire, me surprendrait autant que lui-même avait été surpris.

– Un des hommes que j'ai interrogés s'appelait Gustav Teitler, reprit-il. Un petit minable. Je l'ai tout de suite haï.

Son regard se durcit.

– Je l'aurais descendu d'une balle sans sourciller.

Nuremberg, 1946

– Vous êtes Gustav Teitler, énonça Danforth avec la dureté implacable de l'homme qu'il était devenu.

– C'est moi, oui.

Teitler, petit et gras, arborait l'air doucereux d'un vendeur de grand magasin et, en s'asseyant sur la chaise devant le bureau de Danforth, il offrit un sourire qui proclamait une forte volonté de coopérer. À cela, il ajoutait cet air d'innocence bafouée que Danforth avait vu sur le visage de dizaines de nazis, perplexes et consternés, comme si leur funeste histoire récente les avait pris totalement au dépourvu.

– Je suis heureux de vous rencontrer, *Herr* Danforth, déclara aimablement Teitler.

Ils prirent place dans une pièce située à quelques mètres d'un char américain trônant sur la place où des soldats de l'US Army se prélassaient, fumant des cigarettes, l'air absent, ce qui n'échappa pas à Gustav Teitler.

– Les Russes traitent l'Allemagne comme une traînée ayant rendu l'âme, déclara-t-il. Nous avons de la chance que vous autres, Américains, soyez…

– Les Russes vous traitent mieux que vous ne le méritez, l'interrompit Danforth d'un ton cassant.

La haine que Danforth vouait aux Allemands n'en était que plus vive depuis sa visite récente à Plötzensee et le fait qu'il n'ait découvert aucun indice sur le sort d'Anna, impasse qui, au fil des derniers jours, l'avait incité à imaginer les effroyables malheurs qu'elle avait pu connaître. Ses sinistres suppositions devenaient d'autant plus douloureuses que d'autres images, plus terribles les unes que les autres, des procès étaient diffusées, toutes faisant de la langue qu'il aimait et parlait parfaitement un objet de dégoût.

– Vous êtes ici parce que vous êtes lié à un juge qui est poursuivi comme criminel de guerre, reprit-il sèchement. Et vous allez répondre à mes questions. Vous m'avez compris ?

Ce n'était pas une posture, et Teitler perçut comme une force volcanique dans l'homme assis en face de lui.

– Bien sûr, capitaine Danforth, répondit-il.

– Oswald Rothaug, lança Danforth. Vous étiez sténographe dans sa salle d'audience.

– Oui.

– Lors du procès de Leo Katzenberger.

– Ça, c'était horrible. Le pauvre homme n'en croyait pas ses oreilles, sa vie était dans la balance simplement parce que…

– Oui, oui, le coupa sèchement Danforth.

Il se fichait pas mal de la compassion affichée d'un Allemand pour le sort de Leo Katzenberger. Il se lança dans une série de questions destinées à faire émerger toute preuve à charge contre Rothaug susceptible d'être obtenue par un fonctionnaire aussi modeste que Gustav Teitler.

Il n'y avait pas grand-chose, ainsi que l'heure qui

suivit le démontra, mais Danforth ne renonça pas malgré les faux-fuyants de Teitler affirmant que c'était « par le plus grand des hasards » qu'il s'était retrouvé sténographe au tribunal, lui qui espérait devenir ingénieur dans le civil. Ce rêve avait été balayé par la Grande Guerre dont il était revenu blessé ; ses espoirs de carrière étaient détruits, de même que l'Allemagne de sa jeunesse, et le pays était « mûr » pour ce qui était arrivé ensuite.

C'était une vieille rengaine, et Danforth n'éprouvait aucune pitié pour cet homme.

– Avez-vous revu Rothaug après le procès ? demanda-t-il pour clore cet interrogatoire qui n'apportait aucun élément nouveau.

– Une fois, oui. À Berlin.

– Vous a-t-il parlé de Leo Katzenberger ?

Teitler s'accorda un moment de réflexion avant de répondre.

– Ils n'étaient pas satisfaits de la tournure de ce procès, les hauts gradés. Donc, ils ont muté le juge Rothaug à Berlin. Quand je l'ai connu, c'était un petit fonctionnaire. Il travaillait au bureau du procureur. Un zéro. Un rat reniflant à droite à gauche. Les étudiants, surtout. Voilà de qui il s'occupait. L'Orchestre rouge, ce genre de choses.

– L'Orchestre rouge ?

– Vous savez bien, les cocos. Des étudiants. Des jeunes qui ne se rendaient pas compte de ce à quoi ils s'attaquaient.

Des jeunes, et ils ne se rendaient pas compte de ce à quoi ils s'attaquaient, songea Danforth.

– Rothaug parlait d'une arrestation faite par la Gestapo, reprit Teitler. « Comme Katzenberger, disait-il, une autre tête de coupée. » Il paraissait s'en réjouir.

– Pourquoi ? Des têtes, ils en avaient déjà coupé beaucoup.

– C'était une femme, une Américaine. Rothaug disait que la tuer montrerait à ces étrangers que leur cou n'était pas plus épais que ceux des traîtres allemands.

– Quand avez-vous eu cette conversation ?

– À l'été 1943. Je passais quelques jours à Berlin. Il n'y avait pas de travail pour moi dans les tribunaux, alors je suis reparti pour Nuremberg.

Danforth n'écrivait plus.

– Vous a-t-il précisé le nom de cette femme ?

Teitler secoua la tête.

– Vous l'a-t-il décrite ?

– Non.

– Vous a-t-il dit autre chose à son sujet ?

Cette fois, Teitler haussa les épaules.

– Seulement que, avant de lui trancher la tête, il aurait fallu lui raser le crâne.

Danforth veilla à ne pas envisager la possibilité que cette femme ait pu être Anna. Mais les jours suivants, il lui revint ce que Teitler lui avait raconté. C'était comme le disait si bien l'expression espagnole désignant une inquiétude qui taraudait : *dar vueltas*, « tourner en rond ». Cette possibilité lui fit passer en boucle des moments clés : Anna lors de leur première rencontre ; Anna marchant parmi les tombes au Père-Lachaise. Elle avait pu survivre jusqu'à l'été 1943 : cette pensée lui venait chaque matin à son retour de Nuremberg à la suite de son interrogatoire de Teitler, et cette même pensée s'estompait enfin dans le sommeil après l'avoir maintenu éveillé jusqu'à l'aurore.

Les jours suivants, Danforth se consacra à son travail, procédant aux interrogatoires de ceux qui étaient plus ou moins impliqués dans l'affaire Katzenberger, surtout des juges qui prétendirent n'éprouver que du mépris pour Rothaug, qu'ils décrivirent comme un clown, un bouffon, un arriviste et un flagorneur. L'infime indice donné par Teitler agissait comme une aiguille enfoncée dans l'esprit de Danforth, dévorant tout son temps libre, le retenant dans son bureau jusqu'aux premières heures du jour à éplucher des dossiers, des pièces comptables, d'anciens journaux, tout ce qui pouvait contenir le moindre renseignement sur l'identité de la femme à laquelle Rothaug avait fait allusion.

Il était trois heures du matin, mais l'homme que Danforth vit arriver comme il levait les yeux de son bureau paraissait rasé de frais et paré pour affronter la nouvelle journée sans rien des cernes qui attestaient de l'épuisement de Danforth.

L'homme s'assit sur la chaise face au bureau.

– Je m'appelle Edward Brock. J'ai cru comprendre que vous recherchiez une Américaine qui aurait été exécutée par les Allemands.

Danforth acquiesça.

– Je peux vous faire gagner du temps, reprit Brock. Elle s'appelait Mildred Harnack. Elle vivait en Allemagne et parlait couramment l'allemand. C'était une communiste, mais – entendez-moi bien – elle faisait aussi partie des Filles de la Révolution américaine.

Il sortit un document de sa veste et le tendit à Danforth.

– Le Département d'État la gardait à l'œil, dit-il.

Et, avec un signe de tête vers le document, il ajouta :

– Voilà, en résumé, ce que nous savons sur elle.

Mildred Harnack s'était installée en Allemagne avec son mari en 1929, lut Danforth. Elle s'était intéressée au communisme et, par la suite, s'était rendue en Union soviétique. En 1933, elle avait enseigné la littérature anglo-saxonne en cours du soir à Berlin. Puis elle avait publié des articles dans le *Berliner Tageblatt* et *Die Literatur*, mais ce travail s'était tari à l'arrivée au pouvoir des nazis. C'est à ce moment-là qu'elle avait franchi la ligne jaune en devenant un agent de l'Union soviétique. La Gestapo l'ayant découvert, son mari et elle avaient été arrêtés à l'automne 1943. Son époux avait été condamné à mort mais, pour une raison mystérieuse, Mildred avait écopé d'une peine de six ans de prison, sentence qui n'avait pas été du goût de Hitler et dont il avait ordonné la révision. Le nouveau procès s'était soldé par la peine escomptée, et Mildred Harnack avait été exécutée à Plötzensee le 16 février 1943.

Il ne faisait aucun doute que Mildred Harnack n'était pas Anna Klein.

Danforth rendit le document à Brock.

– Merci, dit-il d'une voix lasse. Vous avez raison, ça me fait gagner beaucoup de temps.

Brock replia le papier et le remit dans sa poche.

– Qui cherchez-vous ? demanda-t-il. Parce que je pourrais peut-être vous aider sur ce plan-là aussi. Nous détenons pas mal de documents des services secrets allemands, vous savez.

Il alluma une cigarette.

– Alors, fit-il, qui était cette femme ?

– Elle s'appelait Anna Klein. Elle travaillait pour moi avant la guerre. Nous nous trouvions à Berlin en août 1939. Elle a été arrêtée par la Gestapo. Je ne l'ai jamais revue.

– Que pouvez-vous me dire d'autre sur elle ?

Danforth ajouta qu'elle était juive, petite, avait un peu plus de vingt ans et les cheveux bouclés.

– Elle n'est pas la seule, commenta Brock.

– Elle était douée pour les langues étrangères.

C'était tout au plus un aparté futile, et Danforth fut surpris de voir que cela éveilla tout à coup l'intérêt de Brock.

– Combien en parlait-elle ? demanda-t-il.

– Neuf, à ma connaissance.

– L'ukrainien était-il du nombre ?

– Oui. Pourquoi le demandez-vous ?

– Parce que j'ai un rapport des services secrets sur un Ukrainien du nom de Rudy Romanchuk. Un faussaire spécialisé dans la fabrication de faux documents pour ceux qui voulaient fuir l'Allemagne. Il travaillait pour les Russes, lui aussi. Un informateur de bas étage. Mais ils ont commencé à soupçonner qu'il renseignait les Allemands. Ils l'ont intercepté et l'ont emmené à Varsovie pour y être interrogé. Comme Rudy ne parlait pas très bien le russe, ils ont fait venir une interprète. Une Américaine. D'une vingtaine d'années. Très jolie, d'après Rudy.

– Quand cet interrogatoire a-t-il eu lieu ?

– Une ou deux semaines avant que les Allemands attaquent la Russie. Allez savoir où se trouve cette femme aujourd'hui !

Il laissa cette information cheminer dans l'esprit de Danforth, puis ajouta :

– Comme vous le savez, nous ne sommes plus très copains avec les Russes, alors nous serions intéressés de retrouver la trace de tout citoyen américain qui pourrait être entre leurs mains.

Il arracha le mégot d'entre ses lèvres et l'écrasa dans le cendrier sur le bureau de Danforth.

– Donc, cette femme, reprit-il. Celle de Varsovie. Pourrait-elle être Anna Klein ?

Le Blue Bar, New York, 2001

– Je n'en avais pas la moindre idée, poursuivit Danforth, si bien que j'ai répondu à Brock que je disposais de trop peu d'éléments pour continuer, et je ne voulais rien lui apprendre sur Anna qu'il ne savait déjà. Autrement dit, j'en suis resté là.

– Donc, vous pensez que Brock ne savait rien sur le Projet ? demandai-je. Rien sur le séjour d'Anna en France, ni sur elle ?

– Je n'aurais su dire ce qu'il savait sinon qu'une Américaine avait servi d'interprète pour les Soviétiques à Varsovie juste avant que les Allemands n'envahissent la Russie, en juin 1941.

Il se laissa aller contre le dossier de son siège.

– Si cette femme était Anna, alors elle était encore vivante en juin 1941, et à Varsovie, ce qui signifiait qu'elle avait été livrée aux Soviétiques.

Il s'interrompit, puis ajouta :

– Mais pourquoi les Allemands auraient-ils remis aux Russes une femme ayant comploté d'assassiner Hitler ?

À court de réponse, je haussai les épaules.

– Ne complexez pas, Paul. Personne n'avait la réponse à cette question. C'est pourquoi j'ai reçu l'ordre de la trouver.

– Reçu l'ordre ? Vous ?

– J'étais toujours dans l'armée, qui eût été un meilleur choix ? À l'époque, je parlais un polonais passable et un peu le russe. Brock avait quelques pistes. Il savait que Romanchuk avait été arrêté par la suite et envoyé à Auschwitz, ce à quoi il avait survécu. Ce n'est qu'après la guerre qu'il avait disparu. De même que cette femme, ce qui ne me laissait d'autre choix que de supposer qu'elle était toujours vivante.

Je réfléchis aux derniers propos de Danforth.

– Mais sérieusement, dis-je enfin, comment une femme ayant tenté d'assassiner Hitler pourrait-elle avoir survécu à la guerre ?

– Je me le suis demandé aussi, Paul. J'ai cherché à savoir si c'était possible. C'est comme ça que je suis tombé sur le dossier Olga Tchekhova.

Et de m'expliquer qui était cette femme.

Née en Arménie en 1897, elle était la nièce, par alliance, d'Anton Tchekhov. Elle épousa très jeune un Juif et lui donna une fille. Puis elle divorça, mais ne se désintéressa jamais du sort de son enfant. La révolution russe la décida à partir pour l'Allemagne. Elle se rendit à Vienne en compagnie d'un agent soviétique, puis de là à Berlin, où elle décrocha un contrat comme actrice. En 1930, elle était devenue l'une des vedettes les plus en vue du cinéma allemand. Elle avait aussi attiré l'attention d'Adolf Hitler, en compagnie de qui elle a été photographiée. Olga était adorable, assise à côté du Führer, et la signification de la photographie n'a pas été perdue pour les services secrets soviétiques.

– Par ce cliché, les communistes surent qu'Olga Tchekhova faisait partie de la garde rapprochée de Hitler, était à tu et à toi avec tous les gros bonnets nazis, dit Danforth, et comme il lui restait de la famille en Russie, ils se sont dit qu'elle pourrait, sous la pression, devenir une espionne.

Ils avaient vu juste, elle devint un agent dormant, m'expliqua Danforth. Il fut même envisagé qu'elle soit la cheville ouvrière d'un complot d'assassinat, organisé par la police secrète russe, contre Hitler.

– Un peu comme Anna, finalement, vous ne pensez

pas, Paul ? lança Danforth en guise de conclusion à son récit.

– Un peu trop comme Anna, oui. Qu'est devenue Olga Tchekhova ?

– Elle n'a jamais été démasquée par les Allemands. Après la chute de Berlin, elle a été rapatriée par avion à Moscou où on l'a débriefée. Puis elle est retournée en Allemagne où elle a vécu sous la protection des Soviétiques.

Il sourit.

– Ses dernières paroles ont été « Que la vie est belle », dit-il.

– Quand est-elle morte ?

– En 1980.

Mon étonnement n'échappa pas à Danforth, qui ajouta :

– Donc, vous voyez, Paul, il était tout à fait possible pour une femme douée pour les langues et qui sache un tant soit peu jouer la comédie de survivre à la guerre. Même si elle était liée de près à des Juifs et si son nom a été associé plus tard à un complot contre Hitler.

Je hochai la tête.

– Oui, Anna était une excellente comédienne, dis-je. Ça, on ne peut pas le lui retirer.

– Certes non. Elle a joué une cinglée à New York et la parfaite assistante d'un importateur. Elle a joué la critique d'art quand la cible se tenait en face d'elle. Elle a joué la meurtrière zélée jusqu'au moment où elle s'est fait arrêter.

Tout cela paraissait se bousculer dans l'esprit de Danforth et assombrir ses pensées, mais il n'en continua pas moins :

– Elle jouait à être capable de tuer un homme…

Puis, après un silence cafardeux qui parut raviver toutes les anciennes douleurs qui le tenaillaient encore, il ajouta :

– … et peut-être qu'elle jouait aussi à être capable d'aimer.

– Mais Olga Tchekhova n'a survécu que parce qu'elle était un agent soviétique depuis le début.

Danforth faisait maintenant penser à une créature modelée avec des ombres.

– C'est vrai, Paul, répondit-il d'une voix posée. Un agent soviétique depuis le début. Tout comme Rache. Autrement dit, seul Bannion avait été ce qu'il semblait être.

– Seul Bannion, répétai-je. On pouvait donc le sacrifier.

– C'est le lot des innocents, rétorqua Danforth. Parce qu'ils n'ont aucune importance pour personne. Donc, nous pouvons les tuer sans rien y perdre à part la valeur que nous accordions autrefois à l'innocence.

– Mais vous ne pouviez pas savoir si tout cela était vrai.

– Non, en effet, admit Danforth. Parce que les meilleures conspirations sont comme des poupées russes, Paul. Elles s'emboîtent les unes dans les autres.

Il sourit : un rictus sombre et douloureux qui lui ratatina le visage.

– Il m'aura fallu des années et de nombreuses allées et venues, surtout dans ces tortillards qui sillonnaient l'Europe de l'Est, mais j'ai fini par mettre la main sur Rudy Romanchuk, dit-il, reprenant le fil de son récit. Il était rentré en Ukraine, juste comme l'avait prédit Brock, à Lviv, que les Allemands appelaient Lemberg.

Lviv, 1951

Danforth s'était d'abord rendu à Varsovie, encore en ruine, puis à Radom et, de là, avait continué son épopée vers l'est dans des trains à vapeur ou des cars gémissants à bord desquels s'entassaient des paysans qui mangeaient du pain et du fromage en buvant du *miód pitny* dont ils se passaient la bouteille comme si c'était leur enfant chéri.

– Votre polonais n'est pas mauvais, lui dit un vieillard sur le chemin de Zamość.

Danforth, pour l'occasion, voyageait à l'arrière d'un camion tiré par des chevaux, en compagnie d'un groupe d'anciens prisonniers polonais blottis les uns contre les autres sur une botte de paille fraîche. Le vieillard brandit la bouteille que le groupe se partageait.

– Cette vodka vient de l'ancien monde, dit-il. *Gorzalka*. Vous savez ce que veut dire *gorzalka* ?

Danforth secoua la tête.

Le vieillard prit son visage entre ses mains noueuses, le balança de droite à gauche, fit un large sourire et battit des paupières comme une jeune fille le ferait.

– Ça veut dire : rayonner.

Ce voyage vers l'est fut, pour Danforth, un pur moment de détente. La suite avait été une longue et douloureuse épreuve pour sa carcasse à travers un paysage qu'il avait parcouru bien des années plus tôt, et l'immense étendue de sa dévastation le stupéfiait, même s'il avait suivi la Troisième Armée américaine à travers le territoire français et foulé les quartiers bombardés de Dresde et les ruines de Berlin. La guerre est une chose, mais le massacre en est une autre ; il en prendrait conscience plus tard, et de ville en ruine en ville en ruine, il avait vu le résultat de la cruelle arrogance de l'invasion allemande et de la vengeance tout aussi cruelle de la réoccupation soviétique. Il avait marché le long du ravin de la mort à Doubno et de la vallée de la mort à Bydgoszcz et, une fois qu'il eut atteint Lviv, ce fut sous le pont de la mort qu'il passa pour trouver le taudis glacial de Romanchuk, dans la rue Peltewna.

Au gré de ce parcours tortueux, les soldats soviétiques s'étaient montrés tout sauf accueillants et, à maintes reprises, il avait été escorté et interrogé dans de petites salles aux murs en ciment brut troués d'impacts de balles et d'éclats d'obus. Mais l'art immémorial de la corruption n'avait rien perdu de son charme dont il avait libéralement usé, glissant dans le quotidien de ces hommes épuisés par la guerre, la douceur de repas et d'alcools, s'exprimant dans son russe approximatif en des façons qui les faisaient s'esclaffer, trinquer encore, et ce triste abrutissement lui permettait d'anéantir ce qui arrêterait sa progression vers l'est.

C'étaient des adolescents, ces soldats et ces gardes-frontières faits geôliers, et, dans leurs traits, Danforth avait entr'aperçu la jeunesse dérobée par la guerre. Ils se montraient cyniques, fourbes, et quelque chose en eux avait été défloré, si bien que, par caprice et d'une seconde à l'autre, ils pouvaient devenir extrêmement brutaux. Dans chaque ville, il avait entendu des histoires d'hommes éventrés qu'on avait obligés à danser jusqu'à ce que leurs boyaux se déversent, de troupeaux de femmes menés le long de routes, à travers champs ou sur des ponts comme détecteurs de mines humains, de villageois disposés en hautes pyramides jusqu'à ce que ceux qui en formaient la base soient écrasés et meurent. Mais ce fut le récit d'une vieille femme concernant une adolescente enlevée dans la maison paternelle, près du camp de Lamsdorf, qui resta gravé en lui à jamais. C'était une « Allemande de souche », lui raconta la vieille, dont les parents avaient été tués lors des représailles anti-allemandes déclenchées par les Russes victorieux, lesquelles s'étaient étendues aux territoires de l'Est. La jeune fille avait été entièrement dévêtue dans toute sa blondeur radieuse, victime aryenne parfaite. On lui avait passé une corde autour du cou et on l'avait baladée comme un chien en laisse et chargée à l'arrière d'une camionnette avec des partisans polonais qui tous, imaginait Danforth, « rayonnaient ». On ne l'avait jamais revue.

Ce récit ne présentait rien de plus horrible que les autres histoires de représailles anti-allemandes que Danforth avait entendues, et pourtant cette scène l'avait hanté pendant le reste de son voyage. Quand il arriva à Lviv, il s'était rendu compte que, comme dans le cas d'Anna, c'était le destin mystérieux qui le bouleversait. Il était tourmenté non par ce qui avait été détruit, mais par ce qui avait, on ne savait comment, disparu dans le temps et l'espace ; non par quelqu'un qu'on avait fusillé dans la cour d'une prison, mais par cet autre – perdu dans la nuit et le brouillard – qui, la dernière fois qu'on l'avait vu, se promenait dans un parc ou bien choisissait des pommes au marché.

La nuit tombait quand Danforth atteignit ce qui semblait être une cordonnerie. Une lueur jaunâtre brillait à travers la vitrine, clarté en laquelle il reconnut celle d'une bougie, lui qui en avait tant vu qui éclairaient chichement les rues, plongées dans un noir d'encre, des villes dévastées qu'il avait traversées.

Il frappa à la porte et attendit. Celle-ci s'entrouvrit et un fin rai de lumière traversa le seuil. Un œil flotta, petite bulle marron chassieuse, dans cet entrebâillement et, à cet œil, Danforth présenta son livret militaire périmé.

En allemand que, espérait-il, l'homme comprenait, il dit :

– Capitaine Thomas Danforth. Des États-Unis d'Amérique. Je recherche Rudy Romanchuk pour une question extrêmement urgente.

L'œil cilla, une fois, avec lenteur, lassitude, voire un brin de résignation, et Danforth vit défiler les nombreux crimes pour lesquels Romanchuk pensait qu'il allait devoir finalement payer.

Sans qu'un mot ne lui soit dit, la porte s'ouvrit et Danforth pénétra dans une pièce très endommagée, soutenue par des murs lézardés et des poutres en bois fendues, au plafond affaissé où des traces d'eau s'étalaient, coulaient le long des murs écaillés jusqu'au sol en ciment brut, fissuré et taché, sur lequel se dressaient de vieux meubles et quelques machines hors d'usage. L'aspect miteux du décor correspondait à l'état d'esprit qui régnait en Europe centrale, songea Danforth en lançant des coups d'œil autour de lui : tout s'effritait, tout se déchirait, toutes les frontières se déchiquetaient, tout était plus ou moins à l'abandon.

– Américain ? Venu jusqu'ici ? s'étonna Romanchuk dans une syntaxe bancale qui prouvait que cet homme avait dû passer peu de temps en Allemagne.

Son sourire étincela comme des pièces d'or.

– Vous avoir beaucoup d'argent.

Comme Danforth ne répondait pas, Romanchuk tira une chaise paillée jusqu'au poêle qui trônait au centre de la pièce. À côté, dans une vieille caisse, s'entassaient des boulets de charbon qu'il s'était procurés par Dieu sait quel moyen illégal.

Danforth s'assit sans ôter son manteau ; il faisait

trop froid dans la pièce, une fine couche de glace sur le rebord de la fenêtre en attestait. Il vit que Romanchuk avait peur, comme s'il s'attendait à être arrêté, emmené de force dans le secteur américain, jugé pour quelque crime dont il était certainement coupable, puis pendu ou jeté en prison. Mais il voyait aussi que Romanchuk s'était déjà trouvé en aussi mauvaise posture et qu'il avait appris à croire en sa capacité à se tirer d'embarras.

– Je ne suis pas venu vous arrêter, lui dit Danforth. Je suis à la recherche d'une femme.

Le soulagement illumina le visage de Romanchuk.

– Je peux avoir femme, répondit-il.

Des années plus tard, en lisant des articles sur le commerce des esclaves sexuelles en Moldavie, Danforth se demanderait si Romanchuk était toujours de ce monde, vieux maquereau ridé traversant la frontière en douce pour enlever de jeunes villageoises moldaves et les vendre dans l'arrière-cour des boîtes de nuit de Chisinãu. Ça lui ressemblait bien, songerait-il alors, Romanchuk devenu un ersatz du Kurtz[1] de Conrad, le mal étant le combustible qui ne cessait de l'alimenter et le faire avancer.

– Femme, jeune fille, ajouta-t-il.

Danforth réprima une impulsion violente pour dire :

– Je recherche une femme en particulier. Vous n'avez peut-être jamais entendu son nom, mais quand les Soviétiques vous ont interrogé à Varsovie, c'est elle qui traduisait vos réponses.

Il voyait que Romanchuk s'efforçait toujours de comprendre la situation, de trouver un moyen de la

1. Personnage du roman de Joseph Conrad, *Au cœur des ténèbres*. *(N.d.É.)*

retourner à son avantage. Aux yeux de Danforth, c'était un criminel invétéré, le genre d'homme qui ne se levait pas le matin en se demandant comment gagner honnêtement sa vie. Danforth avait rencontré des tas de types dans son genre au cours des interrogatoires qu'il avait menés à la fin de la guerre, tous des misérables auxquels les Allemands avaient eu recours pour exécuter certains de leurs crimes les plus odieux : violeurs et assassins qu'on avait extraits de leurs cellules dans d'innombrables villes de l'Est, à qui l'on avait fourni fouets, matraques et haches, puis qu'on avait lâchés, enragés, dans les rues et les hôpitaux. Lors d'une de ces atrocités, une cour d'école pleine d'enfants en uniforme scolaire avait été attaquée. Se remémorant les photographies effroyables de cet événement, des groupes de garçonnets et de fillettes terrifiés, les brutes colossales en tenue de détenus s'en donnant à cœur joie sur eux, leurs matraques s'abattant ou cognant déjà les chairs, il s'étonna que de tels scélérats et que le pays qui les avait lâchés dans la nature n'aient pas été exterminés à la fin de la guerre.

À cette pensée, la haine encore vivace de Danforth à l'égard des Allemands s'enflamma en lui et, se projetant en avant, il saisit Romanchuk à la gorge.

– Écoute-moi bien, grogna-t-il. Tu vas me dire tout ce que tu sais au sujet de cette femme, sinon, je te tue.

Son visage, à deux doigts de celui de Romanchuk, étincelait de rage et de mépris.

– On s'est compris ?

Romanchuk fixait Danforth des yeux, incrédule, en homme qui avait vu bien des formes de blessures et de haines, mais jamais comme celle-ci.

– Cette femme a été ton interprète quand les Soviétiques te détenaient à Varsovie, poursuivit Danforth, s'exprimant toujours en allemand.

Puis, recourant à un mot ukrainien qu'il s'était fait un devoir d'apprendre au début de son voyage, il cria :

– *Chutka !*

Parle !

Sans nul besoin d'autre encouragement, Romanchuk raconta à Danforth qu'il avait fabriqué un faux passeport pour un homme sur lequel les Soviétiques essayaient de mettre la main, un agent allemand qui, pensaient-ils, les avait trahis.

– Je leur dis que ce gars veut un passeport et une carte d'identité juste avant que les Allemands signent le pacte avec l'Union soviétique.

– Tu connais son nom ?

Romanchuk secoua la tête.

– C'était gros poisson, parce que l'officier russe était décoré de l'ordre de Lénine.

– Parle-moi de la femme qui a servi d'interprète.

– Petite. Brune. Belle.

– Sa coupe de cheveux ?

– Très courte. Vue de dos, elle pouvait passer pour garçon.

– Tu as une idée d'où elle venait ? Si elle était allemande ou autre ?

– Américaine, répondit Romanchuk sans hésitation.

– Qu'est-ce qui te fait dire ça ?

– Quand on me fait asseoir dans la pièce, avant d'être interrogé, il y a un gardien. En civil, mais c'est un gardien, tu vois ce que je veux dire.

Danforth attendit la suite.

– Un autre garde arrive et, pas assez bas alors j'ai entendu, il dit : « Elle est arrivée, l'Américaine. » Et, oh une minute plus tard, elle entre dans la pièce avec trois hommes.

Comme tant d'autres qu'il avait interrogés, Romanchuk semblait égaré dans des souvenirs surréalistes. Danforth avait déjà vu cette expression à Nuremberg, tant sur le visage des témoins que sur celui des accusés, sur celui des architectes qui avaient conçu les cheminées que sur celui de ceux qui avaient failli y partir en fumée. Elle donnait le sentiment qu'ils croyaient impossible d'avoir fait ou subi ce qu'ils avaient fait ou subi, que tout cela s'était passé dans un lieu imaginaire, avait… franchi toutes les limites.

– À moi, elle ne dit rien, poursuivit Romanchuk. Elle traduit. Mon allemand, pas très bon. Mon russe, pas très bon. Nous parlons ukrainien, et elle traduit en russe.

Il plissa les yeux.

– Non, reprit-il. Elle… disait mal. Enfin, pas exactement mal, elle tait certaines choses importantes.

– Pourquoi aurait-elle fait ça ?

– Je ne sais pas. Peut-être qu'elle protège le type que les Russes recherchent.

– Elle aurait protégé un agent allemand ? s'étonna Danforth.

– Oui. Par exemple, elle ne dit pas que c'est un passeport argentin qu'il veut. Elle dit juste « passeport ». Ils recherchent cet homme, mais elle ne leur dit pas où il est parti.

Son sourire faisait penser à la gueule d'un chien qui bave.

– Moi, je dis rien. Peut-être qu'il est son amant, va savoir.

Dans les années à venir, Danforth s'efforcerait parfois de recréer l'orage de sentiments qui déferla sur lui en cet instant et le laissa éperdu. C'était comme s'il avait vu l'œil du cyclone et avait été pris dans la violence terrible de ses tourbillons.

Romanchuk s'esclaffa.

– Elle met les Soviets sur une fausse piste. Ils ne se rendent pas compte. Elle la joue finement.

– C'est-à-dire ?

– Comme si elle était avec eux. Comme si elle était de leur côté, une bonne camarade. Très amicale. Surtout avec le type qui a l'ordre de Lénine. Elle lui parle même en turc.

– En turc ? s'étonna Danforth.

– J'entends, je reconnais. J'ai travaillé, avant, à Ankara.

– Tu as compris ce qu'ils se disaient ?

– Moscou. Elle se renseigne sur la ville. Il dit que c'est surpeuplé.

Il rit de plus belle, avant d'ajouter :

– Mais il y a toujours de la place dans le Monde des adultes.

Le Monde des adultes, songea Danforth, un terme qu'il avait appris au fil des nombreux interrogatoires où il avait servi d'interprète : le surnom ironique que les Russes donnaient à la Loubianka.

Le Blue Bar, New York, 2001

– Le « Monde des adultes » parce que, sur la place, en face de la prison de la Loubianka se trouvait un célèbre magasin de jouets, expliqua Danforth, « Le Monde des enfants ».

– C'est drôle, dis-je d'un air sombre.

– La Loubianka occupe une position dominante

dans Moscou et l'on dit que des fenêtres du sous-sol on aperçoit la Sibérie, ajouta Danforth sans une once d'humour.

– Très drôle, renchéris-je sur le même ton.

– Avant, c'était le *gos strakhkassa*. Le siège d'une compagnie d'assurances gouvernementale. Strakhkassa signifie bureau d'assurances. Mais *strakh* veut dire « peur » en russe, si bien que, plus tard, les gens l'ont appelé *gos strakha*, « le gouvernement de la terreur ».

– Bien sûr, Romanchuk a prétendu l'avoir entendu dans une conversation.

– Autrement dit, je n'avais que du vent sur quoi me fonder pour continuer. Mais je n'avais rien non plus vers quoi revenir, Paul.

Danforth haussa les épaules.

– Alors, j'ai continué vers l'est, dit-il.

– L'est, répétai-je comme s'il me livrait un indice. C'est là que votre récit semble toujours mener. Un récit qui me fait penser à une histoire de maison hantée dont le héros fouillerait chaque pièce l'une après l'autre, à la recherche du fantôme.

– Le fantôme d'Anna, murmura Danforth sur un ton qui me donna l'impression qu'il m'attirait sur une route dont il savait très bien où elle menait, qu'il me guidait pas à pas, avec prudence et circonspection, vers un épilogue tragique.

– D'une pièce à l'autre, oui, dis-je, mais toujours plus à l'est.

– Toujours plus à l'est, répéta-t-il. Comme c'est bien vu, Paul.

Il m'adressa un sourire fin comme le papier.

– Où vous n'êtes jamais allé, disiez-vous, reprit-il. Le Moyen-Orient, j'entends.

– Non, jamais au Moyen-Orient, répondis-je, un peu

sur la défensive. Mais comme je vous l'indiquais, je connais Moscou.

– Ah oui, Moscou, murmura Danforth.

Et, sur ce mot, il reprit le cours de son récit.

– J'y suis arrivé…

– Minute, l'interrompis-je. Romanchuk prétendait qu'Anna Klein mettait les Russes sur une fausse piste.

– Oui.

– À ce moment-là, vous étiez convaincu qu'elle travaillait pour l'Allemagne ?

– Totalement. Et je l'étais aussi que c'était bien Anna.

– Dans ce cas, pourquoi continuer à la chercher ? Elle vous avait trahi. Avait probablement fait tuer Bannion. Peut-être même Christophe. C'était une…

– C'était une nazie se faisant passer pour une Juive, me coupa Danforth.

– Alors, pourquoi vouloir la retrouver ? insistai-je.

– Vous ne rechercheriez pas la personne qui vous a utilisé et trahi en travaillant pour une cause qui a décimé des millions d'innocents ? s'enquit Danforth.

Ce fut à cet instant que je perçus la haine qu'il nourrissait en lui depuis si longtemps.

– Vous vouliez la tuer ? demandai-je, plus étonné à cette idée que par toutes les autres révélations de Danforth.

– Oui, répondit-il sans détour. Face à une telle trahison, rien ne doit retenir votre main, vous n'êtes pas d'accord, Paul ?

– Si, dis-je d'un ton admiratif que je n'avais encore jamais employé avec lui.

– Ce n'était plus l'amour qui me motivait. Mais la haine.

Il me laissa méditer sur cette brutale volte-face, puis ajouta, la mine défaite :

– Et ce fut Moscou, car il m'apparaissait que c'était le seul endroit où aller.

Il y arriva en novembre 1952, raconta-t-il, homme amaigri et fatigué ayant contracté une pneumonie pendant son voyage et passé quelques jours dans une chambre mal chauffée de Kiev, puis plus de temps encore à errer dans les rues et à s'efforcer d'améliorer son russe avant d'atteindre Moscou.

Moscou était éloigné du reste du monde, pas seulement en distance, mais en termes de paranoïa grandissante.

– Tout le monde était terrifié par tout le monde, poursuivit Danforth. Les contacts que Brock avait à Moscou craignaient, s'ils m'aidaient, d'attirer les soupçons sur eux. Le temps m'était compté, mais je m'en moquais. Pour tout vous dire, Paul, j'avais perdu la capacité de m'en inquiéter. Et il n'existe pas d'endroit plus sinistre que celui-là.

Il se tut un instant, avant d'ajouter :

– Tellement sinistre que ce fut presque une délivrance qu'ils viennent me chercher.

Soudain, il sourit comme s'il abordait un tournant plus réjouissant de son récit.

– Il neigeait ce jour-là, se remémora-t-il.

Il lança un coup d'œil vers la fenêtre, les couches de blanc s'épaississant sur la chaussée et les trottoirs.

– Comme aujourd'hui.

Moscou, 1952

Ce matin-là, il neigeait à gros flocons tandis que Danforth cheminait vers la rue Gorki, ce qui n'empêchait pas qu'une longue file de Moscovites frigorifiés serpentait depuis l'entrée du mausolée de Lénine, comme tous les jours depuis son arrivée. C'était comme si, chaque soir, une nouvelle liste était publiée, où il était stipulé que vous, vous et vous deviez venir rendre hommage au camarade Lénine à telle ou telle heure le lendemain, à croire que des centaines de gens avaient reçu l'ordre de se présenter au même moment, allongeant une file interminable afin de perpétuer le faux-semblant absurde que Lénine et la société effrayante qu'il avait engendrée faisaient toujours l'objet d'un amour universel.

Il n'avait pas aimé Moscou, et ce dès son arrivée. Le seul site majestueux de la ville demeurait la place Rouge, dont le prestige était terni par la laideur environnante. Sans oublier le poids de l'oppression qui transformait chaque minute qu'on y passait en battements de cœur lourds et semblait larder l'air de plomb fondu.

Une fois dans la rue Gorki, il prit la direction de l'Aragvi, le restaurant suggéré par le contact de Brock, sans doute parce qu'étant l'un des plus chics de la ville il y avait peu de chances qu'il soit choisi pour une rencontre que l'on voudrait cacher au KGB.

Une petite Pobieda à la ligne effilée arriva à sa hauteur ; elle avançait lentement à la même allure que lui, puis accéléra d'un coup et pila un peu plus loin. Un homme grand en pardessus en descendit, adressa un signe de tête à Danforth, puis lui fit signe d'approcher en souriant de toutes ses dents.

– *Kiryukha*, dit l'homme en tendant la main.

Le mot signifiait « vieil ami », « pote », ce qui prit Danforth de court.

Puis, abandonnant le russe, l'homme ajouta :

– Montez dans voiture.

Danforth obtempéra et, quelques instants plus tard, il roulait à vitesse raisonnable dans la rue Gorki, l'armoire à glace au volant.

– Vous savez ce que veut dire *pobieda* ?

Danforth admit qu'il l'ignorait.

– Victoire. Appelez-moi… Flynn, d'accord ?

– Comme vous voudrez, répondit Danforth d'un ton sec. Moi, c'est Thomas Danforth.

– Thomas Danforth, votre vrai nom ?

– Oui.

L'homme sourit de toutes ses dents.

– Vous espion peut-être ?

– Non.

L'homme rit de bon cœur.

– Moi, Errol Flynn. Vedette de cinéma américain, dit-il en repartant à rire. Voyez, je vous donne mon vrai nom moi aussi. Vrai nom et vrai métier. Alors, on se dit toujours la vérité, hein, mon ami ?

Ils continuèrent de rouler, avant de faire, ce fut l'impression de Danforth, une série de virages au hasard, Flynn fredonnant un air qui ressemblait vaguement à une version slave de « Dixie ». Ils passèrent devant la poste centrale et sa grande horloge, puis par la rue Pushechnaya et débouchèrent sur la place Dzerjinski où la façade austère de l'immeuble de la Loubianka se dressait de toute sa hauteur devant eux.

– Vous savez où vous êtes, Thomas Danforth ?

– Oui.

– Tant mieux, répondit joyeusement Flynn. C'est bien de savoir où on est.

Sur ce, il braqua brusquement et la Podeba franchit la large entrée de la Loubianka, puis s'arrêta devant ses menaçantes portes en fer. Elles coulissaient, ce que Danforth ignorait, aussi les regarda-t-il, avec un mélange de sensation d'irréalité et de curiosité placide, s'ouvrir pour révéler la vaste cour centrale du bâtiment.

Flynn demeura silencieux, regardant droit devant

lui. Ce ne fut que lorsque les portes eurent disparu à l'intérieur des murs qu'il reprit la parole.

– *Kiryukha*, répéta-t-il en donnant un coup d'accélérateur. Vous êtes arrivé.

Quelques minutes plus tard, Danforth se retrouva dans un réduit minuscule, face à un militaire qui, assis derrière un bureau métallique, compulsait un dossier.

– Ainsi donc, vous recherchez une Américaine, dit l'homme sans l'ombre d'un accent russe, et qui, ne lui laissant pas le loisir de répondre, ajouta, tout sourire : Oh, vous pensiez que nous autres Russes étions des paysans illettrés, capitaine Danforth ?

Danforth fit non de la tête.

– Vous connaissez la nouvelle de Dostoïevski ? demanda l'homme.

– Laquelle ?

– Celle sur un forçat en prison. Tous les autres prisonniers parlent du paysan russe. Pour eux, c'est un cliché. Une brute. C'est ce que ces hommes pensent. Mais le héros de l'histoire se rappelle que, lorsqu'il était enfant, un paysan travaillait les terres de son père et un jour, au risque de sa vie, ce « paysan » s'était interposé entre ce petit garçon et un loup.

Il observait Danforth pour voir le cheminement que la morale de ce conte opérerait en lui.

– Alors, quelle est la signification de cette histoire, mon capitaine ?

– Que les Russes ne sont pas tous pareils.

Il s'esclaffa.

– Certains savent lire… et parlent très bien anglais, c'est ça ?

– Il faut croire, répondit Danforth.

– Je suis le camarade Stanik. Que pouvez-vous me dire sur cette femme que vous cherchez ?

– Elle maîtrisait beaucoup de langues. Notre contact nous l'a décrite comme brune, jeune et jolie.

– Pourquoi la cherchez-vous ?

– Parce que nous détenons des preuves selon lesquelles elle a donné de fausses informations à vos agents. Nous pensons qu'elle l'a fait pour protéger un Allemand qui, par la suite, a fui son pays.

– Et vous supposez qu'elle détient des renseignements sur cet espion ?

– Oui.

– Il doit être bigrement important à vos yeux, dites-moi.

– Nous avons perdu un excellent élément à cause de cet espion allemand. Nous voulons qu'il paie pour ça. Et elle aussi.

– Mais vous ignorez l'identité de cet agent ?

– Nous n'avons que son nom de code : Rache.

Une lueur s'alluma dans le regard de Stanik.

– Rache ? répéta-t-il. Et si vous trouvez cette femme, vous voulez l'interroger ?

– L'interroger, et la ramener pour la faire pendre, répondit froidement Danforth.

Voyant que ce sens aiguisé de la justice plaisait à Stanik, il rassembla son courage, jouant pleinement son rôle à présent.

– Nous autres Américains n'aimons pas plus les traîtres que vous autres Russes ne les aimez.

Cette déclaration parut satisfaire Stanik, mais quelque chose le tracassait, c'était visible.

– Et vous envisagez que cette femme puisse se trouver sur le territoire soviétique ?

– Oui.

– Pourquoi ?

– Parce qu'elle a été vue pour la dernière fois à

Varsovie. En compagnie de personnages officiels. L'un d'eux portait l'ordre de Lénine.

Stanik baissa les yeux sur le dossier.

– Romanchuk, Rudolph, y lut-il. Habite à Lviv. Vous avez passé une soirée ensemble il y a quelques mois, après quoi vous êtes tombé malade à Kiev.

Il releva la tête, souriant.

– J'aime m'assurer que nos renseignements sont fiables, dit-il. Avez-vous quelque chose à ajouter ?

– Non.

Stanik referma le dossier.

– Peut-être devriez-vous rester chez nous quelque temps, dit-il.

Ce par quoi il entendait la Loubianka, c'était évident.

– Rester chez vous ? répéta Danforth en s'esclaffant, feignant de trouver cette perspective ridicule. Je suis citoyen américain.

Le rire de Stanik, lui, n'était pas feint.

– Citoyen américain ? Beaucoup de citoyens américains restent chez nous.

Il inclina le buste vers l'avant.

– Vous êtes à Moscou depuis plusieurs jours, reprit-il. Avez-vous vu notre peuple ? Avez-vous vu les gens faire la queue, dans le froid, serrant contre eux leurs petits sacs ?

Il se pencha encore plus vers lui.

– Savez-vous comment on appelle ces sacs, hein ?

Question purement rhétorique.

– *Avoski*, dit-il. Vous ne parlez pas russe couramment, alors je vais vous apprendre ce que cela signifie. *Avoski* veut dire « au cas où ». Parce que c'est leur espoir, voyez-vous. Mon peuple tend ses petits sacs au cas où il aurait des petits poissons ou des petites patates ou un petit morceau de pain noir à y mettre.

Il ouvrit le tiroir de son bureau et rangea le dossier.

– Mon peuple a appris qu'on peut lui faire du mal et que rien ne peut lui épargner ce mal, déclara Stanik en guise de conclusion. Et vous, mon ami américain, vous allez l'apprendre aussi. Pas de front de l'Est pour les Américains et les Anglais. Jamais de front de l'Est parce que vous auriez voulu que les Allemands nous abattent tous jusqu'au dernier.

Il lança un regard en direction de la porte et cria en russe une phrase prononcée trop vite pour que Danforth comprenne autre chose que *тараканий*, qui signifiait « cafard ».

À une rapidité qui, dans son souvenir, lui paraîtrait toujours aussi irréelle, Danforth se retrouva enfermé dans une toute petite cellule qu'on appelait, il l'apprendrait plus tard, un *bok*. Sa porte métallique était pourvue d'un œilleton ainsi que d'une fente pour passer les plateaux de nourriture et, au-dessus, pendait une ampoule électrique entourée d'un grillage, très lumineuse et très intense, qui, à son avis, ne faisait pas moins de mille cinq cents watts. Une banquette en bois était calée contre le mur face à la porte, et quand Danforth se résigna à s'y asseoir, il vit qu'un œil l'observait par le judas. À intervalles réguliers pendant les dix heures qui suivirent, ce même œil allait et venait, revenait et repartait, comme s'il était non pas réel, mais un œil de verre monté sur un dispositif mécanique qui tournait sur lui-même, la version Loubianka d'un plateau giratoire sur une table de déjeuner.

Pendant ce temps-là, il reçut pour nourriture du pain noir et une soupe claire qui avait un goût d'eau où on aurait rapidement trempé de l'orge.

À un moment donné, des cliquetis résonnèrent et la porte en fer s'ouvrit sur un homme petit et chauve en blouse de laborantin qui se campa devant lui, flanqué de deux gardiens coiffés chacun d'une casquette trop petite sur laquelle était cousue la fameuse étoile rouge.

Le laborantin s'exprima en russe ; il parla de vêtements, mais Danforth ne comprit pas tout ce qu'il disait.

– Pardon ? s'excusa-t-il.

L'homme fit le geste de déboutonner sa blouse puis répéta l'ordre.

– Me déshabiller ? fit Danforth. Et puis quoi encore ?

Au signe de tête de l'homme, les gardiens s'avancèrent, saisirent Danforth par les bras et l'aplatirent face contre le mur.

Ils l'y maintinrent quelques minutes, l'un d'eux lui tordant le bras droit, ce qui envoya une douleur fulgurante de son épaule à son poignet où elle sembla s'immobiliser, comme un charbon ardent. Puis ils le firent pivoter sur lui-même afin qu'il soit de nouveau face à l'homme en blouse.

Ce dernier répéta le même ordre que précédemment, mais en y ajoutant la version russe de *tout de suite*, expression que Danforth comprenait.

– Très bien, dit-il.

Il ôta donc sa chemise, son maillot de corps, ses chaussures, ses chaussettes, son pantalon, pour finir par se retrouver en slip.

Slip que l'homme pointa du doigt et fit signe de retirer.

– Maintenant, précisa-t-il.

– Très bien, répéta Danforth, convaincu, en dépit d'une telle humiliation, qu'il était, en somme, la victime d'un vieux jeu de société. Très bien.

Une fois nu, Danforth resta silencieux et immobile

pendant que l'homme vérifiait l'intérieur de sa bouche. Par un autre geste, celui-ci exigea qu'il soulève ses testicules, ce qu'il fit, attendant ensuite que l'autre ait regardé dessous comme s'il espérait y découvrir un classeur renfermant des secrets d'État. Par un troisième geste, l'homme intima à Danforth de se tourner face au mur, ce qu'il fit, se soumettant à l'examen auquel il s'attendait. Un quatrième geste lui indiqua de s'asseoir sur le banc.

Tandis qu'il prenait place, l'homme en blouse blanche tendit la veste à l'un des gardiens qui, méticuleusement, en déchira la doublure et vérifia que rien n'y était dissimulé. Son collègue fit subir le même sort aux chaussures de Danforth dont il découpa les semelles et les talons avant de les jeter sous le banc.

À la suite de quoi le laborantin s'éclipsa, l'air satisfait, et Danforth, toujours nu, fut escorté dans le couloir par les deux gardiens jusqu'à une pièce où il reçut l'ordre de se doucher.

Il s'attendait à être reconduit en cellule, au lieu de quoi il fut mené, cette fois par un seul gardien, le long d'un interminable couloir flanqué d'une enfilade de portes métalliques. Soudain, il ressentit l'immensité de la Loubianka, combien le bâtiment était long, large et profond, combien il était facile de se volatiliser dans son dédale labyrinthique.

Pourtant il ne s'attendait pas à disparaître corps et biens et donc, pendant les nombreux jours suivants, au fil des interrogatoires et des privations, des coups reçus et de l'interminable supplice de l'insomnie imposée, il continua de croire que tel ou tel jour ou le lendemain il serait relâché. C'était une irréalité qui défiait ce qu'il estimerait plus tard avoir été la plus violente torture de la Loubianka : les cris des autres prisonniers de son quartier. Ils résonnaient, forts et incessants : femmes pleurant pour qu'on leur rende leurs enfants, et les enfants leurs parents ; fonctionnaires appelant à la rescousse leurs supérieurs, voire Staline, qui, semblaient-ils penser, ignorait tout de ces cruautés qu'il n'aurait jamais admises. Ils éclataient, si différents, ces hurlements continuels que, du fond de ses propres hallucinations, Danforth voyait en la Loubianka le lieu où les plaintes immémoriales de l'humanité étaient réunies et entreposées pour l'éternité dans son labyrinthe de métal et de béton.

Reste sain d'esprit, se disait-il, *reste sain d'esprit jusqu'à ce qu'on te libère.*

Puis, un beau matin, qui, d'après ses calculs, se situait trois mois après le début de son incarcération – jamais il ne s'était autorisé à l'appeler une arrestation –, la porte de sa cellule s'ouvrit et on le mena par un autre couloir dans une autre pièce où il se retrouva face à un homme qu'il n'avait jamais vu.

– Je vous en prie, asseoir-vous, indiqua celui-ci avec un fort accent de l'Est.

Danforth prit un siège.

– Donc, un nouvel interrogatoire, dit-il.

– Je suis camarade Ustinov. Je n'ai pas questions.

Il n'avait pas levé les yeux des documents posés sur son bureau.

– Vraiment ? lança Danforth en riant avec la désinvolture qu'il voulait donner à son comportement habituel. Dans ce cas, pourquoi suis-je ici ?

– Pour partir maintenant, répondit Ustinov par-dessus les murmures de son stylo-plume sur la feuille qu'il remplissait à la manière routinière de celui qui, des milliers de fois, avait porté les mêmes annotations sur des pages identiques. S'il vous plaît, signez là.

Danforth prit la feuille que l'homme faisait glisser vers lui.

– Qu'est-ce que c'est ?

– La liste de ce que vous possédez quand vous arrivez ici.

L'homme prit une autre feuille et commença à y porter des annotations, à tracer des croix.

Un inventaire, songea Danforth*, enfin je vais être libre.*

– Pourquoi ne pas simplement tout me rendre ? demanda-t-il.

– Nous gardons. Vous allez ailleurs.

– Ailleurs ? Je ne suis pas libéré ? Où m'envoie-t-on ?

Ustinov fit glisser le second document vers Danforth.

– Signez s'il vous plaît.

Il n'en dit pas davantage.

Danforth abaissa les yeux sur la feuille.

– C'est en russe. Je ne signerai rien que je ne comprenne pas.

Ustinov le dévisagea longuement, puis reprit les documents et les remit dans le parapheur encore ouvert devant lui.

– Vous attendre rien que jusqu'au moment, se contenta-t-il de dire.

– « Rien que jusqu'au moment » ? répéta Danforth en riant. Il n'y aurait pas quelqu'un qui s'exprimerait mieux que vous ?

Ustinov piqua un fard et hurla :

– Ferme-la !

À cet instant, Danforth prit conscience qu'il ne serait jamais libéré et, à mesure que cet espoir le quittait, il éprouva ce que tout homme ressent chaque fois qu'il est prisonnier, retenu dans un monde où rien n'est trop pur pour ne pas être souillé, trop sacré pour ne pas être profané, où aucun droit n'est trop inaliénable pour ne pas être usurpé, aucun bien trop honnêtement gagné pour ne pas être dérobé, aucune partie du corps trop intime pour ne pas être violée, aucune parcelle de l'identité trop établie pour ne pas être effacée.

Le Blue Bar, New York, 2001

– C'était ça, Paul, déclara Danforth, le stalinisme.

Lugubre litanie qu'il s'était appliqué à scander sur un ton mélodramatique, bien décidé à ce que je ressente la fermeté avec laquelle le poing s'était refermé sur des millions de gens, ce qui ne manqua pas de se produire. Puis, tout à coup, il dit :

– Mais la liberté n'est rien, Paul. Ou du moins, on peut en arriver à avoir cette impression quand tout ce qu'on veut, c'est survivre.

Il m'observa un moment, me laissant le temps d'assimiler ce qu'il venait de dire. Puis, après un coup d'œil aux autres clients du bar pour s'assurer qu'ils n'écoutaient plus, il ajouta :

– Côtelettes. Je n'oublierai jamais que c'était écrit en russe, en anglais, en français et en allemand.

– Écrit où ?

– Sur le flanc du *chernyi voron*. Comment le traduirait-on ? Le… corbeau noir. C'était noir, ça, c'est sûr. Des camionnettes de livraison noires. Qui faisaient l'aller-retour de la Loubianka à la gare. Parfois, elles « livraient » du pain, parfois de la viande, parfois des fruits et légumes. *Côtelettes de Moscou* était peint sur les côtés de celle dans laquelle on m'a poussé.

Il se mit à rire.

– Pas sorcier comme simulacre, reprit-il, mais à Moscou, ça n'avait pas d'importance que les habitants sachent ce qu'elles transportaient. De toute façon, ils ne pouvaient rien y faire.

– Connaissiez-vous votre destination ?

– Non. À part qu'on m'emmenait dans une autre prison de la région. Puis la porte s'est ouverte, et je l'ai vu devant moi : le train.

On les fit descendre rapidement de l'arrière surchauffé du véhicule, on les aligna, on les compta, on les entassa à bord des wagons du train qui attendait, me raconta Danforth. Il l'ignorait alors, mais il était l'un des millions de *zeks*, terme argotique qui, il le saurait plus tard, désigne les « prisonniers du Goulag ». Une fois dans le wagon, il avait joué des coudes pour atteindre l'autre côté où il put regarder entre deux cloisons de bois tandis que le train démarrait. Des ouvriers du chemin de fer, sur le bord de la voie, adressaient des signaux au conducteur de la locomotive. À la projection de leur ombre quand le train à vapeur passa devant eux, Danforth comprit qu'il se dirigeait vers l'est.

Des heures durant, défilèrent de nombreux kilomètres de verdure ponctués, au gré des coups d'œil lancés par l'interstice, d'abord de grandes villes, puis de villages se succédant plus rapidement à mesure que le train roulait plus vite. Les hommes dans l'obscurité, serrés les uns contre les autres autour de lui, chialaient comme des gamins, ce qui étonna Danforth jusqu'à ce qu'il comprenne qu'ils se sentaient abandonnés parce qu'on les avait arrachés à leur femme et à leurs enfants, à leurs mère et père, des liens plus profonds que lui-même n'avait et, craignait-il, n'aurait jamais.

Au bout de quelques heures, les premiers cris pour

réclamer à boire s'élevèrent et continuèrent jusqu'à ce que le train s'arrête enfin et que des seaux d'eau leur soient distribués ; plus tard encore, se firent entendre les gémissements de douleur des mêmes hommes qui éprouvaient le besoin d'éliminer l'eau salvatrice. Il entendrait parler de trains équipés de trous dans le plancher des wagons pour se soulager, mais ce n'était pas le cas du leur si bien que les hommes avaient fini par se pisser dessus et le plancher autour d'eux fut bientôt trempé et glissant, l'air empuanti par l'odeur fétide de l'urine.

Il estimait que le voyage jusqu'au premier camp de transit avait duré un peu plus de vingt-quatre heures et, une fois qu'on les eut fait descendre du train, les *zeks* et lui avaient été conduits jusqu'à une prison provinciale où il avait séjourné près d'une semaine. Là, on l'avait interrogé encore et encore, lui posant les mêmes questions, et il en vint à comprendre que le pouvoir en place croyait que sa quête d'Anna Klein était une ruse, qu'en réalité il cherchait à découvrir autre chose, soit un homme, soit un secret d'État. C'était faux, ce que Danforth s'escrimait à leur garantir, mais chaque fois qu'il niait être un agent américain impliqué dans des activités antisoviétiques, il s'ensuivait des menaces hurlées, des coups, des heures interminables d'insomnie.

Encore et encore, le même cycle se répétait : un train, un voyage, une cellule, et de semblables interrogatoires, menaces et insomnies. Des prisons, si nombreuses que l'esprit de Danforth finit par se brouiller au fil de leur succession. On le déplaçait sur la même ligne de chemin de fer, il s'en rendait compte, et si elle était identique aux autres qui s'étiraient dans ces terres vaines, alors autant de maisons d'arrêt avaient poussé dans l'est de la Russie que de fermes au centre de l'Amérique.

Le paysage verdoyant disparut peu à peu, sous la grisaille de la pluie, puis sous la neige fondue plus grise encore et, pour finir, sous un blanc si lumineux que les champs en miroitaient. Le froid de ces derniers jours en transit n'avait, pour Danforth, pas d'équivalent. À ce moment-là, les rangs des loqueteux s'étant éclaircis, la chaleur corporelle était moindre, ce qui, d'une certaine façon, faisait qu'il en voulait à ceux qui étaient morts et avaient été jetés du train, comme si leur faiblesse avait trahi ceux qui survivaient.

Mais au fil de son long périple, son russe s'améliorait. Il apprit des expressions idiomatiques, argotiques et les multiples obscénités pour parler de sexualité et des fonctions corporelles que cette langue permettait, de même que le cynisme teinté d'amertume auquel les Russes semblaient enclins. Il rencontra des prêtres. Des Juifs orthodoxes, des athées. Il rencontra des hommes qui ne croyaient à rien et des hommes qui croyaient toujours en la cause même qui les avait réduits en esclavage et, dans chaque camp de transit, il rencontra de nouvelles figures de la rébellion qu'il pensait laminée par l'oppression. Il le voyait dans la façon dont une miche de pain ou une grosse tranche de bacon fumé volaient d'une fenêtre jusque dans les rangs de prisonniers. Il le voyait dans les efforts déployés par les médecins locaux pour soigner leurs blessures avec le peu de matériel médical dont ils disposaient. Il le voyait dans mille coups d'œil amicaux, signes de tête discrets et, une fois, dans la façon dont un vieux soldat de la Grande Guerre, tandis qu'un autre contingent de *zeks* passait devant lui, avait ôté sa casquette effrangée et l'avait plaquée contre son cœur comme si ces hommes en guenilles, hébétés, étaient des héros de la Mère Russie.

Grâce à ses progrès en russe, Danforth mena l'enquête dans les différents camps de prisonniers et maisons d'arrêt où il fut détenu, espérant toujours découvrir un filet d'informations sur une Américaine trentenaire qu'il décrivait comme brune et qui était ou, du moins, avait été jolie, et parlait plusieurs langues.

Et un millier d'étincelles s'envolèrent de ce que Danforth appelait « l'usine à rumeurs des camps de travail forcé ». Il entendit parler d'une sinistre interrogatrice ayant sévi dans un camp américain non loin de Djezkazgan, piste qu'il suivit au fil des années, tout cela pour découvrir que pareil camp n'avait jamais existé. Il entendit parler d'« une belle fille » ayant fait office de traductrice à la prison de Boutyrka, femme renommée pour sa cruauté, qui, il le découvrit plus tard, était grande et blonde. Aucune de ces deux-là n'était Anna, mais bien que fausses ces rumeurs gravèrent en Danforth une image d'elle : celle d'une espionne qui avait survécu et était, à présent, au service de l'ennemi qu'elle avait feint de mépriser, qui menait ses interrogatoires et hantait les couloirs de ses prisons, riait avec les hommes de main de Staline, fumait en leur compagnie dans leur salle à manger commune et, peut-être, de temps en temps, choisissait un fonctionnaire adipeux et ivre pouvant lui être utile, le rejoignait dans sa chambre et se donnait à lui comme, autrefois, elle s'était abandonnée entre les bras de Danforth.

Le dernier trajet lui fit traverser des villages aux noms qui n'étaient plus russes, mais il n'aurait su dire s'il se trouvait sur les terres des Kazakhs, des Tadjiks ou des Ouzbeks. Les steppes eurasiennes n'étaient plus très éloignées ; d'autres trains et finalement un vapeur l'emportèrent de plus en plus loin vers l'est jusqu'à ce qu'il ait l'impression d'avoir été, camp après camp, transporté jusqu'au bout de la terre.

– Puis mon dernier convoi s'est arrêté, raconta Danforth, et on m'a fait descendre d'un camion chargé d'une quarantaine d'autres *zeks*, puis marcher à travers une forêt épaisse jusqu'à l'endroit qui devait – pensais-je, fidèle à mon sempiternel fatalisme – être choisi depuis longtemps.

Il ne le savait pas, mais il se trouvait à cent cinquante kilomètres au nord de ce qu'on connaîtrait plus tard sous le nom de route des Crânes, dans un camp de travail glacial bâti dans une forêt dont il abattrait, débiterait et chargerait une infinie série de cordées de branches sur de vieux camions gémissant comme du bétail fatigué tandis qu'ils taillaient la route dans la nuit arctique. Il les fendrait à coups de haches qui lui sembleraient à peine plus modernes que celles de l'âge de pierre, sa barbe pousserait, son corps s'amaigrirait et ses yeux s'enfonceraient dans leurs orbites ; à chaque coup d'œil qu'il lancerait à son reflet dans la vitre couverte de givre, il verrait de moins en moins l'homme qu'il avait été jusqu'à ce que, finalement, cet homme-là devienne sur la neige à peine plus qu'une ombre.

Ainsi, Danforth passa ses nombreuses saisons au Goulag.

– On croit ne jamais pouvoir un jour s'extirper de ce puits, dit-il. On travaille et on dort, puis on travaille et on dort. On mange la soupe décrite par Soljenitsyne, celle qui est pleine d'yeux flottants. On regarde la vie et la mort depuis le châlit de son baraquement, tout juste comme le raconte Chalamov.

Il sourit.

– Les nouvelles qu'il a écrites sont bien meilleures en russe, soit dit en passant.

Son sourire perdura un instant, puis s'effaça peu à peu, cédant la place à un air plus solennel que jamais.

– L'honnêteté périt et l'honnêteté survit, voyez-vous, reprit-il. Tu es témoin d'actes de générosité étonnants et d'actes de dépravation innommables, tout juste comme Bardach le décrit dans *L'homme est un loup pour l'homme*. Aujourd'hui, tu lis ces récits bien au chaud dans ton petit appartement en te souvenant que tu étais dispensé de corvée quand il faisait moins quarante degrés et que, tremblant sur ta couchette, tu espérais que la température ne remonte pas pour que tu puisses rester un peu plus longtemps dans cette pièce glaciale. Tu t'attends à ce que cela dure toujours, Paul. Tu t'attends à mourir et à être enterré dans cette toundra gelée. Tu cesses de croire qu'il existe un monde au-delà du camp parce que ce monde n'existe plus pour toi. Tu regardes la Kolyma geler puis dégeler. Tu remarques le retour des moustiques, et tu les hais tant qu'il te tarde que vienne l'hiver. Chaque bénédiction apporte une malédiction, même le don d'un autre jour de vie. Parce que tu es déjà mort, Paul.

Il se tut, et ses traits prirent l'expression de quelqu'un touché par la grâce.

– Puis, reprit-il alors, un après-midi, comme tu rentres des bois, à peine capable de retirer tes pouilleuses mitaines de tes doigts, tu reçois l'ordre de te présenter au bureau du commandant du camp et là, à ta stupéfaction, tu vois ce que tu prends pour un fantôme, car cela ne peut que venir de la vie que tu menais avant de mourir. Tu le contemples, sans voix, clignant des yeux. Tu n'arrives pas à croire que ce fantôme va parler. Ce qu'il fait alors.

– Un fantôme ? demandai-je, le souffle court. Anna Klein ?

Danforth paraissait revoir ce fameux fantôme, mais quant à savoir si c'était sous les traits d'une jeune femme déséquilibrée dans un bar de Greenwich Village, de l'assistante d'un marchand d'art parlant l'allemand, d'une criminelle ou d'une espionne, je n'aurais su le dire.

– Anna Klein ? répéta Danforth d'une voix douce. Ah, Paul, ma petite parabole serait bien différente si tel avait été son vrai nom.

SEPTIÈME PARTIE

Le portail du traître

Le Blue Bar, New York, 2001

Danforth consulta sa montre.

– Ça vous ennuie si nous prenons un taxi ? demanda-t-il. Je dois rentrer chez moi.

– Chez vous ? Maintenant ?

Je sentis que son récit touchait à sa fin et ne voyais aucune raison de l'interrompre.

– Il faut savoir comment vit son prochain, vous ne croyez pas, Paul ? Cela nous porte à la compréhension morale.

La compréhension morale ?

Je craignis qu'une réflexion didactique ne se profile, mais avant que j'aie eu le temps de le formuler ou de protester devant cette interruption brutale de son récit, Danforth s'était levé, enfilait son manteau, nouait son écharpe autour de son cou avec la détermination d'un homme qui ne supportait pas de voir sa méthode remise en cause et que rien ne détournerait de son but.

– Venez, Paul, dit-il. C'est à deux pas.

Ce fut néanmoins plus loin que je m'y attendais car j'avais supposé que Danforth habitait près du Century Club. Mais, sur la Cinquième Avenue, notre taxi obliqua vers le sud et non le nord en direction des quartiers plus huppés autour de Central Park et, quelques minutes plus tard, nous arrivâmes au pied d'un immeuble assez ordinaire à l'angle de Lexington Avenue et de la 28e Rue.

– Ça fait une longue marche jusqu'à votre club, dites-moi, remarquai-je tandis que nous nous avancions vers ce bâtiment si banal.

– Oh, je ne suis pas membre, répondit Danforth d'un ton léger. Clayton l'était et sa femme, qui l'est encore, a eu la gentillesse de m'autoriser à y accéder aujourd'hui.

– Je vois.

Le hall d'entrée beige était décoré de plantes artificielles jaillissant de pots en matière plastique.

– Pas ce à quoi vous vous attendiez, Paul ?

– J'avoue que non, admis-je.

Un ascenseur étroit nous déposa au treizième étage où Danforth me précéda le long d'un couloir atrocement dénué de charme, puis dans un appartement exigu dont le seul luxe était sa vue panoramique du sud de Manhattan dont les gratte-ciel scintillaient au loin de tous leurs éclats, séparés par un horrible vide.

– Ce doit être une vue douloureuse aujourd'hui, dis-je.

– Et enrageante. Parfois, je voudrais tous les tuer.

Il regarda par la fenêtre un moment, puis ajouta :

– Mais comme vous l'aurez pensé tout à l'heure, si nous avions agi de la sorte avec les Allemands, vous ne seriez pas là, n'est-ce pas, Paul ?

– Non.

– Parce que nous aurions tué un de vos grands-pères. D'où était-il, au fait ?

– D'Augsbourg.

– Humm. Il y avait une annexe de Dachau par là-bas.

Cette allusion au camp de concentration de Dachau me glaça le sang.

Et le sourire que Danforth m'adressa ne fit qu'augmenter le froid.

– Alors, comment le préférez-vous, Paul ? s'enquit-il.

– Comment je préfère quoi ?

– Votre café.

– Oh, euh, a-a-avec de la crème, bafouillai-je.

– Vous saurez vous contenter de lait, j'espère ?

– Oui, bien sûr.

Danforth gagna la minuscule cuisine contiguë au coin salon tout aussi exigu. Pendant qu'il préparait le café, je m'assis et englobai la pièce du regard. Elle paraissait modeste, tout était ordinaire à part les massives bibliothèques qui en tapissaient les quatre murs et qui, remarquai-je, contenaient surtout des livres sur l'espionnage, sur les ruses de ce milieu, ainsi qu'une multitude d'ouvrages sur l'Allemagne, pas celle des années 1930 et 1940, période où Danforth y avait séjourné, mais celle de la guerre froide, du début à la chute du Mur. Je fus étonné que plusieurs volumes soient consacrés aux activités de la tristement célèbre Stasi. Je me demandais s'il était possible qu'Anna Klein ait utilisé ses charmes et ses dons linguistiques pour gravir les échelons de la hiérarchie de ces forces du mal et se mettre au service de la version est-allemande du KGB ? Et auquel cas, qu'avait-elle été ? Un agent nazi ? Un agent soviétique ? Les deux ?

– Et voilà, Paul, dit Danforth en me tendant une tasse de café avant de s'asseoir dans le fauteuil face au mien et de boire une gorgée dans la sienne. De quoi me ramener à la sobriété.

– Je doute que l'ayez jamais quittée. Malgré votre

jeunesse aventureuse, vous me paraissez avoir été un homme prudent.

– Pas toujours, répondit-il avec un regard entendu vers la bibliothèque à sa droite où s'alignaient tant de volumes sur l'Allemagne de l'Est sous l'emprise inflexible d'un communisme aujourd'hui désuet. Non, pas toujours, répéta-t-il avant de s'enfoncer plus confortablement dans son fauteuil. Surtout en matière de vengeance.

La vengeance, songeai-je, ce désir qui semblait toujours le tenailler et par lequel il nous ramena à son récit.

La Kolyma, Union soviétique, 1964

– Robert ? murmura Danforth du bout des lèvres.

Tant d'années s'étaient écoulées… le visage de Clayton, si c'était vraiment lui, était constellé de rides et ses cheveux saupoudrés de gris.

– Oui, répondit Clayton.

Il semblait bouleversé par la personne qui lui faisait face : Danforth en guenilles, la barbe hirsute, le corps très amaigri, presque squelettique.

– Le directeur ne parle que le russe, demande-lui quand nous pourrons nous en aller, dit-il.

– Nous en aller.

Danforth n'en croyait pas ses oreilles.

– Oui, nous en aller. Vas-y, Tom, interroge-le.

Danforth se tourna vers le directeur et lui posa la question.

– Un camion d'approvisionnement part pour Magadan dans une heure, répondit celui-ci, l'air contrarié par le document qu'il tenait à la main. Il est écrit ici qu'on doit vous libérer sans délai, alors filez.

Il ne les laissa pas seuls et ne les autorisa pas à s'entretenir, si bien que Danforth en fut quitte pour regarder son vieil ami jusqu'à l'arrivée du camion.

– Filez, redit alors le directeur.

Il considéra Danforth d'un air sévère puis, tout à coup, son expression s'adoucit, lui conférant un brin de mélancolie.

– Donnez mon bonjour à Broadway, lâcha-t-il.

Plus tard, alors qu'ils étaient assis parmi des piles de sacs vides sur le plateau du camion, Clayton dit :

– Ça va faire douze ans que je te cherche.

– Douze ans, répéta Danforth encore sous l'impression de parler une langue qu'il ne comprenait pas.

Il fit un rapide calcul mental dont le résultat le surprit.

– J'ai… cinquante-quatre ans.

– Oui, répondit Clayton avec douceur.

Danforth se rendit compte qu'il n'avait toujours pas posé de questions à Clayton, alors il formula la première d'entre elles :

– Pourquoi m'a-t-on libéré ?

Clayton porta l'index à ses lèvres et secoua la tête.

Soudain, l'échec de son ultime mission transperça Danforth.

– Anna s'en est sortie, dit-il.

– Peut-être pas.

Clayton lui avoua alors avoir inventé l'histoire de l'exécution d'Anna, mais en lui assurant que ç'avait été avec les meilleures intentions du monde. Il ne s'était jamais douté que Danforth retournerait en Europe ni qu'il se heurterait à ce qu'il appelait « la vérité sur Anna Klein ».

– Nous en reparlerons dans quelques jours, ajouta-t-il, mettant un terme à la discussion. Quand tu auras recouvré tes forces. Nous n'aurons pas tout de suite de moyen de transport pour quitter Magadan, alors détends-toi, promène-toi et profite du temps qu'il fait.

Il sourit et ajouta :

– C'est l'été, en Sibérie.

Il en fut donc ainsi, journées tempérées et nuits fraîches qui rappelèrent à Danforth sa maison de campagne qu'il n'avait pas revue depuis plus de vingt ans et dont le souvenir l'emplissait à présent d'une tragique nostalgie.

– Winterset, murmura-t-il comme si c'était un lieu dont il n'avait fait que rêver.

– Que tu reverras très bientôt, lui assura Clayton.

Clayton avait réservé des chambres dans un hôtel miteux de Magadan et, une fois là, Danforth se rasa et prit un bain, des luxes qui lui procurèrent une joie qui le surprit. Simplement pour être propre. Si peu de gens connaissaient leur bonheur.

Pendant la journée, il marchait sans se presser dans les rues de la ville, toujours pris en filature, ce qu'il remarqua et rapporta à Clayton.

– Moi aussi, répondit ce dernier. Mais nous avons été des espions, non ?

Elles furent courtes, les premières promenades de Danforth, et suivies de plusieurs heures de repos. Il prenait ses repas dans la salle à manger spartiate de l'hôtel, toujours en compagnie de Clayton qui veillait à détourner ses propos de toute autre discussion sur sa libération soudaine.

À mesure qu'il reprenait des forces, Danforth s'aventurait plus loin pour finir par atteindre le port où il observait les pêcheurs à leurs filets et suivait des yeux la lente avancée des péniches et des vapeurs qui arrivaient. Plus d'une fois, il vit une cargaison de *zeks* descendre la passerelle en traînant les pieds et monter à bord des camions qui les attendaient, et il fut frappé par l'idée que si ce flot régulier avait continué sans interruption depuis son arrivée au Goulag, alors des centaines de milliers de personnes étaient passées par là, nombre qu'il trouvait inconcevable et inoubliable.

Ainsi les jours s'égrenèrent et, à mesure, Danforth retrouvait de la vigueur, même s'il restait maigre et était souvent assailli de brusques accès de fatigue. Sans crier gare, un grand poids s'abattait sur lui, lourd comme les rondins qu'il avait portés sur ses épaules, et il se laissait tomber sur une chaise ou sur le lit, de plus en plus écrasé sous cette charge jusqu'à s'aplatir dans le sommeil.

Près de deux semaines s'écoulèrent et Danforth ne chercha pas davantage à savoir pourquoi on l'avait libéré. La captivité, il faut croire, lui avait appris à se résigner. Il se contenta donc d'écouter Clayton l'instruire des faits notables de ses années perdues. Il n'en revint pas d'apprendre l'assassinat d'un jeune président des États-Unis, et fut encore plus surpris qu'il ait été catholique.

Puis, un soir, Clayton se présenta à sa porte.

– Allons faire un tour, proposa-t-il.

Ils quittèrent l'hôtel, marchèrent de par les rues, puis obliquèrent jusqu'à la baie et poursuivirent leur chemin.

– Tom, tu as été libéré parce que les Soviétiques veulent en savoir plus sur Rache, déclara Clayton de but en blanc.

– Je ne sais rien sur Rache.

– Ils pensent que tu étais à sa recherche, répondit Clayton sur une inspiration qui parut lui demander de gros efforts. Ils ne croient pas que ç'ait jamais été Anna.

– Mais ç'a toujours été Anna, lui dit Danforth. Parce que je suis sûr qu'elle m'a trahi.

– Pour eux, elle était de mèche avec Rache depuis le début, enchaîna Clayton.

– De mèche avec Rache, répéta Danforth à mi-voix.

Elle rejaillit de plus belle, réapparut et resta en suspension telle une odeur nauséeuse dans l'air ambiant : la trahison d'Anna. Il repensa au passé mystérieux de cette femme, au Loup gris d'Angora, à la connaissance inexplicable qu'elle avait des environs de Bakou et des positions allemandes en Azerbaïdjan et à d'autres indices moins évidents d'une vie qu'il ne parvenait toujours pas à situer sur la mappemonde.

Clayton dut se rendre compte que des souvenirs d'Anna tourbillonnaient dans l'esprit de Danforth, car il laissa son vieil ami se laisser happer un moment par ce gouffre, avant de dire :

– Les Russes ont une mémoire d'éléphant. Ils sont toujours à la recherche de Rache, ils veulent lui faire la peau. Ils pensent que tu peux les y aider.

– Comment ?

– En interrogeant Anna.

– Anna ? souffla Danforth.

Ils avaient atteint les rivages de la mer d'Okhotsk aux quais d'une tristesse indicible où Danforth, il s'en souvint alors, avait, tant d'années plus tôt, été débarqué d'un vapeur. Ils étaient arrivés de nuit pour repartir aussitôt, et il n'avait eu le temps d'apercevoir que quelques lumières tandis que, sous bonne escorte, il descendait la passerelle enneigée du bateau avant de monter à l'arrière d'un camion à bord duquel il avait cahoté le long de la route des Crânes.

– Anna est ici, Tom, dit Clayton, scrutant le visage émacié de Danforth. Ici, à Magadan. Ils l'ont conduite à l'hôtel hier soir. Chambre 304.

Danforth prit conscience que son esprit, engourdi

et détaché de tout depuis si longtemps, cherchait des chemins de traverse pour pouvoir absorber une si profonde révélation.

– C'est le prix de ta libération, ajouta Danforth.

Danforth le considéra, incrédule.

– Je croyais que j'étais déjà libéré.

Clayton secoua la tête.

– Ils voulaient que tu goûtes à la liberté. Pour que tu saches à côté de quoi tu passais.

– Que feront-ils à Anna ?

– Rien de plus que ce qu'ils lui ont déjà fait.

Clayton laissa le temps à Danforth d'accuser le coup, avant d'ajouter :

– De toute façon, quelle importance, Tom ? Ce n'était rien qu'une nazillonne.

Danforth se rappellerait bien souvent ces paroles de Clayton, du ton amer sur lequel il les avait prononcées, comme elles l'avaient lui-même empli du souvenir de sa propre rage.

– Bon, d'accord, lança-t-il froidement.

Sur ce, ils reprirent le chemin de l'hôtel, puis longèrent un couloir jusqu'à la chambre 304.

Dans les années qui suivraient, Danforth réentendrait ses pas traînants sur la moquette usée, retrouverait la sensation de son regard passant d'un garde à l'autre de part et d'autre de la porte, l'un d'eux étant clairement sous les ordres de son compagnon.

Ils le reconnurent aussitôt, et ce fut très cordialement que l'un des deux lui adressa un signe de tête tandis que l'autre, avec des gestes affables, ceux d'un père qui craignait d'éveiller son enfant, ouvrait la porte puis reculait d'un pas pour le laisser entrer.

Danforth ne leur adressa pas la parole. Il passa simplement devant eux et pénétra dans une chambre où une lampe de chevet projetait une lumière jaunâtre et, sous cet unique éclairage, il la vit, assise devant la fenêtre tout juste comme à Paris tant d'années plus tôt, la contempla pleinement, vêtue de la blouse grise des *Zeks*, les cheveux rasés et parsemés de gris. En s'approchant, il constata les ravages de sa détention prolongée, ses joues profondément ridées et ses lèvres gercées par le froid. Il découvrit toutes les marques de la vieillesse prématurée se riant de l'âge mûr, autant de souffrances qui le laissèrent parfaitement indifférent parce qu'il savait ce qu'elle était et ce qu'elle avait fait. Et il se rappela, souvenir cuisant, le sale tour qu'elle lui avait joué à Munich, Rache sans doute son amant plus que lui-même ne l'avait jamais été.

À présent, c'était à lui de feindre d'aimer.

– Bonjour, Anna, murmura-t-il avec toute la douceur de l'amoureux transi qu'il avait décidé de mettre à son service.

Elle ne paraissait pas surprise de le voir.

– Debout ! cria sèchement l'un des gardes en russe.

À cet ordre, Anna se leva tant bien que mal.

– C'est moi Tom, lui dit-il en s'avançant vers elle.

Elle parut percer à jour son double jeu et le considéra sans la moindre lueur d'affection dans le regard.

– On m'a dit que tu allais venir, rétorqua-t-elle avec raideur. Qu'est-ce que tu veux ?

– Un service, répondit Danforth en bataillant pour faire naître un rictus sur ses lèvres. Au nom du bon vieux temps.

Elle le foudroya du regard.

– Le bon vieux temps, cracha-t-elle.

– Munich, ajouta-t-il.

Elle eut un sourire qui plissa sa bouche mais ne transparut pas dans son regard, et Danforth eut l'impression que toute la douceur dont il se souvenait chez elle avait été remplacée par ce personnage dur comme la pierre qui lui faisait face.

– Munich, répéta-t-elle.

Il crut percevoir du mépris dans sa voix, décida de l'ignorer.

– Je n'ai jamais cessé de t'aimer, Anna, mentit-il. Je n'ai jamais cessé de te chercher.

Il écarta les bras pour l'attirer contre lui, mais elle recula aussitôt comme devant une chose qui la dégoûtait, lança un regard vers la porte toujours ouverte où les gardes en faction avaient tourné la tête vers eux.

– Anna, dit Danforth d'une voix éraillée. Ce que tu étais à l'époque…

Elle leva la main pour le faire taire, et il se rendit compte combien celle-ci était calleuse, abîmée par les travaux forcés.

– Je n'ai rien à te dire, laissa-t-elle tomber.

Elle regarda de nouveau les gardes sur le seuil.

Ses yeux s'agrandirent et un sentiment atroce la submergea, une sorte de férocité animale. C'était comme si un être humain totalement différent avait toujours vécu dans cette coquille et ne se révélait que maintenant, l'ancienne peau tombant, la créature en émergeant tant bien que mal, vivante, se tortillant sous ses yeux, aussi effrayante que le serpent d'Aaron.

– *Heil* Hitler ! cria-t-elle froidement.

Un zèle exalté brillait dans son regard tandis qu'elle faisait le salut, bras levé, campée devant lui, raide comme tous les fanatiques SS.

– *Heil* Hitler ! répéta-t-elle.

Danforth mesura alors à quel point Bannion avait vu juste, tant d'années plus tôt, le jour où il l'avait traité de romantique irrécupérable ; il en était un, et à un tel point que, même lors de ces derniers instants, il avait espéré trouver un dénouement heureux au long gâchis qu'avait été sa vie, une rédemption pour Anna et lui, la révélation que jamais, au grand jamais, elle n'avait été ce qu'il savait à présent d'elle.

– *Heil* Hitler ! brailla-t-elle pour la troisième fois, des mots qui ramenaient à la mémoire de Danforth tous ses souvenirs des procès et des camps au côté de l'ignoble trahison d'Anna Klein jusqu'au moment où cette vague bouillonnante atteignit son paroxysme, où, en ce qui serait, il le savait, son dernier geste envers elle, il s'avança et, avec toute la force de son amour perdu, toute la passion qu'il aurait espéré mettre dans un baiser, il la gifla.

Lexington Avenue, New York, 2001

– Je l'ai giflée, répéta Danforth.

Il se tut un moment, puis me demanda :

– Vous attendiez-vous à une grande scène d'amour, Paul ?

Je le regardai, sous le choc.

– À un « happy end » ? insista-t-il.

– Sans doute que oui, admis-je d'une voix mal assurée. C'est ce qu'on espère tous, non ?

– Oh, je n'aurais pas mieux dit. Mais les illusions sont les plus grandes alliées de la vie, vous ne croyez pas, Paul ?

– Je ne vois pas ce que vous voulez dire.

– Croire qu'on connaît quelqu'un ou qu'on maîtrise l'issue de sa vie. Il est certain que je sais ce que cette fin heureuse eût été dans mon cas : qu'Anna se mette à parler, qu'elle me dise tout sur Rache, une histoire établissant clairement qu'elle n'avait jamais été sa complice. Et peu importait que cette version soit hautement improbable. Dans mon fantasme romantique, j'y croyais, ainsi que les Russes. Ils seraient tellement séduits par celle-ci qu'ils libéreraient Anna des griffes du Goulag et je m'empresserais de la ramener à New York où nous vieillirions ensemble, couple aux cheveux grisonnants qui se promènerait bras dessus bras dessous dans Central Park.

Un soupir las lui échappa.

– Mais c'était impossible, je le crains.

Il me transperça du regard.

– Savez-vous quel est le fait essentiel de la vie, Paul ?

– Non.

– Qu'on peut si facilement la gâcher. Tant de précieux petits jours.

Une vieille fureur, qu'il parut tout juste capable de dominer, le fit vaciller. Puis il recouvra un calme précaire et dit :

– J'ai fini par rentrer au pays, mais il ne restait plus rien de mon ancien monde. Danforth Imports avait survécu tant bien que mal en mon absence mais, à mon retour, l'entreprise était au bord du gouffre. Je l'ai vendue, ainsi que la maison de Winterset, et j'ai soldé les comptes. Je ne pouvais nier l'évidence : je n'avais plus ni le cœur ni la tête aux affaires, alors j'ai accepté un poste d'enseignant dans une école de langues, ici, à New York. Et en plus, je donnais des cours particuliers.

Il jeta un coup d'œil vers la table où deux couverts avaient été dressés, ce qui indiquait clairement qu'il avait toujours eu l'intention de m'inviter.

– Et je pensais à Anna, bien sûr.

Une froideur noya son regard.

– Mais jamais plus sous l'emprise d'illusions et jamais plus avec amour.

– Mais attendez. Vous n'aviez obtenu par Anna aucune information sur Rache, n'est-ce pas ?

– Non.

– Dans ce cas, pourquoi les Russes vous ont-ils laissé partir ?

Danforth sourit.

– Ah, le plancher rossignol pépie.

Et au lieu de me répondre, Danforth haussa les épaules et reprit le cours de son récit.

Ainsi, les années passèrent, dit-il, et ses premiers étudiants prirent de l'âge et devinrent parents alors que lui-même restait seul, avançant dans la foule anonyme tandis que les jupes devenaient plus courtes, les cheveux plus longs, que les subtilités de langage et tout ce qu'il avait autrefois qualifié de réserve disparaissaient sous l'éclairage aveuglant de nouvelles thérapies, et que les anciennes vérités de sa classe sociale ne suffisaient plus à régenter l'époque.

– Savez-vous comment Edmund Burke appelait les bonnes manières, Paul ? Les « draperies de la décence de la vie ».

Le petit côté désuet de la formulation et de l'opinion me fit sourire.

– Vous croyez donc encore à l'esprit chevaleresque ?

– Il faut bien que quelqu'un y croie, non ? répondit-il. Sinon chaque génération s'éveillerait devant le vide absolu.

Vrai ou faux, songeai-je, mais ça nous éloigne de son récit.

– Bref, dis-je, vous étiez enfin libéré d'Anna Klein.

J'étais loin d'être un romantique aux yeux pleins d'étoiles, pourtant je ne pouvais m'empêcher d'être impressionné par les longues recherches de Danforth, aussi victoriennes semblent-elles à notre époque d'e-mails et de *speed-dating*. Éprouver de tels sentiments ne fût-ce qu'une fois dans sa vie, je trouvais que c'était une bénédiction, même si Danforth avait sûrement dû être partagé.

– Libéré, oui, souffla-t-il. Et donc, je me suis installé dans un âge mûr sans histoire qui aurait pu gentiment suivre son cours année après année jusqu'à ce que j'atteigne la vieillesse, puis continuer jusqu'à ce qu'on me mette en terre. Mais il s'est produit quelque chose qui a changé le cours de mon destin, une chose qui ne serait pas arrivée si je ne m'étais pas trouvé sur le trottoir devant le Lincoln Center, un soir. Un taxi s'est arrêté et un homme en est descendu. Il portait un fez rouge, et le chauffeur lui parlait en turc et, en entendant cette langue, je me suis souvenu qu'au temps où j'aimais Anna elle m'avait, une fois, parlé de Bakou.

Il paraissait s'émerveiller des détours empruntés par son esprit.

– Je ne saurais dire pourquoi, Paul, mais une insondable nostalgie s'est emparée de moi. Je savais ce qu'Anna était, et je ne m'inquiétais plus de savoir où elle se trouvait ni comment on la traitait. Pourtant, malgré tout, j'éprouvais le besoin irrépressible de voir quelqu'un qu'elle avait connu, qui l'avait connue, qui avait entendu sa voix. À l'époque, il ne restait plus qu'une personne au monde dans ce cas-là.

Il sourit.

– LaRoche.

– LaRoche ? demandai-je, étonné qu'il refasse surface dans le récit de Danforth.

– Après la guerre, il avait pas mal réussi comme vendeur en gros de confiseries, me répondit Danforth.

Il a été d'accord pour me retrouver à l'endroit même où nous avions eu rendez-vous tant d'années plus tôt.

Washington Square Park, New York, 1974

– Joint, joint, chuchota le jeune homme au moment où Danforth passait devant lui, proposition illégale qu'il trouva plutôt amusante vu ses cheveux gris, ses joues rasées de près et l'aspect conservateur de son costume croisé.

Danforth, âgé maintenant de soixante-quatre ans, était un modeste professeur de langues, loin du profil habituel des clients d'un dealer.

Il observa un moment le manège de ce jeune, puis, comme s'il s'aventurait dans un quartier ayant changé du tout au tout depuis sa propre jeunesse, il s'enfonça dans le parc.

Cette fois, LaRoche était arrivé avant lui, vêtu d'un costume gris qui ne parvenait pas à dissimuler son embonpoint. Il ne lançait plus de regards autour de lui, ne semblait plus à cran, faisait plutôt penser à un vieux bourgeois, bien nourri et nanti. Malgré tout, un petit air de défavorisé s'accrochait encore à lui, une mélancolie vieux continent dont aussi bien son âge que sa réussite new-yorkaise n'avaient pas réussi à le débarrasser. Tocqueville les appelait « les habitudes du cœur », et LaRoche semblait incarner la preuve qu'il était plus difficile d'y renoncer que de changer de pays ou de conditions de vie.

– Bonjour, lança LaRoche, s'arrachant un sourire.

– Monsieur LaRoche, répondit Danforth avec un signe de tête. Ça fait longtemps.

– Comment m'avez-vous retrouvé ? J'ai oublié de vous le demander.

– J'ai consulté l'annuaire. LaRoche Ventes en gros. Vous vous êtes spécialisé dans les confiseries orientales.

– J'ai toujours eu un faible pour le miel, répondit LaRoche qui n'avait plus qu'un soupçon d'accent étranger.

Ils évoquèrent brièvement le passé : Winterset couvert de neige, Winterset parsemé de fleurs printanières.

Danforth savait que LaRoche avait appris l'arrestation d'Anna et le suicide de Bannion, mais il ignorait si on lui en avait dit plus.

– Après Munich, je n'ai revu Anna qu'une seule fois, dit-il. Elle était en Russie.

Il raconta les circonstances de cette ultime rencontre, qu'il avait essayé de lui arracher des bribes d'informations sur un espion allemand qui, d'après les Russes, les avait trahis, qu'elle s'était soudain métamorphosée en une *pasionaria* nazie – ce qu'elle avait sans doute toujours été –, récit qui le blessait encore en dépit du temps écoulé.

LaRoche garda le silence après que Danforth eut terminé, et ils restèrent assis l'un à côté de l'autre, regardant droit devant eux, l'air étrangement abattu, comme deux hommes qui finiraient par admettre qu'ils ont dilapidé toute leur fortune.

Alors, LaRoche déclara :

– Ils vous ont laissé partir après cette dernière entrevue avec Anna ?

– Oui.

– Pourquoi ?

Danforth haussa les épaules.

– À quoi bon me garder ? Ils avaient fini par reconnaître que tout ce que j'avais toujours cherché, c'était

Anna. Maintenant que je l'avais retrouvée, je ne leur étais plus d'aucune utilité.

– Oui, c'est plausible, murmura LaRoche du bout des lèvres, comme on fait un vœu improbable. C'est plausible à moins que cette dernière rencontre n'ait eu un but caché.

Il semblait pensif, comme s'il tournait et retournait dans sa tête tout ce que Danforth venait de lui apprendre.

– En la quittant, que ressentiez-vous ? s'enquit-il au bout d'un moment.

– Que c'était fini, souffla Danforth. Ma quête.

– Votre quête de quoi ?

– Ma quête de la vérité sur Anna Klein, je suppose.

– Humm, fit LaRoche en dodelinant de la tête.

Danforth le scruta attentivement.

– Qu'y a-t-il ? demanda-t-il. À quoi pensez-vous ?

– Qu'elle jouait peut-être la comédie.

– La comédie ? Dans quel but ?

LaRoche partit à rire.

– C'est un jeu de l'esprit auquel il m'arrive encore de m'adonner, répondit-il. Regarder les choses autrement sans me soucier de la direction insensée où cela m'entraînera.

– Et quelle direction insensée prenez-vous en l'occurrence ?

– Je me disais qu'on avait peut-être obligé Anna à faire ce qu'elle a fait quand elle vous a vu. Qu'il y avait quelque chose qu'elle voulait protéger.

– Rache est celui qu'elle voulait protéger, dit Danforth d'un ton amer.

– À moins que les Rouges ne se soient livrés avec vous à un jeu fort ancien. Un jeu qu'ils connaissent bien et pratiquent très souvent.

Danforth voyait que LaRoche en jouait un à sa

façon, lançant une supposition gratuite sans autre raison que de démontrer qu'il connaissait bien le monde de machinations secrètes qu'il avait autrefois fréquenté.

– Quel jeu ? enchaîna Danforth, entrant dans le sien.

– C'est un vieux stratagème. Ils vous laissent découvrir une chose dans le but de continuer à vous en cacher une autre qui a plus de prix à leurs yeux que celle que vous recherchiez.

– Je ne recherchais rien à part Anna.

– Mais est-ce vraiment elle que vous avez trouvée ?

– Ce que j'ai trouvé, c'est une espionne nazie, répliqua Danforth d'un ton amer.

– À moins qu'ils ne l'aient contrainte à faire ce qu'elle a fait.

– Vous l'avez déjà dit, s'impatienta Danforth. Pourquoi se seraient-ils amusés à ça ?

Le regard de LaRoche semblait émaillé de mille complots plus alambiqués les uns que les autres.

– Vous aviez fait preuve de beaucoup d'acharnement dans toute cette affaire, dit-il. Alors, supposons qu'ils subissaient des pressions pour vous libérer. Ou qu'ils en aient eu assez de vous avoir sur leurs tablettes, comme ils disent. Quelle qu'en soit la raison, ils ont décidé de vous relâcher. Mais ils voulaient d'abord vous neutraliser. La seule façon pour eux d'y parvenir était de vous mettre en présence d'Anna. Une fois que vous aviez constaté qu'elle était cette folle nazie, vous pouviez rentrer dans votre pays, reprendre le cours de votre vie et ils n'auraient plus à se préoccuper de vous.

– Qu'est-ce que ça pouvait leur faire que je continue ou non à rechercher Anna ?

LaRoche prit l'air d'un adulte expliquant ce qu'était le mal à un enfant.

– Parce qu'en la recherchant, vous pourriez découvrir

celui ou celle qu'ils protégeaient encore. Un de leurs anciens agents. Ou une taupe qui leur fournissait toujours des renseignements. Ou quelqu'un qui les aidait depuis très longtemps.

– Comme qui ?

LaRoche haussa les épaules, s'apprêtant de toute évidence à jouer sa carte maîtresse.

– Comme Rache, déclara-t-il.

– Mais Rache était un agent allemand. Les Soviétiques ne se seraient souciés de lui que s'il avait été… s'il avait été…

– Un des leurs, s'écria LaRoche comme s'il abattait son va-tout. C'est justement le principe de ce stratagème.

Il eut un fin sourire.

– Supposons que Rache se soit fait passer pour un Allemand antinazi, reprit-il, et que, ce faisant, il ait berné Bannion, et en bernant Bannion ait berné Anna qui ait fini par passer sa vie à protéger celui-là même qui l'avait trahie. Ah voilà qui serait une partition subtile. Qu'il aurait interprétée à la perfection. Pour que les Allemands continuent de croire qu'il était un de leurs agents et Anna de penser que c'était un agent américain alors qu'en réalité il était depuis le début un agent soviétique.

Il regarda Danforth d'un air entendu.

– Tout a fonctionné à merveille, reprit-il. À part vous, qui continuiez de représenter un problème pour eux, Tom.

– En quel sens ?

– Parce ce que vous persistiez à chercher Anna et que, ce faisant, vous cherchiez Rache, répondit LaRoche, clairement satisfait de lui. S'ils devaient vous libérer, ils voulaient que vous laissiez tomber votre enquête. Donc, ils vous ont joué un de leurs tours.

Il souriait toujours de voir comme tout cela s'imbriquait à la perfection.

– On appelle ça le portail du traître.

Lexington Avenue, New York, 2001

– J'aurais pu le franchir les yeux fermés, soupira Danforth, le regard brûlant d'un feu familier. Alors, quand Anna jouait-elle la comédie ? À Munich, le soir où elle s'est donnée à moi ? Ou à Magadan ?

Il haussa les épaules.

– Pour moi, une seule personne avait la réponse à cette question. Nom de code : Rache.

– Attendez, intervins-je. Êtes-vous en train de me dire que vous avez pris au pied de la lettre les élucubrations de LaRoche ?

– Oui.

– Ce n'étaient que de simples suppositions.

– Qui me sont venues en me faisant l'avocat du diable, je sais. Quand bien même elles auraient été vraies, comment serait-il possible de retrouver Rache ? Il pouvait être n'importe où en Union soviétique. Ou en Allemagne de l'Est.

Je lançai un coup d'œil à la vaste bibliothèque qui se dressait derrière le fauteuil de Danforth et regorgeait de livres sur l'Allemagne de l'Est, la Stasi, tout le réseau d'intrigues de la guerre froide qui avait étendu ses tentacules depuis des bureaux gris de Berlin Est. Je ne doutais pas qu'il se soit plongé dans ces ouvrages, les ait étudiés en détail, ait dessiné les organigrammes d'innombrables hiérarchies à la recherche d'indices susceptibles de lui indiquer où, dans cette ruche grouillante d'agents, il pourrait trouver une certaine abeille.

Danforth surprit mon regard et saisit la balle au bond.

– Je devais partir du principe que Rache était un maître espion, dit-il. Un habile triple agent s'étant fait passer pour un agent américain pour mieux berner Bannion, puis pour un agent allemand pour mieux berner les nazis alors que, depuis le début, il travaillait pour les Russes.

Une lueur de la vieille paranoïa stalinienne dont il avait parlé plus tôt s'alluma dans son regard, au point que j'en vins à me demander s'il se pouvait que la santé mentale dont il avait fait preuve jusqu'alors soit une comédie de séduction aussi subtile que celle qu'il avait, jusque-là, attribuée à Anna Klein.

– Rache, siffla-t-il entre ses dents. La vengeance.

Il laissa ce mot dériver comme un nuage de fumée âcre dans l'air ambiant.

– Quand vous aurez besoin d'un objet de haine, vous le découvrirez, croyez-moi, enchaîna Danforth. Vous le trouverez et le peindrez dans les couleurs de votre choix. Sans personne d'autre vers qui me tourner, je me suis concentré sur Rache. Il est devenu mon Moriarty, mon Antéchrist. Je ne pensais plus qu'à une chose : découvrir une fois pour toutes s'il nous avait trahis.

À ces mots, Danforth redevint lui-même, un homme de raison et d'analyse prudente dont l'esprit ne bouillonnait plus de suppositions nourrissant des fantasmes de vengeance, mais qui se concentrait sur la méthode grâce à laquelle il apporterait la réponse à la dernière question importante de sa vie.

– Je me suis creusé la cervelle pour trouver un point faible dans tout ça, reprit-il, et il me revenait sans cesse que pendant l'interrogatoire de Romanchuk, était présent un vieillard qui portait à son revers l'ordre de Lénine et à qui Anna s'était adressée en turc. Je me suis souvenu qu'Anna, lors d'une conversation avec LaRoche, avait évoqué Bakou, la capitale de l'Azerbaïdjan qui partage une frontière avec la Turquie et faisait alors partie de l'Union soviétique.

– Ce sont des éléments très disparates.

– Certes, mais enquêter sur une conspiration implique de faire des recoupements, répliqua Danforth. De déterminer la position de ce qui va vous permettre de cibler ce qui s'est réellement passé.

Aussi absurde que cela me paraisse aujourd'hui et que cela lui ait semblé alors, Danforth s'était embarqué dans un travail de fourmi. Il s'agissait pour lui de découvrir ce qu'il appelait la position grâce à laquelle il pourrait établir un lien entre l'ordre de Lénine, la maîtrise du turc et la connaissance de Bakou.

– En l'occurrence, Romanchuk se trompait, dit Danforth. Du moins, en ce qui concerne l'ordre de Lénine. C'était peu de chose, en réalité. Des tas de gens en ont été décorés. Pilotes, scientifiques et constructeurs aéronautiques. Ingénieurs et physiciens nucléaires. Un explorateur polaire. Il est arrivé un moment où on l'a même accordé à la *Pravda*, puis à des régions entières du pays pour tel ou tel service rendu à l'État. Beaucoup de gens l'ont reçu plusieurs fois.

Danforth m'expliqua que ses recherches s'étaient muées en une tâche monumentale, fastidieuse et chronophage, mais que jamais il n'avait baissé les bras et, tous les jours, après avoir donné ses cours, il prenait le chemin de la bibliothèque. Des semaines, des mois, des années durant, il était passé entre les deux lions austères et entré dans la vaste salle de lecture avec ses longues tables et ses lampes aux abat-jour verts. Il avait travaillé tous les soirs jusqu'à l'heure de la fermeture et quand il rentrait chez lui, fatigué, il se rappelait qu'il faisait tout cela pour Anna.

– L'amour prend maints visages, Paul, mais l'amour perdu n'en a qu'un, murmura-t-il pour toute explication.

Il m'apparut que la quête de vérité qu'avait menée Danforth avait été motivée par un besoin fugace comblé lors de cette nuit à Munich, mais jamais plus partagé. C'était un homme atteint d'un mal incurable, condamné à endurer pour la vie la souffrance d'avoir aimé à un moment de danger suprême une femme extrêmement mystérieuse, amour qui avait réduit à néant tout espoir qu'il puisse un jour aimer de nouveau.

– Il m'a fallu des années, reprit Danforth, mais j'ai fini par localiser un général soviétique qui avait géré le conflit ethnique récurrent en Azerbaïdjan.

Il secoua la tête.

– Un bain de sang, ce coin du monde, soupira-t-il.

– Vous parliez d'un général soviétique, lui rappelai-je.

– Oui. Sergei Loukoudovich Solotoff qui, après la guerre, était retourné vivre à Bakou. Quand j'ai fini par frapper à sa porte, il avait quatre-vingt-six ans.

Bakou, Azerbaïdjan, 1981

Le général Solotoff habitait l'ancien hôtel particulier d'un magnat du pétrole, bâtisse délabrée du vieux Bakou qui avait connu son heure de gloire. La tour de la Vierge était visible de l'extrémité de la rue et, au-delà, le bleu de la mer Caspienne s'étendait jusqu'aux confins de l'horizon. Danforth n'était venu là qu'une fois, tant d'années plus tôt qu'il ne se rappelait rien ou presque à part les marchands de tapis qui en drapaient les vieilles murailles et qui, il en fut surpris, le faisaient toujours. Mais le château s'était effacé de sa mémoire, ainsi que les minarets des mosquées ; ses souvenirs étaient à présent aussi érodés que la petite statue en pierre qui trônait toujours sur la place du marché.

Solotoff n'avait pas été dégradé comme tant de généraux de Staline, raison pour laquelle Danforth fut surpris qu'il réponde à son courrier. Il soupçonnait le vieil officier de vivre retiré dans le cocon de la solitude du grand âge, raison pour laquelle il devait voir d'un bon œil l'occasion de raconter sa vie.

Dans sa lettre, Danforth s'était présenté comme un historien collectionnant les récits verbaux se rapportant à la guerre. Dans sa réponse, le général lui avait fait part en russe, d'une belle écriture, de sa participation à la défense héroïque de Stalingrad, prenant soin d'énumérer ses multiples médailles et titres honorifiques. Il ne parlait pas d'espionnage, et vu la vaste étendue de ses activités militaires, Danforth doutait qu'il s'y soit beaucoup consacré, un fait qui suggérait que cet homme s'était impliqué dans l'enquête sur Rache pour une raison particulière, après quoi, indemne, il avait repris ses obligations militaires.

– Ah, soyez le bienvenu, dit-il en russe quand il ouvrit la porte de son hôtel particulier à Danforth, si avenant, si aimable qu'il lui fit penser à un Errol Flynn *made in Russia*.

Danforth salua Solotoff en russe, puis le suivit jusqu'à une petite pièce qui donnait sur ce que, dans cette partie du monde, on appelait la vision féminine, ce par quoi on entendait une terrasse fermée où les femmes cloîtrées pouvaient regarder, sans être vues, un univers qui, autrement, leur était interdit.

– Un si long chemin pour venir écouter mon histoire, dit Solotoff.

Il avait sorti du fromage de chèvre et des fruits secs, ainsi que des tranches de viande séchée que Danforth n'identifia pas et ils s'assirent, face à face, sur de petites chaises en bois. Danforth refusa poliment la vodka, ce qui parut soulager le vieil homme, le thé devant être meilleur marché. Il était tombé bien bas, cet ancien soldat en qui le nouvel ordre en place ne voyait guère plus qu'une relique stalinienne. Sa retraite était sans doute fort modeste, se dit Danforth, si elle n'était pas réduite ou suspendue. Il avait survécu à son époque et à son idéologie, et la révolution qu'il avait servie s'était embourbée dans une corruption et une inefficacité si profondes qu'elles avaient provoqué un tollé général et même des grèves, les travailleurs russes commençant à s'impatienter de ne pas entrevoir le paradis des prolétaires.

Trois heures durant, Danforth écouta le vieux général raconter ses souvenirs de guerre qui concernaient surtout les horreurs de la bataille de Stalingrad, comment Khrouchtchev avait organisé la défense de la ville d'une main de fer.

– Nous avions positionné des mitrailleuses derrière nos soldats, expliqua-t-il, et s'ils essayaient de reculer après une charge, nous les abattions.

D'un haussement d'épaules, il balaya cette horreur à vous glacer le sang.

– Donc, soit ils prenaient la position qu'ils avaient l'ordre d'attaquer, soit ils étaient abattus pour refus d'obéissance.

Il fit la moue.

– La guerre, ce n'est vraiment pas drôle, soupira-t-il.

Puis il posa une question qui offrit une ouverture à Danforth.

– Avez-vous fait la guerre ?

– Oui, répondit Danforth.

Et il saisit la balle au bond.

– J'étais espion.

– Espion ? dit Solotoff, sans que cela paraisse le troubler le moins du monde.

– J'ai pris part à la préparation d'un assassinat. Mais le complot a été déjoué.

Solotoff ne parut pas plus troublé par cette révélation qu'il ne l'avait été par la première réponse de Danforth.

– Qui projetiez-vous de tuer ?

– Hitler.

Une lueur s'alluma dans le regard du vieil homme, qu'il noya aussitôt dans son rire tonitruant.

– Quel dommage que vous ayez échoué. Il faisait moins quarante quand ces salauds d'Allemands ont battu en retraite. Nous les avons poursuivis comme si nous étions des loups. La grande, la courageuse 5e armée. Nous les avons massacrés comme autant de petits agneaux tremblant de froid. Celui qui vous attaque dans votre pays mérite de mourir. Voilà ce que je crois.

Danforth sourit.

– Moi aussi, soyez-en sûr.

Il fit de son mieux pour paraître perplexe face à un curieux mystère non résolu.

– En ce qui concerne Hitler, nous avons failli réussir, reprit-il. Du moins, nous avons failli essayer. Mais les Allemands nous ont arrêtés. Je me suis toujours demandé comment.

Solotoff resta silencieux, mais Danforth voyait à son regard qu'il réfléchissait.

– J'ai toujours été convaincu que nous avions été trahis, poursuivit Danforth.

– Oh, sûrement, lâcha Solotoff l'air de rien. Un espion nage dans une mer grouillante de requins.

– Un nom en particulier a toujours flotté sur ces eaux, lança Danforth. Rache.

Ce nom ne tomba pas dans l'oreille d'un sourd, Danforth le vit et se pencha en avant.

– Dites-moi, êtes-vous déjà allé à Varsovie, mon général ?

– Bien des fois, répondit Solotoff. Et vous ?

– Après la guerre. J'ai pas mal visité l'Est après la guerre.

– Ah oui ?

– Dubno, Lviv, Kiev, Moscou.

Danforth s'interrompit une fraction de seconde, puis dit :

– Magadan.

– Ah, fit Solotoff. C'est loin à l'est, ça.

– Mais ça se voit depuis le Monde des adultes.

Le regard de Solotoff se durcit.

– Quand avez-vous été libéré ?

Danforth eut lui-même du mal à croire à la réponse qu'il fit.

– Depuis la nuit des temps.

– Et pourquoi revenir dans nos tristes contrées ?

– Parce que je veux savoir qui m'a trahi.

Danforth ne parla pas d'Anna, ayant atteint le stade où un homme se retourne sur son passé et sent que, dans la quête de vérité qui a duré toute sa vie – quelle que soit cette quête –, il s'est trahi, il a dilapidé ses jours, et que révéler la nature de ce gaspillage le ferait passer pour un fou ou un imbécile.

– Je veux me venger, dit-il.

Une raison que Solotoff, il en était certain, comprendrait.

– Venger ma vie.

– Comment vous y prendrez-vous ?

– En tuant le traître, répondit Danforth d'une voix neutre.

– Vous êtes un peu âgé pour une telle mission.

– Je n'ai rien d'autre.

– Et vous avez fait tout ce chemin.

– Oui.

Danforth entrevit le vieux loup russe dans le regard de Solotoff et prit conscience qu'il avait devant lui un homme trahi par son passé et dont le dévouement farouche s'était usé ; ce n'était plus qu'un pauvre vieillard en mal de reconnaissance qui n'avait rien d'autre à vendre que ses souvenirs.

– Dites-m'en plus sur Varsovie, l'encouragea Solotoff.

– J'y ai rencontré un faussaire du nom de Romanchuk. J'ai eu affaire à lui après la guerre. Vous-même l'avez peut-être interrogé à Varsovie.

– Qu'est-ce qui vous fait croire ça ?

– Un des interrogateurs portait l'ordre de Lénine et parlait le turc, répondit Danforth d'un air faussement indifférent. Vous avez reçu cette décoration et vous étiez autrefois très puissant ici, en Azerbaïdjan, donc je suppose que vous parlez le turc. J'ai fait le rapprochement, vous correspondez à l'homme qui avait le plus de chances d'être à Varsovie quand Romanchuk y a été interrogé.

– Vos deux premières affirmations sont justes, reconnut Solotoff à contrecœur. Mais pourquoi vous dirais-je si vous avez raison quant à la troisième ?

Les tout premiers souvenirs que Danforth avait des

pays de l'Est lui revinrent en mémoire : l'abîme de corruption décrit maintes fois par son père et les éternels malheurs des Balkans. Il revit les bandits le long de la voie de chemin de fer, la crucifixion, le chef de cette bande impitoyable, la façon qu'il avait de marcher parmi les passagers terrorisés, faisant un signe de tête vers montres, bracelets, boutons de manchette, avec, dans ses yeux sans âme, la lueur que Danforth voyait à présent briller dans ceux de Solotoff. C'était une âme morte, et les âmes mortes, ça s'achetait.

– Je vous paierai, répondit-il. Je vous paierai si vous me dites où se trouve Rache.

Solotoff but une gorgée de thé, lentement pour s'accorder le temps de réfléchir.

– Que savez-vous d'autre au sujet de cet interrogatoire à Varsovie ? finit-il par demander.

– Une femme était présente. Une Américaine. On l'avait fait venir pour traduire de l'ukrainien de Romanchuk.

Solotoff reposa doucement la tasse qu'il regarda comme un prêteur sur gages en aurait examiné la moindre ébréchure, le moindre défaut.

– Combien êtes-vous prêt à lâcher ?

– Est-ce vous qui avez interrogé Romanchuk ? Vous êtes-vous adressé à cette Américaine en turc ?

Solotoff sourit de toutes ses dents.

– C'est possible, répondit-il. C'est une longue chaîne qui s'étire très loin en arrière. Je vais devoir enquêter. Ça risque d'être long. Et mes contacts ne sont pas sans besoins. Je vais devoir me montrer généreux.

Généreux. Il entendait, Danforth l'avait compris, qu'il y aurait de nombreux paiements.

Le sourire de Solotoff étincela tels les crocs d'un chien et, sur l'instant, Danforth repensa aux soldats de Plötzensee, aux nombreux gardes-frontières dont il avait graissé la patte, à la joie enivrée qu'ils prenaient au pouvoir qu'ils avaient sur lui et à tous ceux qui, après eux, l'avaient interrogé sous une ampoule nue, aux coups qui lui pleuvaient dessus dans le camp, toujours donnés par une brute épaisse qui se marrait en cognant. *Les Russes*, pensa-t-il avec une montée de haine qu'il eut du mal à maîtriser et il sut que, en cet instant, il aurait pu les tuer tous avec plaisir.

Solotoff termina son thé, reposa la tasse sur la table, puis se renfonça dans son fauteuil et attendit.

– Vingt mille dollars américains, lança-t-il.

– Comment devra s'effectuer le paiement ?

Solotoff éclata de rire avant de dire sur le ton de la plaisanterie :

– Le pétrole suinte par de nombreux trous à Bakou.

Derrière cette réponse sibylline, Danforth entrevit le vaste tamis de la corruption soviétique, le général Solotoff y faisant figure d'un homme hargneux aux nombreuses lignes de conduite dans le labyrinthe de petits marchés et de vieilles faveurs qui ne manquait pas de portes de sortie.

– Je devrai être sûr des renseignements que vous me transmettrez, le prévint Danforth.

– Vous n'aurez qu'un seul renseignement, répondit Solotoff en guise de point final à une négociation avec un acheteur agité. Un nom. Une adresse. C'est tout.

Ses yeux brillèrent comme les neiges de Stalingrad mouchetées de sang sous la lumière du soleil.

– Quand nous aurons un accord, vous allez devoir attendre, reprit-il. Mais soyez sûr que je vous donnerai des nouvelles.

Lexington Avenue, New York, 2001

– Le marché fut conclu, et je repartis pour New York où j'attendis que ce héros de l'Union soviétique me contacte, déclara Danforth avec un mépris non dissimulé. Je ne doutais pas qu'il finirait par le faire.

Il lut l'incrédulité sur mon visage, comme si souvent au cours de son récit, et il fournit aussitôt une histoire corollaire établissant que la sienne était parfaitement crédible.

– Les services de renseignements étrangers suivent leurs anciens agents à la trace, m'expliqua-t-il pour prouver la véracité de ses dires. Prenez le cas d'Engelbert Broda.

Il expliqua que pendant dix ans, de 1938 à 1948, un espion soviétique dont le nom de code était Eric avait envoyé des secrets nucléaires anglais à Moscou. Il était alors la principale source d'information des recherches britanniques sur la bombe atomique.

– Ceux du MI5 l'ont toujours soupçonné, me dit Danforth. Ils lisaient son courrier et contrôlaient tous ses déplacements.

Mais ils ne le démasquèrent jamais et ce ne fut que soixante-dix ans plus tard, quand les dossiers du KGB finirent par être ouverts, que les Anglais apprirent qu'ils avaient vu juste.

– Broda avait même transmis les travaux sur la première bombe atomique réalisés dans le Projet Manhattan, déclara Danforth. À lui seul, il a permis aux Soviétiques de rattraper leur retard sur l'Occident et, ce faisant, a changé le visage de la politique étrangère pour les décennies à venir. Alors, comment dire, un seul petit espion isolé peut atteindre ce que vous qualifiez de vaste visée géopolitique.

– Que s'est-il passé quand on a démasqué Broda ?

– Rien. Il était déjà mort. Avec une réputation de scientifique très respecté. Il a une magnifique sépulture dans une section très prisée d'un cimetière de Vienne.

Il parut soudain se laisser emporter vers une région plus glaciale.

– Bizarre, ce qu'un cimetière peut révéler, murmura-t-il.

L'espace d'un instant, il demeura en ce lieu lointain. Puis, comme souvent au cours de notre conversation, il revint brutalement au présent.

– Broda n'a jamais été démasqué, dit-il.

– Dommage, lançai-je d'un ton léger comme si la trahison n'était qu'une trace de buée qu'on essuie sur une vitre. Très fort d'avoir été plus malin que tout le monde pendant si longtemps.

– Malin ? Peut-être. Mais ce que j'ai découvert de plus curieux sur les espions, c'est qu'ils doivent faire confiance à tant de gens pour garder le secret. Ils ont des supérieurs, mais qui dirige ces supérieurs ? Aucun espion soviétique n'a jamais été directement sous les ordres de Staline. Il y avait des strates et des strates de personnes qui connaissaient tel ou tel agent et dont l'agent en question a toujours ignoré l'identité.

L'ironie de ce que Danforth dit ensuite ne m'échappa pas.

– Un espion peut ne jamais se faire démasquer, Paul, mais il ne peut pas complètement se cacher. Le double jeu laisse toujours une trace.

– Piste que Solotoff suivait alors ? avançai-je.

– Évidemment, répondit Danforth dont le regard m'indiqua clairement qu'il lisait dans mes pensées. Ah, vous espérez une fin spectaculaire. Une poursuite sur les toits ? Ou en guise de scène finale, deux vieux bonshommes en venant aux mains, comme Holmes et Moriarty aux chutes du Reichenbach ? Est-ce ainsi, Paul, que vous voudriez que mon histoire s'achève ?

– Franchement, oui. Pourquoi pas ? Si Rache est un traître, il mérite la mort.

– Oui, c'est sûr. Et si je ne peux assouvir ma vengeance sur Rache, peut-être le pourrais-je sur quelqu'un d'autre ? De toute façon, à la fin, c'est moi le héros, non ?

– Oui. Nous avons tous besoin d'être un héros.

Je lançai un coup d'œil vers la blessure encore à vif dans Lower Manhattan.

– Surtout maintenant.

– Ça, c'est bien vrai, Paul. À un détail près.

– Lequel ?

Danforth me considéra avec tristesse, en homme ayant déployé d'énormes efforts pour une cause perdue.

– Qu'un héros n'éprouve pas le besoin d'en être un.

J'eus la sensation d'être apparu aussi jeune et naïf à la fin de son histoire que je l'étais au début.

– En ce cas, dites-moi, lançai-je dans un élan de sincérité qui me surprit. Qu'est-ce qui est réellement héroïque ?

– Admettre que rien n'est simple, répondit-il gravement.

Danforth me regarda comme s'il m'évaluait une dernière fois afin de déterminer si j'allais ou non entendre l'épilogue de son récit.

– Les dommages collatéraux sont inévitables, dit-il presque pour lui-même.

Il inspira, tendu, puis souffla lentement, expiration qui semblait porteuse de la dernière mesure de ses forces.

– La lettre du vieux général qui finit par arriver était rédigée en russe. Elle disait simplement : *Делай с ним, как хотели.* Ce qui signifie : « Faites de lui ce que vous voudrez. » Au-dessous, étaient écrits un nom et une adresse.

Danforth prit une nouvelle inspiration, lente, laborieuse, chargée, semblait-il, du poids du meurtre.

– Je suis donc parti pour trouver un homme que je n'avais jamais vu, dit-il.

Il se tourna d'un côté, ouvrit le tiroir de la petite table entre nous et en sortit un vieux revolver.

– Et, s'il avait trahi Anna, pour le tuer.

Buenos Aires, 1983

Il s'était attendu à apprendre que Rache habitait Cracovie ou Budapest, voire l'ancien refuge des espions que fut Vienne où il aurait pu s'asseoir chaque après-midi devant sa pâtisserie, son thé et regarder la Colonne de la peste en repensant aux beaux jours de trahison, le meilleur agent triple du monde parce qu'il était passé entre les mailles du filet.

Mais une fois que Solotoff eut fourni l'adresse de cet homme qui portait, ce fut une surprise, un nom allemand, Danforth vit la chose autrement, et pendant le vol depuis New York, il l'imagina, à l'instar de tous ces personnages depuis la guerre : assis au frais sous sa véranda, écoutant le chant d'oiseaux tropicaux, l'air ambiant imprégné par une odeur de mangues ; ces hommes qui avaient amené l'hiver dans le monde vivaient en toute sécurité sous les splendeurs ensoleillées.

Que la perspective d'atteindre son but produise encore des flammes si vives le surprit, car, dans tous les autres domaines, il sentait la marche du temps, l'approche inéluctable de la mort. La vie, au final, était une persécutrice qui attendait l'instant de frapper, et il savait que celui-ci viendrait bientôt. Peut-être était-ce cela sa vraie liberté, pensa-t-il : qu'il puisse commettre un meurtre avec la certitude que, quoi qu'il arrive par la suite, cela ne durerait pas longtemps.

Ainsi, si Rache était un traître, ça, il le ferait… pour Anna.

Un taxi le conduisit à son hôtel sur l'avenida Florida. Il défit ses bagages, puis se coucha pour une nuit de sommeil agité. En rêve, il revisita les différents stades de sa vie : jeune sans expérience, aventurier superficiel, assassin du dimanche, romantique obsessionnel à l'âme tourmentée et, dorénavant, homme solitaire en sa dernière mission, homme plein de rage pouvant peut-être enfin personnifier ce qu'il cherchait depuis si longtemps : la vengeance.

Le matin lui seyait mal : dans le miroir, il voyait les rides profondes, les cernes marqués, les cheveux neigeux tellement en broussaille qu'ils en devenaient comiques. Le temps est une mare dans laquelle on finit par se noyer, et, en regardant son visage flétri, Danforth se sentit suffoquer sous les nombreux regrets qui pesaient sur lui. N'aurait-il pas dû savoir dès le début que tout cela était de la folie et, comme ce genre d'exploit, finirait dans le désastre ? Aux premiers feux de son amour pour Anna, n'aurait-il pas dû faire de son mieux pour l'éloigner de ces bêtises, sauvant ainsi leur vie à tous les deux ? Un signe subtil de traîtrise lui avait-il échappé qui, s'il l'avait vu, aurait pu la sauver ? Rache était-il passé devant lui un jour ou bien s'était-il assis à ses côtés, silhouette muette derrière une plante en pot, suivant des yeux Bannion ou Anna, voire Danforth lui-même, sachant très bien qu'ils n'étaient que des espions au petit pied, aux espoirs stupides et d'une audace aveugle ?

Après les obsèques de Clayton, son épouse avait donné à Danforth l'ancien revolver de service de son mari, respectant ainsi la volonté que son vieil ami avait exprimée quelques heures seulement avant de mourir. Ce serait une bonne chose, songeait Danforth à présent, que l'arme de Clayton fasse le baisser de rideau sur un drame qui avait commencé tant de décennies plus tôt.

Il n'avait visité Buenos Aires qu'une fois, en compagnie de son père, mais il se souvenait encore du vieux quartier de La Locanda, émaillé de petites maisons peintes de couleurs vives. Il avait lu que là, dans ces rues si pittoresques, derrière ces façades si charmantes, les victimes de la répression étaient séquestrées et torturées avant de disparaître, et il se demanda si Rache avait trouvé refuge dans ce monde de souffrances. Il savait que certains hommes étaient attirés par des cachots à vie et des antichambres de la mort. Il en avait rencontré lors d'interrogatoires auxquels il avait participé ou qu'il avait lui-même subis. C'étaient des raclures de bidet, et il en avait assez appris sur le monde pour comprendre qu'ils étaient aussi nombreux que des grains de sable. Mais il ne faisait plus partie de ce monde, songea-t-il, n'était plus enclin à se mêler de ses grandes affaires. Il ne s'y était consacré qu'une fois, cela avait été un désastre, et désormais il se sentait à l'aise dans la limite de son besoin de représailles. Il n'avait pas sauvé le monde, mais il était indubitablement prêt à en éliminer un salopard.

Et ça, il le ferait pour Anna.

C'est donc ici, songea-t-il comme l'autobus s'arrêtait à la croisée des routes, *que l'histoire prend fin.*

La maison qu'il localisa peu après le frappa par son

aspect modeste. Si la vie imitait l'art, un récit s'étalant sur plusieurs décennies et divers continents devrait avoir un décor épique pour son épisode final. Mais le pavillon était petit, délabré, doté d'une cour exiguë et d'un toit dégradé par des tuiles cassées.

Soudain, Danforth se souvint des fois où il avait tué, et sa mémoire lui insuffla du courage en lui rappelant les vies qu'il avait ôtées à bout portant. Le meurtre n'était pas nouveau pour lui, se rappela-t-il, et malgré les années, son index appuierait avec toujours autant de résolution sur la détente. Le moment venu, ses muscles se régleraient sur sa volonté. Ç'avait toujours été la clef de l'action et, tandis qu'il s'avançait et tirait le portail en fer rouillé permettant d'accéder à l'allée qui menait à la porte du pavillon, il se dit qu'il était redevenu l'homme qu'il avait été tant d'années plus tôt : *Fais-le pour Anna.*

Le sol dallé était inégal et traître pour quelqu'un de son âge, et Danforth le foula lentement, prudemment, les yeux rivés sur ses pieds jusqu'à ce qu'il atteigne la porte. Là, il prit une profonde inspiration, le temps de récupérer, et frappa.

Celui qui lui ouvrit, pâle et dégarni, le regard vague et vitreux, n'affichait pas la duplicité malveillante à laquelle Danforth s'attendait. Il avait imaginé le mystérieux Rache encore dans la plénitude de sa jeunesse, musclé, droit comme un I. À ces caractéristiques, il lui arrivait d'ajouter des traits qui tantôt étaient slaves, tantôt aryens, mais toujours diaboliquement cruels et bassement retors. Il se rendait compte que sa haine ôtait tout vieillissement, toute décrépitude et usure du temps à ce portrait et que de mille et une façons d'autres hommes faisaient cela tous les jours, éclairant les teintes démoniaques selon la férocité de leur besoin de vengeance.

– *¿ Qué pasa ?* demanda le vieillard.

Il plissait les yeux, réflexe qui permit à Danforth de prendre conscience que sa vision était si affaiblie qu'il ne distinguait sans doute qu'une forme floue sur le seuil de chez lui.

– Ma voiture est en panne, répondit Danforth en espagnol. Je me demandais si vous me permettriez de téléphoner.

Le vieillard acquiesça et ouvrit sa porte.

Danforth entra et suivit son hôte dans une petite pièce encombrée de livres et de documents, encore que ce qui retint son attention fut une table basse jonchée d'un fatras de médicaments – aérosols, pommades, comprimés –, la classique ordonnance du grand âge.

Un téléphone se trouvait sur une autre table et le vieillard décrocha le combiné à tâtons pour le tendre à Danforth d'une main tremblante qui faisait danser le fil.

Danforth feignit de téléphoner, puis rendit le combiné au vieil homme.

– Ils envoient quelqu'un, dit-il.

Le vieillard désigna un siège, lui indiquant qu'il pouvait attendre l'arrivée du dépanneur. Puis il se laissa lui-même tomber sur une chaise en osier, insistant, d'un signe de tête, pour que Danforth fasse de même.

– *Hace calor.*

– *Sí*, répondit Danforth.

– *¿ De donde es usted ?*

– *Nueva York.*

– Ah ! *Tengo une hija qué aún vive alli.*

Une fille qui habite à New York, songea Danforth. Ainsi, il avait donc tout eu, cet homme : une femme, un enfant.

– *¿ Vive usted solo ahora ?* s'enquit-il, devant par prudence s'assurer que le vieillard habitait seul.

– *Sí. Soy soltero.*

Ainsi donc, il vivait seul, comprit Danforth, et sa fille loin de là.

Parfait.

Danforth remarqua une grosse chope, munie d'un couvercle en étain.

– Cette chope avec la fille de ferme, dit-il, renonçant à l'espagnol. J'ai vu la même en Allemagne.

– En Allemagne, oui, indiqua le vieillard en changeant aisément de langue. J'étais là-bas pendant la guerre.

– Moi aussi, j'y suis passé, répondit Danforth. À Berlin. Près du Landwehrkanal.

– Ah, oui. Triste endroit. Le cadavre de Rosa Luxemburg a été jeté dans ces eaux.

Il n'en fallut pas plus pour que Danforth se souvienne du moment où, tant d'années plus tôt, ils marchaient tous le long de la Spree, et revoie Bannion s'arrêter et regarder un pont, le visage défait par un mélange de colère et de tristesse.

– Pourquoi nous avoir trahis, Ted ?

Le vieillard battit lentement des paupières, comme si, terré là depuis tant d'années, il avait toujours su que les gonds du portail du traître tourneraient un jour. À présent, ces légers grincements devaient lui faire prendre conscience, pensait Danforth, que le fait qu'il vive ou qu'il meure était décidé depuis longtemps.

– Tom, souffla Bannion.

Danforth se demanda pourquoi il n'avait pas tout bonnement sorti son revolver et fait feu. À quoi bon continuer de parler, après tout ? Qu'espérait-il ? Il ne trouvait aucune réponse à ces questions et, comme pour en apporter une, il sentit sa main se glisser dans son manteau, suspendre un instant le geste, puis s'enrouler autour de la crosse du revolver.

– Vous travailliez pour l'Allemagne depuis le début, lança-t-il. Vous n'aviez jamais eu l'intention de mener le complot à bien.

Bannion remua, mouvement saccadé, douloureux dans lequel Danforth vit le reflet de sa propre gestuelle, celle des vieillards.

– Je n'ai jamais travaillé pour l'Allemagne, dit-il. J'aurais tué Hitler sans ciller. J'aurais fait tout ce que je disais être prêt à faire. C'était l'idée d'Anna de le tuer, vous vous rappelez ? Une excellente idée qui venait de sa détermination, que j'admirais.

Il émanait de lui une étrange assurance, constata Danforth, comme si ses talents d'autrefois lui revenaient, les grands pouvoirs de son long double jeu s'extirpant de leurs tombes, foulant la terre.

– Je n'ai jamais travaillé pour l'Allemagne, répéta-t-il.

– Pour l'Union soviétique, alors ?

– Bien sûr, Tom. Et j'ai été loyal jusqu'au bout. Raison pour laquelle les Russes m'ont toujours protégé.

Il s'interrompit, comme sous le coup d'une soudaine prise de conscience.

– Jusqu'à maintenant, du moins, ajouta-t-il.

Il parut comprendre que l'histoire se retournait contre lui.

– Quand un grand bâtiment s'effondre, seuls les rats s'en sortent vivants. Lequel est venu vous trouver, Tom ?

– C'est moi qui suis allé le trouver, répondit Danforth. Parce que je n'ai jamais cessé de chercher Anna.

Le sourire de Bannion oscillait entre admiration et

mépris ; il semblait effaré que Danforth ait répondu si assidûment à cet appel muet.

– Pour vous, il n'y aura jamais eu qu'elle, Tom, soupira-t-il. Pour moi, il y aura toujours eu autre chose de plus grand.

Alors, il se lança dans son récit.

Munich, 1939

Bannion écarta les rideaux et jeta un coup d'œil à la rue en contrebas. C'était un geste qui, depuis longtemps, servait à le calmer, simple regard sur la vie quotidienne. Il se rappelait l'époque où il montait les poutres au-dessus de Broadway, avec des types qui les manœuvraient depuis plus longtemps que lui et avec plus de grâce, et dont la simplicité pudique lui redonnait le moral, comme ils riaient en racontant des histoires, vrai sel de la terre. C'était chez ces hommes que, pour la première fois de sa vie, il avait entr'aperçu le monde que ses camarades de l'Est étaient déjà en train de bâtir et qu'il espérait aider à créer. Beaucoup d'Américains, il le savait, avaient déjà fait le voyage jusqu'en Union soviétique, travaillaient là-bas, bâtissant le monde nouveau. Il avait lu des articles sur eux dans le *New Masses*, entendu leurs louanges scandées par de nombreux orateurs de rue. Vint le moment où il leur prêta allégeance et partagea en secret leur mission. Il savait qu'il ne verrait pas le château terminé, mais aussi que, par ce qu'il s'était promis de faire, il ajouterait à sa magnificence. Le fait qu'Anna, Danforth et Clayton ignorent que ce lien perdurait, qu'ils croyaient qu'il l'avait brisé et vivait encore dans l'amertume de cette rupture, lui semblait une bien mince imposture. Après tout, ce meurtre, c'était son idée à elle. Il n'avait fait qu'en transmettre le plan à ses supérieurs et il avait obtenu leur approbation pour l'exécuter.

Il sursauta en entendant frapper à la porte, cédant à la peur qui le saisissait chaque fois qu'un inconnu arrivait ou marchait à sa hauteur dans la rue. On ne savait qu'un complot était découvert que lorsqu'il était trop tard pour y remédier, et maintenant qu'il approchait de ce qui serait, sans nul doute, le dernier acte de sa vie, il craignait d'autant plus que quelque chose ne se mette en travers de sa route.

Les coups suivants furent plus insistants, mais cette fois il n'extériorisa pas sa peur.

Le revolver se trouvait dans sa veste, mais inutile de le sortir. Si on était venu l'arrêter, qu'on l'arrête. Il avait depuis longtemps renoncé à la théâtralité de l'autodéfense, à tirer des coups de feu pour s'échapper d'un tel traquenard. Ces idées-là étaient faites pour les amateurs et ceux dont l'unique conception d'une intrigue venait du cinéma.

Il prit donc sa veste, la suspendit dans la penderie puis, avec un calme étudié, alla ouvrir.

Le visage qui apparut lui était familier, presque paternel, c'était celui de l'agent qui le supervisait depuis le début de sa carrière au Parti.

– Le plan a changé, déclara l'homme en allemand.

– C'est un peu tard pour ça, rétorqua Bannion dans un allemand non moins précis.

– Il y a un changement. L'attentat n'aura pas lieu.

– Pas lieu ? répéta Bannion, incrédule.

Il ne doutait pas que cette décision émanait de Moscou et que ses supérieurs l'avaient prise en connaissance de cause. Il n'était qu'une petite roue dans un vaste engrenage, et il bougerait comme l'exigeraient ceux qui étaient aux commandes.

– Très bien, dit-il en pensant que c'était tout. Et comment est-ce que je vais l'expliquer aux autres ?

– Pas besoin d'explication, répondit l'homme. Ils seront arrêtés.

– Pour quel motif ?

– Ce sont des assassins.

Bannion n'était pas sûr d'avoir bien entendu.

– Mais s'il n'y a pas d'assassinat, pourquoi les arrêter ?

– Pour révéler leur complot. Prévenir les Allemands que nous avons une taupe dans un complot américain. Cette taupe, c'est toi, bien entendu, et aucun mal ne te sera fait.

– Mais pourquoi révéler quoi que ce soit aux Allemands ?

– Ce n'est pas à nous de le savoir. Il a été décidé que la femme aurait son utilité.

– Seulement la femme ?

– Oui. Elle sera… interrogée jusqu'à ce qu'elle révèle le complot américain.

L'homme s'esclaffa.

– Puis nous la réclamerons, reprit-il. Ils nous la rendront car ils ne veulent pas que le monde sache que leur dirigeant est constamment pris pour cible. Tout cela sera fait dans le plus grand secret et, à un moment donné après qu'elle aura craqué, elle sera libérée.

Il sortit une enveloppe d'une poche de sa veste.

– L'une est pour toi, dit-il. L'autre est pour la femme. Aucune n'est réelle.

Bannion ne dit rien, ce qui, à l'évidence, inquiéta l'agent.

– Il est indispensable que les Allemands nous fassent

confiance, reprit l'homme avec emphase. Quel meilleur moyen de leur prouver notre loyauté que de leur livrer un groupe de petits aventuriers américains ?

Bannion se souviendrait toute sa vie de ce qui s'était passé ensuite, du raisonnement tranquillement développé par l'agent soviétique selon lequel la suite des événements dépendait tant de ce complot et que les conséquences seraient terribles si on ne le menait pas à bien. Que valaient un homme ou une femme au regard de l'Histoire ? Aucun individu ne devrait avoir le droit de se mettre en travers du chemin d'une mission si importante. Plus tard, il se rappellerait avoir écouté cela en silence et en avoir été aisément convaincu.

– Très bien, finit-il par dire.

Sur ces mots, il accepta de jouer son rôle dans ce tout autre scénario. Il écouta la suite de ces révélations : Danforth serait envoyé à Hambourg puis à Londres où il témoignerait de l'échec du complot. Bannion serait « arrêté » afin d'éviter qu'il soit soupçonné de trahison. Il devrait feindre son suicide puis serait évacué ; ensuite, il serait libéré et remis entre les mains des Soviétiques.

– Alors seulement… Anna, murmura-t-il.

Le sourire de l'homme était clairement destiné à calmer les inquiétudes tenaces de Bannion.

– Ne soyez pas si triste, dit-il. Ce n'est rien qu'une petite espionne.

Sur ces mots, il partit, et longtemps après, Bannion resta assis à la fenêtre et pensa à Anna. Il vit la fillette qui parlait plusieurs langues, puis la jeune femme qu'elle était devenue et, ce faisant, il passa en revue le sombre passé qu'elle avait connu, dont il savait si peu, tout en envisageant l'avenir encore plus sombre qui l'attendait.

Buenos Aires, 1983

– Plus tard, j'ai appris qu'ils voulaient à tout prix protéger le pacte germano-soviétique, déclara Bannion. À ce moment-là, Moscou a annulé plusieurs complots de ce genre parce que les Russes avaient besoin que Hitler leur fasse confiance. Ensuite, Berlin et Moscou sont devenus de grands alliés et, quand c'est arrivé, j'ai fini par ne plus croire en la Russie.

Mais avant cela, il avait fait semblant de cracher sur un dieu qu'il continuait de vénérer, songea Danforth.

– Vous avez jeté Anna en pâture aux loups, lança Danforth d'un ton glacial. Rache n'a jamais existé. Ça a toujours été vous.

– C'est un jeu très ancien. Convaincre l'ennemi de rechercher un homme qui, en réalité, n'existe pas. Nous l'avons donc créé de toutes pièces. Nous avons fait croire à son existence. Les Russes ont fait semblant de s'en méfier, ce qui ne le rendait que plus réel. C'était une ruse très efficace. Clayton s'est fait avoir et vous aussi.

– Et Anna, dit Danforth. Elle a passé sa vie à protéger ce… fantôme.

Il sortit le revolver et crispa son doigt sur la détente.

– Parce qu'elle croyait vous protéger.

Bannion plissa ses yeux fixés sur le revolver, puis les leva sur Danforth.

– Vous pourriez tuer un homme parce qu'il a cru en quelque chose qui s'est révélé monstrueux ?

– Oui, répondit Danforth.

– Pourquoi ? Répondez au moins à cette question, Tom. Pourquoi tuer quelqu'un qu'on a trompé pour qu'il ait foi en un faux dieu au point de faire d'horribles choses en son nom ? Vous pourriez condamner un homme pour cela ?

Danforth arma le chien du revolver et répondit à Bannion en lui disant la seule et unique vérité que la vie lui avait révélée.

– Je le pourrais, oui, parce qu'il en va de la responsabilité morale de chacun d'être lucide.

Lexington Avenue, New York, 2001

La sensation correspondait parfaitement au cliché qui servait à la décrire, je m'en rendis compte : le cœur qui cesse de battre.

– Vous l'avez abattu ? soufflai-je.

– Non, répondit Danforth. Mais j'aurais tiré, Paul, si son petit-fils n'avait accouru.

Son regard dégageait la puissance d'un canon me visant à la tête.

– Il a déboulé par la porte en courant.

Une question que j'avais posée plus tôt me passa par la tête : *L'innocence est difficile à définir, vous ne trouvez pas ?* Puis la réponse de Danforth : *Nous savons toujours qui sont les innocents*. Je lançai un coup d'œil au revolver posé sur ses genoux et sus que la question n'avait jamais été de savoir si j'allais vivre ou mourir, ça, c'était décidé depuis longtemps.

– Vous vous en souvenez, n'est-ce pas ? enchaîna Danforth.

C'était une chaude journée d'été, oui, je me rappelais. La chaleur m'avait fatigué, je n'avais qu'une hâte : me vautrer sous le ventilateur dont les pales tournaient, languides, dans la maison de mon grand-père. Ma mère s'était arrêtée dans la rue pour bavarder avec une voisine, sûre que je ne risquais rien puisque j'avais franchi le portail.

– C'était donc vous ? murmurai-je, revoyant à présent l'homme que j'avais trouvé assis face à mon grand-père, la façon dont il s'était retourné et m'avait lancé un regard brisé, comme s'il venait d'apprendre que la dernière petite chose qu'il espérait avoir ne serait jamais à lui. Vous vous êtes juste levé et êtes parti.

Danforth serra sa main autour du revolver.

– Vous n'étiez qu'un petit garçon, Paul.

– Oui, soufflai-je.

– Un enfant.

Danforth leva le revolver d'une main tremblante et le remit dans le tiroir.

– Et vous étiez si totalement innocent, ajouta-t-il.

– Rien ne m'oblige à croire que vous dites la vérité, lançai-je avec une bravade feinte que, j'en pris soudain conscience, je devais tenir de mon grand-père.

– Rien, c'est exact, répondit Danforth.

Il lança un coup d'œil à l'horloge sur sa droite.

– Contentez-vous de croire que c'est peut-être vrai, dit-il.

Il me dévisagea un moment, puis ajouta :

– Nous savons comment réagir face au mal, Paul. C'est l'innocence qui nous laisse démunis.

Son sourire fut un roseau bataillant pour résister à l'océan sous l'orage.

– Et donc, je pensais que c'était terminé, enfin, chuchota-t-il, et sur ses mots, il remonta dans son passé. Mais j'avais tort.

Il avait pris sa retraite d'enseignant peu après son retour de Buenos Aires, expliqua-t-il ensuite, mais avait continué à donner des cours particuliers pour s'offrir les quelques luxes qu'il aimait, surtout des livres et, de temps à autre, une sortie au théâtre, ce qu'il appelait fort justement « la semi-retraite d'une vie simple ». Plusieurs de ses étudiants faisaient partie de l'afflux d'immigrés russes à New York, un groupe très ambitieux, selon lui, acharnés à apprendre l'anglais. Parmi eux une jeune femme originaire de Vladivostok qui portait des lunettes à monture épaisse, parlait très vite et ne perdait pas une occasion de vilipender l'ancien régime communiste regorgeant d'escrocs et de voyous. Ils étaient remplacés par un escadron tout aussi répugnant de ronds-de-cuir du Parti, disait-elle, des hommes qui recueillaient les fruits du système de la vaste corruption de l'ancien régime alors que la Russie essayait de se réformer. Néanmoins, des changements allaient dans le bon sens, de nombreux créateurs d'entreprises apportant énormément de richesses. En fait, selon elle, de nouveaux métiers avaient émergé du sol fertilisé par la fange communiste. Elle en fit la liste en russe en demandant à Danforth de les lui traduire.

– *Бухгалтер*, écrivit-elle.

– Comptable.

– *Инвестиционный банкир.*

– Banquier d'investissements.

– *частный детектив.*

À ce troisième mot, Danforth ressentit ce que j'avais moi-même éprouvé un peu plus tôt : la contraction silencieuse du cœur qui cesse soudain de battre.

– Détective privé, dit-il.

Se pouvait-il, se demanda-t-il, qu'avec toutes les récentes ouvertures de dossiers de diverses agences russes – certains étant arrachés à la gueule noire du KGB –, se pouvait-il qu'il ne soit pas trop tard pour une ultime recherche de la vérité sur Anna Klein ?

– Avec mes dernières économies, j'ai pu engager un privé, dit Danforth avec un petit rire triste.

Il s'était rendu à Little Odessa, raconta-t-il, quartier de New York peuplé d'immigrés russes et là, s'était enquis dans différents clubs si quelqu'un connaissait un détective susceptible d'accepter l'affaire qu'il proposait. Un nom finit par émerger, un certain Fydor Slezak, à qui Danforth écrivit en russe, langue qu'il maîtrisait à la perfection. L'enquête fut acceptée et, des semaines durant, cela continua. Des factures arrivèrent, ainsi que des renseignements un peu douteux qui rappelèrent à Danforth les rumeurs qui l'avaient tourmenté tant d'années plus tôt, des récits de cette femme coupant du bois, de telle autre dans une carrière.

Puis, un jour d'avril, une enveloppe arriva, porteuse d'un bref message, des mots qui lui sembleraient à jamais aussi saillants que les os d'Anna.

« Trouvée. »

Magadan, Russie, 1986

Il s'envola de l'aéroport Kennedy pour Moscou et, de là, pour Vladivostok où il attendit, un vol après l'autre étant retardé et le terminal s'emplissant de gens qui lui rappelaient les paysans d'antan. Leur patience, leur résignation devant le retard, leur manière d'absorber les épreuves et les désagréments dans leur propre sang lui rappelaient son premier voyage dans l'Est, les villes glaciales où les aïeux de ces gens indomptables se rassemblaient près des voies ferrées dans l'espoir de récupérer du charbon ou un sac de grains qui tomberait par miracle. Il avait entendu parler de trains qui utilisaient comme combustible des poissons surgelés et d'une foule d'affamés qui courait le long des voies, attendant les têtes noircies de ces poissons qui, parfois, étaient crachées par les cheminées explosives des locomotives. Il ne savait pas si c'était vrai, mais le plus curieux était que, à l'époque, cela lui avait paru parfaitement crédible.

L'avion pour Magadan décolla enfin, trois jours après son arrivée à Vladivostok, et à ce moment-là, il avait l'impression que ses vieux os lui transperçaient la peau.

À son arrivée, il était descendu dans l'hôtel où il avait séjourné à sa libération et avait, avec l'aimable autorisation du directeur, pu reprendre la chambre 304 où il s'assit à la fenêtre et se remémora du mieux qu'il le pouvait les derniers moments qu'il avait passés en compagnie d'Anna.

Il avait loué les services d'un dénommé Slezak pour lui faire parcourir la route des Crânes, mais celui-ci ayant été retenu pour une raison qui n'était pas claire, Danforth était resté à Magadan un peu plus longtemps que prévu. Là, il s'était souvent rendu sur le bord de mer où, assis sur les quais autrefois abhorrés, il avait observé les manutentionnaires charger ou décharger les bateaux. Il n'émergeait plus aucun *zek* de leurs cales noires mais, de temps à autre, Danforth voyait des vieillards qui, sans aucun doute, avaient connu ces sordides conditions de vie. Il sentait leur long servage dans le poids de leurs épaules, la pesanteur et la lassitude de leur démarche. Les camps n'existaient plus depuis longtemps, mais où ces personnes-là avaient-elles pu aller après leur fermeture ? Il ne leur restait aucune famille, personne vers qui se tourner, et ainsi, il le voyait, ils étaient devenus les fantômes du goulag de Magadan.

Elle ne serait pas parmi eux, avait-on indiqué à

Danforth, c'est pourquoi il ne la cherchait plus, lui qui l'avait tant cherchée, son regard avide fixé sur chaque groupe de *zeks* avançant à pas traînants, espérant continuellement qu'elle apparaisse soudain dans leurs rangs, petite et brune, avec de si grands yeux noirs.

Slezak finit par arriver. Il gara son pick-up couvert de boue devant l'hôtel et le moteur gargouillait par à-coups, comme les poumons encombrés de mucosités d'un vieillard.

– Trajet long, le prévint Slezak en russe.

Danforth comprit qu'il s'était attendu à trouver un homme plus jeune et craignait à présent que celui qu'il avait en face de lui ne soit pas assez résistant pour effectuer un parcours si ardu.

– Six cents kilomètres jusqu'à Soussouman, ajouta-t-il. Route mauvaise.

Mauvaise, certes, avait pensé Danforth par la suite, mais ce n'était rien comparé à son parcours d'antan sur la route des Crânes. Il y avait de la boue, et les moustiques géants de la région attaquaient avec la même agressivité que ceux de jadis.

Il n'était pas sûr d'être déjà allé à Soussouman. En tout cas, les bâtiments qui l'accueillirent ne lui rappelaient rien, même si leur apparence délabrée, avec quelques reliques ayant survécu de cette époque, surtout des peintures murales à demi effacées exhortant les *zeks* épuisés à travailler encore plus dur, lui rappelait d'autres villages qu'il avait traversés. Des villes entières s'étaient perdues sous des congères, se souvint-il alors, vaste monde figé dans une nuit glaciale.

On lui avait dit où elle reposait, si bien qu'il se rendit directement au petit cimetière dans un bosquet non loin de la ville. Slezak avait prévenu Danforth qu'une femme l'attendrait, et elle était là, entre les deux piliers en ciment qui marquaient autrefois l'entrée du cimetière.

Danforth la salua en russe, puis déposa l'argent dans la paume de sa main fripée.

– Elle est juste là, dit la femme.

– Vous l'avez connue ? demanda Danforth.

La femme secoua la tête, puis fit un signe à Slezak comme pour lui dire que répondre à des questions ne faisait pas partie du marché.

– Elle travaillait à la centrale électrique de Kadykchan, dit Slezak. Quand la ville a été abandonnée, certains dossiers du goulag y ont été stockés. J'ai donné le nom à cette femme, et elle l'a cherché. C'est ce que vous lui payez : son travail de recherches.

Il sourit.

– Ça m'a pris du temps, bougonna la femme.

– Mais vous êtes sûre que c'est elle ? insista Danforth.

– C'est elle, répondit la femme.

Sur ce, elle tourna les talons, s'éloigna par l'étroit sentier et marcha jusqu'à un champ, boueux et envahi de mauvaises herbes, mais parsemé de quelques pierres tombales massives gravées de lettres cyrilliques.

– Comment le savez-vous ? demanda Danforth.

La femme fit de nouveau un signe de tête à Slezak, refusant clairement de donner d'autres renseignements pour rien.

– C'est la femme que vous cherchez, dit-il avec assurance tout en paraissant en douter.

Comme si on lui avait fait signe de soutenir Slezak, la femme dit :

– C'est elle, j'ai la preuve.

Elle semblait sur la défensive, comme si on l'accusait d'un crime qu'elle n'avait pas commis, et Danforth eut un aperçu de cette terrible méfiance réciproque, un des legs grotesques du stalinisme.

– C'est elle, répéta la femme d'un ton ferme, presque hargneux. Je ne vous vole pas.

Ils s'avancèrent encore dans le champ parsemé de pierres tombales jusqu'à en atteindre l'extrémité, et là, ils s'arrêtèrent. La stèle s'était renversée, le temps et les éléments l'avaient extrêmement érodée, mais Danforth put déchiffrer les lettres à moitié effacées : *Ana Khalisah*. Une autre pierre se dressait à côté ; son inscription indiquait que c'était la tombe de la fille de cette femme.

Danforth se sentit fléchir sous le poids de l'abattement. Ce n'était pas seulement qu'il avait fait ce voyage long et ardu pour trouver la tombe d'une femme inconnue, mais aussi, il le savait à présent, qu'il ne reverrait jamais Anna Klein. Il n'avait pas réussi à la venger ; il n'avait même pas été capable de la retrouver et, en un dernier geste chevaleresque, de la ramener au pays. Il avait vieilli au fil de cet interminable effort et voilà soudain qu'il ressentait le poids de toutes ces années.

– Ce n'est pas la femme que j'ai cherchée, dit-il.

La vieille le regarda durement.

– Je ne vous vole pas, dit-elle.

Elle regarda Slezak.

– J'ai la preuve.

Mais Danforth savait qu'il ne pouvait y avoir aucune preuve, que tout ce que cette vieille pourrait montrer – un certificat de décès, un document en lambeaux, voire un objet quelconque – serait soit inexact, soit falsifié.

– Je suis fatigué, dit-il avec un léger sourire grâce auquel il espérait communiquer à la vieille qu'il ne mettait pas en doute sa sincérité, qu'elle avait fait de son mieux, que nous sommes tous, finalement, les produits finis de nos erreurs.

Il se tourna vers Slezak.

– Nous repartirons pour Magadan demain matin.

Slezak opina de la tête et tous deux s'apprêtèrent à quitter le cimetière, mais la vieille agrippa Danforth par son manteau et, d'un geste féroce, l'obligea à se retourner vers elle.

– Attends, dit-elle, tu vas voir.

Slezak regarda Danforth, en quête d'instructions.

– Très bien, dit Danforth à la femme. Montrez-moi votre preuve.

Ils regagnèrent la voiture de Slezak sans échanger une parole, et alors la vieille leur fit signe de continuer sur la route à peine carrossable.

– Vingt minutes, dit-elle.

Ils mirent un peu plus de temps, mais ils finirent par se garer devant un des plus grands bâtiments publics de Soussouman. À l'intérieur, la vieille précéda Danforth dans un escalier grinçant jusqu'à ce qui semblait être une sorte de bibliothèque, mais dont les murs étaient tapissés de rangées de dossiers et non de livres. Si la preuve était là, pensa Danforth, qui la trouverait ?

La vieille le mena jusqu'à un long comptoir et disparut dans la salle contiguë. Là, des femmes en blouses fanées, un foulard noué sur la tête, se déplaçaient parmi des empilements de dossiers et de documents. Le goulag s'était révélé un compilateur assidu, et Danforth imagina qu'avec le dégel des centaines de milliers de gens recherchaient la trace de leurs chers disparus. Dans ce cimetière de papiers, comme dans d'autres à travers toute la Russie, des millions de morts gisaient dans les fosses communes de classeurs à tiroirs.

– C’est bon, viens, dit la femme en ressortant de la pièce.

Elle fit signe à Danforth de la suivre dans un couloir, ils passèrent devant plusieurs salles où des enfants étaient assis à de petites tables, et il comprit que ces locaux servaient aussi d’école.

Quand ils atteignirent le fond du couloir, la vieille fit entrer Danforth dans une salle où une trentaine d’enfants étaient installés face à un vieux tableau noir. La leçon concernait l’histoire de la Russie, mais désormais il n’y avait de photos ni de Lénine ni de Staline.

– Attends, dit la vieille.

Elle s’avança dans l’allée centrale et s’adressa à l’instituteur. Danforth n’entendait pas ce qu’ils se disaient mais, après une brève conversation, l’enseignant, un homme trapu au costume usé jusqu’à la trame, s’avança jusqu’au milieu de l’allée, et là, se pencha vers un enfant et lui murmura quelques mots à l’oreille. Pendant plusieurs secondes, la fillette ne bougea pas, puis, comme en réaction aux encouragements de son instituteur, elle se leva, se retourna et marcha vers Danforth. Elle portait un corsage blanc et une jupe grise, comme toutes les autres fillettes, mais ses cheveux étaient plus courts et très frisés.

– Bonjour, monsieur, dit-elle, dans un anglais parfait en lui tendant la main. Je suis heureuse de vous rencontrer.

Danforth avait l’impression de n’avoir jamais serré de main plus menue.

– Où as-tu appris à parler si bien ma langue ? demanda-t-il.

– C’est ma grand-mère qui me l’a enseignée, répondit-elle.

Danforth regarda ses yeux d’un bleu profond et sut

qu'elle les tenait de lui ; il regarda ses cheveux très frisés et sut qu'elle les tenait d'elle et, voyant cela, il lui revint cette nuit perdue dans le temps et, écrasé par ce souvenir, il tomba à genoux et serra sa petite-fille dans ses bras. De longs sanglots le secouèrent et les pleurs qu'il versa le ramenèrent à toutes les époques qu'il avait traversées avec Anna Klein : le jeune homme qui l'avait aimée, l'homme mûr qui l'avait recherchée et, à présent, le vieux monsieur qui l'avait retrouvée de la seule façon qu'on pouvait encore la trouver.

Lexington Avenue, New York, 2001

On frappa à la porte.

Danforth lança un coup d'œil à l'horloge, et un léger sourire fit frémir ses lèvres.

– À l'heure pile, dit-il, puis il cria : Une minute !

Il me regarda.

– Vous voulez bien aller ouvrir, Paul ?

Ce que je fis et je me trouvai nez à nez avec une jeune fille d'une vingtaine d'années, petite, brune, les yeux d'un bleu saisissant, les cheveux courts et frisés.

– Bonjour, dit-elle, sans paraître s'étonner de la présence d'un inconnu.

– Salut, répondis-je sous le choc du curieux étourdissement qui me frappait. Je m'appelle… Paul.

– Oui, je sais.

Elle tendit la main, je la pris dans la mienne. Elle était extrêmement fine et délicate.

– Moi, c'est Alma.

– Alma, répétai-je. Ce qui veut dire « âme » en espagnol.

– En espagnol, oui, répondit-elle, très sûre d'elle. Et en arabe, ça signifie « pomme ».

– Vous étudiez les langues étrangères.

– Oui. Je suis traductrice.

– Venez vous asseoir, cria Danforth derrière nous.

Elle me précéda, marcha jusqu'à Danforth et l'embrassa sur le front.

– Comment vas-tu ? lui demanda-t-elle.

– Aussi bien que possible, répondit Danforth sur un ton qui laissait présager des circonstances graves dont il ne m'avait pas parlé mais que je devinais à présent à l'affaiblissement de ses forces et à la légère pâleur qui s'était emparée de lui au cours de ces dernières heures.

– Assieds-toi là, indiqua-t-il à Alma, avant de m'inviter, d'un signe de tête, à regagner ma place. Et vous ici, Paul.

Danforth attendit que nous nous soyons installés, puis dit :

– Bon, revenons-en à Anna.

Il regarda Alma.

– Cette partie de l'histoire te revient, lui dit-il.

Elle me regarda, son regard aussi expressif, me dis-je, que celui de Shéhérazade.

– Ma grand-mère, commença-t-elle, est née en…

Erzincan, Turquie, 1915

Elle se souviendrait toute sa vie des manières distinguées de son père, de sa façon de commander les hommes rassemblés devant lui. Même la fillette de cinq ans qu'elle était remarquait sa maîtrise de tant de langues et que les chefs de la communauté musulmane sollicitaient souvent ses conseils. Il avait voyagé dans le monde entier, et pourtant il était revenu dans la petite ville où il était né, où il s'était marié et où elle espérait vivre toute sa vie en fille qui l'adorait.

Mais des nouvelles arrivaient d'autres parties du pays : un génocide à Van, la rafle à Constantinople de ceux que son père appelait « les notables ». La peur se répandait, s'ancrait durablement et, au milieu de cette terreur grandissante, son père rencontrait d'autres hommes semblables à lui pour planifier la suite.

Les premiers soldats arrivèrent au village sous une chaleur torride à l'heure où la poussière, qui paraissait jaune d'or sous le soleil, formait de gros tourbillons portés par le vent et dans lesquels son père s'avança vers leur chef.

Depuis l'obscurité de sa maison, Ana observa les cavaliers qui baissaient le regard de si haut, lui semblait-il, vers son père à leurs pieds, sans arme et sans défense, se disait-elle, agitant les mains dans une direction puis dans une autre, si bien qu'elle pensa qu'il leur indiquait les différents itinéraires possibles pour quitter le village où elle vivait. Mais les soldats demeuraient sur place, les yeux baissés vers lui, la main sur leur sabre, sur la bandoulière de leur fusil ou la crosse de leur pistolet. Quelques-uns mirent ce moment à profit pour rectifier leur mise, passant la main dans leurs cheveux noirs comme du jais et pas bouclés du tout, ou bien lissant finement leur moustache altière.

Un rideau de poussière voletait et les chevaux, piaffant, en soulevaient plus encore au point que son père et les soldats furent bientôt enveloppés par ce nuage sec. Ana entendait toujours sa voix, il s'exprimait dans leur langue natale, mais avec des accents qui semblaient à présent emplir sa mère de terreur. Elle s'empressa de l'éloigner de la fenêtre.

– Viens, Ana, dit-elle.

La poigne de sa mère fut plus ferme que jamais, ses doigts se refermèrent sur elle comme des serres.

– Viens, répéta-t-elle. Viens.

Comme pour la faire disparaître, sa mère la poussa dans une pièce du fond où Ana entendit les chevaux repartir au galop. Ce son avait quelque chose de sauvage et, apeurée, elle se précipita à la fenêtre, écarta les rideaux et vit que le cheval de son père était parti aussi.

– Où va papa ? demanda-t-elle à sa mère.

– Avec les soldats. Nous devons nous en aller, Ana. Tout de suite.

Sa mère s'empressa de rassembler du pain, du fromage, des dattes, des olives et de l'eau dans deux outres et, une fois qu'elle eut chargé le tout sur ses épaules, elles quittèrent la maison.

– Marche lentement, lui prescrivit sa mère. Il faut que personne ne fasse attention à nous.

Elles marchèrent dans la rue poussiéreuse, tournèrent en arrivant au bout, s'arrêtèrent à une maison qu'Ana connaissait bien. À la porte, sa mère lui fit signe de se taire, mais elle eut du mal à ne pas sauter au cou de la femme qui vint leur ouvrir, car c'était Garine, qui faisait leur ménage et les aidait pour les courses au marché et dont les deux enfants, un petit garçon et une fille un peu plus âgée, se tenaient à ses côtés, accrochés craintivement à ses jupes.

– Garine, je dois m'enfuir, lui dit la mère d'Ana.

Elle posa ses sacs sur le seuil de la porte.

– Mon époux a accompagné les soldats.

– Où ?

– À la rivière.

– Alors, tu dois te sauver, dit Garine d'un air inquiet.

Sa main se porta à la petite étoile de David au bout de la chaîne qu'elle portait au cou.

– Peux-tu m'aider, Garine ? demanda la mère d'Ana.

– Mon beau-frère habite à Bakou. Mais il est à Alep pour le moment. Il pourrait vous retrouver à la frontière syrienne, puis vous faire passer en Azerbaïdjan.

– Merci, Garine.

Le regard de Garine s'assombrit.

– Nous vous suivrons bientôt, dit-elle. Aucun d'entre nous ne peut rester ici.

La mère d'Ana saisit la main de sa fille et elles s'éclipsèrent.

– Viens, dit-elle. Nous partons en voyage. Nous devons aller à la gare.

– Pourquoi ont-ils emmené papa ?

– Silence, Ana, répondit sa mère en lançant des regards éperdus autour d'elles. Fais ce que je te dis.

Il faisait sombre dans les rues, mais la mère d'Ana les connaissait comme sa poche et elles atteignirent la gare au moment où le train arrivait.

– Ne parle que turc, recommanda la mère d'Ana.

Beaucoup les suivirent des yeux tandis qu'elles passaient d'une voiture à l'autre jusqu'à ce qu'elles atteignent la dernière où elles purent s'asseoir seules.

– Où va-t-on ? demanda Ana.

Sa mère ne lui répondit pas, laissant errer son regard sur le paysage rocheux, si bien qu'elle n'aurait su dire où le train s'était arrêté, ni pourquoi les soldats y montèrent et donnèrent l'ordre aux passagers de descendre. Elle savait seulement que ces hommes ressemblaient à ceux qui avaient emmené son père.

– Viens, dit sa mère comme les soldats approchaient de leur voiture.

Elle prit Ana par la main, la tira brusquement de

son siège et l'emmena vers l'arrière du train par où elles descendirent, puis elles se cachèrent derrière un talus jusqu'à ce qu'il redémarre.

Les jours suivants se brouilleraient à jamais dans le souvenir d'Ana, ne laissant que celui de marches sans fin, de l'aspect des autres fugitifs et des hommes qui leur tombaient dessus. Leur nombre augmenta jusqu'à devenir une rivière en haillons qui serpentait, même si elle l'ignorait alors, vers la frontière syrienne. Tout ce qu'elle se rappellerait, c'est qu'ils avaient presque atteint Alep quand sa mère repéra un autre groupe d'hommes qui venait dans leur direction.

– Ana, cache-toi là, dit-elle en montrant une charrette.

Elle obtempéra et, de son abri, vit les hommes arriver et encercler sa mère. Elle devina qu'ils lui posaient des questions, et elle l'entendit dire qu'Ana était morte, que sa fille avait péri sur la route et été enterrée dans une fosse. Alors, un des hommes prit sa mère par le bras et l'entraîna au loin, ses compagnons lui emboîtant le pas, la poussant rudement avec la gueule de leurs fusils. Elle ne se retourna pas, ne montra pas qu'elle laissait Ana derrière elle et c'était cela, sembla-t-il à Ana, le courage.

Courage auquel elle repensa les jours suivants en continuant à marcher parmi la caravane de loqueteux jusqu'à finir par atteindre la frontière qu'un garde les laissa franchir en les saluant mollement de la main. Elle n'avait fait que quelques pas en Syrie quand l'homme apparut devant elle.

– Viens-tu d'Erzincan ?

Ana acquiesça.

– Comment t'appelles-tu ?

– Ana.

– Ma sœur m'a dit que je devais veiller sur une

petite fille aux cheveux frisés, dit l'homme. Garine, tu la connais ?

Puisant dans ce qui lui parut être ses dernières forces, Ana acquiesça à nouveau.

– Viens alors, dit l'homme en la prenant par la main. Viens avec moi.

Il sourit.

– Maintenant, tu es ma fille.

Lexington Avenue, New York, 2001

– Cet homme s'appelait Helmut Klein, continua Alma. C'était un marchand d'épices qui vivait à Bakou. Ma grand-mère a vécu deux ans chez lui où elle a appris le yiddish et l'hébreu. Une aptitude pour les langues que Klein a jugée exceptionnelle, si bien qu'il a décidé de l'envoyer étudier aux États-Unis.

Elle sourit.

– Si j'ai bien compris, vous connaissez la suite de l'histoire.

– Oh ça, oui, dit Danforth.

Sur ces mots, il se leva brusquement et, par ce mouvement, parut indiquer qu'il avait enfin accompli sa mission longue et ardue.

– Maintenant, je suis fatigué, Paul. Pardonnez-moi de devoir vous abandonner.

Je me levai et lui tendis la main.

Danforth la serra mollement.

Je remis mon manteau et, quelques instants plus tard, me retrouvai devant l'immeuble de Danforth ; il neigeait toujours. Alma arriva derrière moi comme je me dirigeais vers le centre-ville.

– Je vais prendre le bus jusqu'à mon hôtel, dis-je. Je suis sûr que mon vol a été annulé.

– Je vous accompagne à l'arrêt.

Elle tourna dans la rue, je lui emboîtai le pas ; épaule contre épaule, nous nous avançâmes sans nous presser vers l'avenue.

– Une chose, dis-je en route. Qu'est-il arrivé à votre mère ?

– Elle est morte en couches. Je ne l'ai jamais connue.

Je hochai la tête, je n'avais rien à ajouter à cela et, pendant un moment, nous marchâmes en silence.

Puis, sans raison sinon celle de poursuivre la conversation, je demandai :

– Et le père d'Ana ?

– Il a été tué.

– Par Kulli Demir ou quelqu'un de son espèce, je suppose.

– Non, dit-elle, le père d'Ana n'a pas été tué par Kulli Demir ou quelqu'un de son espèce.

Elle s'arrêta de marcher, se tourna vers moi et je lus dans son regard que nous avions répondu à toutes les questions que je me posais au sujet de la vérité sur Anna Klein.

– *C'était* Kulli Demir.

Elle vit que je n'en revenais pas.

– La mère d'Ana lui avait dit de prendre son nom de jeune fille, dit-elle.

Elle me lança un regard chargé d'une curieuse tendresse, puis ajouta :

– Mon grand-père m'a demandé de vous donner quelque chose.

Elle porta les mains à sa nuque et défit la chaîne en argent à laquelle pendaient l'étoile et le croissant de lune.

– Je la porte en souvenir de ma grand-mère, dit-elle en laissant glisser la chaîne dans le creux de ma main.

Elle souriait, mais me transperçait d'un regard où brûlaient les flammes vives de la parabole si simple de Danforth.

– Surtout maintenant, ajouta-t-elle.

Sur le moment, je ne trouvai pas les mots. Puis je lui dis simplement :

– Merci.

– Au revoir, Paul.

Sur cette formule d'adieu, elle tourna les talons et s'éloigna dans l'avenue vers le sud, le corps nimbé du vide béant, là où s'étaient dressées les tours jumelles, blessure dans notre cœur, barbare, enrageante, appelant à grands cris une réaction dictée autant par la passion que par la raison, et dont il semblait dorénavant plus compliqué que jamais de trouver le savant équilibre.

DU MÊME AUTEUR

Safari dans la 5e Avenue
Gallimard, « Série noire », 1981

Du sang sur l'autel
Gallimard, « Série noire », 1985
et « Points », n° P2869

Haute couture et basses besognes
Gallimard, « Série noire », 1989

Qu'est-ce que tu t'imagines ?
Gallimard, « Série noire », 1989

Les Rues de feu
Gallimard, « Série noire », 1992 et 2004
et « Folio Policier », n° 533

Les Instruments de la nuit
L'Archipel, 1999
et Point Deux, 2012

Les Ombres de la nuit
L'Archipel, 2002
et « Le Livre de poche », n° 37067

Interrogatoire
L'Archipel, 2003
et « Le Livre de poche », n° 37167

Disparition
L'Archipel, 2003

La Preuve de sang
Gallimard, « Série noire », 2006
et « Folio Policier », n° 666

Les Ombres du passé
Gallimard, « Série noire », 2007
et « Folio Policier », n° 568

Les Feuilles mortes
Barry Award
Gallimard, « Série noire », 2008
et « Folio Policier », n° 593

Les Liens du sang
Gallimard, « Série noire », 2009
et « Folio Policier », n° 619

Les Leçons du Mal
Seuil Policiers, 2011
et « Points », n° P2754

Mémoire assassine
Point Deux, 2011
et « Points », n° P3169

Au lieu-dit Noir-Étang…
Edgar Award
Seuil Policiers, 2012
et « Points », n° P2945

L'Étrange Destin de Katherine Carr
Seuil Policiers, 2013
et « Points », n° P4009

Dernière Conversation avec Lola Faye
« Points », n° P3297, 2014

Le Dernier Message de Sandrine Madison
Seuil Policiers, 2014
et « Points », n° P4103

Le Secret des tranchées
Ombres noires, 2014

Le Crime de Julian Wells
Seuil Policiers, 2015

RÉALISATION : NORD COMPO À VILLENEUVE-D'ASCQ
IMPRESSION : MAURY IMPRIMEUR À MALESHERBES (45)
DÉPÔT LÉGAL : JANVIER 2016 - N° 128576 (204367)
IMPRIMÉ EN FRANCE